黄河之水

刘标玖　著

中国出版集团公司
華文出版社

目录

引言

黄河是中华文明最主要的发源地，中国人称其为“母亲河”。水，是包括人类在内所有生命生存的重要资源，也是生物体最重要的组成部分，被称为人类生命的源泉。

胡大白的人生与黄河有着众多的关联或契合。黄河水哺育了她，不仅给了她灵秀的身体，还给了她水一样的品质，使她也像黄河水一样，哺育黄河岸边文化饥渴的芸芸众生。

第一章

黄河九曲十八弯，大自然让她经历了种种阻碍，她不断聚集水势，积蓄力量，直至把障碍冲破，继续奔涌向前。

胡大白历经磨难和坎坷，上苍让她经受了饥饿病痛、各种打击、情感砥砺和烧伤厄难，她始终坚韧、顽强、宽容、博爱，直至强大到冲破一切艰难险阻，勇往直前。

第二章

白手起家…………059

黄河在源头很不起眼，谁也不敢相信这是一条大河的开始。但她在一路奔腾的过程中不断接纳、融合，汇聚万流，终成波澜壮阔的大河。

胡大白以 30 元起步，谁也不敢相信这是一所大学的开始。但她白手起家，艰苦创业，敢为人先，拼搏进取，终于创立了让人刮目的“黄河科技大学”。

第三章

矢志办大学…………123

“黄河之水天上来，奔流到海不复回。”黄河水以一种奔流的姿态，努力寻找出路和方向，奔向海洋。正因为有了伟大的梦想，才有了最后奔流入海的美好结局。

胡大白在办学的征程中，认准了“中国特色社会主义民办大学”的方向，就矢志不移，千方百计向这个目标奋进，才一步步获得成功。

第四章

一切为了学生…………168

黄河在一路奔流的过程中，慷慨地灌溉着农田，滋润着土地，让万物茁壮成长，在养活千家万户的同时，装点着美好河山。人们常把黄河称作母亲河，因为她有着像母亲一样的胸怀，总是在不断地付出，并在付出中欢乐前行。

胡大白在办学过程中，无私地为学生服务，为国家培养人才，在办起全国第一所“民办本科大学”的同时，也得到了“对学生最负责任”的赞誉。学生们常喊她“胡妈妈”，因为她像妈妈一样关爱学生，帮助学生，并在“爱”的过程中收获着“爱”。

第五章

家事国事天下事…………213

黄河时而波涛汹涌，时而婉转舒缓。在蜿蜒曲折的奔流中，她总有一种对河岸的缠绵，与对河边风景的依恋。离别时，她总要给曾依附过的河岸一个深情的拥抱，再粉身碎骨成一朵朵晶莹的浪花，继续向前，滋润万物。

胡大白时而纵横驰骋，时而也缱绻情长。在坎坷曲折的生命历程中，爱人杨钟瑶一直是她的坚强后盾和精神依靠，两人携手创造了黄河科技学院的辉煌。一朝永别，她备受打击，却能为了国家的教育事业，很快从痛苦中走出来，走得更高更远。

第六章

着眼未来谋发展…………243

黄河水奔流东去，灌沃了中原大地，哺育了华夏儿女，迎着太阳奔向大海。她给大海带去精神和力量，渗透、扩散到整个海洋，浸润、漫延到四面八方。

胡大白渐渐变老，黄河科技学院已然强大，培养的人才越来越多，她可以说功成名就。她给学院打下了坚实的基础，仍着眼未来谋发展，并把目光投向全国的民办教育，乃至中国教育的未来及远方。

第七章

黄河入海，成为海的一部分。她像大海一样，拥有了更宽广的胸怀、更强大的力量、更澎湃的激情、更高远的梦想。在探索和思考中，她砥砺前行，向着更深更远的大洋进发。

胡大白率领黄河科技学院走进中国高等教育大家庭，成为民办教育的旗帜。学院规模越来越大，实力越来越强，她广纳群贤，博采众长，擘画并推进学院的全面建设，带领学院占领一个又一个“制高点”，向着一流应用技术大学奋进。

尾语

水利万物而不争，默默奉献不张扬，柔顺谦卑却滴水穿石，无形无势却聚河汇海；她避高趋下，随物赋形，不惧任何阻碍；它深不可测，源源不断，持续造福世间。

胡大白性格坚毅顽强，独立自信，敢为天下先，勇做开拓者，从而成就一番轰轰烈烈的教育事业。同时，她又悠远深邃，柔和平顺，在沉淀中思考，在创新中升华，从而达到一种淡泊宁静的人生境界。

引言　胡大白与黄河的渊源

黄河是中华文明最主要的发源地，中国人称其为“母亲河”。水，是包括人类在内所有生命生存的重要资源，也是生物体最重要的组成部分，被称为人类生命的源泉。

胡大白的人生与黄河有着众多的关联或契合。黄河水哺育了她，不仅给了她灵秀的身体，还给了她水一样的品质，使她也像黄河水一样，哺育黄河岸边文化饥渴的芸芸众生。

黄河，母亲河，中华民族的摇篮，胡大白的摇篮。

在黄河的涛声中，在逃荒路上，她出生在黄河边，又沿黄河一路西行，差点投入黄河的怀抱。她的五叔后来开玩笑说：“当时抱着你从黄河边走，天很热，路很差，人又累又饿，真想把你扔进黄河里。”

五叔的胸怀是她的摇篮，波澜起伏的黄河水也是她的摇篮。前者是物质的，后者是精神的。

每天看着黄河的壮阔和河水的奔腾，她幼小的心灵不可能不被震撼，黄河的基因便潜移默化地进入了她的灵魂。后来，她在黄河边的郑州成长、求学并参加工作，每当遇到困难和挫折，她常会来到河边，看河水从西边浩荡而来，向东方奔流而去。

每当这时，她总会思考：黄河九曲十八弯，遇到的障碍千千万，却从不因为障碍而止步不前。她总要不断聚集水势，积蓄力量，直至把障碍冲破，或者灵活地改变方向，绕过障碍，继续奔涌向前。这是一种团结和拼搏，也是一种务实与开拓，更是一种直观的坚忍不拔与勇往直前。于是，她便坚定了自己的信念：不管道路多么曲折，遇到多少困难，都要像黄河一样，努力寻找出路和方向，一路向前。

黄河在奔流的过程中，滋润土地，养育万物，总在不断地付出，并在付出中欢乐前行。这是一种无私奉献的精神，也是一种乐观豁达的精神，更是一种人文涵养。胡大白在办学的过程中，不遗余力地把知识带给学生，千方百计地为学生服务，从来不想赚多少钱的问题，辛苦并快乐着。

观照黄河的历史和文化，你会惊奇地发现，胡大白的人生与黄河有着众多的关联或契合。黄河发源于圣洁的雪域高原，开始很不起眼，但在一路奔腾的过程中不断接纳、融合，汇聚万流，越来越壮阔。胡大白出生在逃难路上荒野中的小石灰棚里，开始很平凡，甚至渺小，没有一点引人注目的壮丽，还屡遭磨难与挫折，但她像黄河一样，在人生历程中不断拓展自己的知识和胸怀，不断接纳新的思想和理念，使生命的道路越走越宽，最终成就了像大河奔流一样的壮阔人生。

这，或许就是胡大白创办黄河科技学院时以“黄河”冠名的原因之一。

黄河科技学院冠名“黄河”，胡大白当时的解释是：黄河是一个地域概念，又是一个祖国的概念，更是一个历史的概念，还是一个品牌概念。其实，还有两个重要的概念她没有说，但一直在她心里，那就是精神和文化的概念。

黄河科技学院从无到有，从弱到强，一步步曲折前进，从一个到处租房的自学考试辅导班，发展为拥有 4 个校区、20 多个院系、2000 多亩校园的示范性民办院校，胡大白靠的是什么？我想，成功的因素有很多，但首先是精神，黄河的精神。后来，胡大白把黄河科技学院的精神概括为“开拓、拼搏、实干、奉献”，虽然是她的人生体会和经验总结，但与黄河精神一脉相承。

黄河哺育和成就了胡大白，胡大白创办和发展了黄河科技学院。黄河的内涵得以扩大，胡大白的人生得以升华。

黄河水哺育了胡大白，不仅哺育了她的身体，还给了她水一样的品质，使她像黄河水一样，哺育黄河科技学院的众多学子，以及黄河边上文化饥渴的芸芸众生。

胡大白的人生原本是平凡的，按她自己的说法，“咱就是一老百姓”，但上苍给了她磨难，给了她思考，给了她机遇和力量，让她越来越不平凡，直至站上中国民办教育的高山之巅，并在教育改革和创新的大潮中勇立潮头。

◇相关链接

▲ 1943 年 5 月 31 日（农历四月二十八日），胡大白出生于洛阳，出生于逃荒路上的一个石灰棚，离黄河不远。五叔胡松栋从西安来接他们，背着她沿黄河往西走，盛夏炎热，一路艰辛。

▲ 1981 年 12 月 8 日，在黄河岸边的修武县国家建工局干校，一壶开水导致胡大白全身重度烧伤，让她在病床上躺了三年，受尽煎熬才浴火重生。

▲ 1984 年 10 月，胡大白创办“郑州市高等教育自学考试辅导班”，1985 年更名为“黄河科技专科学校”，1989 年更名为“郑州黄河科技大学”，1994 年经国家教委批准又更名为“黄河科技学院”。

第一章　天将降大任

黄河九曲十八弯，大自然让她经历了种种阻碍，她不断聚集水势，积蓄力量，直至把障碍冲破，继续奔涌向前。

胡大白历经磨难和坎坷，上苍让她经受了饥饿病痛、各种打击、情感砥砺和烧伤厄难，她始终坚韧、顽强、宽容、博爱，直至强大到冲破一切艰难险阻，勇往直前。

◇在饥饿中成长

这是一个寒冷的冬天，1960年的冬天。郑州大学的校园里，草木凋零，寒风瑟瑟。

这天清晨，校园里静悄悄的，只有干巴巴的树枝在寒风中摇曳，发出有气无力的咔嚓声。由于“三年自然灾害”导致的粮食短缺，学校和很多单位一样，也实行了“低标准，瓜菜代”，体育课取消了，早操也取消了，师生们为了“减少消耗”，大都不会起得太早。

在校园一隅的操场上，一名女学生正在晨曦中跑步，两条大辫子随着跑动的节奏一摇一摆的，极富青春活力。有几位中老年老师在跑道上散步，走得慢吞吞的，与跑步的女孩形成了鲜明的对比。

“胡大白，跑了几圈了？”一位老师对跑过来的女学生发问。

胡大白满脸是汗，气喘吁吁地答：“还差一圈，5000米。”

“你这孩子，都饿成这样了，还坚持长跑。别跑了，走一圈吧。”

“最后一圈。”

胡大白抬手抹了一把汗，超过了问话的老师，继续往前跑。可是，她的步速明显减慢，步幅也明显减小，两条腿在机械地拖动，显然只是靠着毅力在坚持。那两条大辫子也甩不起来了，只是在她背上轻微摇动，在朝霞中泛着金黄。

这年，胡大白 17 岁，一个青春绽放的年华。她和同学们一样，有活力，有梦想，并努力朝着梦想的方向前进。她当时的梦想是当一名老师或者一个文学家，也正因此，她喜欢文艺，喜欢运动，是班里的活跃分子，是中文系学生会的骨干，职务是文体部长。

她不仅喜欢运动，也热爱劳动。不久前，学校组织大学生去挖河工地参加义务劳动，她的干劲可大了。那个工地上的氛围很好，到处红旗招展，标语林立，人声沸腾，几个大喇叭里反复唱着革命歌曲，她被那热火朝天的场面震撼着，也像大家一样，把裤子卷到大腿，甩开膀子拼命干。那时的口号是“革命加拼命，两头见星星”，事实上她也是这么干的，可是，正在长身体的她，不仅又累又饿，还因为工地的湿冷受了凉，没几天就病倒了。病情恢复后，她的内分泌系统又出现了紊乱，闭了经，人明显消瘦，头发很黄。

胡大白又跑完了一圈，这才停下来，与老师一起绕跑道走，边走边做舒缓的整理活动。

“大白，别太累了。饿着肚子跑长跑，对身体并不好。”老师劝她。

胡大白笑了笑：“没事。习惯了。”

“怎么没事？你看你的头发，比以前可是黄了不少。人也明显瘦了。”

“这是挖河累的，跟跑步无关。”

胡大白没作过多解释，她不好意思说自己的生理变化，也不愿提自己作为文体部长的以身作则，更不能跟老师聊跑步的好处之类的话。其实，她也感觉到了身体的透支，但她仍选择了坚持，原因除了她作为文体部长要带好头，更重要的是她把这看作磨砺自己意志品质的机会。体育课上她学到过，体育不仅是为了强身健体，还有助于培养勇敢顽强的性格、超越自我的品质、迎接挑战的意志，她觉得，饿着肚子坚持跑步，应该对培养性格、品质和意志更有好处。

胡大白后来回忆说："我觉得早操应该跑，应该锻炼身体。每天早上，郑大北区就我一个人在跑步，而且还跑 5000 米。饿归饿，但是坚持跑。不仅坚持跑步，我还坚持用冷水洗漱、洗澡、洗衣服。上大学前，我干什么事全是用冷水，包括洗冷水浴。大学里条件好，有澡堂，我还是坚持冷水浴，用冷水洗衣服。当时不怕吃苦，还有意磨砺意志。"

作为文体部长，胡大白除了每天坚持长跑，每周还要组织一次舞会。前者是她对自己的要求，后者是她在学生会的一项重要工作。

"那时，大学里时兴跳交谊舞，我作为文体部长，每个周六都必须组织舞会，几乎雷打不动。"胡大白说。

周六吃完晚饭，食堂就成了胡大白的"战场"。她赶紧招呼同学们布置场地，把食堂的大饭桌拉到边上，把长条的连椅摆在四周，然后打扫卫生。打扫干净后，在房顶扯上拉花，一个简易的"舞场"就布置好了。她还要去招呼乐队，招呼不太积极的同学，到舞会开场时，她已经累得跳不动了。

这天晚上，舞会开始后，胡大白发现来跳舞的同学不太多，便跑到宿舍喊大家。

中文系有 4 个年级，共有 20 多个班，但她最熟悉的还是自己所在的班，喊人也主要喊自己班的同学。

胡大白所在的班有 32 个人，只有 4 个女同学。在她的带动下，女同学都去了，可没有几个男同学响应。她直接来到男生宿舍，正碰上一个叫张宗民的同学。

她知道，张宗民性格较内向，不善交际，很少去跳舞，便动员说："宗民，舞会开始了，赶紧去跳舞呀！"

张宗民摇摇头："我不会跳。"

"不会跳不怕。我教你。"

"我很笨，怕学不会。"

"咱们系那个笨手笨脚的老吴都学会了，你还能学不会？"

张宗民知道，胡大白说的是系里年龄最大的从农村来的学生，他没话说了，只好乖乖地跟着胡大白去参加舞会。

到了舞场，张宗民才知道，胡大白也不太会跳，但她还是教了他一些基本要领，陪他一起边学边跳。

学了一会儿，张宗民有点不好意思了，便说："咱系里人多，你再去指导指导别人吧。"

"我也跳不好，不用去指导别人。咱两个不会跳的一起学，正好。"

两个人跳了一曲又一曲，张宗民不知道，胡大白已经累得精疲力竭，只是为了调动他的积极性，才勉强坚持着。

后来在黄河科技学院工学院担任过党总支书记的张宗民对那段往事记忆犹新："她在班里年龄最小，却乐于助人，经常帮助家庭困难的同学，经常带同学们去她家吃饭，我也去过。她组织能力很强，经常参与组织全系的活动，起到了很好的带头作用。"

"的确，我虽然年龄小，但我尽心尽力，每次搞活动都会先谋划好，还会身先士卒，号召力还特别强，同学们都愿听我的。如今想来，当时尽管耽误了我一些时间，却也锻炼了我的组织能力。"胡大白坦率地说。

这天晚上，舞会结束回到宿舍，胡大白累得浑身像散了架一样。而且，由于运动过量，消耗太多，她晚上吃的那点东西已经消化殆尽，肚子饿得咕咕叫了。

她下意识地看了一眼床角放的书包，书包里有五个杠子馍，是她准备明天带回家给"大肚汉"老爸吃的。一周下来，她像往常一样，每天中午省出一个馍，就凑了五个。学校的伙食还行，因为书记是一个老八路，号召大家在学校的空地上种菜，冬天也储存了很多白菜、萝卜、南瓜等。每天的午饭都有一小盆菜，她吃了菜基本就饱了，可以把杠子馍省出来。

她强迫自己把目光从书包上移开，决定还是不动这些馍。本来可以凑六个的，今天中午菜不算多，又考虑到晚上要办舞会，她把省出来的那个馍又吃掉了，如今怎么能再吃。她咽了口唾沫，又喝了一大杯水，便去洗漱，准备早点上床睡觉。

她的床上，放着一床白色的被子，细看可以看到拼接的针脚。这是她母亲用六个面布袋拼接在一起，为她缝制的。枕头也是一个面布袋，里面装着她的换洗衣服。

洗漱完，她就上床了，盖上残存着面粉味的被子，闻着书包里隐隐透出的馍香，她久久没能入眠。

星期天早上，胡大白比平时起得晚了点，没有跑步，而是直接去食堂吃早饭。饭后，她背上书包，出发回家。早上没跑步是有理由的，她要留着力气走很远的路。从郑大北区到她家，坐公共汽车的票价是8分钱，按当时的票价定价规则，8分钱大概就是8公里的距离。

她出了学校，沿文化路一路南行，轻微的北风吹着她的后背，像是一只手在推她往前走。天空很蓝，路上的车也不多，空气清新，很适合长途步行。她掏出自己做的英语单词本，边走边背单词，一举两得。

“那时候，从学校到我们家坐公共汽车是8分钱，我没坐过公共汽车。我觉得这8分钱可以省下来。”胡大白后来回忆说。

每天的5000米长跑让她的耐力超乎常人，8公里步行像走着玩一样，没怎么觉得累就到了家。

胡大白家在火车站附近的宝昌里，旁边是朝阳街，算是一个大杂院，房子较狭小。父亲胡问古和母亲李耐亭都在家，他们知道女儿今天要回家，刻意在家里等她。

“爸，给你带的馍。”胡大白一见父亲，便把书包里的杠子馍拿出来一个，递到父亲手里。

父亲接过馍，笑着说：“还是我女儿疼我。知道我是大肚汉，吃不饱。”

父亲胡问古是郑州市针织厂的保管员，平时工作很忙，又认真负责，也只有星期天才能在家休息。他这年56岁，身体很硬朗，但因为身材健硕、工作劳累，饭量很大，所以有“大肚汉”的雅号，他自己也以此自嘲。

母亲接过话头：“你就知道吃！你看看，女儿为了给你节省这些馍，都饿瘦了。”说着，母亲又上下打量女儿，惊讶地说：“你看看，你看看，头发怎么那么黄啊？脸色也不好看。”

父亲这才把注意力转移到女儿身上，附和道：“还真是，头发黄了，好像也瘦了些。”

“我没事。照吃照睡，还坚持跑步呢！”胡大白大大咧咧地说。

父亲脸色沉下来，严肃地说：“白宫（胡大白的乳名），你可不能饿着自己。你个子高，运动量大，又是长身体的时候，需要营养；学习是脑力劳动，更需要营养。可不能为了给老爸省几个馍，自己营养不良。”说着，父亲的声音有些哽咽，眼圈似乎也红了。

“爸，您放心吧。我自己有数，不会饿着的。”

母亲赶紧打圆场：“行了，行了。拿回来了咱就一起吃，我去弄几个菜，给你们改善一下伙食。”

“妈。您给我们做什么好吃的？我喜欢吃您做的胡萝卜干。”胡大白说着，走到母亲面前，挽起母亲的胳膊，一起进了房间。

母亲边走边说：“给你做。给你做。你先休息会儿，我做好了叫你。”

胡大白说的胡萝卜干，是母亲夏天的时候加工的。母亲把胡萝卜切成片，晒成干，保存到冬天，吃的时候用砂土炒，把萝卜干炒得很酥，入口又脆又甜，很好吃。母亲还想了很多办法：夏天把野菜焯一焯，晒干了，冬天再泡开炒着吃；西瓜皮削掉外层，里层弄干净晒成条，冬天泡泡煮煮，加点盐一调，也很好吃。

胡大白正在琢磨母亲会做哪种好吃的，母亲已经在厨房喊她过去了。

来到厨房，母亲变戏法一样不知从哪里拿出一块东西，塞在了胡大白的手里：“尝尝，这个也很好吃，而且有营养。”

胡大白接过来一看，是一块花生饼。她以前吃过，虽然很硬，但嚼起来很香。她咬了一小口，又伸向母亲：“妈，您也吃一口。”

母亲摇了摇头：“我吃过了。你自己吃吧。”

“妈，花生饼真好吃，您是从哪里弄来的？”

“这你就别管了。反正一不偷，二不抢，三不占公家便宜，你就放心吃吧。”母亲笑着说。

母亲李耐亭在街道居委会担任主任，还负责收税，可以说是共和国第一代税务员。母亲收税都是走街串巷去收，工作认真负责，广受同事及商户的好评。有一年，她因为工作出色，被选为二七区人民代表，胸戴大红花，很神气，也很漂亮。她不仅自己踏实工作，还时常让女儿帮她工作，做“义务税收员”。

胡大白上初中时，多次跟着母亲去收税。她每次放了寒假，在家里没事，就穿上母亲为她缝制的大棉袄，跟着母亲走街串巷。母亲特意在她的棉袄里缝了一个“保险兜”，用来存放收来的税钱。当时税率很低，每次收不到多少钱，而且很零碎，放在“保险兜”里不容易掉出来。年底，她被评为“优秀义务税收员”，照片被放大到12寸，和母亲的照片一起挂在人民公园里展览，她觉得很风光。她就读的郑州市第四中学的老师知道了这件事，还特意表扬了她，同学们都很羡慕。

胡大白吃了花生饼，母亲又给她拿来了酥脆的萝卜干，又让她解了一把馋。

中午，母亲做了几个菜，除了常吃的萝卜白菜，还加了一个“硬菜”——豆腐渣。这是三哥在蔬菜公司卖菜的“福利”，公司经常把一般人不买的菜帮子或豆腐渣分给员工，三哥拿回来，母亲一加工，就都成了美味佳肴。

这天，胡大白吃得很多，也吃得很饱，她不想让母亲看到她舍不得吃，不想让父亲担心她营养不良。

可是，回到学校，她还是依然故我，每天中午给父亲省出一个杠子馍。小时候她跟着父母在西安逃荒时，父亲特别宠她，在生活困难的情况下，还每天给她买一个小橘子，不让哥哥姐姐们碰，她印象极深。这时，她有能力给父亲省一个杠子馍，她觉得这是做女儿的责任。

夏天到来后，学校的菜地里又长出了菜，餐桌上吃的多起来，但“磨炼意志”的初衷让她加大了运动量，“上楼梯都是一步三个台阶”，加之夏季高温，出汗多，消耗大，她的营养状况仍未得到改善。

事实上，大学校园里的这种忍饥挨饿及坚持运动，的确磨砺锻炼了她的意志品质，为她日后的成功奠定了坚实的基础。

可是，她没想到的是，在她收获到这份精神财富时，她的身体却也因为过度透支而生病，并留下了病根。

◇在病痛中煎熬

1961年盛夏的一天，教室里热得像蒸笼一样。很快就要期末考试了，胡大白和同学们一起，顶着热浪复习迎考。

当时，教室里不仅没有空调，连个电扇也没有。胡大白觉得头有点晕，便出了教室，坐在教学楼下一处有过堂风的地方，凉快一下醒醒脑。几个同学也出了教室，围坐在她身边，让她给讲讲这门课的重点。

胡大白也不客气，就按自己的思路讲起来。讲着讲着，她觉得有点不对劲，头脑犯迷糊，就停了一下。

有个同学跟她开玩笑，拿书打了一下她的头，说："胡大白，你干啥哩，走神了？"

胡大白面色苍白，缓缓地倒在地上，晕倒了。

同学们都吓坏了，赶紧叫老师。

老师匆匆跑过来，对胡大白又掐又按，她才缓缓醒过来。

不久后的一天，胡大白和同学们一起参加义务劳动，去一个建筑单位帮工。她爬上了脚手架，帮工人师傅传递建材，不久就干得大汗淋漓。

劳动的间隙，她直了直腰，抬手擦了擦汗。她觉得有点累，便下意识地往脚手架的立杆上一靠，想休息一会儿。可是，就在头部接触脚手架立杆的瞬间，她突然心跳加快，冷汗直流，只好顺势往脚手板上一倒，便晕了过去。

脚手架在半空中，脚手板的空间又那么小，如果摔下去，那后果是不堪设想的。旁边的一个工人手忙脚乱地掐她的人中，几个同学在不远处焦急地大喊大叫，好在她不久便醒了过来。

看她睁开了眼睛，工人如释重负地长舒了一口气，探寻地问："同学，你怎么了？感觉怎么样？"

胡大白缓缓地爬起来，懵懂地说："我也不知道怎么回事，为什么就突然晕倒了呢？现在没事了，继续干吧。"

“还干什么干？头晕可不是闹着玩的，尤其是高空作业。赶紧让你老师送你去医院查查。”

工人喊来了老师，老师又喊了两个男同学，大家小心翼翼地搀扶着胡大白离开脚手架，前往医院检查。

到了学校医院，胡大白已经恢复得差不多了，只是仍觉得头晕。医生检查了一番，没发现有什么异常，便让她回宿舍休息。

尽管没检查出问题，医生还是根据老师和同学的描述，初步判断胡大白是患了一种反射性的晕厥。只要稍微有一点刺激，就可能引起她的神经及血管反应，让她晕倒。

“当时，我记不清为什么晕倒了。到校医院看了一下，给我送到宿舍了。我睡到床上，看东西都是转的，感觉就像坐船一样。”胡大白说。

后来，这种晕厥又发生过几次，一般是天特别热的时候，或者考试特别紧张的时候，有点刺激就诱发了，可问题都不大，休息休息喝点水就好了。

“从那以后，感觉不得劲的时候，稍微碰一下，就会晕倒。我也没太在意，觉得只是超出了极限，注意点就行了……”胡大白说。

可是，胡大白没想到的是，这种“没在意”为她埋下了“祸根”，直接导致了后来的人生转折。

经过一年的调养，到 1962 年时，胡大白的身体好了一点，很长时间没再发生晕厥的事。

可是，一波乍平，一波又起，她的胃又出问题了。

起初只是经常反酸、嗳气，后来又经常恶心，甚至呕吐，本来吃得就不多，这样一来反而更不愿吃了。

到医院一检查，医生诊断是胃神经官能症。医生告诉她，这个病是饮食不规律造成的，或者说是经常吃不饱、吃不好的缘故，主要诱因则是精神因素，如熬夜导致的睡眠不足、考试导致的情绪紧张、困难导致的焦虑烦闷等。

胡大白后来回忆说：“实际上我不熬夜，但我有情绪紧张的时候。这个紧张确实是在快要考试的时候，不是害怕考不好，而是担心别的同学让我讲重点，我需要把这几门课的知识掌握透，才能给同学讲，这无形中情绪就紧张。加上小时候吃凉饭，后来挖河闭经，整个身体都衰弱了。再加上给家里省粮食，照顾在郑大附中上学的弟弟，劳动强度、动脑子的强度都比别人大得多，所以积劳成疾。”

这一年里，胡大白吃了不少药，但病情反反复复，不仅没见好转，反而呈逐渐加重之势。

大学的最后一个学期，也就是1964年上半年，她的病情进一步加重，呕吐得厉害，基本上吃一口吐一口，甚至不能坚持在学校上课了。

胡大白在家养病，还是一直不见好，父亲担心，便带她去看中医。

中医给她把了脉，又做了一番检查，还是诊断为胃神经官能症。医生说：“你知道为什么会得这个病吗？主要是吃不好，睡不好，考试时很紧张。”

胡大白听他跟西医说得差不多，便也解释：“我之前吃饭还可以。”

“你吃饭的时候还想别的事。”

“我考试时不紧张，也不熬夜，起得也不是很早。”

“你是精神紧张。再加上你的胃有点溃疡，在不该产生胃酸的时候会产生胃酸，把胃功能弄得紊乱了。”

胡大白没太听懂，点头默认。

医生给她开了一种叫“香砂养胃丸”的中成药，让她吃药调剂加休息。她看了药品的说明，发现这种药“主治胃阳不足、湿阻气滞所致的胃痛、痞满，症见胃痛隐隐、脘闷不舒、呕吐酸水、嘈杂不适、不思饮食、四肢倦怠”，感觉应该算是对症，便按要求认真服药。

一个疗程过去，症状还真减轻了许多，她便边养病边自学，保证自己不落下课。

快要毕业考试时，她也是认真复习，并如期参加了考试，以全优的成绩顺利毕业。

毕业分配是每个大学生人生历程的重要一步，同学们都很关心，校方也很重视。学校以公函的形式通知每个毕业生的家长，“请家长协助学校，共同做好学生的思想工作，使学生能坚决服从国家的分配，愉快地到祖国所需要的地方去”。

胡大白的父母也收到了这份公函，都表示支持学校的倡议。父亲对胡大白说：“你是咱们家的第一个大学生，是党和政府培养出来的，毕业后一定要服从分配，为国家效力。”

母亲也说：“如果不是党和政府的政策好，咱们根本就读不起大学，应该到国家最需要的地方去。”

“只是，你身体不太好，最好还是别到很偏远的地方。”父亲又表示了担心。

“爸，妈，我知道该怎么做，你们就放心吧。”胡大白说。她决心积极响应学校的号召，到祖国最需要的地方去，将自己学到的知识毫无保留地贡献给社会主义建设事业。她主动提交了“到边疆工作”的申请，填报的分配志愿也都是边疆民族地区，西藏是第一，新疆是第二，内蒙古是第三。

胡大白的分配志愿在同学间引起不小的震动，大家众说纷纭，都觉得她学习好、身体差，更应该留在郑州。

“你是系里学习成绩最好的，学校肯定会留你。”有个同学说。

胡大白摇头：“学校即使想留我，但我报的志愿是去边疆，他们也会按我的志愿分吧？”

“那不一定。”

“志愿去边疆的并不多，而边疆需要的人却不少。”

“让谁去也不能让你去呀！”

同学们一致认为，胡大白即使想去边疆，很可能也去不了，因为很多单位都在抢人才，成绩好的会被挑走，或者被大学留下。有个名叫蔡海洲的同学甚至与她打赌，赌两个木箱子。

胡大白做着去边疆的准备，专门买了两个木箱子准备打包托运行李，蔡海洲认为她用不着，建议就拿这两个箱子做赌注。

“如果你留在郑州，两个箱子归我。”蔡海洲说。

胡大白不甘示弱：“行。如果我被分到郑州，我就不要这两个箱子了。”

“你肯定会留在郑州的，这两个箱子肯定是我的了。”

结果一公布，胡大白果然留在了郑州，而蔡海洲被分到了四川，她便把两个箱子真的送给了蔡海洲，让他托运行李用。

快要离开母校了，大家思绪万千、恋恋不舍。同学们互赠留言、互相勉励，还抓紧时间合影留念，留下美好的回忆。

如今，回忆起毕业时的情景，胡大白仍感慨万千："很多同学毕业后就失去了联系。蔡海洲现在也不知在哪里，怎么样了。一直到现在，我再也没见过他。"

人生就像乘火车旅行，每列火车到站都有人上车或下车。胡大白和很多同学一起上了大学这趟"列车"，又一起下了车，分别转乘了不同的列车。有的同学会在未来的旅途中再次踏上同一趟列车，而有的同学可能再也不会。

胡大白转乘的这趟"列车"是郑州市第十三中学，上车时间是1964年7月。

◇在"运动"中沉浮

7月的一天，胡大白吃过早饭，便骑上自行车，去十三中报到。

她事先打听过，十三中位于南郊的佛岗村，离她家有七八公里的距离，骑自行车应该不算远。但是，出了市区没多久，便是乡村的土路，还有几处铁路道口无法骑行或推行，只能扛着自行车通过。

骄阳似火，刚从病中康复不久的胡大白身体还有些虚弱，扛自行车让她满头大汗、气喘吁吁。过了铁路，土路也坎坷难行，她刚学会骑自行车，有些路段她实在驾驭不了，只能下车推着。再加上路不熟，走走停停，几次问路，一直走到上午11点，才终于到达佛岗村。

胡大白来到十三中门口，门卫拦住了她："您找谁？"

"我是来报到的。"胡大白停好自行车，擦了把脸上的汗，拿出郑大开的报到证明给保安看。

保安立即热情起来："原来是新来的老师呀！快请进。您直接去教导处，找杨老师就行了。"

到了教导处门口，胡大白发现里面坐着一个眉清目秀、衣着儒雅的年轻老师，便敲门："我是来报到的。找杨老师。"

年轻老师站起来，身材高大，但略显瘦削。他微笑着客气地说："我就是。请您进来坐吧。我帮您办手续。"

胡大白进来，并没有坐，而是站在杨老师的办公桌前，把相关材料拿给他。

杨老师接过来，又指了指对面的椅子，说："您请坐吧。"

"不用。我站会儿就行。"

胡大白站在那里，看着杨老师帮她办手续。她发现，杨老师的字写得很工整，很有力，拿笔的那只手很大，手指修长，一看就觉得是双巧手。有那么一瞬间，她的心弦似乎被什么拨动了一下：难道他就是我心中的白马王子吗？想到此，她自己顿觉不好意思，只是第一次见人家，连名字还不知道呢，怎么就异想天开了。

杨老师帮她办完手续，也站起来，说："走！我带你去见见校长和老师们吧。"

胡大白跟在杨老师后面，去了几个领导的办公室，又到教研室见了老师们，最后杨老师带她去宿舍，安排她住下来。

从这天起，胡大白就算正式上班了，但学校没给她安排教学工作，而是安排她去省纺建公司参加"四清运动"。

所谓"四清运动"，指的是中共中央从1963年开始在全国城乡开展的社会主义教育运动。"运动"的内容，一开始是在农村"清账目、清仓库、清财物、清工分"，后期是在城乡"清政治、清经济、清组织、清思想"。"运动"期间，数百万干部下乡下厂，开展革命，广大工人和农民参与其中，积极响应。

当时，按上级要求，新毕业的大学生首先要参加一年的"四清运动"，去工厂，或者去农村，十三中安排胡大白去了工厂。

这家工厂是省纺建公司的建筑构件加工厂，主要从事建筑工地的钢筋加工等。胡大白与工人们同吃、同乐、同劳动，一起参加"四清运动"。每天早上，她6点就出发，一直到晚上7点半才能回宿舍，每每累得精疲力竭。

这段日子里，胡大白偶尔会想起那位热心的杨老师，会产生一种想见到他的渴望。

紧张而艰苦的一年终于过去了，胡大白回到学校，正式登上讲台，成为一名人民教师。她被安排到语文组担任语文教师，教初中一年级三班和四班的语文，并担任四班的班主任。

十三中地处城乡接合部，接收的学生主要是农村孩子，也有少量工厂子弟小学送来的城市孩子。城市学生的学习成绩总体不太好，调皮捣蛋的学生倒挺多，胡大白担任班主任的四班，就有好几个城市男孩特别捣蛋，经常把女老师气哭。

每逢有学生捣蛋，都是教导处的杨老师出面处理。这时胡大白才知道，杨老师叫杨钟瑶，是从教育局调过来的，在教导处负责学生管理。他很严厉，学生都很怕他，没有他解决不了的问题。

这天晚上，正上晚自习，班里的两个男生打了起来。大个子简聚昌 14 岁，又胖又壮，胡子拉碴的，看样子像个大人。小个子崔新元只有 12 岁，身体又单薄，但性格却很倔强。两个人发生了争执，简聚昌一推崔新元，就把崔新元推倒在地。崔新元火气上来了，爬起来就去找“武器”，不一会儿便拿着根通火的通条，劈头盖脸地打简聚昌。简聚昌躲闪不及，鼻子被打中，流血不止……

胡大白及时制止了两个学生，可简聚昌受了伤，必须尽快送医院治疗。她刚学会骑自行车，加之又是晚上，根本不敢带人，只好叫杨钟瑶过来帮忙。

杨钟瑶二话没说，骑上自行车便带着简聚昌往医院跑，胡大白骑车在后面跟着。

这天是阴天，乌云遮住了月亮，地上一片漆黑。杨钟瑶担心：“天这么黑，你骑车行不行？”

胡大白确实不太敢骑，但她觉得不能让他一个人去，便壮着胆子说：“没事，我跟在你后面。”

“黑天骑车，注意把住车把，尽量走路中间，保持直行。”

“明白了。我跟着你走。”

杨钟瑶熟悉路况，摸黑骑车也走得挺快，胡大白只得壮着胆子跟在后面。经过一段时间的适应，她可以模糊地看到杨钟瑶的影子了，便突然有了胆量，磕磕绊绊地往前骑行。有几次，她的车轮撞到土坷垃，或跳或滑，差点把她摔下车，但她按杨钟瑶说的，紧紧把住车把，都顺利地通过了。

到了铁路中心医院，医生给简聚昌做了检查，没什么大碍，就简单地给他包扎了，让他回家。胡大白又和杨钟瑶一起，把简聚昌送回了家。

这时，已经是深夜 11 点多了，天色更黑，可以用“伸手不见五指”来形容。刚才骑车的情景，胡大白想想都有些后怕，这时说什么也不敢再骑了。于是，他俩就推着车回学校。

路上，他们边走边聊，聊各自的情况，又聊各自家庭的情况。

杨钟瑶说：“我是兄弟姐妹八个，五女三男。”

“那么巧！我也是兄弟姐妹八个，五男三女。”

两个人都笑起来，感觉世界真大也真小，竟有这么巧的事。他们边走边聊，从家庭情况又聊到工作生活中的一些细节，越聊越兴奋，走了一个多小时才回到学校，都没感觉到累。

此后，胡大白有意无意地了解了一些杨钟瑶的情况，知道他比她大 2 岁，出身教育世家，工作踏实能干，还多才多艺。他会刻钢板字，自己把教导处资料的编、刻、印都包揽了；他是十三中射击队的队长，不仅自己射击成绩好，还带队参加过省市比赛，经常给学校争得荣誉，射击队的学生都特别佩服他；他打乒乓球的技术也很精湛，水平在十三中也是名列前茅……之前她就对他有好感，了解他越多，就越觉得他好，心里就开始喜欢他，也希望靠近他。

胡大白当班主任，工作上和杨钟瑶有许多接触。他们都住在学校，晚上也都加班工作，她经常找点借口，到教导处找他，说点正事，再聊些私人的话题。一来二去，两人越来越熟悉，话题范围也逐步扩大到人生，乃至亲情、友情，可以说无话不谈了。

这天，胡大白上课时，发现有个叫朱留保的学生没来上课，也没请假。放了学，她骑车去了离学校不远的站马屯，到朱留保家了解情况。原来，朱留保右腿骨折了，不能走路，家里人也没顾上告诉学校。

俗话说，“伤筋动骨一百天”，朱留保要耽误三个多月的课，可能就跟不上了，朱留保和他的父母都很着急，可他们不知道该怎么办。

胡大白说：“我回去向学校领导汇报一下，想想办法。”

回到学校，她径直去教导处找杨钟瑶，跟他商量如何处理。

杨钟瑶说：“这种情况，最好把他接过来上课。”

“可是，我骑自行车水平不行。您能不能帮忙接送？”

杨钟瑶不假思索，便答应说：“这是好事，我支持。”他还建议道：“可以在你们班男生中组成帮扶小组，轮流值班，帮他上教室、回宿舍、上厕所等，帮他打饭、打水、洗碗。时间长，一定要建立组织，责任到人，还要有人检查，要表彰参加帮扶的同学。”

“咱俩想到一块儿了。女同学也可以在学习上帮助他。”

“这样一来，你们全班都在学雷锋了。”

胡大白在班里一说，同学们都踊跃参加帮扶小组，很快就把小组成立了起来。随后，她又和杨钟瑶骑车去站马屯，把朱留保接到学校。

之后的几个月，杨钟瑶每周都去接送朱留保，胡大白也都要和他一起去。她的借口是：“顺便做做家访，问问朱留保在家的情况。”

几个月过去了，朱留保不但没耽误课，反而因为感激同学们对他的帮助，更加刻苦学习，成绩有了较大幅度的提高。他的家长送来一幅匾，上面写着“爱生如子”。

胡大白把匾送给杨钟瑶，说：“我也没地方挂，你挂到教导处吧。”

杨钟瑶也不客气，就接过来，挂在教导处了。

关于那段生活，胡大白后来回忆说：“那时，虽然都是工作上的接触，但每次我求他帮忙，他总是欣然答应，我有事也首先想着征求他的意见，两人见面聊天总有许多话说。每次和他接触，心里总是甜甜的，感觉挺温暖，这是从没有过的感觉。”

可是，这段美好的日子持续时间并不长，便因突如其来的“革命风暴”而中止。

1966 年 5 月，“文化大革命”的风暴席卷了河南大地，十三中也不例外。一夜之间，学校的很多地方都贴上了“大字报”，批判杨钟瑶的最多。

这是怎么回事？胡大白被眼前的浪潮弄蒙了，杨钟瑶在她心目中的美好形象也被残酷地打破了。

可是，更让她理解不了的是，她自己也被扣上了“修正主义苗子”的帽子。

“造反派”的学生“批斗”胡大白，她就和学生辩论：“我在市里参加‘四清运动’，回校不到一年，各方面表现怎么样，大家也都看到了，凭什么说我是‘修正主义苗子’？”

这年9月，全国的学生又兴起了“串连”的热潮，十三中的“革命小将”也不甘示弱，大多跑出去“串连”了。胡大白和同事们每天还是去劳动，并在劳动中自己找些乐趣。他们进行抬杠子比赛，两个人一组，看哪组抬的砖多。

胡大白主动要求和杨钟瑶一组，他们俩力气都不小，一次抬起了70块砖，重达350斤。大家都欢呼起来，却听到咔嚓一声，杠子断了。

胡大白和杨钟瑶“抬杠子”的事，成了大家闲聊的话题。

在这段日子里，胡大白与杨钟瑶接触更多了，对他也有了进一步的了解。

杨钟瑶家是教育世家，他祖父是京师大学堂毕业的，回到家乡后办了所桑蚕小学。学校就开在离他家不远的庄丘寺里，办学经费靠养的蚕卖钱贴补，学生不用交学费。抗日战争期间，他父亲又继承祖父的事业义务办学，还在办学时掩护过中国共产党的同志；中华人民共和国成立后，他父亲被时任平原省副省长贾心斋推荐到聊城师范当教师；1957年“肃反”时，因历史不清，被清理遣送回家劳动。他母亲受丈夫牵连，1958年被补划为“右派”，在家生活不下去，只好带着最小的女儿跑到东北农村落了户。他二姐虽然早年参加革命，把弟弟妹妹都带出来上学，算是革命家庭，可他的大家庭里“成分”太复杂，有地主，有“反革命”，还有“右派”，在当时看来，问题很严重。

胡大白知道杨钟瑶的情况后，对他很同情。她安慰他说：“出身不由己。你要树立信心，相信这一切早晚会过去，形势会慢慢好转的。”

冬去春来，果然不出胡大白所料，他们的境况在渐渐好转。虽然他们每天还要劳动，但管得很松，他们一起干活儿，一起聊天，日子过得也很甜蜜。他们有时还可以请假到市里去，看病或买东西。

胡大白的胃病复发，杨钟瑶就带她去第一人民医院找中医看病。当时，第一人民医院在东大街的北面，四周都是农田，骑车不方便，她就和钟瑶步行。

初春的风吹面不寒，地里的麦苗绿油油的，阳光和煦。在这种大好春光里，他们的春情也都荡漾开来，杨钟瑶很自然地把手搭在胡大白的腰间，胡大白欣然接受。他们慢慢地走着，沉浸在“爱”的幸福中，忘记了他们是请假去看病的……

走着走着，杨钟瑶突然停下来，转个身面对胡大白：“大白，我喜欢你，我想和你在一起。你同意吗？”

胡大白的脸一下子红起来，心突突地加速跳动。这尽管是她的期待，但她仍觉得太突然，不知该如何回答。她沉默良久，才委婉地说：“现在这种情况，我们先别谈这个好吗？”

“那要等到什么时候？”

“我也不知道。以后再说吧。”

杨钟瑶没再坚持，但他的神情分明是沮丧的，此后也一直闷闷不乐。

第二天，胡大白惊讶地发现，杨钟瑶竟然没来学校，而是请假说病了。有同事告诉她，杨钟瑶去了陈寨他妹妹家。

胡大白不由得担心起来，陷入了激烈的思想斗争。她后来回忆说：“当时我想，他背着那么重的家庭包袱，向我表白，我又拒绝了他，他要轻生怎么办？可是这么突然，我还没跟家里说，怎么能答应他？我的心真是翻江倒海。”

到了第三天，杨钟瑶的妹夫来到了学校，找到了胡大白。他拿出一个“星星火炬”的纪念章，递给胡大白，说：“您要不收，我哥就不活了。”

胡大白最担心杨钟瑶想不开，听了这话赶紧表态：“我收！你回去转告他，就说我答应了，让他放心！”

杨钟瑶听到消息，立即跑回来找胡大白，直接找到了她家。

胡大白悬着的心放下了，但她不想让家里人知道这件事，便拉杨钟瑶走出家门。一出门，她就埋怨说："你咋那么傻呀！还为这事寻死寻活的。"

"反正我在这里就一个人，孤独这么多年了。你要不答应，我活着也没什么意思。"杨钟瑶态度很坚决。

胡大白又说："可你突然提出来，我没有思想准备。婚姻大事，我总得和家里人说说吧！我这一大家子，不先说说以后怎么办？"

"我相信你会处理好的。"杨钟瑶说。

胡大白想了想，妥协道："现在这种情况，只能先不和他们说了。"

就这样，胡大白和杨钟瑶"私"定了终身。她没和家里任何人讲，也没向身边的任何人说，但两颗心已经贴在了一起。

明确了恋爱关系后，他们按捺已久的感情完全爆发了。虽然迫于形势的压力，两人都有各种各样的顾忌，但是只要有时间，两个人就在一起，卿卿我我，如胶似漆。

这时，学校对所谓的"五类分子"管得更松了，白天在学校工作学习，晚上可以回家。每天晚上，杨钟瑶都送胡大白回家，路上走得尽可能慢，可还是很快就走到了家。他们还不忍分开，胡大白再送杨钟瑶到他借住朋友的房子，然后，杨钟瑶又不放心胡大白一个人回家，再把她送回，真是难舍难分。

"咱们这样下去，也不是个事呀！"

"是啊！要不，咱们干脆结婚吧。"

可是，冷静下来想一想，结婚也不是容易的事，很多障碍在阻挡着他们。

首先是杨钟瑶的家庭出身问题，胡大白没法跟家里说。在当时那种形势下，找对象最看重的就是家庭出身和社会关系，她担心跟家里一说，父母很可能不会同意。其次，他俩都是学校的"五类分子"，学校很可能不会同意他们结婚。如果学校不同意，不给开结婚证明，那他们也登不了记，结不成婚。还有，婚礼办不办？在哪里办？怎么办？结了婚住哪里……

胡大白想了想，说："我觉得，你的家庭情况我不能跟家里说，只能先斩后奏。"

"那倒是。可我担心，以后父母会怪你。"

"没事。我们先办了结婚证，找个合适的时机，再把情况跟他们说明。怪罪也不怕，我的事我做主。"停了停，胡大白又说："到那时，生米煮成熟饭了，我相信他们会理解的。"

"可是，到哪里开介绍信呢？"

两个人都沉默了。

胡大白突然想起，她手里是有一枚公章的。去年，为了跟上形势，她和王英老师合作，成立了一个名叫"险峰"的战斗队，虽然没有活动过，但却按当时的惯例刻了公章。

本以为"山穷水复"，却突然"柳暗花明"。这个"有心栽花"的战斗队没有什么战绩，却起到了"无心插柳"的作用。

胡大白拿这个公章，开出了一张她与杨钟瑶结婚的介绍信，又从家里"偷"出了户口本，便把材料都准备齐了。杨钟瑶在郑州原本就是一个人，有自己的户口本，不需要费什么周折。

1968 年 3 月 8 日，一个阳光灿烂的春日，胡大白和杨钟瑶一起，来到郑州市二七区民政局，进行了结婚登记。

结婚证书拿到了，他们成了合法夫妻，却不敢公开，也不能住在一起。

这天晚上，杨钟瑶又送胡大白回家，边走边聊。

杨钟瑶说："我想了个办法，去趟信阳二姐家。到了那里，就说在郑州结过婚了；回来就说在信阳结的婚。你看怎样？"

胡大白知道，钟瑶的二姐很早就参加革命，姐夫当时是信阳军分区政治部副主任，家里房子比较大。另外，他们住在军分区大院，也比较安全。

"嗯。这个办法不错。"胡大白表示赞同。

于是，胡大白向父母讲了她和钟瑶已经登记的情况，并说准备去信阳结婚。

父母都知道胡大白的脾气，决定了的事他们也管不了，而且已经登记过了，只得同意。胡大白又向他们介绍了杨钟瑶的家庭情况，只说其父母是知识分子，父亲已经去世，母亲远在东北，结婚只能去他二姐和二姐夫那里。他二姐和二姐夫的情况，她重点作了介绍，当时军人的政治地位很高，他们能去军营举行婚礼当然很好。

胡大白没想到，父母的工作竟然如此顺利地做通了，心情很好。结婚需要的东西，她没有任何要求，她觉得，只要能与心爱的人在一起就行了。

当时，他们结婚很简单，杨钟瑶准备了两个被面、两个枕头套、一个床单。胡大白家倒是准备了一套“嫁妆”，但她只要了两床棉絮、两个被里、两个枕头、两条枕巾，其他的什么都没要。

简单地准备后，他们各自编了理由请假，坐上了去信阳的火车。

在信阳的“蜜月生活”幸福而快乐。二姐杨钟玲有两个孩子，一个叫小丽，一个叫巨焰，都十多岁了，活泼可爱。胡大白有个长处，到哪儿都能和小孩子打成一片，于是，他们一放学就缠着她一起玩，让她仿若回到少年时光。他们把小小的信阳城逛了个遍，还去了30公里外的鸡公山，去了市区附近的南湾水库，玩得不亦乐乎。

可是，夜深人静时，胡大白心里还是感觉有点虚。他们是分别请的假，都没说是结婚，时间长了回去不好交代。再说了，那时没有电话，信息不通，也不知学校会发生什么新情况。

正如胡大白所担心的，学校还真有了新情况。“反击右倾翻案风”开始了，“贫下中农毛泽东思想宣传队”（简称“贫宣队”）进驻学校，集中学习，发现他俩都不在学校，便找他们。

他们找不到杨钟瑶，就去胡大白家找胡大白。

胡大白的母亲李耐亭并不知道他们找胡大白有什么事，便实话实说：“大白和杨钟瑶去信阳结婚了呀！不是请过假吗？”

“他们请假都没说去信阳，也没说结婚。”

“这俩孩子，请假也不说清楚。”

“他们背着学校结婚，欺骗组织，必须抓回来批判。”

李耐亭一听急了：“怎么会，怎么会呢？结婚不是要学校开证明吗？怎么会背着学校。”

“反正学校不知道，抓回来一问就清楚了。”

来人气呼呼地走了，边走边说要派人去信阳抓人，李耐亭看着他们走远，不由得担心起来。

这天，胡大白把自己的担心跟杨钟瑶说了，并建议：“咱赶快回郑州吧！”

“也行。咱准备一下，明天就回。”

可是，就在这天下午，二姐杨钟玲匆忙赶回家，把钟瑶叫了出去，低声说了些什么。

杨钟瑶回到房间，沮丧地说：“还真让你说着了，又来了麻烦事。”

“快说。怎么回事？”

“不知道出了什么事，学校要派人来，带我们回郑州。”

胡大白一下子吓蒙了：“那怎么办？二姐说怎么办？”

“二姐也没办法。只能先跟他们回去吧。”

事情弄成这样，胡大白心中特别难受。她没想到，他们只顾自己高兴，给二姐和二姐夫造成了不好的影响，还让父母担惊受怕，而且还不知道会受到怎样的处理。但转念一想，能与钟瑶结婚，并通过这种方式大白于天下，也算有失有得，付出点代价也是值得的。

当天晚上，胡大白和杨钟瑶被学校的“红卫兵”“押”回郑州。

胡大白和杨钟瑶一回到学校，校园里就炸了锅。谁也没有想到，他们俩会偷着结了婚，跑到外地住在一起了。在当时那种社会环境下，这是很多人想都不敢想的，也是很多人不能理解和接受的。

他们被关了起来，还被刻意隔离开，一人一间房子，离得很远。胡大白被关在学校南边家属院最西边的一间小屋里，杨钟瑶则被关在了学校西北角的一间屋子里，两人不能见面，更不能说话，互相牵挂着。

除了不能见面，定期或不定期的“批斗会”不断。

“批斗会”上，说什么的都有，以讽刺、嘲笑为多，胡大白忍受着。可是，“批斗会”后一个人回到那间小屋里，不能与爱人在一起，却让她更难受。

好在没过多久，“批斗”得少了，管得也松了。有好心的同事告诉胡大白，每天下午，他们会让杨钟瑶出来散会儿步，杨钟瑶会往她这边走，从她门口过一次。胡大白听说这个消息后，就时刻盼望着看到爱人。

这天下午，胡大白一直站在门边，从门缝里往外看。果然，她看到了杨钟瑶那瘦削的身影走了过来，从她房门前缓缓走过，并不敢回头看她。他走过去后，她就在门后耐心地等他返回。

估计杨钟瑶快要返回了，胡大白又目不转睛地盯着门缝。这次，她先听到了他的脚步声，又看到了他的身影。她突然打开门，以便更好地看看他，也让他有机会看她一眼。两个人四目相对，会心地笑了笑，互相鼓舞。

再后来，学校也被要求“早请示、晚汇报”。胡大白尽量不去食堂买饭。她托人捎信，让家里人给她带了些馍和咸菜，每天晚上打一壶开水，一顿一个馍，就着咸菜吃。

没过两天，杨钟瑶担心了，因为他没看见胡大白去买过饭。他有意无意地从她门前经过，她还是像往常一样打开门。他赶紧问：“你怎么天天都不去买饭？”

胡大白得意地笑了笑：“家里人送的有馍。”

“哦。那还差不多。可别饿坏了。”

两个人都明白了，他们是不谋而合。他们都是优秀的人民教师，都热爱党、热爱毛主席，事事处处学雷锋，为学生着想，为人民服务，怎么都成了被“批斗”的对象呢？!

那些日子里，胡大白闲着没事，就在小屋里学习毛主席著作。在学习毛主席的《关于农业合作化问题》时，她学到了“我们应当相信群众，我们应当相信党，这是两条根本的原理。如果怀疑这两条原理，那就什么事情也做不成了”这句话，心里踏实了些。她想，既然毛主席都那么说了，那就相信群众相信党，相信党和群众总有一天会弄清楚他们的事。

靠着这个信念，她度过了那段艰难的日子。之后，他们恢复了工作，并征得学校领导的同意，搬到了食堂旁边一间放杂物的房间，正式住在一起过日子了。

他们可以每周回一次胡大白家，一般是周日早上回去，晚上返回。杨钟瑶心灵手巧，木工、铁工、泥水匠，什么活儿都会干，家具坏了他修，锅漏了他补。到做饭时，他一个人，丁零当啷，很快就做好了。他还特别孝顺，岳父有灰指甲，苦于没人给修，他就耐心地给岳父洗脚、修脚、剪指甲。

胡大白的父亲是个细心的人，做什么活儿都很精细，经常批评几个孩子干活儿粗糙，但杨钟瑶例外。他不仅从来没批评过杨钟瑶，还经常在孩子们面前夸他："你看人家钟瑶干的活儿，你们干的算啥呀！"

没多久，二老都喜欢上了这个女婿，偷偷结婚的事造成的不愉快也便烟消云散了。

有一天晚上，两个人躺在床上，聊了会儿当时的境况，又憧憬起未来。杨钟瑶说："现在没人管咱了，咱要个孩子吧！"

胡大白明确表示了反对："现在刚恢复工作，要好好干，干出点名堂，不能让人家瞧不起。"

"工作当然要好好干，但也不影响要孩子吧？"

"光咱俩生活多好呀！有了孩子，麻烦事就多了，势必分心！"

钟瑶叹了口气，说："人生在世，过啥呢？"

"你说过啥？"

"就是过人呗。"

"怎么是过人呢？"

"我小时候听一位老师傅说的。"

"老师傅没文化，思想传统狭隘，你也没文化呀？"胡大白当时对共产主义事业充满憧憬，觉得人应该为共产主义理想而活着，尽管遭遇不公，被人们不理解，但也要洁身自好，勇敢坚定。但是，这些想法在家里说有些冠冕堂皇，她没直说。

"我也不懂，只是想，我孤身一人多年，好不容易成家了，要有个孩子多好。"

胡大白一听这话，不由得心疼他了，就说："好吧！但现在确实不合适，五年后再生，行不行？"

"行。听你的。"杨钟瑶的话里包含着无奈的情绪。

可是，天不遂人愿，胡大白不久就怀孕了。

寒假前的一天，胡大白突然觉得反胃想吐，便对杨钟瑶说：“我肚里难受，翻江倒海的，光想喝点醋。”

杨钟瑶愣了下，突然笑了：“怕是有了吧！”他马上又担心起来：“这怎么办？啥好东西都没有。”

胡大白也意识到了，沮丧道：“咋恁倒霉呢？这么快就怀孕了。”

“怎么算倒霉呢？这是我们的造化。”杨钟瑶说着，便去给胡大白拿醋。

胡大白喝了点醋，感觉好了些，便继续去给学生上课了。

这时，学校调整住房，又让他们搬到校园南边最破的一间小房里，门都关不严，透风漏气，冷得暖水瓶里的水都会上冻。有一天下了雪，雪花被风吹进了门缝，飘得满屋子都是，整个房间里都是白的……

“冬天住在那屋子里，冷得不得了；每天上课还要劳动，又累得不行。真是苦啊！但我们俩心心相印，怎样的苦都不在乎。”

冬去春来。到了四、五月间，胡大白已经显怀了，但还坚持劳动，挑大粪到地里。

杨钟瑶很心疼：“这种重体力劳动，坚决不能干了。能坚持上课就不错了。”

“不要紧。我这个人皮实，没事。”

胡大白依然每天高高兴兴地劳动。她觉得劳动光荣，只要身体能承受，就要坚持。

一直坚持到放暑假，胡大白的预产期也快到了，学校领导让她休假，她才回家待产。

1969 年 7 月 26 日，胡大白住进了郑州市第二人民医院。

进了产房，听着产妇们由于宫缩疼痛发出痛苦的呻吟声，一向天不怕地不怕的胡大白也有些紧张，甚至害怕了。宫缩越来越急，越来越痛，用“痛不欲生”来形容毫不夸张，她叫着找杨钟瑶，但那时的产房不允许男家属进来，喊了也没用。

肚子痛了很久，费尽九牛二虎之力，小家伙终于降生了，是个男孩。

听到孩子哇哇的哭声，胡大白如释重负，瞬间又感觉空荡荡的，分娩的疼痛已经消失，她的眼里却仍含着泪花。看到了孩子，胡大白当时的感觉是“一脸的枯搐皮，两个眼睛黑明黑明的”。听说孩子只有6斤重，她不由得感慨：“生得那么难，我以为多大个儿呢，谁知才6斤重。”

杨钟瑶有了儿子，脸上心里都乐开了花。他和胡大白商量后，给小家伙起了个名字叫乃斌，乃是“乃”字辈，斌是文武双全的意思。

当时，生罢孩子56天就要上班，胡大白发愁了。谁来照看孩子呢？她父亲要上班，她母亲要为一大家子人做饭，还要照顾她哥、她姐的孩子，不方便兼顾。她想起了她的婆婆，婆婆生了六个孩子，看孩子应该很有经验，而且，有了孙子，当奶奶的哪能不高兴，不想来看孙子呢？想到这些，她对钟瑶说：“让咱东北的妈来吧！”

杨钟瑶一开始反对：“你别惹事了，她是‘右派’，来这儿让人知道了，再斗起来，那可不得了。在东北，小瑾（杨钟瑶的妹妹）的婆家是贫农，还是村干部，平平安安的。”停了停，他又说：“再说了，我从来就没跟人说过我妈的事，现在突然冒出来，怎么解释？”

“我想好了，咱不说是咱妈，就说是我姨。我老家在江苏北部，咱妈的老家在山东，说话口音差不多。”

杨钟瑶从心眼儿里想让他母亲来，只是怕他们刚平静的日子因为他母亲的到来受到影响。胡大白的这种想法，他觉得还算可行，便说：“那好吧！不过，说实在的，我怕她连累咱们，连累你。”

胡大白坦然地说：“我不怕，大不了再批斗一通。”

杨钟瑶把母亲从东北的农村接到了郑州。他母亲叫高紫珊，山东菏泽人，1931年毕业于山东省立第一女子师范学校，当时被称为“旧时代的新女性”。20世纪30年代初，他母亲曾想去瑞金参加革命，但没成行，后来在山东、河南等地县立小学教书，结婚后相夫教子，但也一直没离开教师岗位。中华人民共和国成立后，他父亲去聊城师范当教师，母亲一直在滑县、延津的公办小学当教师。再后来，他父亲因“历史问题”被“清理”回家，母亲受丈夫影响，也于1958年在“反右派补课”时被打成“右派分子”，开除公职，回滑县老家“接受改造”。当时，他和三姐跟着二姐到郑州上学了，母亲带着三弟、四妹、五妹在家，没有劳动能力。四妹在二姐的帮助下嫁给郑州郊区的农民，三弟被过继给了父亲第一个夫人的弟弟，母亲便领着小妹去了东北，在那里定居了。

胡大白是第一次见到婆婆，心里真是五味杂陈。婆婆个子不高，小脚，一身农村老妇的打扮，虽显清瘦衰老，但依然美丽，特别是两只黑亮的眼睛仍流露出温柔和智慧。她的背佝偻着，头低着，总不抬头，大概是被生活压得抬不起头了。作为一位知识女性，她长期寄人篱下，在农村种地做家务，又背着“右派分子”的包袱，十几年的日子真不知她是怎么经受过来的。

婆婆看到乃斌，有说不出的兴奋，像个小孩子一样，手脚都不知放哪儿好，只会说：“太喜人啦！太喜人啦！”

当天晚上，杨钟瑶对胡大白说：“我还是很担心，妈这次过来，会连累你。”

胡大白明白杨钟瑶的意思，不由得心疼他们娘儿俩：“甭担心。我觉得不会影响到我，你也不要背包袱。我们理直气壮地好好工作、生活。”

“毕竟妈还戴着那顶帽子。”

“那不能怨她。我觉得，大爷（杨钟瑶的老家滑县方言称呼‘父亲’为‘大爷’）和妈没有错。大爷大学毕业就教书，老家划的‘成分’与他有什么关系？他也没有剥削过农民。他和妈之前都是参加革命工作的，按说都是功臣。”

“尽管你这样想，咱还是小心点，尽量别让外人知道妈的情况。”

“对。明天再提醒下家里人，别说是咱妈来了。”

第二天，胡大白郑重地提醒众兄弟姐妹：“我婆婆这次来，是以我姨的身份来的，别说穿帮了。”

有了婆婆看孩子，胡大白和杨钟瑶都可以放心上班了，日子过得很舒心。尤其是杨钟瑶，从小离开妈，又不能公开认妈，如今和妈住在一起，又有一个可爱的儿子，天天乐得合不拢嘴。每天下班回家，他就抢着做家务，不仅家里的重活儿如买煤、买面等是他的事，做点复杂的饭改善生活也是他的事，连小孩的衣服也大多是他做。他会用缝纫机，胡大白和妈都不会用，家里没有缝纫机，他就到有缝纫机的同事家去借用，做得又快又好。

转眼间，儿子已经过了百天，长得可漂亮啦，可以说把父母的优点都集中起来了。百天时，儿子照了张照片，笑得特别可爱，看着就像快 1 岁的样子，照相馆的老板都觉得形象特好，要求把照片放在橱窗里。

这年，正值“复课闹革命”，胡大白承担了高中的语文课，每天要上七节，还有早读、晚自习，不准请假。

工作任务繁重，胡大白只能挤时间给孩子喂奶。当时的家属院在学校南边，必须从学校大门出来，绕个大圈，才能回到家属院，很耽误时间。家属院的窗户开向学校院内，她为了节省时间，尽量不从学校大门绕，而是跳窗户回家。

“我的奶好，把儿子养得白白胖胖的，每天一下班听见儿子的笑声，心里可甜。孩子就是我们三个大人的心尖尖。”胡大白说。

天渐渐冷下来，十三中在郊区，冬天的风显得特别大。家属院都是平房，屋子里虽然生个小煤火，也比较冷。

有一天，胡大白又跳窗户回来给儿子喂奶。窗户一打开，她就觉得冷风呼呼地往里灌，跳窗户那一会儿，就把屋里好不容易聚起来的暖和气给吹散了。她怎么也没想到，儿子因此受了凉，患了感冒。

学校离市区远，看病不方便，领导又不让耽误课，胡大白便让校医先给看了看。校医给了点感冒药，但吃了后没见好，孩子哭得不行，后来不哭了，但喘不过气来，鼻子一翕一翕的。

杨钟瑶担心地说：“不好，恐怕是肺炎。”

“那我们赶紧去医院吧！”胡大白着急。

两人都赶紧找领导请了假，匆匆往医院赶。胡大白抱着孩子，杨钟瑶骑自行车带着娘儿俩，另一位老师骑自行车送他们。到十里铺汽车站后，那位老师一手骑车，另一手推着杨钟瑶的自行车回去。

当时郊区没有到市区的公共汽车，只有长途车。他们顶着凛冽的寒风，等了好久好久，心急如焚，感觉都被冻透了，才好不容易等到车。坐上长途车到了市区，再转公交车，很晚才到了郑州市第三人民医院。

走进医院大门，胡大白觉得自己差一点就累瘫了，但孩子要紧，她一刻也不敢耽误，赶紧往急诊室跑，请医生快看。

医生打开斗篷里的小被子，看到孩子脸色发紫，呼吸困难，眼也不睁，便没好气地埋怨她："咋送这么晚？"

胡大白有苦说不出，只能求医生："求求您了，快救孩子！"

医生立即开了处方，让护士给孩子吸上氧，输上液体，又嘱咐胡大白好好照顾。

看着孩子头上扎着输液器，鼻子上插着氧气管，胡大白心疼不已，但想起刚才医生的埋怨，又担心孩子的病情，只能暗暗祈祷，盼望着孩子快快好起来。

可是，孩子的病情比想象的还要严重。

◇差一点精神崩溃

北风仍在呼呼地吹，偶尔会冲进医院的走廊里，并发出尖锐的呼啸声。乃斌虽然住上了院，也开始了治疗，但看着他呼吸困难的样子，胡大白非常着急，非常害怕。

杨钟瑶也很紧张，但他还是安慰胡大白："这里条件好，医生水平高，孩子会好起来的。别太担心。"

胡大白知道，着急上火也起不了作用，还是先考虑生活问题，毕竟孩子需要吃奶，她也必须照顾好自己的身体，保证奶量充足。又考虑到娘家离医院比较近，便说："我看着小斌，你去一趟家里，给家里捎个信，顺便拿点需要用的东西来。让大奎（胡大白的弟弟）来照应照应。"

杨钟瑶答应着，便去了胡大白家。他不敢跟岳父岳母说真实情况，只说孩子感冒了，学校没法治，来医院住几天，好了就抱过来。

拿了些在医院用的东西，杨钟瑶便赶紧回医院。出门时，胡大奎送他出来，他才跟大奎说了具体情况，让大奎有空就来医院看看。

当天晚上，孩子的病情有所缓解，稍微平静了一点，但胡大白和杨钟瑶都放心不下，形影不离地守着孩子。他们俩一夜没睡，都后悔给孩子看晚了，也后悔坐长途车耽误时间，又把孩子冻着了……可冷静下来一想，当时也没有其他办法。

第二天早上，胡大白见孩子脸色发红，赶紧摸孩子的头，感觉很烫。叫来医生一检查，医生判断是炎症加重了，必须用好一点的抗生素消炎。

医生说："有一种进口药效果很好，可是医院里没有。要想办法，赶快去买。"

胡大白很着急，立即催着杨钟瑶去买，正好胡大奎来了，杨钟瑶便骑上胡大奎的自行车，去找医药公司的熟人。

胡大白和弟弟守着孩子，在医院里焦急地等待。可是，杨钟瑶并没把药带回来，他说："医药公司也没有现货，要从北京调，朋友说了，药一到郑州，就立即给我们送过来。"

没有办法，他们只能等。这一天，胡大白看乃斌眼睛紧闭，眉头紧锁，嘴唇发绀，由之前的活泼可爱变成这时的病情危重，心疼得不行，坐立不安。

杨钟瑶一次又一次地到医院门口观望，盼着医药公司的朋友赶紧把药送来。可是，到了晚上，药仍然没有送来，他们渐渐由焦急变成绝望。

夜色降临了，病房里显得更加悲凉。胡大白虽然两天两夜没合眼了，但仍焦急得睡不着。她没有办法，只好在心里不停地祈祷：赶快把药送来吧！赶快送来吧！赶快送药来救救小斌吧！

半夜时分，医院突然停电了，病房内外一片漆黑。胡大白一阵恐慌，吊针快打完了，没有电无法续上药，怎么办？

胡大白赶紧把孩子抱起来，唯恐暖气停了，让孩子再冻一次。

接下来的时间，胡大白除了盼药，也盼电，期盼着药和电都能早点送来。可是，当时是"文革"期间，市三院两派斗得不可开交，正常的管理和运行都不能维持，急也没办法。

没有电，正在打的这瓶药打完，护士只好摸着黑给拔下了针头。这时，胡大白有一种不祥的预感，心揪在一起，疼得出不来气。她悲苦地恸问苍天：难道小斌没救了吗？

好容易挨到天亮，杨钟瑶赶快去叫护士，来给孩子扎针。值班护士是个新手，乃斌的血管又不太好扎，一连扎了三次都没扎进去。护士着急地说："我还是去叫护士长吧，小儿科只有护士长是一针过。"

很快，护士把郭护士长叫来了，果然一针就扎了进去，先把医院里的消炎药给孩子输上。

这时，电恢复了，房间里慢慢暖和起来。上午8点多，进口药也送来了，医生赶紧让护士给换上。看着进口药缓缓流进乃斌的身体里，胡大白觉得又有了一线希望。

一直揪着的心得到了短暂的平复，胡大白立即觉出了肚子饿。她两天三夜没吃东西了，赶紧吃了点弟弟送来的饭。

吃过饭，胡大白专心地看护着乃斌，希望进口药打上后，能够尽快出现奇迹，孩子能尽快好起来。可是，一直到中午，乃斌的病情没有明显变化。

杨钟瑶很着急，去问医生："进口药打了这么久，怎么不见好呀！"

医生来到乃斌病床前，看了看孩子的情况，皱了皱眉头说："再等等吧！药效没那么快。"

一个下午又快过去了，孩子还是没什么好转。

傍晚5点多，胡大白惊喜地发现，乃斌挣扎了一下，睁开了眼睛。她高兴地说："斌斌想吃奶的吧，妈喂喂。"说着，她就轻轻抱起孩子，把奶头塞到孩子嘴里，让孩子噙着。

乃斌有气无力地吸着奶，很快就把一个奶吸干了。胡大白把另一个奶头塞进他嘴里，他又吸干了。

胡大白虽然两天三夜没怎么吃东西，但奶水依然很旺。乃斌也三天三夜没有吃奶，她的两个奶都挺涨，让乃斌一吃，感觉好多了。

看孩子吃了这么多奶，胡大白的心里不由得窃喜，乃斌的病情可能就此好转了。她轻轻地把孩子放在床上，微笑地看着，喊杨钟瑶也过来看。

那一刻，乃斌的两只大眼睛似乎明亮了许多，直直地看着爸爸妈妈，还微微地笑了一下。之后，他就闭上了眼睛，静静地躺在病床上。

胡大白怎么也没想到，孩子的眼睛再也没有睁开。晚上 7 点刚过，乃斌的呼吸突然一阵急促，继而就很微弱了。医生们赶紧来抢救，但折腾了半天也没有奏效，乃斌还是停止了呼吸。

吊针拔了，氧气管也拔了，胡大白突然意识到什么，双手紧紧地抱住孩子，不让任何人碰。她歇斯底里地哭喊："小斌别走，小斌别走，妈妈在这里，谁也别想把你夺走……"这样哭喊了一会儿，她也突然昏迷了过去。

医生又赶紧抢救胡大白，好在有惊无险。但是，她苏醒后一直恍恍惚惚，杨钟瑶只好让胡大奎先把她拉回家。

杨钟瑶和亲友们一起，处理了乃斌的后事。当天晚上，他就和二姐夫带着乃斌的遗体，骑车去西南郊，把乃斌埋葬在南曹村附近的一处墓园里。

胡大白醒来时，发现她已在娘家的南屋里，父母、大姐、弟弟及杨钟瑶都围在她身边。她往四处看了看，没看到孩子，就问："小斌呢？谁给我抱走了？"

大家相互看了看，杨钟瑶低下身子，沉痛地说："孩子没有抢救过来，已经去世了。"

胡大白这才清醒过来，但她不愿相信自己的耳朵，大声嚷道："我不信！我不信！孩子在哪儿呢？让我看看孩子！"

"入土为安，已经埋了。"

"谁埋的？埋哪儿啦？我要去看看。"说着，胡大白就挣扎着要下床。

杨钟瑶和胡大奎一左一右想按住她，但她仍在挣扎，母亲、大姐也来帮忙，还是按不住。杨钟瑶只好请来医生，给她打了镇静针。

此后，胡大白就在娘家宝昌里六号院住了下来，杨钟瑶也请了假，专门在家陪护她。当时，她的样子很吓人，杨钟瑶一个人照顾不了她，住在一起，家里人可以帮着照顾。还有，那年冬天很冷，住在一起也暖和些。

他们和父母、弟弟一起住在南屋。这是一套不大的三间瓦房，每间也就十平方米，中间是客厅、厨房，东西两头各有一个房间。东屋与客厅之间有隔墙，但没装门，门洞外有个门帘，弟弟胡大奎在那里住；西屋与客厅之间没有隔墙，只有个布帘子，晚上睡觉时可以拉上，父母和他俩挤在这一间房里。父母的床靠西南墙，他们的床靠西北墙，两张床基本上紧挨着，方便照顾。

胡大白慢慢接受了失去孩子的现实，更加重了与孩子生离死别的痛苦，一见有人来，就要哭倒一回。母子连心，她的眼前总挥不去小斌的影子，经常忆起与孩子在一起的细节，也后悔自己没能照顾好孩子。她自责，为什么那么粗心大意，发现孩子发烧了还不带他去医院？她想不通，同样是小儿肺炎，为什么别人家的孩子能治好，她的孩子却治不好？她问天问地问自己，找不到答案，只能哭啊哭，哭得死去活来。有时痛苦到一定程度，她常常控制不住自己，会突然哭笑异常、胡言乱语、撕衣毁物，甚至打人，严重时还会意识模糊、紧张恐惧，甚至出现幻觉、错觉。即使吃着镇静药，她的精神还是时而亢奋，时而萎靡，整夜睡不着觉。

杨钟瑶很担心她的精神状态，带她去医院看了看，医生给了个“反应性精神病”的诊断。可是，这种病除了吃点镇静药，也没有太好的办法，只能好好照顾她，慢慢对她进行精神抚慰，等待刺激因素的淡化。

这样过了一段时间，胡大白的病总算好了些，杨钟瑶请假的时间也够长了，只能回到学校上班。父母和哥哥、嫂子、姐姐、姐夫轮流陪伴她，陪她聊天、打牌、下军棋，分散她的注意力。

这天，有个朋友来看她，跟她说，他们千方百计买来的进口药没用完，让同病房的孩子用了，那孩子的病治好了。本来朋友是想宽慰她，告诉她这药也救了一个孩子的命，但她突然钻进了“牛角尖”，放声大哭起来，边哭还边嚷：“上天为什么不公平？别的孩子能治好，为什么我的小斌不能治好？这不合道理啊！”

这点小事一刺激，胡大白的病情又加重了，自此，谁也不敢再提与乃斌相关的任何事。可是，她脑子就是想不开，稍微平静些就又想起这件事，与家人争论：“小斌死得不合道理，同样的药，怎么人家的孩子就能治好呢?!”

如此一来，她不但没有渐渐淡忘孩子，反而对孩子的思念与日俱增。于是，家人们便商量，给她找个孩子，填补她心里的空白，以期改善她的精神状况。这时，二姐胡大方的女儿雪芹刚满3岁，活泼可爱，比较合适。二姐便把雪芹送给她，让雪芹喊她妈妈，还把雪芹的户口迁到了她的户口本上。雪芹很听话，天天围着她叫妈妈，给了她莫大的安慰。她越来越喜欢雪芹，每天晚上搂着雪芹睡觉，她自己的睡眠也越来越正常了。

有了雪芹，胡大白的病情得到了明显好转。他们不再与父母挤一间屋，而是搬到了西屋，一间比较大的房子里。她把雪芹当成自己的孩子，心里有了照顾孩子的意识，便很少忆起那些痛苦的往事，基本能正常生活了。可是，她的神志仍不太清醒，隔上十天半月，偶尔还会发一次病，只能在家里待着，干点家务，看着雪芹，仍无法去工作。

经过这次打击，胡大白仿佛变了一个人，以前聪明、勇敢的胡大白不见了，充满激情、干劲十足的胡大白也找不到了，大家看到的，只是一个病人，甚至是一个废人。

可是，大家谁也没有想到，几乎又是一夜之间，胡大白的心结突然被打开，重新焕发了青春和活力。

◇峰回路转

1970年春天，万物复苏，胡大白的病情渐渐减轻，发病的次数也越来越少。她除了照顾孩子，做些家务，还重新开始读书学习。

这天，她信手拿起桌子上的《毛泽东选集》，信马由缰地翻看着。在看到《矛盾论》时，她不由得眼前一亮，觉得一下子被其中的内容吸引了。尽管她以前也学过这篇文章，但并没有真正领会其中内容，再读时突然有了新的感受。

毛泽东在《矛盾论》中写道：“事物的矛盾法则，即对立统一的法则，是唯物辩证法的最根本的法则……唯物辩证法的宇宙观主张从事物的内部、从一事物对他事物的关系去研究事物的发展，即把事物的发展看做是事物内部的必然的自己的运动，而每一事物的运动都和它的周围其他事物互相联系着和互相影响着。事物发展的根本原因，不是在事物的外部而是在事物的内部，在于事物内部的矛盾性。任何事物内部都有这种矛盾性，因此引起了事物的运动和发展……外因是变化的条件，内因是变化的根据，外因通过内因而起作用……由于特殊的事物是和普遍的事物联结的，由于每一个事物内部不但包含了矛盾的特殊性，而且包含了矛盾的普遍性，普遍性即存在于特殊性之中……”

读着这些句子，胡大白一下子把孩子去世的事与辩证法联系在了一起。具体矛盾要具体分析，她分析了一下，觉得别人的孩子不患病，或者患了病能治好，属于普遍矛盾；自己的孩子患了病，而且看不好，是特殊矛盾。特殊矛盾共性少、个性多，有它自身的规律和特点，比如孩子体质较差、抵抗力弱、生活条件不好、没有及时发现病情、没能及时就诊、对药物不适应等，都是矛盾中固有的。它在一定条件下可能向好的方向转化，也可能向坏的方面转化，自己孩子身上存在的个性因素多，便向坏的方向转化了，这也是事物发生、发展的必然规律，要辩证地看，要接受客观结果，不能撞上南墙还不回头。

上大学时，胡大白就很喜欢哲学，哲学考试曾得过 125 分，有哲学思考的基础，有辩证分析的习惯，这次受《矛盾论》启发，再次把哲学用于实践，起到了极其重要的作用。经过分析，她感觉思路开阔了，心气顺畅了。对此，她后来在《相濡以沫四十年》中写道：“我懂了矛盾有普遍性，也有特殊性，虽然药是一样，但乃斌是病危之后又历经几个小时波折到医院，虽然穿得厚，但风大、天冷，大人都被冻透了，何况是生病的孩子，这么一折腾，病情更加危重了。再加上停电，房间没暖气，又冻了一次。孩子那么小，怎能经得起病情反复？人家的孩子虽也是肺炎，但病情没有反复，自然容易治好。这么简单的道理，我在学习矛盾论后才明白。我一直乐于帮助人，想到那些药又救了一个孩子，自己也欣慰起来，觉得是乃斌大公无私，自己不行了就把药奉献给别人。这样想着，我心里也得到了安慰。”

在大学里，胡大白很喜欢哲学，这门课的成绩也是各学科中最好的。学习毛主席著作后，她对很多哲学观点有了新的感悟，看问题的角度也更全面了。她想：小斌去世后，我悲痛，难道钟瑶不悲痛吗？结婚后他是最想要孩子的，失去小斌他应该更心疼。乃斌去世那晚，是他和二姐夫骑车去西南郊，把乃斌埋葬在南曹的，那要多么坚强和隐忍？这几个月来，在娘家住着，身边都是我的亲人，钟瑶又要昼夜陪伴我，又要顾及我的父母、兄弟姐妹，还要到十几里外的十三中上班，太不容易了；父母年事已高，还要昼夜陪着我，为我分担失子之痛……想到这里，她觉得她不能再这样下去，必须振作起来，负起家庭的责任，让父母不再担心，让钟瑶回家有一口热饭，全家一起撑过这难熬的日子。

突然有一天，胡大白惊讶地发现，一个新的生命又在她身体里孕育了。她告诉杨钟瑶："我觉得，我又怀孕了，不知是不是真的。"

杨钟瑶也不敢相信："不会吧？咱赶紧去医院查查。如果是真的，就不能再吃药了，必须对孩子负责。"

杨钟瑶赶紧陪胡大白去医院检查。结果出来了，胡大白果然怀孕了。

对于这个结果，胡大白有喜有忧。喜的是，上苍怕她太孤寂，又给了一个孩子来陪她；忧的是，她长期服药，会不会对孩子的孕育产生不利影响？就此，她咨询了医生，被告知少剂量的镇静药不会造成太大影响，她才略微放心。

从医院出来，杨钟瑶郑重地对胡大白说："如今，你又怀孕了，身体不再是你一个人的事。你要理智起来，振作起来，把身体养好。"

胡大白点头："嗯。之前我对不起乃斌，现在，绝不能让肚子里的孩子再出什么差错。"

"医生说尽量少吃或不吃镇静药，咱就不吃了。好不好？"

"好。我不吃了。"

胡大白是这么说的，也是这么做的。她时时告诫自己，必须重新拾起生活的勇气，不能再麻木，也不能再放纵，更不能再吃镇静药了。她的意志又坚强起来，全身心对抗病魔，并最终战胜了它，从此再也没吃镇静药。

随着孕期的发展，胡大白的怀孕反应越来越厉害。她去了一趟中医院，向老中医求教，懂得了怀孕后出现反应的原理。

老中医告诉她，胚胎发育时需要大量的优质营养，母体本能地把这些优质营养输送给胎儿，导致孕妇本身正常的需要不能满足，从而出现头晕、恶心、消化不良等反应。这些反应又使孕妇胃口不好，不能正常补充有营养的食品，造成恶性循环，越来越严重。

明白了道理，胡大白就采取了针对性措施，多吃有营养、好消化的食品，不等饿就先吃，少吃多餐……这样坚持了几天，反应越来越轻，很快就完全止住了。后来，她不仅胃口没问题，反而经常觉得吃不饱了。

虽然身体和精神状态都渐渐恢复，但胡大白还会常常想起乃斌，觉得对不起他。为此，杨钟瑶经常开导她，每天下班回来都要陪她去散步。

有一次散步时，他们又说起乃斌。杨钟瑶说："你要这样想，小斌是为我们牺牲的。你想想，原来我们俩那么努力地工作，领导却一点也不体谅我们，请假都不允许。小斌一走，大家都看到我们的好了。"

"那倒是。对于小斌的事，领导们也有愧疚，也有反思。"

"你看现在，大家对我们多关心。谁像你，怀孕了也不用上班。"

"你这么一说，我也相信小斌是为我们牺牲的。我们要为儿子好好活着。"

就这样，在杨钟瑶的耐心照顾下，在肚子里的孩子的间接抚慰下，胡大白的精神病彻底痊愈，完全恢复正常。学校领导知道她又怀孕了，怕再出问题，也没有让她再去上班。她在家平静地养胎，又承担起了贤妻、良母、好女儿的责任。

1970年9月8日，胡大白再次走进产房，顺利产下一名女婴。

给女儿起名时，胡大白还是让杨钟瑶拿主意。

其实，杨钟瑶早就想好了，他说："我想让她随着雪芹，叫雪梅。雪中之梅，希望她不怕天寒地冻，不畏冰袭雪侵，不惧霜刀风险，不屈不挠，你看怎样？"

"宋代的卢梅坡有句诗：'有梅无雪不精神'，雪梅挺好。只是，咱不随你杨家的‘乃’字辈了吗？”

“咱不随辈分了，也不起太好的名字了。乃斌的名字就是起得太好了，压不住，咱就起普通的名字。”

“那就叫雪梅吧！小名呢？你考虑没有？”

“我觉得，也起最简单的，就叫小六，你看如何？”

“小六？别人会感到奇怪的。你女儿怎么排都排不到第六呀？”

杨钟瑶笑着说：“胡家三姐妹，你是老三，现在老大家有三个孩子，老二家有两个，你说是不是排在老六？再说了，你们姐儿仨，嫁的都是姓杨的，不也是杨小六吗？”

胡大白被杨钟瑶逗笑了。在场的亲友都觉得新奇，也都哈哈笑起来。

有了之前带孩子的经验和教训，胡大白和杨钟瑶在女儿身上用尽了心思，下足了功夫。为了孩子的健康，杨钟瑶自学了一些医学知识，尤其是诊断方面的“视触叩听”，孩子的呼吸声不对，他马上拿听诊器给听。

胡大白特别在意孩子的吃喝拉撒，连孩子排的便都要看看、闻闻，如果有奶瓣，还要用手捏捏。在杨钟瑶的指导下，胡大白也学会了基本的诊断知识，知道了孩子的正常呼吸声是怎样的，患气管炎、支气管炎、肺炎时又是怎样的；知道了如何通过孩子的大便颜色、气味，判断是不是消化不良，是不是受凉或积食了，还是有炎症；知道了孩子有什么表现可能是缺钙，需要补充什么食品……一有个风吹草动，孩子患了感冒或者气管炎、支气管炎，胡大白就赶快带着她往儿童医院跑，特别害怕转成肺炎。

1970年冬天也特别冷。有一次，小六患了感冒，转成了支气管炎，他们就赶紧把孩子送到儿童医院。住院后，还真转成了肺炎，把胡大白吓坏了。他们俩轮流用棉袄揣着女儿，让孩子在他们怀里暖和些、舒服些。

这天，孩子的病情有了好转，杨钟瑶准备回趟学校。可是，他惊讶地发现，他们新买的红旗牌加重自行车不见了。自行车就放在医院楼道里，他们只顾照看孩子，忽视了自行车，竟然被人偷走了。在十三中工作离不开加重自行车，而当时买个名牌自行车比较难，那辆车是他们好不容易托人搞了一张票，夜里排了几个小时的队才买到的，丢了实在是太可惜。

车丢了，胡大白觉得很难受，杨钟瑶安慰她说："丢了就丢了吧，比起闺女的健康，这不算事。"

胡大白听他这么一说，又用辩证法一分析，也便想开了。

小六健康成长着，越长越大，越长越可爱，越长越漂亮，全家人都很喜欢。她还特别懂事，特别听话，不让人操心，按她姥姥的话说："一根线都能玩半天。"

1972 年初春，健康快乐的胡大白又怀孕了。

春华秋实。这年的金秋十月，胡大白生下了一个大胖小子。

生了儿子，胡大白和杨钟瑶不由得又都想起夭折的乃斌。取名时，他们便不敢拿主意，索性请长辈给起。

胡大白请父亲给外孙子起名，父亲感慨地说："就叫保成吧！保证成功。"

父亲说这话时，眼里噙着泪花，分明也是追忆起曾经的伤痛。胡大白知道，父亲把伤痛深深地埋在心底，因为心疼她，怕影响她的情绪，从不敢轻易流露，不由得为之感动，眼圈也有点红。为了不破坏大喜的氛围，她赶紧附和："这个名字好！就叫保成。小名就叫小宝。"

"外号就叫'无价之宝'。"杨钟瑶也附和。

杨保成的名字就这么定下来。

这年，杨钟瑶兼任了校办工厂的负责人，除了为学生上课，还要思谋为学校创收。他看准社会上耐火砖很紧缺，就自己设计，自己垒了一个烧耐火砖的炉子，又自己烧窑，试制耐火砖。几经努力，他成功烧出了耐火砖，又亲自去联系销路，产销两旺，为学校创造了不少的效益。为了扩大生产，他又扩大了工厂的规模，带了几个徒弟一起干，整天忙得不亦乐乎。保成出生后，学校领导考虑到他们的实际困难，就积极协调，把胡大白调到市区的学校，以方便家里人帮忙照看孩子。

在胡大白休产假期间，郑州市教育局就批准了她的工作调动申请，把她调到位于市中心的郑州市第七中学工作。

1972年12月9日，保成出生仅56天后，胡大白去郑州七中报了到，随后就在那里上班了。

胡大白和杨钟瑶都要上班，两个孩子的看护问题不免让他们发愁，胡大白的父亲主动承担了这个任务。父亲准备年底退休，正好可以接替胡大白照看孩子。事实上，这年父亲已经70周岁，因为厂里的工作离不开他，他足足推迟了10年才退休。

12月31日，是父亲胡问古退休的日子。杨钟瑶做了一些菜，准备庆祝父亲"光荣退休"。可是，一直等到深夜12点，父亲仍没回家，全家都很着急，怕他出什么事。他一直是骑自行车上下班，而他工作的针织厂离家里挺远，有十几里地。这天是农历的十一月二十六日，月黑风高，半夜三更骑车确实让人不放心。那时，家里还没有安装电话，杨钟瑶便跑到隔壁旅社，用旅社的电话给针织厂值班室打了一个，询问情况。

厂值班员说："胡师傅刚走。他早就下班了，却坚持要加班，把准备给退休工人发的'退休光荣'镜框油漆好。"

在大家的担心中，胡问古终于摸黑骑车回到了家，时间已经是1973年元旦的凌晨1点多。

胡大白不无埋怨地说："爸，上班的最后一天，您怎么这么晚才回来？"

"站好最后一班岗嘛！我必须把'退休光荣'的镜框弄好、弄完，这是给退休工人发的，也有我自己的一个嘛！"

"您这最后一班岗站得好，都站到新的一年、新的一天了！"

"我还没站够呢！我身体还行，真想多给厂里做点事。"

胡大白无语了，她回想起父亲几十年的工作历程，不由得深深地为父亲的精神所折服。父亲是厂里退休最晚的，不仅工作到70岁，还坚持到了这年的12月31日，甚至干到了这一天的最后一刻。几十年来，他从未迟到、早退，更没有旷工，没有占公家一分一厘的便宜。父亲不仅爱岗敬业，还廉洁奉公。他担任的保管员，在物资紧缺的时代算是个"肥缺"，但他"拒腐蚀、永不沾"，几十年清清白白，不拿公家一针一线。为了避嫌，他甚至给家里人立了一条规矩，他们厂的产品一件都不准买，一件也不准穿，对自己、对家人的要求是何等严格……

有这样的父亲作为精神导师，胡大白感觉太幸运了。有这样的老人给她带孩子，她觉得也是孩子的幸运。她相信，在耳濡目染中，孩子们也能学到外公身上的优秀品质。

自此，胡大白便把两个孩子交给了父亲，父亲也尽心尽力地照看着孩子们，一如他在厂里上班时的认真负责。

有一天，胡大白下班回到家，看到父亲正带着保成在玩。父亲把保成放在腿上，让保成在他腿上蹦，保成乐得不行，一阵阵地咯咯笑。再看父亲的裤子，已经被保成踩得油光光的，又脏又破。她不忍心看父亲这样，便说："您的裤子让小宝弄得这么脏，我给您重新做一条吧？"

父亲摆摆手："我又不上班，穿这就行了。不用做。"

胡大白知道父亲一贯俭朴，也就没再多说。

1975 年初，胡大白又生下了一个儿子。她父亲自告奋勇，第一时间给孩子取了名：保中。这个名字也是吉祥的意思，因为在河南话里，"中"也是成的意思。她和杨钟瑶也给他取了外号，叫"掌上明珠"。

这时，他们还是住在西屋的一间房里。有一两个孩子时还可以凑合，有了第三个孩子，原来的床一家五口实在挤不下，加上孩子经常尿床，睡觉成了问题。杨钟瑶就想了个办法，把床加宽，床上铺一块大塑料布，上面再铺几个小褥子。这样，一家五口就挤在一张大床上。即使如此，还经常把杨钟瑶挤到床帮上。

有一次，胡大白醒来，看到杨钟瑶睡在床帮上，半个身子还悬在床外，便不好意思地表示抱歉："真对不起，把你挤成这样。"

杨钟瑶笑笑，满不在乎地说："这算啥，挖河时我们能睡在扁担上。"

胡大白也会心地笑。她知道，杨钟瑶确实这么干过。1958 年追求"大干快上"，挖河都是挑灯夜战，太累了，扁担放在两个筐上，他往扁担上一躺，就能睡着，也掉不下来。

睡觉的问题解决了，但穿衣吃饭也是问题。那时，穿衣凭布票，吃粮凭粮票，孩子多，什么都不够。布衣服容易破，胡大白就学会了补补丁。不管是大人还是小孩的衣服，都有补丁，被子、褥子甚至袜子也有补丁。亲戚朋友家孩子大了，穿不上的衣服便给他们，他们总是如获至宝。

杨钟瑶会做衣服，不管什么样式，只要他看一眼，就能做出同样式的衣服，修改衣服更是他的强项。有一次，他大姐给了他一件驼绒里的旧大衣，他把里子一翻，罩上新的面，仿照当时最流行的带帽子的大衣，改成了一件“棉猴”。让雪梅一穿，可美，可精神。雪梅穿着在街上一走，整条街的街坊都很羡慕，纷纷打听是从哪儿买的。

杨钟瑶还会做饭，做得又快又好，胡大白自愧不如。她后来回忆说：“有一次我 13 岁的侄子从武汉来，我们答应让他吃饺子的。孩子眼巴巴地等着我做饺子，我是面和得慢，菜切得慢，火也收拾不好，两个小的一个人抱一条腿也闹着要吃饺子。直到钟瑶下班，放下自行车，说‘你们歇着吧’，他一上手，只用了半个小时，饺子便出锅了。”

胡大白的母亲对女婿也是赞赏有加，经常对人说：“我家小白（胡大白的小名）是掉到福窝里啦，钟瑶又会做饭，又会做活儿（指做衣服）……”

这段日子，虽然过得比较清苦，但胡大白的心里并没有苦的感觉，反而觉得很甜、很幸福……不久，她又迎来了一个好机会，母校郑州大学要调她过去。

1975 年初夏，仍在休产假的胡大白突然迎来了一个不速之客，原来是郑州大学人事处的工作人员来征求她的意见，问她想不想回母校任教。

胡大白有点蒙，疑惑地问：“我是中学老师，让我去大学任教，不好办吧？”

“那你不用管。手续我们来办。”

“可是，我也没有申请去郑大，怎么会想到让我去呢？”

“具体我也不太清楚。可以给你透露一点，你在郑大毕业时，因为你大学四年成绩全优，学校本来就是安排你留校的，后来给你分到郑州市，就是为了随时调你回来。”

胡大白仍然没听明白，但她还是选择了郑大。一则那是她的母校，二则那是一个更大的平台，她从心眼儿里愿意去。跟杨钟瑶一说，他也很赞成，就正式回复了学校，表示同意调动。

调动很顺利。郑州大学人事处的工作人员出面，很快就给她办理了调动手续，具体怎么办的，她到现在也不清楚。

这年的金秋十月，胡大白去郑州大学报到，被安排在中文系写作教研室，负责讲授写作课。

这时，写作教研室老师很少，年龄结构也不合理，以老教师居多。有的老师年龄太大了，讲课不适应形势，学生都不喜欢听。加之“文革”期间老师地位本来就不高，有些老师又不太负责任，课堂秩序就更差了。据说，有一个老教师上课时，只有两三个学生在听，他没办法，就坐在那儿给那两三个学生讲，像是“说课”，更像是聊天。

胡大白上的第一节课是讲浩然的《一担水》。虽然她之前对这篇小说很熟悉，但她考虑到当时学生听课不积极，还是认认真真地备了课。

1975 年 10 月的第二个星期二的上午，胡大白忐忑不安地走进了大学的课堂，开讲她在郑州大学的第一堂课。一进教室，她发现偌大的房间里，只坐了五六十个学生，而教室里有 182 个座位，显得稀稀疏疏、零零散散。她事先知道之前学生听课的情况，也便欣然接受这个现实，按事先备好的课讲起来。

一上午有四节课。胡大白讲完第一节，课间休息时，她听到有学生对楼上宿舍里的同学说：“来了个新老师，讲得不错，下来听吧。”（当时教学楼里也住学生。）

“真的吗？”

“不信？你来听一会儿，不就知道了？”

在口口相传中，第二节课又来了五六十个学生，第三节课又有学生来，教室里就满了，个别学生还站在后面听。

胡大白的四节课讲完，在校园里引起了不小的轰动。没过多久，中文系的学生们都知道来了一个新老师，课讲得很好。

除了认真备课、讲课，胡大白也认真对待晚上的辅导。学校规定：上课的当晚，是教师辅导的时间。很多老师不去辅导，有的就是去了，也只是转一圈就走。她去教室辅导，在中文系的五个班里来回转，学生有什么问题提出来，她总是耐心地给予答疑解惑。只要教室里还有一个学生，她就不走，一直陪着学生下晚自习。

这时，杨钟瑶也因为在十三中校办工厂的出色表现，被调到郑州市科委工作。他负责群众性的科学技术普及活动，下基层搞技术革新和发明创造，组织有锅炉队、机械队等。

好事接二连三。不久，郑州大学分房，给胡大白分了一套，他们全家就搬过去住了。房子在大学的西生活区家属院里，离中文系不远，胡大白就走着去上课。杨钟瑶去市科委上班，来回正好顺便接送孩子。他把自行车改造了一下，焊了个“小车厢”，安上轮子，挂在自行车右边，就成了三轮车。早上他骑着这辆三轮车，带着三个孩子，先把孩子分别送到小学和幼儿园，他再去上班，下班后再顺便把孩子们接回来。

家属院里房子不多，房前屋后都是空地。杨钟瑶把空地整了整，整成了菜地，前面的地里种豆角、黄瓜、西红柿、辣椒、韭菜等，后面的地里种丝瓜、梅豆、金瓜。菜长得好，自己吃不完，就摘了让孩子给同事们挨家送去。他们还喂了鸡，春天买一窝小鸡，到夏天就长到斤把重，每周可以杀一只公鸡改善生活。秋天母鸡开始下蛋，每天都能下十几个，保证了孩子们有鸡蛋吃。

后来，郑大物理系缺人，杨钟瑶就从科委调到了郑大，工作、生活就更方便了。

再后来，胡大白从写作教研室调到了现代文学教研室，被安排讲两门课。一门是必修课现代文学，一门是选修课影视文学，两门课她都很喜欢讲。特别是讲影视文学时，她到学校资料库借出一些录像带，让学生看一些经典作品，又到市电影公司借内部资料录像带，让学生看一些获世界大奖的作品，学生们都很愿意上她的课。由于课讲得好，“文革”后第一次评职称，她就顺利地评上了讲师。

这时，杨钟瑶也因为工作出色，被物理系评为工程师。学校再次调整住房时，他们俩都是中级职称，学校给他们分了一套三室一厅的房子。这套房子虽然面积不大（使用面积只有 54 平方米），但在当时的郑大已经算是最好的了。他们的房子在一楼西面顶头，杨钟瑶又在院子里盖了两间小房，住着更宽敞些，侄子、侄女、外甥、外甥女等亲戚从外地来郑州，都是住在他们家里，有的一来就住好多年，或者有工作后才搬走，或者结婚时才搬走。

这几年，胡大白和杨钟瑶夫妻俩的工作都很顺利，二人在各自的岗位上做得都很出色；几个孩子都健康成长着，聪明可爱；父母身体也都健康，能帮着照看孩子，专心当他们的后盾，免除了他们的后顾之忧……他们的小日子过得甜蜜而幸福。

可是，天有不测风云，人有旦夕祸福。在看似平静的日子里，一场灾难又不期而至。

◇厄难再次降临

冬季的黄河，水不多，略显荒凉。

横跨黄河的大桥上，一辆汽车正在行驶着。

胡大白坐在车上，看着黄河，心情很复杂。

这一年，胡大白38岁，正是年富力强的年纪，是郑州大学中文系的骨干教师。高考恢复后，学生们对知识如饥似渴，她的激情也被调动了起来，干劲特别大。学校派她去国家建工总局“五七干校”讲课，虽然她家里有困难，丈夫和孩子都需要照料，但她还是坚持来了。

不久前，杨钟瑶的右小腿被查出患了纤维瘤，做了手术，但术后留下了很严重的后遗症，还在理疗康复中。

更让她担心的，是小儿子杨保中。这个孩子原本发育有些慢，四五岁时说话还不太利落，连1、2、3、4都说不太清。别人问他话时，他常常答不出，对着天空傻愣愣地望半天，很多人都说这个孩子痴痴呆呆的，将来恐怕没什么出息。这年9月，她把儿子送进学校读书，却意外地发现了他的一个重要缺陷。

第一次去保中的学校开家长会，她就听到了班主任老师的抱怨：“您的孩子不听话，让他写字、背课文，他就是不听。您也是老师，恐怕得管管……”回到家，她把保中狠狠地训斥了一顿。过了几天，班主任老师又特意找到她，向她道歉：“胡老师，我可能冤枉您儿子了。他恐怕不是不听话，而是耳朵有问题，您应该带孩子去看看。”

她很惊讶，不敢相信保中的听力真有问题。尽管她天天忙于工作，经常顾不上带孩子，但也不至于发现不了这种大问题。怎么会呢？为了证实自己的疑惑，她带着保中去郑州市人民医院做了检查。结果出来后，医生告诉他，保中确实患有神经性耳聋，听力很差，而且无法治愈。这个诊断结论让她心如刀绞。

从那以后，她加强了对保中的关爱和辅导，想通过自己的努力弥补孩子的缺陷，把孩子的成绩提上去。她凭着自己多年的教学经验，单独为保中辅导功课。保中虽然听不清母亲的话，但可以辨认口形，能“看”懂她的话，母子间达成了某种默契，他的学习成绩才渐渐好起来。

因此，她要离开家一段时间，确实放心不下孩子，但学校既然安排了，还是得以工作为重。

“五七干校”在黄河北岸的修武县，似乎比郑州市区冷很多。干校的宿舍用“烧土墙”的办法取暖，走廊里放着一个大火炉（砖垒的大煤火），火炉连着火墙，热气从火墙中通过，房间就暖和了。煤气（含一氧化碳）从烟道里跑走，既取了暖，又不会煤气中毒。火炉除了取暖，还可以烧水做饭，炉口经常放个大茶壶，保障住在宿舍的人喝水。

1981 年 12 月 8 日，一个让胡大白刻骨铭心的日子。这天晚上，她意外地受到了严重烧伤，从此她的命运发生了改变。

晚上 10 点多，胡大白像往常一样，备完课后上床睡觉。由于白天要上六节课，晚上又要备课，她感觉挺累的，躺下不久就进入了梦乡。可是，不知什么时间，她突然被憋醒了，耳朵里出现很重的呼呼声。

她急忙爬起来，感觉头痛、无力，还有些晕乎乎的。她以前曾有过煤气中毒（一氧化碳中毒）的经历，感觉就是这样，便怀疑是走廊里的火炉出了问题。她强支身体下了床，小心地把房门打开，又走出去把走廊的门也打开。一股冷气吹来，她的头脑清醒了许多。

从走廊门回房间时，她发现火炉口没盖严实，往外透着亮光，应该是炉口上的茶壶被人挪到了一边。她觉得找到了刚才煤气中毒的原因，就是茶壶没坐在炉口上，炉口封闭不严，热气和煤气都散发在走廊里，从门缝里就进了房间。如果把茶壶挪到炉口上，煤气就出不来了，可以从根本上解决问题。这样想着，她就走到火炉边，抬手抓住茶壶把手，想把壶挪到炉口上。可是，就在那一刹那，她突然晕倒了。

不知过了多久，胡大白才醒过来。她发现自己躺在走廊里，全身都湿透了，感觉特别冷。她下意识地爬起来，回到房间，还换了一身秋衣，才上床盖着被子又睡。这次，她没睡多久，就又被冻醒了，同时感觉身上到处痛。她拉开灯一看，手上的皮都掉了，全身也到处是伤，而且感觉更冷了，牙不住地打战。这时，她才意识到，她是烧伤了，就赶紧下床，想出去喊人救她。可是，刚走出门喊了两声，她就又晕倒了。

隔壁房间的人听到了胡大白的呼叫声，跑出来一看，发现了昏迷的胡大白，便赶紧去找校医。校医来后，发现她全身烫伤，就一边给她上药，一边让人去准备车，送她去医院。

这时，胡大白又醒过来。她发现自己躺在床上，很多人围在床边，有人在给她上药。但只清醒了一小会儿，便又昏迷过去。

干校唯一的卡车上装满了没卸的红萝卜，大家一齐动手，赶紧卸车。等把萝卜卸完，已经天亮了，这才把胡大白拉到新乡市第二人民医院烧伤科。

到达医院时，已是上午 8 点多了，胡大白再次清醒。她发现自己躺在担架上，被抬进了烧伤科的病房。她听见医生说：“把她抬到床上，我检查一下。”她还逞强说：“我可以上去。”可是，就在她挣扎着想起身时，又一次陷入昏迷。

胡大白全身烧伤，高烧 42 度，连续一天一夜昏迷不醒。12 月 10 日上午，她又短暂清醒，看到自己全身缠满纱布，杨钟瑶也在面前，她还弄不清怎么回事，懵懂地问：“我这是在哪里？你怎么也来了？”

杨钟瑶心疼又怜爱地说：“傻瓜，你烧伤了，已经昏迷一天一夜了。”

胡大白刚弄明白是怎么回事，就又昏过去了。

就这样，胡大白迷迷糊糊地躺在病床上，一躺就是 12 天。高烧不退，炎症控制不住，医生们都很着急，杨钟瑶和家里人更着急，连郑州大学的领导也沉不住气了。

由于新乡二院条件有限，医疗水平也相对差一些，医生建议把胡大白转到郑州的大医院治疗。可是，对于是否让她转院，学校领导处于两难境地，害怕胡大白病情危重，转院过程中发生危险。因为，就在一年前的1980年，郑大也曾有个学生在驻马店因烧伤住院，病情不见好转，转往郑州治疗的路上，病情突然恶化死亡了。

杨钟瑶更加焦急，又无人商量，更不敢告诉家中几个老人真实情况，怕老人惊慌。就在这时，胡大白的二哥突然来了，他就与二哥商量，觉得还是要尽快回郑州。尽管路上有危险，但回去还有一丝希望，不回去后果不堪设想。

作出决定后，二哥立即赶回郑州安排住院，杨钟瑶在新乡做转院准备。

12月22日一大早，胡大白的二哥就来了，还带来了一辆中型面包车。他已经联系好了郑州市第一人民医院的烧伤科，办了转院手续，他和杨钟瑶一起，带着昏迷不醒的胡大白上路了。当时，新乡到郑州的路不好走，他们一路颠簸，走了整整一天，傍晚时分才回到郑州。

◇浴火重生

郑州市第一人民医院烧伤科不仅是全省最好的烧伤专科，在国内也有一定影响力。中华人民共和国成立初期，这里就建立了单独的烧伤治疗科室，后来发展成为烧伤整形兼备，集医疗、教学、科研为一体的综合科室，成功抢救多例严重烧伤病人，救治水平国内领先。胡大白安全顺利地转到这里，大家都松了一口气，都觉得看到了希望的曙光。

胡大白到院后，医生立即给她做了全身检查，迅速制订了治疗方案。她全身重度烧伤面积达37%，还伴有痂底大面积感染，长时间高烧不退，病情危重，医生立即给她输氧输血，接着又静脉滴注抗生素，改善她的全身状况。第二天，又迅速给她做了手术，揭掉黑痂，清洗创面，并进行了异体皮植入。

胡大白躺在手术台上，一直是昏迷状态，她后来回忆说："我觉得自己浑身轻飘飘的，像是在空中游荡。"

第一次手术，连续进行了七个小时，她醒来时已经是晚上。病房里亮着紫外线灯，幽暗的蓝光显得神秘而恐怖，她睁开眼睛时，看到杨钟瑶趴在床头，身体疲惫，神情焦急。

杨钟瑶发现胡大白醒来，顿时兴奋地站起来，靠近她，如释重负地说："你终于醒了！可把我们吓死了。"停了停，又关切地问："你感觉怎么样？"

十几天来，胡大白是第一次真正的清醒。她想活动一下身子，但觉得周身麻木，像是突然增加了无限的重量，动弹不得。她挣扎了一下，一阵剧烈的无法描述的疼痛袭来，说不清哪个地方疼，也说不清哪个地方不疼，但这疼痛刺激了她的神经，让她想起了大脑深处的已经发生的事情。她知道自己严重烧伤了，已由新乡回到了郑州，似乎还做了手术……她看见爱人守在身旁，又看到房间另一个床上睡着一个剃光头的人，便问："病房里怎么还住个男人？"

"不是男人，是中牟造纸厂的女工。因为烧伤严重，只好取自己的头皮用来植皮。你不知道吧？头皮长得最快，可以取七次呢！烧伤科的人都说，头皮是天然皮库。"

她担心地问："我是不是也要用头皮来植皮？"

"应该不用吧。你的伤没那么重。"杨钟瑶安慰说。

"但愿吧，我不想剃光头！"

"好，咱不剃光头。"杨钟瑶像哄小孩子一样哄着她，又换了个话题："你饿吗？要不要吃点东西？你十几天没正经吃饭了。"

"我不饿。"

"医生说了，你要强迫自己吃东西，不饿也得勉强吃一点。只有吃下东西，才能更快地恢复体力和精力，伤才能好得快些。"

"好吧。我先喝点水吧。"

杨钟瑶给她倒了一些牛奶，用小勺喂她，但她喝了一点便不想喝了，可能是空了多天的胃还不适应任何东西的摄入。

第二天，她的烧退了，感觉舒服多了，也感觉到了饿。杨钟瑶喂她吃了1碗二米粥（大米和小米放在一起熬的粥），她吃得很香。

胡大白虽然清醒了，但她的两条腿、两条胳膊都被吊在铁罩子里，4个吊瓶分别扎在两手的拇指和两脚的脚趾上，每隔6小时还要在右手臂上端仅有的一块好皮上打一次肌注针。

看胡大白这个样子，杨钟瑶很心疼，但还要强装笑颜，逗胡大白开心。他开玩笑说：“你现在是任人宰割啦。”

“就这，也比前几天好受点。”胡大白说。

第一次换药时，主治医生提醒胡大白：“胡老师，换药比较疼，我给你一卷纱布，你塞到嘴里咬着。我们还要按着你的腿，你好好配合一下。”

胡大白想，会有多疼？我能扛得住。便说：“好，你换吧！”

换药开始了，胡大白感觉就像扒皮一样，疼得撕心裂肺，而且放射到全身和头皮。如果没有人按着，没有咬着纱布，真不知道会出现什么情况。换完药，她全身都湿透了，像脱了水一样瘫软在床上。

第一次换药挨过去了。可是，每3天要换一次药，每次就像死去一回，胡大白真有点受不了了。而且，她躺在病床上，天天四肢被吊住，不能翻身，也不能动，只能仰着头，喂东西都很困难，特别难受。有一次换完药，她对杨钟瑶说：“我受不了啦！你也太辛苦了。干脆让我死吧，我一闭眼，咱俩都解脱了。”

杨钟瑶生气地说：“瞎说什么？ 3个老人都还不知道你烧伤的事，都在眼巴巴地等你出差回来。你要是死了，3个老人还能活？你不活，我能活吗？几个孩子你忍心丢下吗？这话赶快打住，再也不能说了。”

听了杨钟瑶的一番话，胡大白清醒过来。她想，钟瑶说得对，我一闭眼，不再受折磨，可老人怎么办？孩子怎么办？钟瑶怎么办？如果真去死，那我也太自私了！从我烧伤，钟瑶就陪在我身边，为我着急担心，还要操心家中的老人孩子，白天黑夜不能睡，应该比我还要煎熬。还有郑大中文系的学生，他们也纷纷来看我，不能见面，就把祝福的纸条传进来。孩子、老人、学生都需要我，我要扛住，再大的痛苦也要忍住，不能再让瘦弱疲惫的钟瑶受打击了。想到这里，她突然觉得想孩子了，便说：“能不能让孩子来，我看看他们？”

“我们这是隔离病房，只特批我一个人进来护理你。别人来只能在走廊外面，看到你这个样子肯定会担惊受怕，还是先别让孩子们来了吧！”杨钟瑶说。

胡大白觉得钟瑶说得有道理，便不提这事了。她开始耐下心来，全身心地配合医生治疗，争取早日康复。做了几次植皮手术后，她的伤逐渐好转，便征得医生的同意，出院回了家。

虽然出了院，但医生要求在家也要像在医院一样，尽量保持无菌环境。医院同意他们把铁罩子借回家用，房间里也用上了紫外线灯，每天按时消毒，医生几天来换一次药。胡大白仍不能穿衣服，罩在铁罩子里，也不能下床，大小便还是都在床上解决。杨钟瑶还是每天照顾她，但比在医院方便多了，可以兼顾照顾老人和孩子。老人和孩子们也可以天天在门口看看她，给了她莫大的安慰。

躺在床上，胡大白不仅经受着身体上的折磨，还经受着心理的煎熬。从白天到黑夜，又从黑夜到白天，不管是日月轮换，还是风霜雨雪，她只能躺在床上简单地重复着吃饭和睡觉，这种体验像钝刀割肉一样砥砺着她的意志和精神。躺在床上什么也干不成，她有的是时间思考，她回忆过去，不敢想未来，时不时还会冒出绝望的想法，按她自己的话说："该想的和不该想的，愿意想的和不愿意想的，经常交织在一起，在脑子里翻江倒海般地反复重现。"

这样的日子过了 3 年，胡大白的病情渐渐恢复，可以坐在床上看书、看电视、吃饭，也能下床走几步了。这时，她想得更多的是未来了，也就是以后该怎么办。她不止一次自言自语："我才 40 岁，总不能就此成为需要人照顾的废人。可是，身体这个样子，能干什么呢？"

1984 年的一个春日，胡大白坐在病床上看电视，一部名为《新闻启示录》的电视剧映入了她的眼帘。

这是浙江电视台摄制的一部集政论、纪实、新闻手法为一体的电视单本剧。看剧名觉得很普通，摄制手法也较老套，但随着剧情的发展，胡大白渐渐被吸引住了。

电视剧通过某报社三位不同经历、不同思想、不同性格的新闻记者的视角，透视发生在南亚大学记者招待会上的"挖泥船技术谈判"等事件，展示中国教育由传统的教育模式向适应新技术革命的教育模式转变的艰难过程。其中，有段剧情讲的是人才流动的故事——

一个名叫周克的光导纤维专业留美博士生，愿意回国效劳，但纺织系统没有对口专业，他便联系南亚大学人事处，请求到南亚大学工作。他是清华大学毕业生，但他是老三届，毕业以后就到纱厂劳动，当了个摆管工。改革开放后，他是第一批留学的，到美国学了光纤技术，取得博士学位。即使在美国，光纤技术当时也很先进，美国有关部门希望以高薪等优厚待遇留下他，但他拒绝了，理由是中国也需要这种技术。

南亚大学当然需要这种人才，立即同意接收。但是，办理调动时却遇到了麻烦：他的人事关系在纱厂，纱厂不放人。交涉过程中，纱厂领导说："周克是我们的人，我们不放。你觉得他有先进技术想用，我们还想用呢！"大学领导说："你们现在用不上他学的技术。"厂领导说："你怎么知道用不上？"

事情没谈成，校长很生气。回去后作出决定，厂里不给他转关系，就放在那儿，学校不要了，全校每个人省一口粮食，也就给他省出口粮了。于是，周克回国后，校长就让他直接来学校上班了。纱厂领导听说后，也不甘心。他们通过纺织系统投书新闻界，指责南亚大学以不公正手段争夺他们派往美国的留学生，引起了记者们极大的兴趣。在记者招待会上，南亚大学人事处处长陈述了他们所谓不正当手段的来龙去脉，并答应派两名南亚大学的高级电脑设计人员到纱厂工作，以弥补纺织系统的人才损失。辩论的时候，大学的领导说了一句话："一个人应该在他最能发挥聪明才智的岗位上工作，人尽其才。"

看到这个画面，听到剧中人的这句台词，胡大白深受启发。夜深人静睡不着时，她就琢磨：我的长项在哪儿？我虽然学中文、教中文，但谈不上喜欢中文，也搞不了创作，说到底就不是擅长形象思维的人。我从小就倾向于逻辑思维，自己能解决自己的问题，没有啥要去跟别人探讨的，所以连个称得上"闺蜜"的朋友都没有。我 8 岁就敢在人民广场讲话，"三反""五反"时去跟资本家讲理，上小学就学华罗庚的"优选法"并能应用，学校啥难办的事都让我去办……这样想来，我应该算是组织能力强、凝聚力强、社会活动能力强的人，属于会出点子、善于表达的人，属于"振臂一呼，应者云集"的人。我现在虽然躺在床上，自己不能站、不能坐，走动都得靠别人推着，但我可以出点子。另外，我的脸没烧伤，有一定的人脉，口才又好，做一名组织者、策划者应该没问题。

后来，胡大白又看到一篇报道，中科院数学所有一位名叫裘钟沪的科学家，在数学研究领域没啥大的成就，但他组织能力强，便做了中国数学会普及工作委员会的主任。中国派学生参加国际奥林匹克数学竞赛后，他充分发挥他搞社会活动的特长，很快就把这项工作推动起来，并取得了很大的成绩。

裘钟沪的成功经验让胡大白更坚定了自己的想法，她也要做一个组织者，发挥自己的聪明才智。

还是在电视里，胡大白看到了全国高等教育自学考试的消息，各地纷纷成立高等教育自学考试指导委员会，湖北、山东、四川、贵州、河北等地还先后进行了首次考试，一场自学考试的热潮正在大江南北蓬勃掀起，河南省也将于 10 月开考。

这些消息像一股股春风，吹进了胡大白的心田，在她的内心深处激起层层涟漪。她想，随着我国经济建设步伐加快，社会需要大批专门人才，已有高等教育形式难以满足社会需求。而且，河南作为人口大省，高等教育普及率在全国相对落后，能够走进大学校园的人属凤毛麟角，自学考试的政策一出，很多中青年人学习愿望十分强烈，只是苦于缺乏专业指导。如果办个辅导班，不但可以帮助这批人，也算是为社会作贡献。

她把她的想法跟杨钟瑶说了，并强调说："现在河南也开始搞自考的试点了，听说一下报了 2 万多人，可没有机构对他们进行专业辅导，光靠自学也太难了。"

杨钟瑶听后，并没像胡大白一样兴奋，在表示肯定的同时，也说出了自己的顾虑："办个自学考试辅导班，想法是挺好。可是，咱们都是郑大的老师，领导和同事们会怎么看？"

"我俩都不从辅导班拿工资，只尽义务，郑大肯定会支持的。"

"那倒也是。不过，做这事也不容易，你身体这样能行吗？"

"正因为身体这样，我才想去做这件事。我身体差点，但脑子还好用，嘴巴还能讲，必须做点力所能及的事，做点有意义的事。”

杨钟瑶叹了口气，说：“你可要想明白了。你身体这样，要想做这事，可又要吃苦了！”

胡大白笑了笑：“我不就是这个命吗？”

杨钟瑶沉默了很久，才勉强点头：“那好吧！我支持你。”接着，他分析了可能面临的各种困难，两人又一起商量了怎么去应对这些困难。

1984年秋天的一个上午，胡大白和杨钟瑶商量后，决定筹备辅导班。他们需要去教育局咨询有关政策，去附近学校找办班需要的教室，还要找授课的老师……需要做的事太多了，很多事还需要胡大白亲自出面，她只能拖着病体上阵了。

杨钟瑶心疼胡大白，怕她的身体吃不消，也怕一旦开始办班，很难再停下来。于是，临行前，他再次跟她确认：“你决定了吗？”

“决定了。”

“准备好了吗？”

“准备好了。”

“那好吧。”说着，杨钟瑶从屋里推出自行车，又去病床前请胡大白：“走吧。你的专车已经准备好了。”

胡大白从病床上爬起来，微笑着说：“走！”

杨钟瑶搀扶着胡大白，缓步出了门，把她扶上了自行车。

◇相关链接

▲ 1943年，胡大白随父母客居西安。父亲胡问古做点小买卖维持生计，日子过得很艰难，但父亲每天都要买一个小小的橘子给她吃，哥哥姐姐都羡慕甚至嫉妒。1947年冬天，胡大白随父母回郑州。1949年，胡大白在郑州市砖牌坊街小学就读。在“三反”“五反”运动中，代表全市的少年儿童发言。小学六年级时，她想改名，教语文的苗老师不同意，对她说：“你这名字多好呀！大白于天下。”1955年，胡大白在郑州市第四中学读初中。在支援社会主义建设活动中，积极想办法捡拾废铁，被评为郑州市支援社会主义建设积极

分子。三年后考入郑州市第一中学。1960 年，因成绩优异被选进“跃进班”，提前参加高考，被郑州大学中文系录取。

▲郑州大学创建于 1956 年，是中华人民共和国成立后国家创办的一所综合性大学。起初设数学、物理、化学 3 系，由山东大学、北京大学、吉林大学、东北大学等院校负责并提供师资，教育部直属。1958 年，划归河南省管理，增设了政治、历史、中文 3 个系。1961 年，郑州师范学院并入，学校规模日渐壮大。现为世界一流大学建设高校，“211 工程”“一省一校”重点建设高校。胡大白在此就读 4 年（1960—1964 年）。

▲郑州市第十三中学始建于 1952 年，是一所具有辉煌历史的河南名校，先后被授予河南省教育科学“十一五”规划重点课题教学研究实验学校、河南省示范实验室学校、郑州市标准化初中、郑州市文明学校等。胡大白在此工作长达 8 年之久。

▲ 1981 年 1 月 13 日，国务院发布《国务院批转教育部关于高等教育自学考试试行办法的报告》（国发〔1981〕8 号），并决定在北京、天津、上海等地进行试点。《试行办法》的颁布，标志着我国高等教育自学考试制度的正式建立。1984 年，河南省决定在郑州、开封、洛阳、新乡四市试点，进行高教自考。

第二章　白手起家

黄河在源头很不起眼，谁也不敢相信这是一条大河的开始。但她在一路奔腾的过程中不断接纳、融合，汇聚万流，终成波澜壮阔的大河。

胡大白以30元起步，谁也不敢相信这是一所大学的开始。但她白手起家，艰苦创业，敢为人先，拼搏进取，终于创立了让人刮目的“黄河科技大学”。

◇ 30元如何起步

金秋十月的郑州大街上，法桐树叶已开始泛黄，秋风轻拂，“沙沙”作响。一辆自行车在街边缓缓行驶着，杨钟瑶不紧不慢地蹬着自行车，胡大白坐在后座上。

杨钟瑶骑得小心翼翼，还有意躲闪着路上的坑洼或杂物，生怕增加哪怕是一点点颠簸。他知道，胡大白刚能下地走路，因植皮留在腿上的伤口愈合得还不太好，自行车的颠簸会让部分伤口裂开，疼痛不止。然而，颠簸总是难以避免，胡大白强忍疼痛，一声不吭，继续他们的寻梦之旅。

胡大白要寻找的，首先是一个可以租用的校舍，一个可以启航的港湾。他们已经找了几个地方，但都因各种原因没有谈成，他们的下一个目标是郑州四中。

到了四中门口，杨钟瑶下了车。胡大白也想下，杨钟瑶制止了她：“你先别下，我推进去。”

胡大白在后座上也坐累了，但她也知道，下来走路会更难，便听了丈夫的劝告。

到了办公楼前，杨钟瑶小心地停好车，又小心地扶着胡大白从车后座下来，动作轻得不能再轻，但还是疼得胡大白直冒冷汗。下了车，胡大白适应了一下两腿的负重，才在杨钟瑶的搀扶下，向办公楼走去。

在校长办公室门口，胡大白敲门，得到同意后推门进去。她自我介绍说："我叫胡大白，这位是我丈夫杨钟瑶，以前我们都在十三中工作过……"

"胡老师啊，我听说过您的事。先请坐。"校长赶紧让他们坐下，才又疑惑地问："您伤得那么重，不在家好好休息，跑到我这里来，有何贵干？"

胡大白这才把自己的想法说了。

校长听完，满口答应："您拖着病体来干这事，太了不起了，我们学校必须支持。只是，我们只有一间音乐教室是闲置的，而且教室的条件很一般……"说着，校长带他们来到那间音乐教室，打开门让他们看。

尽管胡大白做了思想准备，但教室的破旧程度还是大出她所料：房间没装天花板，房梁裸露着，挂满了蜘蛛网；门窗关不严，还有的窗户缺玻璃，到处漏风；桌子和板凳都是学校淘汰不用的，不是桌面破损，就是凳子缺条腿，基本没有完好的；水泥抹出的黑板，漆已经有些脱落了，露出黑白相间的斑点；偌大的房间里，只有一个电灯泡，光线昏暗……她有些失望，但还是决定租下来，毕竟想找到合适的校舍也不容易。

校长也看出了胡大白的心情，委婉地说："条件确实很一般，你们看能用就用，不用也没什么。"

"还可以吧！我们租。只是，我们刚起步，到处都要花钱，手头很紧，房租能不能等收了学费再付？"胡大白说。

校长笑了笑，爽快地说："行。咱们都是当老师的，我相信你们。"

"那就谢谢您了！"

离开四中时，胡大白的脚步似乎轻快了许多，毕竟心头放下了一个大包袱。上课的地方总算是有了，可以招生了。

回到家，胡大白拿出家里的积蓄，只有区区30元，正好够付一个月的租金。好在四中领导同意后付，否则事情还真不好办。即使暂时不用交租金，但需要花钱的地方很多，30元也只是杯水车薪。

首先要印制像样的听课证，这必须花钱。胡大白本想印个百儿八十张先用着，可是到印刷厂一问，最少2000份起印，费用是23元。印完听课证，只剩下7元钱了，她买了些油光纸，买了些笔墨，准备自己写广告。

按说还需要刻一枚公章，可实在没钱了，胡大白便让朋友去郑州大学的印刷厂，找了几个相关的铅字。朋友把铅字拿来，胡大白拼了一下，用胶布一裹，便做成了一个简易的长条公章。她拿印泥盖了一个试试，在纸上清晰地盖出了"郑州市高等教育自学考试辅导班"，凑合着可以用了。

周末，胡大白回了一趟娘家，把她要办学的想法跟爸妈说了，寻求家里的支持。

妈担心她的身体，爸倒是很赞成，兄弟姐妹们都表示支持。

爸当着她的面，对全家人说："大白要干的事，是利国利民的大好事，我们都得无条件支持。只要大白需要谁去做什么，谁就得去做，还得做好。"

大姐胡翔当时正在家里病休，率先表态支持。大姐先后在荥阳第十中学、荥阳农业中学、荥阳第一中学、郑州二七区青云里小学工作，担任过学区负责人、少先大队辅导员、团委书记等工作，有一定的教育管理经验，获得过郑州市一等劳动模范、全国优秀少先队辅导员、河南省治安积极分子、省三八红旗手、省先进教育工作者等荣誉，能够参与办学，那绝对是一把好手。

其他兄弟姐妹也纷纷表示支持，但大家各自都有工作要干，胡大白也不敢太指靠。她表示了感谢："感谢爸妈及大家支持，先声明啊，家里人都没有工资。"

胡翔开玩笑说："白给你干活儿呀？"

爸接过话头：“白干也得干。”

“干了不白干，为教育作贡献。咱们当老师的，能多培养几个人才，怎么能说白干呢！”胡大白也半开玩笑半认真地说。

“那就不管白干不白干了，只管干。你们筹备得怎么样了？”

二姐胡大方插话说：“大姐已经迫不及待了。”

胡大白说：“教室租好了，老师也找好了，下一步准备发广告招生。我写好了广告，大家都帮我贴去啊！”

回到家，胡大白就开始考虑写广告的事。她核算了一下成本，与杨钟瑶商量后，确定了收费标准。成本主要是租教室、购买教材及辅导材料、差旅费、请老师授课的酬金，以及招生宣传、教室布置等，每人每门课程15元就差不多够了，这比物价局规定的学费要低很多。这样算来，中文专业有两门课程，收费30元，每周上4次课，学制半年；党政专业三门课，按说该收45元，考虑到上课次数不方便增加，优惠10元，只收35元，每周上5次课，学制也是半年。

基本思路有了，但胡大白还是下不了笔，她想琢磨一个与众不同的广告词，不仅能吸引人，还要能打动人。她对正在准备做饭的杨钟瑶说：“写什么广告词很重要，你也帮着想想。”

杨钟瑶腰上系着围裙，手里拿着两个刚从鸡窝里掏出来的鸡蛋，笑着摇摇头：“我还是算了吧。你是中文系的老师，写这个是你的长项。你写个让人看了就忘不了的。”

“这个可不能写得花里胡哨。必须简明扼要，通俗易懂，可是不容易。”

“还必须抓住考生的心理。”

“是啊是啊！考生最担心的是什么呢？”

“应该是学不到东西。”

胡大白一拍大腿，把自己疼得一咧嘴，才笑着说：“有了。打消他们的后顾之忧，写到他们心坎里。”于是，她提笔在纸上写出了广告词，包括辅导班情况，报名时间、地点，最后又加了这样一句：“参加本辅导班自考不及格者，退还全部学费。”

写完，胡大白问杨钟瑶："这样写怎么样？"

杨钟瑶点头："这样写，考生肯定欢迎。只是，我们要算一算，能不能退得起。"

"如果招两个班，每个班 50 人，一共 100 人。中文专业每人学费 30 元，党政专业学费 35 元，一共是 3250 元。就是全不及格，咱砸锅卖铁再跟亲戚朋友借点，应该也能退得起。"

杨钟瑶想了想，点头同意："再说了，也不可能都不及格。就这么写吧。"

广告写好了，胡大白又用面粉做了些糨糊，让亲友们帮着去贴。

女儿杨雪梅这年已经 14 岁了，正在上初中。周末的时候，她也骑着自行车，走街串巷帮着贴广告。有时，弟弟杨保成和杨保中也参与，他们姐弟三人就一起去贴，全家齐上阵。

有一次，杨雪梅来到一所学校门口，把广告贴在门边的墙上。学校的门卫发现了，过来把广告给撕了下来，她等门卫走回学校，又返回来再贴上一张。

有了这次经验，她还注意在返回的时候查看贴过的广告，如果有损坏，就再补贴。

杨雪梅后来回忆说："那时还不懂高教自考是怎么回事，只知道爸爸妈妈是为了帮助别人，妈妈又是在那种身体状况下坚持做事，我也要帮爸妈做一些力所能及的事。"

1984 年 11 月 10 日至 11 日，河南省举行了首次高等教育自学考试，开考中文、数学和党政干部基础科三个专科专业，连考两天。据说，报考人数超过了 17,000 人，但实际参加考试的只有 10,000 人左右，很多人虽然报了名，但心里没底，干脆没参加考试。

胡大白觉得，这是招生的最好时机，便在考试结束后不久开始招生。

这天，郑州四中的音乐教室里，胡大白和杨钟瑶早早地来了，开始接受学员报名。可是，大半天时间过去了，只有 1 名学员来报名，还是个熟人。

胡大白翘首以盼，还真又盼来一个。来人一扬手里的广告，面无表情地问："这广告是你们贴的吗？"

"是啊！欢迎您来报名学习。"

来人没好气地说："我是城管，来收罚款的。你们乱贴广告，罚款15元。"

收了30元学费，却交了15元的罚款，胡大白有些沮丧。

回家的路上，胡大白坐在自行车后座上，看着无精打采的夕阳躲闪在城市西方的各个角落里，她联想到的是自己的行动不便的腿，还有自己的诸多无能为力。

回到家，胡大白与杨钟瑶分析原因，觉得贴小广告效果不好，还会挨罚，不如在报纸上登一则广告。两人不谋而合，但他们之前问过，广告费要80元，实在是拿不出这么大一笔钱。

胡大白想起她一个同学在郑州晚报社工作，便说："我的老同学在郑州晚报社当社长，广告费咱先欠着他的，你去找他说。"

杨钟瑶也认识胡大白的这个同学，便答应去找："行，我去找王社长。如果能先欠着，那就太好了。"

第二天，杨钟瑶来到郑州晚报社，找到王力健社长，请求帮忙："您先帮我登上，我收了学费就给您钱。"

王力健满口答应："大白能有点事做，我们都高兴。这必须支持。"

杨钟瑶把之前写好的小广告内容拿给王力健看："您看看，这样登行不行？"

"登没问题。可你们这是招生广告，按规定必须通过教委的审批。"

"那我先去找教委。批完了再找您登。"

去教委审批广告，是胡大白亲自去的，仍是坐着杨钟瑶"驾驶"的"专车"。胡大白虽然跟教委的工作人员也不熟悉，但她把情况一说，这名工作人员却知道她的事，当即表示支持。

只是教委的工作人员表示了担心："你这广告词能兑现吗？要是真的不及格了，你有钱赔吗？"

胡大白坦诚地说："我们这样写，就是下了决心，一定要确保教学质量，对每一个学员负责。我们就是要给自己压力，不留退路。"

“冲你这句话，我相信你们一定能办好。”说着，工作人员立即签字盖章，批准了这则广告。

于是，当天的《郑州晚报》上，刊登出了“郑州市高等教育自学考试辅导班”的招生广告，除了郑州四中报名点，还增加了两个更加方便学员的报名点。

广告效应立竿见影。辅导班的三个报名点都很火爆，合计有143人报名。

11月1日，胡大白和杨钟瑶统计完学员的基本信息，盘点了收费情况，忙到很晚才睡觉。虽然很劳累，但两人都很兴奋，睡觉之前仍在交流。

杨钟瑶说：“真没想到，招了这么多！”

“可见，社会对培训的需求很大，如果敞开报名，还不知能报多少呢！”胡大白附和。

“这也正体现了咱们的办学宗旨，为国分忧，为民解愁，社会上还有很多人正为此发愁呢！”

“说到这里，咱们再统一一下思想。咱们办班，只能是给国家作贡献，不能从中赚钱。咱们只花咱们俩的工资，不占用一分钱的办学经费。”

“听你的。咱们俩都有工资，用不着办学的钱。”

两个人达成了一个重要共识，办学不为赚钱，而是为了国家的教育事业，为了让更多人得到更好的教育。这个理念支撑着学校的蓬勃发展，才使学校最终发展成为中国民办教育的一面旗帜；相反，一些以赚钱为目的的培训机构，却以各种原因纷纷退出了民办教育的舞台。

◇风起云涌

1984年11月2日，农历的十月初十，辅导班按计划开学。这天的事情太多，布置教室、准备教材、联系老师，胡大白和杨钟瑶都忙得焦头烂额。

下午6点，他们早早地吃了晚饭，准备去学校。可是，刚准备出门，中文系的王书记却突然来了。

胡大白和杨钟瑶热情接待了他，可他一说明来意，夫妻俩都傻了眼。他说："大白，听说你办了个辅导班，同志们很有意见，中文系领导班子研究决定，让我和你谈谈话。"

胡大白一看情况有些复杂，就示意让杨钟瑶骑车先走，自己在家陪王书记。

杨钟瑶心领神会，便说："我有点事出去一下，你们谈吧。"说着便动身出去了。

胡大白给王书记沏了一杯茶，两个人坐下来开始谈。她向王书记说明："我办这个班，经过学校批准，郑州市教委也批准了。我只是找老师为自考的学生辅导一下，为考生们服务，我不拿工资。"

王书记喝了一口水，语重心长地说："大白呀！你做这事，初衷是好的。但是，你考虑过群众影响没有？据我所知，群众可是说什么的都有。"

"作为一名老师，我也想登上讲台讲课。可是，我烧伤了，两条腿不能站，也不能坐高凳子，没法再上课。学校照顾我，让我病休的。"

"是啊！学校也考虑到你是工伤，让你在家病休，你好好休息别人没话说，可你又出来做事，那别人就有意见了。"

"我怕别人说闲话，特意申请让系里给我编教材的任务，够一个教师的工作量。"

王书记听胡大白讲得句句在理，便又重复强调："这件事，主要是影响不好，你虽然不是党员，但也要上升到政治高度来认识这个问题……"他给胡大白上起了政治课，讲得滔滔不绝，丝毫没有要走的意思。

胡大白暗暗着急，但也只能听着。

这时，一个老师从外面进来。

这名老师进来后，凑到胡大白的耳边，悄声说："学员们炸锅了，在闹事，杨老师让你赶紧过去。"

胡大白对王书记说："王书记，您的意思我明白了，要注意影响。时间也不早了，您也该回家了，您看是不是先谈到这里。我正好也有点急事，要出去一下。”

“好吧。今天先谈到这里，有时间我再找你谈。”

送走王书记，胡大白立即跟着来接她的老师一起，奔向郑州四中。

到了郑州四中，胡大白发现满院子都是人，杨钟瑶被围在中间。她迅速了解了情况：他们招生时多招了 43 人，上课的教室容纳不了，即使分成两个班轮流上课，还是有 20 多人没有位置，教室条件又特别差，难怪学员们闹情绪。

现场乱糟糟的，学员们说什么的都有：

“只顾赚钱，连个座位都没有。”

“就这么一个教室，站也站不下。”

“这分明是骗人嘛！”

“我不学了，给我退费！”

“退费！”

“退费！”

…………

胡大白迅速分析了形势，赶紧找到了四中的值班老师，请求打开学校的工会活动室。随后，她大声说：“同志们，大家跟我来，这里每个人都有座位。”

有一个学员回应道：“去哪儿呀？不去！我要退费。”

“退费也要到个有灯的地方。院子里黑灯瞎火的，怎么退啊？”

大家听胡大白说得有道理，便缓缓向她这边走来，跟着她进了工会活动室。

工会活动室很大，摆着一排排的连椅，大家都在连椅上坐下了。胡大白往讲台的桌子上一坐，大声喊道：“大家静一静，听我给大家讲几句。”

活动室里渐渐静下来，她才接着讲：“首先，我给大家道歉！我们是第一次办辅导班，没有经验，设了三个报名点同时报名，相互之间没有通气，结果一下子报多了，教室坐不下，给大家带来了不便。另外，我腿有伤，不能站着讲话，只能坐在讲台上了，请大家包涵。”

"其次，我郑重承诺，愿意退学的，明天上午8点在四中传达室给大家退费。"活动室里出现了轻微的躁动，大家交头接耳地议论着。

胡大白解释说："今天晚上安排的是上课，身上也没带钱，没法现场给大家退。要退的，明天再来退，绝不食言。"

现场又静下来，胡大白接着讲："今天我们按计划为大家上第一堂课，讲课的是郑州大学中文系的郑月蓉教授，她是北师大硕士研究生毕业，曾经是北师大学生话剧团的团长，课讲得特别好。愿意听课的，留在这里听课，不影响明天上午退学费。不愿意听课的，可以先回家，也可以跟我到外面继续提意见。"

郑月蓉教授登上了讲台，开始讲课。大多数学员留在了活动室听课，有几十个情绪激动的学员跟着胡大白走了出来。

在活动室门外，胡大白往地上一坐，虚心地听取大家的意见，不停地给大家道歉。

地上又硬又冷，胡大白的屁股和腿一阵阵疼痛，她坚持忍着。杨钟瑶不知从哪里弄了个棉垫子，拿给她垫在屁股下，她才觉得舒服了些。

活动室里，郑教授讲课声情并茂，学员们被深深地吸引，不时发出会心的笑声。

胡大白说："你们的意见我都知道了，要退费没问题，明天上午8点，来四中传达室退，退全费。可是，今天既然来了，还是先去听听郑教授的课吧。"

陆续有学员回到了活动室，最后门口只剩下了胡大白一个人，她也赶紧从地上爬起来。

下课以后，胡大白又坐在讲台的桌子上，说："同学们，从明天起，连续三天给大家退费，对不起大家了。"

学员们不再吵吵，静静地走了。杨钟瑶这才扶下胡大白，心疼地问："你的腿冻坏了吧？坐在地上那么长时间。"

"没事。多亏你弄了这个棉垫子。"

"你可要做好思想准备呀，这才是第一天。"

"你只要不嫌我惹祸就行了。"

“你想到哪儿啦，办班是咱俩的事，有祸也是咱俩一起惹的。”

杨钟瑶一边与胡大白说着话，一边把胡大白扶上了自行车，骑上车带胡大白回家。

11 月 3 日一大早，胡大白让杨钟瑶把她送到四中门口的传达室，在那里等候准备退费的学员。可是，她在那里等了一个上午，也没等到一个。她明白了，昨天晚上郑教授的课征服了学员们，没有人会退费了。

那么，晚上在哪里上课又是个问题。她再次找到了四中的校长，请求暂借两天活动室，校长勉强答应了。

连续三天，没有人退费。胡大白便给他们分了班，每个班 70 多个人，座位不够，她就让人在教室后面和边上放了些凳子，勉强可以供学员坐下。

看到学员在教室里挤着上课，胡大白心里很不是滋味，可她也没有办法。她能做的，就是保证教学质量，让学员们真正学到东西。

这天放学后，胡大白坐在自行车后座上，把自己的想法跟骑车的杨钟瑶说了。杨钟瑶赞道：“你说得对！咱就是一条原则，‘教学质量是生命线’。”

“你懂教育学，你多想想怎么保证教学质量。”

“眼下这种条件，咱们要做的，就是请最好的老师。”

“好。那咱们就请最好的老师。”

于是，经过权衡，胡大白从郑州大学请了五位老师，她觉得都是“最好的”。她衡量的最好，不只是学识渊博、名气大，而且是能讲、会讲、用心讲。郑大中文系的丁捷教授是五位老师之一，他讲授的是《文艺理论》，后来他回忆说：“给自考培训班的学员讲课，我确实费了一些心思。先把考试大纲、辅导材料研究透，把知识点都提取出来，上课时就像耙地一样，正着耙，倒着耙，斜着耙，把每个知识点都耙透，让学员在课堂上就把知识点掌握了。”

老师教得好不好，学生的听课态度是最好的反映。每天晚上，教室里都挤得满满的，基本没有无故缺课的，更没有不认真听讲的。不仅如此，为了更好地听讲，很多学员都提前到教室，抢占前排等有利位置，抢占桌椅方便做笔记。

这期辅导班的学员年龄结构复杂，最小的才 14 岁，最大的已是 56 岁，平均年龄 44 岁，不管年龄大小，大家学习的劲头都很足，“抢座”学习的欲望都很强。

时任河南省委办公厅人事处处长李炳凡已经 52 岁，为了占个好位置，每次都要提前一个多小时出门，从郑州东郊骑自行车赶过来，雷打不动，风雨无阻。

原郑州高炮学院政治部的徐主任亦是满头白发，每天都提前到班上占座位，经常坐在前排，听课做笔记都特别认真。

时任郑州市惠济区防疫站站长冯长安是胡大白在郑州十三中的同事，他虽然已经转行到医疗战线工作，但还想学习法律知识，主观学习意愿很强，积极性也特别高。

更有甚者，有个学员竟然从 60 公里外的登封赶过来学习。这个学员名叫何相德，时任登封市供销社办公室主任，他每天下班后赶火车来郑州，上完课再赶火车回去，学习劲头十足。后来他回忆说：“当时我早过了上大学的年龄，没想到还能赶上自考这班车，由于基础差，迫切希望参加这种高水平的培训班。为了拿大学文凭，我劲头大着呢！”

可是，热火朝天的学习氛围只维持了不到一个月，便被当头泼了一盆冷水。

11 月 24 日，星期六，胡大白像往常一样，早早地让杨钟瑶带她来学校。周末是全天上课，来学习的人往往比较多，尤其是党政班的领导干部们，所以她一大早就先来到学校。

可是，这天来的人反而比往常少，到开始上课时，座位竟然还没坐满。有几个人明显情绪不高，垂头丧气的，胡大白私下问了问，才知道他们参加过第一次自考，成绩很不理想，都没信心了。

胡大白明白了，河南省第一次自学考试成绩不久前刚刚公布，合格率太低，打击了大家参加考试的积极性，影响了学习的情绪。

杨钟瑶迅速了解了详细情况，得知本次自学考试报考 17,913 人、35,826 科次，实考 10,803 人、23,491 科次，而合格率不到 6%。社会上开始流传一句口头禅："自学考试是千军万马过独木桥，挤下来的多，过去的少。"

胡大白听了杨钟瑶介绍的情况，忧心忡忡地说："咱们班上这些学员本来年龄就大，工作也忙，来听课很不容易，如果再没有了信心，很可能会打退堂鼓。"

"是啊是啊！这种情绪要是继续蔓延，可能要坏事。"杨钟瑶附和。

"这种情绪必须疏导，重建学员的信心。"

这天晚上，胡大白早早来到教室，在上课前先给大家鼓劲打气。她分析说："这是第一次考试，大家的成绩都不理想，很正常！你们没有教材，没有考试大纲，没有教师辅导，考试不及格是可以理解的。现在你们有了国家规定的教材、考试大纲，我们请的又是大学最有经验、讲得最好的老师给你们辅导，你们又有这么多同学可以一起切磋，你们怎么会考不及格？况且，有了第一次考试经验，你们了解了自考出题的方式和题量，我们又把外省前几年考试的卷子印给你们做参考，把握就会更大了。你们咬紧牙，坚持考完这一次，'出水才看两腿泥'呢。况且，即使不及格，我们保证退还全部学费，你们也没有损失，还学到了知识。"

胡大白的这些实事求是的分析，像一泓清澈的泉水，缓缓地流进了学员们的心田，缓解了他们焦躁的情绪。学员们都觉得有道理，于是安下心来，继续学习。那些打算放弃的学员听到后，也都陆续回到班上听课。

有一个高高胖胖的学员，平时谦和低调，课堂上却很活跃，喜欢问老师问题，也爱和同学们讨论，胡大白很欣赏。有一次课前，胡大白特意跟他交流："您是哪个单位的？"

他笑了笑，似乎有难言之隐，含糊地说："一个小单位。"

胡大白看他不愿意说出自己的单位，也没再追问，而是说："您在单位干啥呢？"

"在办公室打打杂。"

这时，旁边坐着的冯长安笑了，胡大白转问冯长安："咋了？"

几个同学一起说："这是我们郑州的杨副市长。"

杨副市长赶紧站起身，谦虚地说："胡老师，谢谢您！给我们提供这么好的学习机会。"

胡大白跟杨副市长握手，随即对大家说："杨副市长工作那么忙，都坚持来听课，还那么认真刻苦，大家是不是要向他学习呀！"

教室里响起了热烈的掌声。

杨副市长对大家说："胡老师是郑州大学的讲师，因工伤在家休养，却抱病办这个培训班，为大家提供这么好的服务。我们不仅要感谢她，还要认真学习，争取考出好成绩，不辜负她的一片苦心。"说完，他带头鼓掌，教室里又是掌声一片。

自此，胡大白与学员们建立起了更融洽的关系，经常与学员们交流互动。她坚持每天晚上 6 点 40 分到班上，10 点半才离开。学员有什么问题，她随时解答，一般不让问题过夜。她还郑重向学员们承诺，大家提出的问题，10 分钟之内要研究，当天下课时就讲清楚如何解决。

一个周末，郑州下起了鹅毛大雪，路上的积雪有半尺深，许多道路公交车无法通行，自行车也没法骑。钟瑶说："看样子，今天应该没有学员去，咱们也不去了，在家歇歇吧。"

胡大白摇摇头："也说不定。或许离得近的学员会去。天不好，学员思想更不稳定，即使有一个人去，咱也要去，陪学员说说话也好。"

杨钟瑶点头称是。他赶紧去借了辆三轮车，让胡大白坐在车上，又找了个学生帮忙，两人一前一后推车前行。

胡大白坐在车上，虽然腿部盖着被子，但还是冷得不得了。经过一个多小时的跋涉，杨钟瑶和学生累得汗流浃背，她却冻得腿脚都麻木了，他们终于到了四中。

胡大白推开教室门，发现教室里坐满了学员，不由得为同学们的学习精神所感动。她刚要说什么，学员们看她进来，纷纷站了起来，七嘴八舌地说："胡老师、杨老师，这种天你们咋来了呢？"

"杨老师，你们是咋来的呀？"

"胡老师，您的腿没事吧？"

胡大白拍打着满头满身的雪，笑着说："只要想来就能来。你们不是也都来了吗？"说着，她的眼圈一红，泪水夺眶而出。

同学们都被这个场景感动了，不少人也抹起了眼睛，几个女同学还离开座位，上前与胡大白拥抱，大家纷纷鼓掌。教室里升腾起一股浓浓的爱，顿时让人觉得温暖了许多。

后来，胡大白回忆那段往事时，感慨地说："那时，我们俩和同学们就像亲人一样心连着心呀！"

冬去春来，考试的日子渐渐临近。胡大白按照自考的题量和出题方式及难易程度，每门课分别出了三张模拟试卷，让学员们参加三次模拟考试。杨钟瑶特意请来高炮学院的战士当监考员，战士们谁也不认识，谁也不给留情面，考试纪律相当严格。考完之后，老师评卷，同学们互相之间再进行评卷，有效地攻克了疑难问题，强化了知识点的熟悉程度，渐渐地心里有了底。

可是，胡大白一直高兴不起来，原因是班里的 19 名学员没有报上名。他们都是解放军某部的官兵，去年报名时在北京集训，参加庆祝中华人民共和国成立 35 周年阅兵，耽误了报名。她觉得，这些学员是执行特殊任务，为国家的重大活动出力出汗，应该给他们破例补报。再说了，那时的报名政策也不太合理，一年只能报一次，可以参加两次考试，耽误了报名就要等下一年。

为了这 19 名学员能够补办报名手续，胡大白一次又一次地去省招办、省自考委、省教委反映情况，但相关部门都以政策为借口，拒绝为这些学员补办。那时，河南省副省长兼任自考委主任，她又三番两次地去省政府，希望找到副省长反映情况，但一直没找到。

学校在郑州市西南角，而省政府在东北角，胡大白每去一次，都要穿过大半个城市。可是，她一连跑了 16 次，事情也没能解决。亲朋好友都劝她："大白，算了吧！人家按规定办事，也无可厚非，就别去跑了。"

胡大白不听："政策是死的，人是活的。只要有一线希望，我就要继续努力。"

这19名学员也纷纷劝阻："胡老师，这次报不上就算了，我们下次再报。您这么辛苦，我们心里都不是滋味。"

胡大白笑着安慰大家："你们只管好好复习迎考，不用为我担心。只要考试还没开始，就应该去争取，这是我的责任。"

这天，胡大白又一次来到省政府，正好被省政府副秘书长徐玉坤看到了。

徐玉坤问工作人员："这是谁呀？成天来，有啥事？"

工作人员报告说："这是一个自考辅导班的校长，为了学员报名的事。"

"就为这事天天跑省政府？我见见这个人。"

于是，胡大白见到了徐副秘书长。一见面，她就迫不及待地介绍情况："我是郑大的老师，工伤后病休，还想为教育做点事，就办了个自考辅导班。我们班有19名学员，因为去年参加国庆阅兵，没报上名，我觉得人家是因公耽误的，应该给人家补报。"

徐玉坤点点头，关心地问："您是工伤？看您走路还是不太方便。"

胡大白说起自己的情况，倒有些轻描淡写："外出讲课时烧伤了，躺了三年，右腿残疾。现在已经好多了。"

"不容易！病休不休，身残志不残。拖着残疾的身体，为学员的事多方奔走，更不容易！"徐玉坤说着，给胡大白竖起了大拇指。

"我的身体是小事，学员报名考试的事是大事。他们辛辛苦苦准备了半年，不能简单地跟他们一说'按规定不能考试'，就让他们等一年。"

徐玉坤想了想，说："这样吧，我帮你问问，在不违反原则的情况下，尽量帮他们解决。"

胡大白拿出她事先拟好的报告，请徐副秘书长批一下。徐玉坤在报告上直接批道："允许参加国庆观礼的军人补报自学考试。"

胡大白表示感谢的同时，又建议说："每年两次考试，只有一次报名机会，这也不合理。您能不能也跟自考委说一说，增加一次报名机会，方便考生？"

徐玉坤笑了："你这个胡老师，有点'得寸进尺'哟！不过，这个建议不错，我可以帮你提一提。”

就这样，在胡大白连续17次的不懈努力下，在徐副秘书长的直接过问下，19名军人报上了名。而且，从那以后，自考委也修改了一年一次报名的规定，改为每年两次报名了。

1985年4月27日，星期六，河南省高等教育自学考试再次开考，辅导班的全体学员都报上了名，也都走进了考场。

胡大白和杨钟瑶虽然在家休息，但心里比考生们还着急，生怕大家半年的努力换不来好成绩。第一次考试的及格率那么低，谁也不敢保证这次就能顺利通过。

4月28日，考试结束。当天晚上，学员们按约定都来到了郑州市职业大学的教室，交流考试的情况。大家都觉得，考得还差不多，虽不敢说胸有成竹，但不至于垂头丧气，胡大白才略略放心。她给辅导班放了假，约定6月6日成绩公布后再集中。

郑州四中的音乐教室拆除，辅导班必须搬家。胡大白又和杨钟瑶一起，踏上了找教室的路。

这次，他们没费多少劲，就找到了中原路小学，租下了学校五楼的一个大教室。这个教室可以坐154个人，如果安排三个班（每个班一周学习3次），就可以招462名学员。胡大白觉得，即使第二期辅导班能够比第一期多招两倍的学生，这个教室也够用了。

1985年5月，郑州市人才交流中心举办了一场人才交流大会，胡大白听说后，便和杨钟瑶一起去看了看。这个中心去年才成立，主要职能是帮助各类人才找工作，帮用人单位找人才。

胡大白对这个新生事物很感兴趣，她敏锐地察觉到，大学毕业生包分配的传统模式可能会发生重大变化，通过自学考试取得毕业文凭的人才有了就业的路径，可以成为辅导班借力的一个支点。于是，她去了一趟人才交流中心，咨询具体事宜。

当时，很多人还不了解人才交流中心的职能，也没人关注这个单位。胡大白上门咨询，中心领导很重视，一个主管业务的副主任接待了她。

胡大白问："通过自学考试取得大学文凭的，你们管不管？"

"当然管了。自考文凭国家承认，这些学生也是高学历人才，我们就有责任有义务为他们提供服务。"

"我们班上有些待业青年，拿到文凭后，你们可以帮着找工作吗？"

人才交流中心正在自我宣传和推广，主动上门的团体客户他们自然很重视，副主任当即表态："当然可以。我们可以先签订协议。"

"太好了！那就先签个协议。"

在辅导班刚刚起步，学员拿到自考文凭还遥遥无期时，胡大白就为学员的就业着想，和人才交流中心签下了合作协议，展现出了超前的战略眼光，很好地体现了她"为国分忧，为民解愁"的办学初衷。

时间过得很快，转眼之间一个月便过去了。在一个多月时间里，胡大白和杨钟瑶基本没得闲。他们按照招收462个学员的计划，准备了教材、参考书，请好了授课的老师，就等6月6日学员们来报名了。

1985年6月6日，河南省第二次自学考试的成绩正式公布。

这天傍晚，晚霞映红了大半个郑州城。胡大白照例坐着杨钟瑶"驾驶"的"专车"，神采奕奕地来到了中原路小学。远远的，她就惊讶地发现，学校门口黑压压地挤满了人。这些人竟然都是来报名的，早到的工作人员已经放了一部分人进学校，到五楼的大教室里报名，后来发现人太多，就不让进了，门外的人都有些着急。

胡大白赶紧让工作人员维持秩序，统计人数，结果发现，已经报名的有300多人，院子里和门外还有700多人。她立即和杨钟瑶商量，决定还是按原计划，先招462人，其他的过几天再报名。于是，工作人员又陆续放了100多人进去，到462人截止。

胡大白站在门口，大声地对门外的人讲道："按照计划，今天只能招收三个班，462名学员，都进了院子办理手续了。其他没进院子的，6月10日再来报名。"

"那天确定还能报吗？"有人怀疑。

"确定。不过，那天报名的，要等6月16日开班。"

"6月16日开不了班咋办？"有人担心。

“你可以问问老学员，咱们辅导班说话算不算数。”

有一个老学员也在门外，这时赶紧为胡大白证明：“放心吧！胡老师、杨老师说话算数，没有办不成的事。”

另一个老学员也说：“我们考试都合格了，想着今天才开始报名，就没着急来，没想到一下子来了这么多人。”

“今天的《郑州晚报》登了，胡老师的培训班培训出来的学员，成绩最好，一传十,十传百，可不就成这样啦。”

胡大白这才知道，他们的辅导班这天登上了《郑州晚报》的头版，宣传效应比当初登广告好多了。他们班学员的各项成绩名列全省第一，合格率达到87%，远超全省自考合格率6%。

看着培训班这么好的招生势头，胡大白欣喜之余，也觉得“压力山大”。当天晚上，她就和杨钟瑶一起，又去找了中原路小学的丁校长，想再租一个教室。

丁校长说：“六楼倒是还有一个大教室，房子是空着，但没有家具。”

“没有家具也租给我们吧。家具我们自己想办法。你看学员们报名那迫切劲儿，我不能不收他们呀！”

丁校长勉强同意了，但也表示了担心：“教室可以给你们用。我只是担心，那么多人来校上课，管理可是个大问题，你们一定要注意安全和卫生。”

胡大白赶紧答应：“校长您放心。我们一定要求学员们爱护公物，搞好教室和环境卫生，确保安全。”

“我倒是知道，你们家杨老师就是搞管理的，只是学员太多了，你们要慎重。”

“好的，好的。感谢丁校长提醒，也感谢您大力支持。”

第二天，杨钟瑶去找旧课桌、凳子，布置教室，胡大白则负责买教材、聘请老师和安排班主任，很快就具备了招生条件。

6月10日，培训班再次接受报名，中原路小学门口又一次人满为患。除了那天没报上名的500多人，又来了500多人，他们只能像上次一样，先收了 462 人，其余的再后延 10 天。

他们只好又找教室、买教材,6 月 20 日，再次加收了三个班。可是，学员报名仍然非常踊跃，新租的教室很快又爆满了。

那天，接待完报名的学员回到家，胡大白累得浑身像散了架，但仍为招生的火爆而兴奋。她感慨地说："这形势像原子核裂变似的，一个班变两个班，两个班变四个班，发展也太快了。"

杨钟瑶却心疼她的身体，也担心这种势头的蔓延。他忧心忡忡地说："是太快了！这种发展势头，如果不停止招生，还会有人源源不断地来报名。我们就是有再大的本事，也解决不了更多的学员入学。"

胡大白听杨钟瑶这么一说，也意识到问题的严重性："那倒也是。可学员们来报名，总不能将他们拒之门外呀！你说该怎么办？"

"那只好别让他们来。咱们明天立即登报，五天后停止招生。"

"好。这个办法好。明天就登广告，停止招生。"

胡大白怎么也没想到，招生竟然刹不住车，还需要花钱登广告制止。可见，当初注重教学质量的路子走对了，学生学得好，考试成绩好，比什么广告都管用。

到了 7 月 1 日，辅导班接收的学员已经达到 2000 多人，胡大白按报上登的声明，坚决停止了招生。

别的辅导班为招生的问题发愁，胡大白的辅导班却一再爆满，不得不登报声明停止招生，这种现象引起了媒体的强烈关注，广播、电视、报刊上纷纷述评讨论，产生了不小的轰动效应。河南教育界的领导和专家也很关注，有位专家兴奋地说："胡大白给刚刚起步的河南高等教育自学考试提供了成功经验。"

一夜之间成为教育战线上的新闻人物，胡大白有点兴奋，但她也清楚地认识到，培训班的提升空间还很大，当时还戴着一顶"四无"学校（无资金、无校舍、无师资、无设备）的帽子。这天晚上，夜深人静时，她又琢磨起培训班未来的发展问题，觉得应该趁热打铁，先创办一所教育部门认可的学校，以方便管理及运行。

创办学校的计划一旦在她心里生了根，很快就发起芽来，不久又长出了枝叶。她再也睡不着了，一骨碌从床上爬起来，并把杨钟瑶也叫醒了。

胡大白对杨钟瑶说："钟瑶，我刚才想了，咱们要创办一所学校，你看怎样？"

杨钟瑶揉揉惺忪的睡眼，疑惑地问："我们不是正在办学吗？"

"我说的是创办学校，不是办培训班。"

杨钟瑶明白了，妻子想的是给培训班升级，那必须支持："好啊！只是办学和办班可不一样，手续更严格。"

"我这就写申请报告，明天就去教委报批。"说着，胡大白已经穿好衣服下了床，坐在了书桌边。

杨钟瑶知道妻子的脾气，认准的事立即就要办，于是也悄悄地起床，给胡大白倒了杯水，陪她一起写报告。

柔和的灯光下，胡大白铺纸提笔，郑重地写下她对民办教育的认识，写下创办学校的意义，表达办好学校的信心和决心。杨钟瑶趴在桌边，不时提出自己的想法和看法，与胡大白一起勾勒着未来学校的蓝图。

他们首先商量了学校的名字，确定用"黄河科技专科学校"。胡大白一下子想到黄河，这得益于她与黄河的渊源，以及她对黄河这个概念的认识。她解释说，黄河是中华民族的母亲河，有着悠久的历史和文化，郑州又紧靠黄河，得天独厚，以"黄河"为学校冠名，有利于增加学校的文化内涵。科技的概念是杨钟瑶提出来的，他觉得，"科技是第一生产力"，这是当时盛行的说法，中国要走科技强国之路，必然需要大量科技人才，学校的定位要与国家的发展需要结合起来，用"科技"冠名，可以明确学校的办学方向。

这么一个静谧的夜晚，看似普通的一个夜晚，在后来的黄河科技学院历史上，却是有着重要意义的一个夜晚。这天晚上，辅导班由规模不断壮大的量变，走向了孕育一所未来大学雏形的质变，这可以说是黄河科技学院的孕育之夜。也是在这天晚上，胡大白的办学思想得到了充分的提炼，在某种程度上得到了升华。

晨曦光临郑州大学家属院的这栋单元楼时，胡大白写好了报告，又工工整整地誊写了一遍。

一夜未眠，胡大白仍然很兴奋，她被一种澎湃的激情和巨大的梦想推动着，感觉浑身有使不完的劲儿。

第二天上午，胡大白让杨钟瑶把她送到郑州市教委，亲手把申请办学的报告呈到了相关领导的案头。

◇“两个全心全意”

从教委回来的路上，碧空万里无云，阳光特别灿烂，胡大白心情也特别阳光。刚才，市教委的领导明确鼓励了她，让她看到了一所正规民办学校的曙光。

她没有回家，而是直接去了中原路小学。他们租的大教室白天没人用，而且早就有待业青年要求办白天班，她决心办起来。

起初，办白天班她有些顾虑，主要是怕单位找麻烦。她虽然是工伤，还有编教材的任务；杨钟瑶是郑大物理系的教师，更不能影响工作。如今，教委都大力支持，想必郑大也不会阻拦，如此大好形势，让她打消了这个顾虑。

按说，教室她已经租下了，怎么用是她的事，但考虑到应加强与学校的合作，她还是又去找了丁校长。一见面，她就放低了姿态：“校长，又来给您添麻烦了。”

“胡老师，有什么话您直接说。前段时间，你们的管理还是不错的。”

“校长，我们有些学员是待业青年，白天在家也没事干，都要求白天也上课。您看，我们租的大教室白天也闲着，是不是可以给待业青年们提供个学习机会呀？”

校长犹豫了一下，若有所思地说：“白天我们也要上课，会不会有冲突啊？”

“我想过了，作息时间可以跟学校同步，应该不会影响孩子们。再说了，我们可以根据学校的要求，有针对性地加强管理。”

校长勉强表示了同意，但对白天班的管理提出了更多的要求，明确了一些注意事项，胡大白都满口答应。

随后的几天里，她去找了几个退休的老教师，看谁可以白天来上课；去找班主任们谈了话，看谁能全天正常上班。退休的老师们倒是没问题，班主任们却大多是兼职，不方便或者不愿意带白天班。

没办法，她只能跟姐姐胡翔谈："大姐，我想办个白天班，找不到合适的班主任，您去吧？"

从胡大白开始办学，胡翔就一直全力协助妹妹。辅导班筹建时，她正在病休，就和杨雪梅等人一起，上街贴招生广告；招生时，她协助报名、发书；开始上课后，她不仅当班主任，还为学校的各种事务跑前跑后，租房、搬家、招生、教学，哪里需要哪里就有她。这次，听妹妹这么一说，她仍然像往常一样，二话不说就答应了："行。我白天也没事。"

"白天班不好带。可能需要您多辛苦，多尽心呀！"

"我什么时候不尽心了?! 吃苦的事我也没少干。"胡翔也是个直脾气，有什么说什么。

胡大白笑着说："大姐，我又不是说您，只是提醒。"

胡翔也笑了："你也没少说我。"

"我说您，有时是真说，有时是说给别人听。您是大姐，还和我计较吗？"

姐妹俩说说笑笑，就把这事定下来了。回到家，胡大白又与杨钟瑶商量，共同制订了"全日制"班的培养方案……

1985年8月，第一个"全日制班"正式招生。他们提出了"自费不自卑、自考也成才""榜上无名、脚下有路""要让别人看得起，自己首先了不起"等口号，并在招生简章上介绍：在这个班里，可以听到大学教授讲课，可以拿到国家承认的学历，还可以由郑州市人才交流中心推荐安置工作……这些实实在在的宣传，让很多待业青年及落榜考生看到了希望，纷纷咨询报名。他们计划招生60人，不到三天就招满了，许多学生还想报，胡大白没敢多接收。毕竟是第一次办全日制班，带有试验班的性质，她还没有把握，只能把更多的学生拒之门外。

这年10月，辅导班又与共青团郑州市委联合，办了一期全日制共青团干部班。这个班招了 150 多人，学制一年半，录取的全是可以脱产学习的郑州市共青团系统的干部。胡大白租了一处工厂闲置的厂房，改造成学生宿舍，供学员们休息。

全日制班和业余班最大的不同，就是要在正课时间上课，与中原路小学的教学时间同步，对教学管理提出了更高的要求。加上 2000 多名业余学员的教学及管理，辅导班掌握的师资力量和其他人力、物力都不够充裕，各个环节都有些吃不消，亟须补充和加强。

业余班的十几个班同时运行，管理上接连出现了这样那样的问题。首先是教材紧张。由于需求量较大，他们预订的又少，本地一时解决不了那么多教材，只能到外地去买。这样不仅收货慢，而且邮寄过程中出现了包装破损，丢了不少书，造成有些学员不能及时拿到教材。其次是师资紧张。由于请的老师较多，服务和管理跟不上，有的老师临时有事来不了，紧急协调代课老师难度很大。以前偶尔有老师来不了，胡大白可以直接顶上，现在班多了，有时请假的不止一个老师，她一个人分身无术，于是出现了安排好的课没人上的问题。再次是部分班主任和工作人员责任心不够强。有的班主任不能按时上班，学员到了教室，班主任还没来开教室门，学员只能在外面等……

这些问题一再出现，胡大白警觉起来，她强烈地意识到，要想保证这么一个“大摊子”正常运转，必须尽快提高管理水平。她把想法跟杨钟瑶说了，夫妻俩就如何加强管理进行了深入探讨。

杨钟瑶算是管理专家，在十三中工作时，就在教导处负责学生管理，经验丰富。他说：“关键是要制定各种规章制度，也要培训工作人员。”

“应该提个口号或者理念，让大家有个方向或目标。”

“是啊！工作人员需要增强服务意识。”

“对。服务。共产党的宗旨是全心全意为人民服务，那我们的工作人员应该具体服务到学员，具体服务到老师。”

“这个提法好！全心全意为学员服务，全心全意为教师服务！”

“对！‘两个全心全意’。”

在不经意的思想碰撞与交流中，胡大白与杨钟瑶确定了辅导班的服务理念，并旗帜鲜明地把办学的初衷确定为学校的宗旨，那便是“三个为”：为国分忧，为民解愁，为社会主义现代化建设服务。结合宗旨和理念，他们制定了一系列规章制度，开展了一次落实制度抓管理的整顿。

每天晚上学生下课后，工作人员留下来搞整顿，培训业务知识，提高管理和服务水平。

对于这次培训，胡大白后来回忆说：“我们当时提出‘两个全心全意’，并通过培训让工作人员树立‘两个全心全意’的意识；我们制定了规章制度，并通过培训让工作人员严格按规章制度办事。比如，当时我们规定‘班主任必须提前20分钟为学员开门，如果迟到一次，要扣5元工资，迟到两次就解聘’。那时，我们的工作人员每个月才30元工资，这个规定算是相当严苛的。”

胡大白还说：“为了做到‘两个全心全意’，我常常是坐着轮椅，由别人把我推到教室。因为不能站，我就坐在课桌上给学生加油鼓劲儿……我办班不拿工资，只尽义务。因为我是一个理想主义者，我的办学宗旨从一开始就是——为国分忧，为民解愁，为社会主义现代化建设服务。”

正确的理念引导，加上严格的管理，使迅猛发展的辅导班得到了健康成长，不但没有影响教学质量，还极大地提升了辅导班的声誉。第二学期结束，学员的考试成绩又是出类拔萃，自考通过率大幅提高。

1985年11月，辅导班第三学期招生时，由于社会反响好，生源“火爆”，他们一下子招了5000多人。

一下子增加那么多学员，租教室成为胡大白面临的一大难题。

前两期辅导班的成功举办，让胡大白有了些经验，可是，能够利用的资源基本都用上了，再在中小学、大学、党校等学校找教室已很难。没办法，她只得另辟蹊径，找单位的礼堂、会议室、活动中心等。于是，她找了省文化宫、青少年宫、铁路文化宫，找了部队的礼堂，找工厂、医院的闲置一般用房，略加改造就当了教室。

老师不够用的问题也更加突出。而且，老师都是聘任的，人家自己有单位，首先要保证本单位的工作，有时就不能如期上课。针对这种情况，杨钟瑶提出：“建立三倍于实际需要的师资库，随时有人替补。”

“是啊！学员是第一位的，不能因为老师的原因耽误课。”胡大白说。

可是，要想建立三倍于实际需要的师资库，也不是一时半会儿就能完成的。随着班级的增多，需要胡大白替补讲课的时间也增多了，好在她坚持锻炼，身体状况逐渐转好，坐在高凳子上为学生上课已经不太吃力了。她在郑大中文系主要讲写作课和现代文学，这两门课遇有老师缺课，她都是随时顶上。当时，写作课是许多学员的“拦路虎”，不及格率较高，补考不但麻烦，还经常与其他待考课程发生时间冲突，影响学员毕业的时间。为了帮学员打败这只“拦路虎”，胡大白亲自上阵，考试前一个月，亲自给学员们“吃小灶”，重点帮助大家提高作文成绩。

当时的学员桑保平是部队的一员，至今仍记得胡大白给他们上课的内容：“胡老师让我们首先要学会审题，弄清是写哪种体裁的文章。她把三种主要体裁的特点、要求讲清楚，每种体裁推荐了两篇范文，让我们参考范文各写一篇，并反复修改，直到真正掌握每种体裁的写法。”

学员张惠民是郑州铁路局大修段的纪委书记，也对胡大白的课记忆犹新：“胡老师传授了写作的几个诀窍，我到现在还记着：一是主题鲜明，二是层次清楚，三是语言通畅，四是书写工整。她的课像点破了一层窗户纸，让我茅塞顿开，写作文不愁了，写总结、发言稿等也不怕了。”

在胡大白的直接参与下，学员们的作文水平都有很大程度的提高，《写作》这门课的合格率也上来了。

除了参与讲课，胡大白最主要的精力还是放在教学管理上。每天晚上，胡大白和杨钟瑶都要去中原路小学教学点。那里五楼上不去水，厕所不能用，他们就把它当成了教学点的办公室。学生上课时间是7—10点，胡大白一般6点半就到，先与老师、学生见面，交流教学及学习中的一些问题；学生上课后，他们就去厕所改造成的办公室，处理辅导班的日常工作事务，解决前一天各点各班反映的各种问题。各班主任在课前收集到的学员反映的各种问题，当晚都集中到办公室，他们基本上当天处理完。如果当时处理不了，也要求将解决办法当晚就告诉学员。她一般是在中原路小学不动，杨钟瑶还要骑自行车到全市各教学点巡视，收集并解决问题。到了10点，学生放学了，他们就和班主任等工作人员一起，把教室、走廊及院子的卫生彻底打扫一遍，打扫干净才能回家。那些天，他们每天都要忙到深夜，12点以前基本没有睡过觉，有时连晚饭都顾不上吃。

有耕耘就有收获。这年12月，经郑州市教委批准，“郑州市高等教育自学考试辅导班”更名为“黄河科技专科学校”。

尽管教委的批准在意料之中，但真正得到通知，胡大白还是欣喜不已，杨钟瑶也很兴奋。这天晚上回到家，他们多炒了个菜，悄悄地庆祝了一番。

全校师生也都欢欣鼓舞，尤其是全日制班的学员。这天，班主任胡翔刚把这个好消息告诉同学们，就有同学提出要求：“胡老师，咱们以前叫待业班，现在是不是可以叫大专班了？”

胡翔愣了愣，觉得这名学生说得很有道理，便答应说：“好，就叫大专班。你们都是黄河科技专科学校的第一批大专生。”

一名之差，却是一次实质性的飞跃，也是一份更大的责任和压力。

胡大白和杨钟瑶都深刻地意识到了这一点，都在琢磨如何让改名的学校发生实质性的改变，真的像一所大学的样子。

没有固定的校舍，甚至连个挂牌的地方都不好找，硬件的改善不是一天两天的事，但软件可以先搞起来，渐渐加强。两人一商量，决定先成立和完善相关的组织，进一步加强管理。

为了加强学校领导，胡大白特意请来了一批热心教育的离退休老干部，担任学校的顾问。河南省原副省长邵文杰，河南省军区原副司令员徐捷，河南省委宣传部原副部长冯登紫，郑州市人大常委会原副主任彭甲戌、刘仪，郑州市政府原副秘书长陈德昌，河南省中医学院原党委书记韩倩之……十几位离退休的领导干部来了，壮大了学校的领导班子，给学校注入了新的活力。学校成立了顾问委员会，老干部们很快进入了各自的角色，迅速开展了工作。

老干部们从岗位上退下来，在家无事可做，渴望发挥余热，正好胡大白给他们提供了平台，可以说一拍即合。他们了解了学校的情况后，知道学校正处于艰难的创业时期，都主动提出不拿工资、不要报酬，只是发挥余热作贡献，充分体现了领导干部的思想觉悟和高风亮节。他们发挥各自的领导才能，卓有成效地开展各方面的工作，使学校的发展更快更稳，声名鹊起，被誉为“没有围墙的大学”。

学校首先在全日制班成立了团委，挂靠在郑州大学团委，并开始向党组织靠拢。当时，民办学校能不能建立党组织、如何建立党组织，尚没有经验可循，大家都不甚明了，相关党委的工作人员也说不清楚。胡大白多方联系后，事情一直没有眉目，但她一直没有放弃努力，后来经陈德昌同志协调，建立了临时党支部，再后来终于成立了党委。

冬去春来，树木花草开始发芽开花，黄河科技专科学校也蒸蒸日上，开出了更大更艳丽的花。

1986 年 4 月，第三期学员参加了考试，又取得了很好的成绩。尤其是待业青年班和共青团干部班，有的学员更是创造了奇迹，一次报 7 门课，全部合格。有部分学员一年就拿到了自考的大专文凭。

全日制班初战告捷，在社会上产生了很大的反响，报名参加全日制班的年轻人越来越多。而且，很多郑州市以外的学员不方便业余学习，也纷纷报全日制班。胡大白觉得，业余制已不能满足更多学生的需求，也不符合一所正规院校的培养模式，而全日制班更有利于教学，也可以更全面地培养学生，学校必须向全日制的方向发展。她和杨钟瑶一商量，决定扩招全日制班，并招收首批经济类全日制住校学生。

1986 年 8 月，学校招收首批经济类全日制住校学生 180 人，加上待业青年班和共青团干部班，全日制学生超过了 300 人。

11 月，在河南省高等教育自学考试委员会公布的成绩中，各单科的前三名，超过三分之二被黄河科技专科学校的学员夺得。7 个单科前三名共计 21 人，其中 16 人来自黄河科技专科学校。

12 月，河南省首届高等教育自学考试的考生毕业。黄河科技专科学校有256名学员毕业，拿到了大专毕业证书，占全省该批毕业生的47%。在省自考委公布的优秀毕业生名单中，黄河科技专科学校的毕业生占比竟然高达73%。

学校规模越来越大，名气也越来越大，胡大白的身体也越来越好，干劲十足。可是，让她想不到的是，一盆冷水却劈头盖脸地向她浇来。

◇冰火两重天

这天，胡大白骑着自行车，去了一趟郑州大学。她的身体渐渐恢复，便尝试着开始骑自行车，这样就可以把杨钟瑶解放出来，去做更多的事。身体渐好，她也把更多精力投入到编教材的任务中，需要来图书馆查阅资料，顺便跟几位老师对接一下，邀请他们去给辅导班的学员上课。

到了图书馆门口，胡大白把自行车放好，便准备进去。这时，一位老师正好路过，和她打招呼："胡老师，您怎么来了？我正想去找您呢！"

胡大白也赶紧跟这位老师打招呼，因为其正好是她聘请的老师之一，她也想找其确认上课的事，便热情地问："您找我干吗？晚上有别的事吗？去不了没关系，我可以顶一堂课。"

这位老师尴尬地笑了笑："胡老师，很对不住。我找您，是想跟您说，我不能去您那里上课了。"

"为什么？您在那里上得好好的，很受学员们欢迎呀！"

"您还不知道吧？昨天学校开了个会，领导专门提了您办学的事，不让我们去您那里上课了。"

胡大白不敢相信自己的耳朵："你们用的是业余时间，关学校什么事？哪位领导说的？还说什么了？"

"胡老师，具体情况我也说不清楚，只是我真的不能去上课了，您赶紧想办法找别的老师吧。"

胡大白明白了，这位老师迫于压力，不愿多说，便没再追问，只是说："我知道了。感谢您前段时间的帮忙，有机会的话再合作。"

与这位老师告别后，胡大白没有心思去图书馆了。她知道，无风不起浪，学校领导肯定在会上提了要求，就是不知道怎么说的、有多么严厉。她在郑大聘请了 17 名老师，都是辅导班的骨干力量，如果都辞职不干，那无疑会严重影响辅导班的教学。想到这里，她赶紧去中文系，想打听一下具体情况，而且，她聘请的老师中，中文系的同事很多。

去中文系的路上，不时有相熟的老师打招呼，胡大白明显感觉到，大家看她的眼神有些异样。她还隐约发现，离她稍远的地方，也有人在指指点点，小声议论，很可能有人把她推向了风口浪尖。

到了中文系，胡大白见到了她聘请的老师，大家纷纷表示，不能再去辅导班上课了。

有一位老师告诉她，校领导在大会上讲的话很不好听，甚至有些刻薄："是胡大白领导郑大，还是郑大领导胡大白？"

胡大白忍不住笑起来："领导也太抬举我了！"

"领导还说了，凡是给胡大白的学校上课的，一律不评职称。评上职称的，也一律不聘用。这么狠，谁还敢去你那里上课呀？!"

胡大白笑不起来了："是啊！我理解。我再想别的办法。"

"你现在是名人了，教委都支持，哪会找不到老师。"

说者无心，听者有意。胡大白灵机一动，何不去趟省教委，反映一下情况，或许能制止郑大这种行为呢！

她顾不上去图书馆了，赶紧离开郑州大学，直奔省教委。

到了省教委，胡大白直接找到了教委领导，反映了郑大不允许老师兼职的情况。

教委领导摊摊双手，表示无奈："我们支持你办学，这没问题。可是，郑州大学不让老师去给你们上课，老师们也没提出意见，这事我们不便干涉。"

"我请的骨干老师都是郑大的，他们突然都退出，我们实在难以应付。"

"东方不亮西方亮，哪里的老师不能上课呀！偌大个郑州，除了郑大还找不着老师了？"

话虽是这么说，但临时找老师谈何容易，况且一下子缺了17名老师。想着晚上还要上课，而这17名老师基本上都有课，胡大白必须立即找替补。她顾不上其他事，赶紧回到中原路小学，把情况通报给姐姐胡翔。她让姐姐立即骑上自行车，去联系其他的代课老师，看谁晚上能来“救课”。

杨钟瑶也听说了这个情况，抽空跑回中原路小学，与胡大白商量后，又去找了冯长安，请冯长安也去找代课老师。这时，冯长安已经不是辅导班的学员，而是学校的兼职工作人员，请老师的事经常由他出面。

当天晚上，到了快上课的时候，还有三个班没找到代课老师。胡大白心急如焚，只得跑到郑大的同事家，请求再帮一次忙。

同事们都不敢。胡大白苦口婆心地央求，才终于说动了两位，偷偷摸摸地走进了较偏远的两个教学点。她自己也又一次登上讲台，终于把这天晚上的课对付过去。

几十个教学点，都做到了正常上课。谁能想到，在这看似风平浪静的课堂之外，胡大白和杨钟瑶、胡翔、冯长安等工作人员，经历了怎样的一天。

虽然应了急，但师资的缺口还是客观存在。

第二天，胡大白又动员全校员工，到郑州市各高校和科研单位物色老师，在全市撒开了一张大网。尽管事情紧张，但她为了确保教学质量，还是坚持宁缺毋滥，要求大家尽量去请知名院校的优秀骨干教师。

冯长安物色了一位好老师，但几次上门都吃了闭门羹，他把情况跟杨钟瑶说了，觉得很窝囊。

杨钟瑶开导他说：“长安，咱辛辛苦苦干的是为国分忧、为民解愁的事，即使遇到困难，也不窝囊。咱虽然出不起高酬金，但可以用真诚的态度去感动老师们，三趟五趟不行，就十趟八趟，我就不信他不来。”

“刘备请诸葛亮三顾茅庐，咱们请个老师还不得十趟八趟吗？”

“只要是好老师，十趟八趟能请来，也值。”

冯长安听了杨钟瑶的话，又连续跑了几趟，把胡大白的情况及学校的办学理念灌输给这位老师，可以说是软磨硬泡。最后，这位老师终于答应了他的请求，愉快地走上了辅导班的讲台。

在大家的不懈努力下，不少重量级的骨干教师被打动，加入了黄河科技专科学校的教师队伍，不仅很快补足了郑大17名退出老师的缺口，还在原有师资库基础上，又增加了近一倍的师资力量。

谁也没想到，经过这次“郑大老师退出”的危机，黄河科技专科学校不但没有垮下来，反而更强大了。

1987年7月16日，《教育时报》以《郑州市黄河科技专科学校桃李芬芳》为题，介绍了学校3年来的办学成绩。9月，学校还正式组建了首届领导班子，河南省原副省长邵文杰任名誉校长，郑州市政府原副秘书长陈德昌任校长，胡大白任常务副校长，杨钟瑶任副校长，冯长安任校长助理。

学校管理走向正轨。首届领导班子成员一致认为，学校聘请的老师居住比较分散，路途较远的需要接送，便商量决定买辆车，专门接送路途较远的老师。于是，学校拿出26,000元经费，购买了一辆拉达牌轿车，方便老师出行，还可以拉学习资料等。

至此，“郑大老师退出”的危机算是化解了。

可是，一波刚平，一波又起，郑州大学的个别领导又发现了胡大白的问题，直接冲着她来了。

事情的起因是黄河科技专科学校新买的车。

胡大白已经是郑州大学的新闻人物，她的一举一动都受到师生们的关注。黄河科技专科学校买车后，郑大校园里便传开了：“胡大白现在出门，都是屁股后头冒烟，比系领导还牛呢！”

“听说招的学生比郑大还多，挣大钱了！”

郑州大学的领导自然也听说了这件事，个别领导很有想法，觉得胡大白仍为大学的老师，却在外面办学挣钱，大学应该管一管，便提议纪委展开调查。其他领导也怕胡大白真有问题，便都没反对。

于是，郑州大学纪委成立了专案组，调查胡大白办学的事。

接到纪委的通知，胡大白觉得很委屈。她想不通自己“犯了什么法”，也想不通自己“违反了哪项纪律”，竟然还惊动了纪委。她虽然不是党员，但接受正统教育多年，从事教育工作多年，时刻注意严格要求自己，从不去做“违法乱纪”的事，不怕调查，只是觉得委屈，觉得耽误时间。

尽管有一肚子委屈，纪委领导找她谈话，她还是二话没说就去了。

在纪委书记办公室里，书记在办公桌前正襟危坐，让胡大白坐在他斜对面的沙发上。书记一本正经地说：“胡老师，你人挺好，工作也干得不错，我对你没啥成见。可是，群众有反映，我也不能不管。”

“群众反映啥？我是工伤，学校批准在家休息。身体稍好些，我还主动承担了编写教材的任务，也算完成了一个老师的工作量，应该对得起那份工资吧？”胡大白不动声色，但也据理力争。

书记脸色变得严肃起来：“胡老师，你是工休，学校照顾你，让你在家休息，拿全工资、全奖金，并不需要你做什么。可你不听学校领导安排，非要编教材，还跑到外面瞎折腾，你说你是何苦呢？”

“我不是瞎折腾。我办学是响应中央号召，为国分忧，为民解愁，省教委都支持。您说说，我怎么瞎折腾了？”

书记无言以对，生气地说：“你放着好日子不过，天天没日没夜地在外面跑，饭也吃不好，觉也睡不好，孩子也顾不上管，还不是瞎折腾吗？你看看你的样子，你的气色，人不人鬼不鬼的，哪像一个大学教师？”

“为了让更多的人接受教育，让更多人提升素质，我愿意这样。”胡大白不甘示弱。

书记有点气急败坏，站起来一拍桌子：“愿意也不行。你作为我们大学的老师，就必须服从大学的规定和安排，停止办学，好好在家休息。”

胡大白也从沙发上站起来：“我要不停呢？”

“你要敢不停，就查你的账。我就不信查不出问题。”

“我办学没挣一分钱，不怕查。”

书记又是一拍桌子：“谁信？小轿车都坐上了。”

胡大白也生气了，她也拍了一下桌子：“小轿车是给外聘老师坐的，我从没坐过。”说着，她把自行车钥匙从口袋里掏出来，拍到桌子上：

"看，我都是骑自行车。"

书记愣住了，他可能是没想到胡大白会拍桌子，更没想到胡大白会说没坐过小轿车，不知该作何回答。沉默良久，才没好气地说："我不跟你扯。就等你三个字'不干了'，什么事都没有。否则，你就等着吧！"

"等着就等着。我身正不怕影子斜。"说完，胡大白气呼呼地夺门而出。

书记的一句话追出了他办公室的门："啥时候停止办学，来报告一声。"

胡大白没有理会，她忘记了自己的伤病，三步并作两步往外走，走得踉踉跄跄。她已控制不住自己的情绪，眼泪在眼圈里转着，走出办公楼便滚落满脸。她躲到楼门一角，掏出手帕把眼泪擦干，稳定自己的情绪。她觉得，书记的条件无论如何也不能接受，必须继续办学，而且越是在这种情况下，越要办得更像样子，她必须坚强起来。

她抬头看天，虽然有些乌云，但并没有遮住太阳。阳光轻抚她的泪眼，把她的泪痕抚平，她的心里也射进了丝丝阳光。她坚信，此事也不过像浮云蔽日，很快会云开雾散的。

回到家，胡大白故作镇静。她不想把谈话的过程告诉杨钟瑶，怕影响杨钟瑶的心情，更怕杨钟瑶心理上难以承受。毕竟他"家庭出身不好"，又曾受过冲击，尽管改革开放了，但回忆起往事还常常心有余悸。

这次，却是胡大白多虑了。她一到家，杨钟瑶就告诉她，郑大纪委的领导也找他谈过话了。

两人交流了谈话的内容，发现是大同小异，总之是希望他们停止办学，关门大吉。

"你是怎么想的？"两个人几乎不约而同地问对方。

胡大白说："不能停。坚决不能停！"

"我同意。可是，他们说得很严肃，不会弄出啥事来吧？"杨钟瑶担心。

胡大白说："回家的路上我一直在想，即使不要郑大那份工作，我也不能放弃咱们的学校。这不仅仅是一份方兴未艾的事业，还是很多学生的希望，我们无论如何也不能轻言放弃。”

杨钟瑶点点头：“你有这份决心，那咱们就继续干。咱们有教委的支持，有那么多老干部的支持，还有 8000 多名学生的支持，不会有事的。”

夫妻二人拥抱在一起。

尽管达成了共识，其实胡大白心里也没有底。她的经验告诉她，事情有时会朝着意料之外的方向发展，而且很多时候不一定客观。他们上有老，下有小，老人年事已高且身体不好，孩子们正在上学，如果真的丢掉郑大的“铁饭碗”，那家庭的经济压力会很大，对孩子们影响也不好。怎么办？

这天晚上，胡大白仍然和杨钟瑶一起，去辅导班的各个教学点转了转。她知道，没有不透风的墙，学校被调查的事大家很可能也听说了，他们要保持镇定，稳住大家的情绪。为此，她还特意跟杨钟瑶一起，多走了几个教学点。

在人前镇定自若，但夜深人静躺在床上时，胡大白却翻来覆去睡不着。她看着劳累不堪的丈夫，思绪又回到被调查的问题上，眼前又浮现出纪委书记那严肃的面孔。

事情既然到了这一步，必须勇敢地面对，更应该积极地面对。也就是说，不能坐等，而是要想出应对的办法，拿出应对的措施。

她反复琢磨书记的话，觉得书记并不是要求学校关门，而是要求她“不干了”，那这个问题还是可以解决的。自己在家里休息，找别人来管理不就行了？至于查账，她觉得没有问题，但也要督促财务自查一遍，确保查不出问题。

她不知道纪委的人与杨钟瑶谈话的具体内容，但大致要求应该是一致的，那么，他真的可以先不干了，堵一堵好事人的嘴，正好也让他休息一阵子。

正想着，杨钟瑶翻了个身，小声问：“大白，还没睡呀？”

“睡不着。你也没睡吗？”

“你不睡我也睡不着。”

这话让胡大白有点感动。她知道，杨钟瑶的确是这样，天天比她睡得晚，比她起得早。家务活儿抢着干，学校里的事也少不了，还有单位的工作，里里外外连轴转，实在是太累了。想到这里，她感慨地说：“我刚才想了，这次被调查或许也是好事，你正好可以不干了。”

杨钟瑶一骨碌从床上爬起来，打开了灯，惊讶地问：“你怎么了？白天不是说好的吗？不能停。”

胡大白也坐起身，背靠在床头上，笑了笑说：“我没说停啊？我说你可以不干了。”

杨钟瑶有点蒙，丈二和尚——摸不着头脑。

胡大白又说：“我是这样想的。从明天开始，你就专心上班，不要操心学校的事了。这样，你不就是按纪委的要求，不干了吗？”

杨钟瑶摇摇头：“那可不行。学校那么大摊子，你一个人怎么行？我也放心不下。”

“我理解。可是，咱们这一大家子，上有老，下有小，咱们俩不能出什么事。尤其是你，家里的顶梁柱。”

“即使我那么说，人家也不一定信呀！同事们都知道，学校是我们一起办的。”

“从现在开始，咱们要统一口径，就说学校是我办的，与你无关。你之前只是业余时间帮帮我的忙，具体事情你都不知道。”

杨钟瑶摸摸脑袋，想了想，觉得也有道理：“学校倒真是你提议办的，而且一直是你牵头。这也是事实，也容易解释，可以考虑。”

“这样，学校就是处理咱们，也只是处理我一个人。保住你，老人和孩子的生计就不会有问题。”

杨钟瑶又摇头：“这样的话，压力全在你身上了，我于心何忍？”

“我是女的，又是工伤，胆子也大，会跟人搅缠。再说，咱们的账不怕查，应该没事。”

杨钟瑶想了想：“学校里事情那么多，你怎么忙得过来？”

“你还可以在暗地里帮我。咱们还有那么多老干部支持，我也可以说‘不干了’，让老干部们干。”

“这个思路倒是不错。但很多事还少不了你出头，太辛苦你了。”

胡大白笑了笑："我没事。就这么定了。明天你就可以找纪委的人，明确告诉他们，你不干了，而且以前也没干过，都是胡大白一个人的事。"

"我还是有点接受不了。"

"那明天再说。睡觉。"说着，胡大白钻进了被窝。

杨钟瑶关了灯。

按照胡大白的设想，杨钟瑶向纪委作了解释，并刻意脱离黄河科技专科学校的日常工作，只在业余时间偷偷地帮着胡大白做事。

胡大白本人也调整了工作思路，把更多的时间用在了郑州大学的工作上，编教材，写教学体会，还着手编著一本《大学语文考试指南》。

这天晚上，胡大白没去教学点，而是在家写《大学语文考试指南》。她想尽快把这本书写完，尽快出版，让郑大的领导们看到她的工作成果，也堵一堵他们的嘴。杨钟瑶下班回到家，脚步很轻快，脸上也带着笑，分明是有好消息。

胡大白以为是纪委的调查结束了，便迫不及待地问："钟瑶，是不是有好消息？"

"你怎么知道？"杨钟瑶有点疑惑。

胡大白笑了笑："你一般很沉稳，喜形于色的时候不多，今天这副表情，应该有好消息吧？是不是纪委撤了？"

杨钟瑶摇了摇头："不是。"

胡大白不解地看着杨钟瑶，等他解释。

杨钟瑶笑着说："还真有件好事。今天佛岗村的干部又找我了，想把那 100 亩沙岗地卖给咱，价格很便宜。我觉得，学校正好有这笔经费，咱是不是买下来？"

胡大白明白了，原来是佛岗村那块地的事，她早在一年前就知道。当时，佛岗村有 100 亩沙岗地，种地不长东西，弄啥都弄不成。村里人比较迷信，就想把这块地卖掉，还找了个算卦的人看过。算卦的说，要卖的话，得卖给能降住这块地的人，卖给其他的人也不行。按算卦人给出的合适人选，村里人找来找去，就找到了到处租房的他们俩，说他们能降住那块地，办教育也合适。她当时觉得，买地建房子，政策上吃不准，加之周期太长，投入又大，感觉还是租房更合适，便没答应。如今纪委正在审查他们，买地就更不合适了。

想到这里，胡大白摇摇头："去年没买。现在更不能买了。"

"100块钱一亩,100亩地才1万块钱。太便宜了，怕是过了这个村，没有这个店了。"杨钟瑶的话有些生硬。

胡大白也不高兴了："'地主帽子'还没戴够？"

杨钟瑶"家庭出身不好"，"文革"时被说成"地主阶级的孝子贤孙"，影响很大，如今虽然改革开放了，但他也不敢断定买地好不好，会不会招惹麻烦，便尴尬地笑了笑："当然是戴够了。"

"那就别再说买地的事了。"

"只是有些不甘心。"杨钟瑶悻悻地说。

胡大白沉默了一会儿，刻意缓和了语气："你知道纪委为什么突然查我们吧？"

"有人嫉妒呗！"

"可是，他们也是有借口的，也是咱们给了他们契机。这个契机，就是咱们买车。"

杨钟瑶点头，恍然大悟般："是啊！他们倒是提过买车的事，我说是接送老师用的。"

"你想呀！买个车就有那么多人眼红，你再买那么大一块地，指不定会带来多大麻烦呢！"

杨钟瑶点头："是啊是啊！你分析得很透彻，咱不买了。"

两个人达成了一致意见，不买这块地了。可是，胡大白知道，杨钟瑶心里还是想买的，但她真的不敢买。如今，她坦然地承认，当时她的思想不够解放，错过了一个好机会。她说："现在想来，办学这么多年，最后悔的就是这件事。1万块钱买100亩地，我却坚决不让买。后来我们还是买了这儿的地，价格已经涨成1亩1.8万块钱，整整翻了180倍。"

秋去冬来，天越来越冷，纪委的调查也一直在持续。尽管黄河科技专科学校的学员们又取得了很好的成绩，但胡大白的心情还是好不起来。

自从烧伤之后，胡大白的免疫力明显下降。冬天一冷，她每个月都要打一针丙种球蛋白，才能维持正常免疫水平。这一年，杨钟瑶退到了“幕后”，她的工作量增加了许多，精神压力又大，身体健康状况屡屡“报警”。

下雪了，天气特别冷，路特别滑，胡大白骑着自行车，穿行在各教学点。在一个条件较差的教学点附近，路特别不好走，自行车不慎滑倒，把她重重地摔在地上。伤得虽然不太重，但也严重影响了她的行动，不但不敢骑自行车，走路也很困难，只得在家养伤。

这个冬天，仿佛是郑州最冷的冬天，身心俱伤的胡大白感觉特别冷。更重要的是，一些非议在社会上蔓延:“奸商”“学生贩子”“想抓钱发财”“剥削知识分子剩余价值”……更是让她不寒而栗。

她想不明白，自己拖着病体，在完成学校教学任务的情况下，自掏腰包办学校，而且不拿一分钱的工资，为什么还要遭受如此的折磨？那些离退休的老干部，年轻时参加革命赴汤蹈火，退休后分文不取支持办学，又有什么错？

胡大白的疑问，天不应、地不语。政治压力、管理压力、经费压力她一肩担起；烧伤尚未痊愈，又添摔伤之痛，她默默忍受；轻如风、飘如絮、看不见、摸不着的流言，她却始终难以放下。

1988 年元旦后，压力、伤痛、流言蜚语，再加上劳累过度，使她患上了胸膜炎，经常胸闷、发烧、呼吸困难，只能躺在病床上。

郑州大学放寒假了，纪委的调查终于有了初步结论。这天，有知道内情的同事偷偷告诉杨钟瑶:“你们的账全查清了，辅导班收费很低，还都用在了办学上，学员的反映特别好，市教委的反映也特别好。再说了，你们俩都没拿工资，也没花学校的钱，没有任何经济问题，没事了。”

“我们虽然没拿钱，可是确实干了很多工作以外的事，他们也不管了吗？”

“业余为教育做点好事，咋不了你们。”

"太好了！我赶紧回家告诉大白。"

当天晚上，杨钟瑶早早地下班回了家，兴奋地把消息告诉胡大白："他们查完了，没事儿了！"

胡大白还有些担心："真没事儿了？"

"真的。放心吧。"

胡大白的眼泪突然夺眶而出，她也不去擦，索性大哭起来。她要把这么多天的委屈、无奈、悲愤，全都倾泻出来。

杨钟瑶拥抱着她，拍着她的背，安慰她说："不是没事儿了吗？怎么又这样？别哭了，别哭了……"

胡大白俯在杨钟瑶肩头，任自己哭着，眼泪打湿了杨钟瑶的衣服。

杨钟瑶以为胡大白又出了别的什么事，担心地问："不会又出什么大事了吧？"

胡大白边哭边摇头，又哭了一会儿才慢慢停下来。

"你到底是为什么？"

胡大白抹了把眼泪，这才解释说："我觉得太难了。"

这么一折腾，加上过度劳累后的放松，胡大白的胸膜炎又急性发作，病情加重了。

胡大白躺在病床上，迎来了 1988 年的新春佳节。按照惯例，她和杨钟瑶要去聘请的顾问家拜年，但这次是杨钟瑶和冯长安去的。

到了老顾问徐捷副司令员家，杨钟瑶真诚地说："我代表大白和学校的全体员工给您拜年！"

徐副司令没看见胡大白，立即关心地问："大白怎么没有来？"

杨钟瑶只得解释："大白病了，得了胸膜炎，发烧、呼吸困难，医生说不能出来。"

"那确实不能出来。让她好好养病。"

"前段时间，纪委调查她，不让继续办学了。她心里憋屈，加上劳累过度，才生的病。"

"我也听说过。不是说已经调查完了，没事吗？"

"司令放心。现在好了，没事了。"

"回去问大白好，请她好好养病。我有空去看她。"

"司令放心。她很快会好起来的。"

杨钟瑶回到家，把徐副司令的问候转达给胡大白，夫妻俩都感叹碰上了好顾问。

大年初二，郑州飘起了雪花，纷纷扬扬，给城市披上了雅致的盛装。胡大白挣扎着想起来看雪，被杨钟瑶劝住了。

这时，突然传来敲门声，两人都很吃惊，下着大雪，谁会来呢？

杨钟瑶开门一看，原来是徐捷副司令员。胡大白忙从床上起身，要下来，徐副司令不让，她只能半坐在床上。徐副司令说："我不是一个人来的，还给你们带来一个老朋友。"

这时，门外又进来一个老人，身上落满了雪花。胡大白认出，那是郑州市原副市长张北晨，后来的省体委主任，不由得又惊又喜："张主任，您怎么也来了？"

徐副司令接过话头说："张主任来我家，我说要来看看你，他也跟着来了。"

张主任也说："听说你病了，我也很担心。咱们学校可离不开你呀，振作起来，战胜病魔！"

胡大白立即下了床，挣扎着坐在床边，附和说："我听老领导的，立即振作起来。"

"振作归振作。养病可要慢慢来。"徐副司令说着，从随身的包里拿出两个大信封，递给胡大白："大白，我给你写了两幅字。"

胡大白郑重地接过来，小心地打开，只见一幅写的是"敢为天下先"，另一幅是"自学考试大有可为"。第二幅上，还专门写了一句"与大白同志共勉"。她激动地说："感谢徐司令支持和鼓励。我一定牢记您的教诲，敢为天下先，把学校办好。"

张主任赞道："徐司令是有名的将军书画家，他的字可是很珍贵哟！"

杨钟瑶接话说："是啊！不仅字写得好，寓意更好，正合大白的性格，也写出了办学的意义所在。"

两位老领导走后，胡大白和杨钟瑶还兴奋不已。胡大白感慨地说：

“徐司令这么大年纪了，还冒雪来家看我们，我们还能说啥？只能继续干下去，把学校办得更好！”

“敢为天下先。写得真好！你在做的，正是前人没做过的事。”

“自学考试，大有可为。咱们认准的事，就要大胆坚持。”

当晚，胡大白又睡不着了，浮想联翩。她想，徐副司令当年参加革命时，不要钱，不要命，不要家，为革命作出过很大的贡献，如今离休了，还不遗余力地支持我们办学。我们受点委屈算什么？只要是为了国家，为了人民，为了教育，再苦再累也值得。

这样想着，胡大白又把钟瑶推醒，把她的想法与钟瑶分享。

杨钟瑶说：“这就对了，咱才不生气呢！咱要把这个学校办得更好。”

“我也是这么想的。我现在不怕了，如果真遇到什么事，让我在二者之间选择，我宁可放弃原职，也坚决办咱们的‘黄河’。”

“徐司令说得好！自学考试大有可为，要敢为天下先。”

“对！敢为天下先！”说着，胡大白突然想起了什么似的：“明天，你就去把这两幅字裱起来，我要挂在咱家里，天天看着。”

“好。我明天就去办。”

雪过天晴，阳光在雪的反衬下更加灿烂，也映得胡大白家更加明亮。“敢为天下先”挂在了家里最显眼的位置，胡大白一抬头就可以看到。她经常思索这几个字的含义，她觉得就是要敢于创新，敢于做前人没有做过的事，敢于做“先行者”，她也开始琢磨如何创新，琢磨去做哪些前人没做过的事……

从此，“敢为天下先”这五个字渐渐刻在了胡大白的心上，成为她办学、办事的指导思想，也成为后来“黄科院精神”的重要来源之一。

胡大白的信念坚定起来，心情也便好起来，病魔渐渐退却。

老干部局领导听说胡大白和老干部们义务办学、不拿工资，社会上却有非议，郑大还在审查胡大白，便专门组织了一个调研组，由副局长李天才带队，到黄河科技专科学校调研。

调研持续了 7 天，对黄河科技专科学校的方方面面都了解得清清楚楚，并形成了调研报告。由此，省委老干部局专门下发文件，通报表彰黄河科技专科学校，介绍他们的办学经验，明确表示支持离退休老干部发挥余热，号召全省老干部“向支持黄河科技专科学校办学的老干部学习”。

这件事引起了河南日报社副社长王天林的重视，他特意找当时在校的一位学员了解情况，并商定合写一篇反映胡大白办学的通讯。他们先后采访了河南省人才研究所和科技干部局的领导，采访了河南省和郑州市的一批离退休干部，采访了在学校兼职的老师及就读的学员，从多个角度介绍了胡大白办学的经验和成绩，最后以《敢为天下先的特殊学校》为题，发表在《河南日报》上。

《瞭望》新闻周刊记者周大平看到了这篇通讯，也很重视这件事，便请王天林和这位学员对这篇通讯进行了一些修改，以《胡大白和她的业余教育》为题，发表在《瞭望》新闻周刊 1988 年第 38 期上。刊物专门为这篇稿子配发了编者按：“民办大学的兴起已成为我国教育体制改革的必然趋势。下面这篇调查，通过各有关方面的评述，客观地回顾了一个积极创办业余教育的改革者的一段艰难历程。我们认为，这类办学实践所显现的发展我国民办高等教育的现实意义，值得全社会深思。”

《瞭望》新闻周刊是由新华通讯社主办的大型时事政经刊物，以“新闻性、权威性、思想性、可读性高度统一”为特色，深入、详尽地将有关事件和新闻背景告诉读者，进行分析、解释和评论，进而对其发展趋势做出预测，并对这种趋势所体现的更深更广的意义和影响进行估计、判断，体现出“高层决策信息、热点深度报道、专家权威论坛、全新知识背景”的影响力。

文章刊出后，在全国产生了很大反响，黄河科技专科学校声名远播。全省乃至全国各地的老干部局、办学机构纷纷前来学习取经。

河南省顾问委员会副主任、省老干部关心下一代协会主任张赤侠看到这篇文章后，专门接见了胡大白，并组织召开了座谈会，让胡大白介绍办学经验。作为原省委常委、组织部部长，他对黄河科技专科学校的充分肯定，给了胡大白巨大的精神力量。针对胡大白不拿工资的做法，他特意为胡大白“卸包袱”，明确告诉胡大白：“中央有精神，离退休干部从事教育等工作，每月可以拿 60—80 元的工资。这是中组部文件规定的，黄河科技专科学校可以按此执行。”

河南省委老干部局也组织召开了座谈会，支持胡大白和老干部们办学。时任省委宣传部部长侯志英在会上说：“胡大白同志这个学校之所以办得好，原因就是充分发挥了离退休老同志的作用，老同志在这里也很高兴，很有成就感。希望老干部局的同志做好宣传工作，让每个单位都能重视老干部，让老干部发挥余热，为社会作贡献。”

党报、大刊发声，组织、领导支持，郑州大学纪委的人本来也没查出什么问题，也不再反对胡大白办学了。

这年初夏，黄河科技专科学校在刚刚结束的自学考试中又获佳绩。胡大白高兴之余，走进各教学点，祝贺师生们取得好成绩，给大家加油鼓劲。

可是，在这个过程中，她听到了一种声音，深深地刺激了她。

◇贺老师的一句牢骚话

一天，胡大白出门，正碰见进门洞的贺玉玲老师，就问贺老师：“你们班同学该高兴了吧？”贺老师说：“不高兴。”胡大白问：“为什么呢？”

胡大白知道，在刚刚结束的考试中，贺玉玲负责的这个教学班取得了优异的成绩，两门课的合格率都在全校名列前茅，一门课达到了100%，另一门达到了 95%，理应很高兴。

贺玉玲一脸严肃地说：“刚被学生提了意见，高兴不起来。”

“怎么回事？学生们考得这么好，还有什么意见？!”

贺玉玲直言：“因为这里没有活动场所，没有文体设施，只能学，不能玩。”

胡大白点头，也笑不起来了。她叹了口气，说：“是呀，这边多是些孩子，光让他们学习确实也不行。”

“我想过了，带他们出去玩一天，您看行不行？”

“行啊！这事你做主。”

贺玉玲这下高兴了，笑着说：“那我就带他们去趟邙山，他们肯定高兴。”

“那你就带他们好好玩一天，注意安全！”

胡大白的心里不是滋味，她深刻地认识到，贺老师说的，正是对学校现状最有力的批评，要想培养高素质人才，绝对不能搞单纯的应试教育。她甚至进一步认识到，自学考试本身，也有些急功近利的成分，单纯为了文凭，而忽视了综合素质的培养。

这段时间，胡大白一闲下来，就开始思考这个问题，越来越发觉这个问题的重要性。由于办学规模的日益扩大，教学点遍布郑州市区及近郊，不但经常需要租房、搬家，而且条件参差不齐，有的不但没有活动场所，连基本教学及生活保障都有问题。有的只有教室没有食堂，有的有食堂没有厕所，有的只有电没有水……不仅难以进行教学管理，还严重影响学员们的学习和生活，这些问题都亟待解决。

胡大白寻思，必须赶紧找地方，找一处或几处大一点的院落，形成相对独立的校园，问题才能迎刃而解。她暗暗作了这个决定，也便开始物色这样的校园。

没料到，相对独立的校园还没找到，黄河科技专科学校却遇到了办学以来最严重的一次租房危机。

1988 年 8 月 1 日，黄河科技专科学校下半年招生报名的日子，胡大白却没能去现场。因为，这天上午，河南省委老干部局邀请她给离退休老干部作报告。

在老干部活动中心，胡大白讲得很投入，老干部们听得很认真。讲到一半休息时，学校的一个老师急匆匆地跑来告诉她，招生现场太火爆，局面都不好控制了，让她快点讲完，早点过去。

再次开讲，胡大白心里有事，就加快了速度。可是，她作完报告后，老干部们还意犹未尽，纷纷提问，她只能一一耐心解答。

一直到中午 12 点，开饭时间都到了，胡大白才从会场脱身。她正想骑自行车离开，省委老干部局的领导追上来，热情地说：“胡老师，你不能走。中午赵地书记要请你吃饭，当面听取你的汇报。”

赵地时任中共河南省委副书记，对老干部工作很关心，听说胡大白组织了很多老干部发挥余热，办了一所大学，早就想见见她，听说她来老干部活动中心作报告，便临时决定中午请她吃饭。

胡大白的心思已经到了招生现场，连省委副书记也顾不上了。她慌慌张张地说：“今天真不行。改天我一定专程来汇报。”说完，骑上自行车就走了。

“你这个胡大白……”老干部局的领导无法理解，赵副书记那么大的领导请吃饭，她竟然还会拒绝。

招生现场到底出了多大的事，让胡大白如此着急？

八月骄阳似火，正是郑州最热的时节。胡大白骑着自行车，蹬得很快，不一会儿便累得大汗淋漓。自行车在大街上快速穿行，路人纷纷躲闪，并向她投来不解的表情。

靠近青少年宫教学点，胡大白发现院子里坐着不少人，很多人带着大包小包的行李，应该是外地来的。

她一进院子，有人就认出了她，纷纷围过来。有人说：“胡老师，我们都等了两个小时了，什么时候能报名呀？”

“稍等，稍等。我们研究一下，马上答复。”她一边安慰大家，一边进了教学点。

杨钟瑶看她过来，赶紧给她介绍了情况：“你也看到了，来报名的人数远远超过了招生计划。我们计划只招 70 人，来了 700 人还多。”

胡大白没接杨钟瑶的话，而是吩咐工作人员：“外面太热了，先让大家来教室里歇歇，给他们弄点水喝。”

工作人员答应着，出去召集学生和家长了。

胡大白随即对杨钟瑶说：“让现场的几个领导都过来，咱们商量一下。”

几位领导都来到走廊里，胡大白说：“刚才我进门时，看着那么多渴望的眼睛，心里很不是滋味。我想，既然他们来了，我们还是要尽量全部接收。”

有位领导双手一摊："胡老师，人太多了，咱们实在接收不了呀！"

胡大白急了："我们登了广告，人家从外地过来了，这么热的天，让人家在太阳底下站着，这是什么态度？"

"困难确实有，咱们一起想办法解决。"杨钟瑶打圆场。

"现在我们就统一思想。第一，今天来的学生必须解决，让他们都报上名；第二，立即派人去找教室、宿舍；第三，先跟大家说明情况，告诉大家，只要想报名的，都给报上名，只是临时可能没地方住。"胡大白果断地吩咐。

大家见胡大白态度坚决，又考虑得很周到，便立即统一了思想，转而讨论如何应对这种局面。大家商量后，想出了三个临时的解决办法：一是在郑州有亲戚的，先投靠亲戚；二是家里条件允许的，学校联系旅社，每人一天两块钱，先住一天；三是在郑州没有亲戚且家里条件一般的，男生先在青少年宫挤住在教室里，睡在桌子上，临时住下，女生住在宿舍里，床位不够，就两个人睡一张床，挤一晚上。

总算把学生们都安置停当，但紧张的工作才刚刚开始。

胡大白带领全校领导及工作人员，开始满郑州找房、租房。

8 月 2 日这天，总算租到了一些房子，把昨天已报名却没地方住的学生安置好。可是，到了晚上，胡大白又接到报告，当天又有 300 多人报名。

于是，8 月 3 日，胡大白继续满郑州找房、租房。有些房东只有空房子，没有床，她也只得先租下来，再想办法。

胡大白后来感慨地说："当时租房真是太难了！可以说绞尽脑汁。租百家房，说百家话，千方百计，千辛万苦！"

在荥阳驻郑州办事处，他们一下子找到了一批房子，一座楼的三层、四层、五层，相对集中，胡大白很满意，当即便租下来。可是，这里最大的问题是没有床，只能自己想办法解决。于是，他们又全体动员，到处找床、买床、拉床、装床。

胡大白在现场坐镇，陈勇民开着一辆长安面包车买床、拉床，杨钟瑶、冯长安、胡翔等人拿着扳手、螺丝刀装床，杨雪梅和杨保成也来帮忙。

天特别热，坐着不动都会出一身汗，更不用说他们心急火燎、四处奔走、装床抬床了。大家的衣服都被汗水湿透了，累得都吃不下东西，还是坚持继续干。

胡翔的身体本来就不太好，因为心脏病办了病休，如此高温下的高强度体力劳动，她的身体吃不消了，最后晕倒在现场。她后来回忆说："当时，我负责往楼上抬床，一次次地上楼下楼，鞋都跑掉了，就光着脚继续跑，脚上都磨出了血泡。天太热了，累得太狠了，竟然晕倒在宿舍里。大家又忙着送我去医院，真叫一个乱呀！"

胡大白也是连续三天三夜没合眼，没有正儿八经地吃一顿饭。

第三天的下午，正在帮忙干活儿的杨保成看见妈妈热得浑身是汗，就偷偷买了根冰棍给妈妈吃。

胡大白当时还心急火燎的，根本没有心情吃冰棍。她接过冰棍，顺手就摔到了地上，没好气地说："学生还没地方住，我哪有心情吃冰棍？干活儿去。"

杨保成看着掉在地上的冰棍，觉得很可惜，可他也理解妈妈的心情，赶紧跑去帮忙搬东西了。

后来，胡大白想起这件事，一直觉得很愧疚。如今，她感慨地说："那时我三天三夜不着家，孩子的学习不管不问，还让他们帮忙干活儿。孩子心疼我，给我买根冰棍，我还呵斥他，太不应该。"

如此苦战了三天三夜，第四天晚上，学生们就住进了新宿舍，吃饭和上课的问题也解决了。

这一次，全日制学生大规模扩招，达到了 1850 人，比第一期的 60 人，扩大了 30 倍还要多。业余制辅导班没有再扩招，但报名人数也达到了 6500 人。全校在校学员达到了 8000 多人，分散在 30 多个教学点上课，西到西流湖，东到凤凰台，北到柳林镇，南到侯寨乡，几乎遍布郑州全市，还延伸到了郊区。

随着全日制学生的增多，教学和管理的难度加大，胡大白的头脑里更是经常浮现出贺玉玲的那句牢骚话，也更清醒地认识到，必须有一个相对独立的校园，而且越快越好。

9月的一天，胡大白去火车站办事，途经旁边的幸福路。她看到一栋独立的小楼，空空荡荡的没有人，便立即打听情况。有人告诉她，这栋小楼是郑州铁路卫校的，以前是校办工厂，因效益不好而停工，当时是闲置状态。

胡大白喜出望外，立即去找了卫校的领导，很顺利地租了下来。为了相对稳定，她特意要求长租，租期一下子签了3年。

小楼虽然不大，但略加改造，便有了教室和宿舍，还给工作人员留了一间办公室。杨钟瑶又在楼后的过道里搭了一座简易房，食堂也有了；给教室里配了桌椅板凳，装上黑板，便可以上课了；给宿舍安装了床，学生们入住进来；给食堂添置了锅碗瓢盆，也可以做饭了……师生们兴高采烈地搬了进来，原厂的22名职工也都留在学校上了班，皆大欢喜。

这是黄河科技专科学校的第一个集教室、宿舍、食堂为一体的教学点，因在幸福路上，便起名叫“幸福路教学点”，师生们都觉得很幸福。

胡大白也觉得很幸福。因为她可以不受房东干扰，自主地安排教学活动了。

然而，这个教学点仍显美中不足。拥挤的教室和宿舍里，夏天没有电扇、空调，冬天没有炉子、暖气；狭窄的过道“食堂”只能排队打饭，打完饭只能去教室或宿舍里吃……胡大白每次看到这些场景，心里都不是滋味：“一定要找到更大更好的校园，让学生住上宽敞的宿舍，用上宽敞的教室，在有桌凳的食堂里吃饭，还有文体活动的场地。”

胡大白在心里勾勒了一个校园的蓝图，也在思索学校的战略擘画。突然有一天，她萌生了一个大胆的想法。

◇一个大胆的想法

深秋的一天，在幸福路教学点，胡大白在办公室里重温了国家教委不久前出台的《关于社会力量办学的若干暂行规定》和《社会力量办学财务管理暂行规定》，发现了很多“亮点”。

文件指出："社会力量办学是我国教育事业的组成部分，是国家办学的补充。"在办学范围中规定："主要开展各种类型的短期职业技术教育，岗位培训，中、小学师资培训，基础教育，社会文化和生活教育，举办自学考试的辅导学校（班）和继续教育的进修班。"并提出："各级人民政府及教育行政部门应鼓励和支持社会力量举办各种教育事业，维护学校正当权益，保护办学积极性，在条件允许的情况下，尽力帮助解决办学中存在的困难，对办学成绩卓著者给予表彰和奖励。"

从这些文件中，胡大白看到了党和政府对社会力量办学的支持和舆论导向，看到了民办教育复苏的曙光。基于这些认识，她也对黄河科技专科学校的未来发展进行了一番思考。她觉得，学校的规模已经如此之大，学校的专业设置也已经由最初的两个发展到 20 多个，已经相当于或超过当时的很多普通高校，如果再有一个独立的校园，便更像一所大学了。如果国家进一步放开民办教育政策，允许民办高校进行学历教育，那民办高校就能成为国家承认的大学，甚至像国外的很多私立大学一样，可以发展成世界名校……

于是，胡大白萌生了一个大胆的想法：办一所名副其实的大学。

当天晚上回到家，她就迫不及待地把这个想法跟杨钟瑶进行了交流。杨钟瑶也很兴奋："办一所大学，那太好了。我祖父和父亲虽然都曾办过学，但他们办的只是小学、中学，办一所名副其实的大学，我真是没敢想。"

"徐司令不是让我们'敢为天下先'嘛，首先要敢想。咱们现在的办学层次和模式已经难以支撑学校的发展，为什么不去努力一下，更上一层楼呢？"

杨钟瑶点点头，继而产生疑问："个人办大学，政策允许吗？"

"我查了一些文件，政策鼓励社会力量办学，只是没提可以办大学。不过，我听说，北京已经有了中华社会大学和海淀走读大学，虽然都是民办公助的形式，但也说明，政策是比较宽松的，可能会越来越宽松。"

"对。咱们也有那么多老干部支持，还有省市教委和老干部局支持，应该没问题。"

“那咱们开个会商量一下，争取尽快申报，同步进行大学的各项建设。”

胡大白和杨钟瑶认真思考了一个月，把校名、办学形式、办学目标、宗旨、举措都思考清楚了。

1988 年 10 月 31 日，是一个星期一。在一间充当临时会议室的教室里，学校领导班子会议拉开帷幕。

胡大白开门见山，说出了会议的议题和自己的想法。她说：“我觉得，我们应该创办一所符合社会需要的、国家承认学历的、有自己独特风格和特色的民办大学。”

“当前，虽然国家还没开民办大学的口子，但教育改革已经启动，方兴未艾，未来政策应该会越来越好，开展学历教育也不是没有可能。”杨钟瑶附和道。

在九位校领导中，有五位老干部，有的曾担任过郑州市教育局领导，有的曾长期担任中学校长，都是行政级别和社会名望很高的老同志。可是，这五个老干部中，有四个明确表态，不支持胡大白的提议。

“大白呀，学校刚刚走上正轨，纪委对你的调查也刚刚结束，你折腾什么？唯恐天下不乱？”

“今年夏天多险呀！学生来了，还没地方吃、住，现在刚刚稳定住，又要办什么大学？”

“大白，我看你是大胆！办大学哪有那么容易？靠现在这样租房子，像个大学的样子吗？”

胡大白笑着解释说：“现在先进行战略规划，等条件好些了，咱们要征地、盖楼，建设咱们自己的校园。”她边说边比画，憧憬着未来的校园美景。

“我看你别叫胡大白了，叫胡大胆算了。还征地盖楼，那要花多少钱？可不是随便说说就能找来的。国家不会投入一分钱，你去哪里找钱？”

“事在人为。总会有办法的。”胡大白自信地说。

另一个老领导接过话头："大白，听我一句劝。出头的椽子先烂，枪打出头鸟。咱们还是搞自学辅导算了，稳稳当当，没有风险。就算哪一天办不成了，咱们解散，也没多大损失。你这又要征地又要盖楼的，出了问题，咱们谁也跑不了。"

胡大白说："您放心。出了问题有我和钟瑶担着，不会连累老领导的。"

老领导一下子站起来，激动地说："真要出了问题，你能承担得了？"停了停，他又说："你要这么蛮干，我就不干了，辞职。"

辞职的声音一出，马上有人附和："我有心脏病，这样折腾我怕心脏受不了，我也辞职。"

校长陈德昌赶紧站起来打圆场："大家别激动，咱们这不是商量嘛！大白的想法很有前瞻性，只是目前可能还不好操作，咱们可以从长计议。"

"反正我不同意。"

"我也不同意。"

会议不欢而散。

胡大白反思了一下，觉得自己还是考虑得不太周到。会前，她以为这种发展战略不会有人反对，便没有事先跟大家沟通，不料却出现了如此局面。她深思熟虑后，又逐一去做校领导的工作，反复与大家交换意见。她向领导们解释，目标并不是一蹴而就，而是要分步实施、稳步推进的，办大学的好处在哪里，可行性如何，资金怎么筹措，师资如何加强，她都拿出了初步设想。

可是，那四位持反对意见的老干部还是听不进去，态度仍然是坚决反对。

胡大白性格中那股逆流而上、愈挫愈勇的劲头被激活了，她想："你一辞职我就不干了，岂不是说明我一开始就错了吗？"她把自己的思路又理了一遍，坚信自己的大方向是对的，跟杨钟瑶交流后得到确认。

于是，在老干部再次声明辞职时，她淡定地说："我认准的事，还是要干。你们要辞职，我也不勉强。"

四位老干部离开了，剩下五位领导班子成员统一了思想。经过慎重考虑，胡大白提议征求中层领导意见，并召集全体中层领导开会讨论。

果然不出胡大白所料，中层领导的看法也不一致。一个教学点的负责人恳切地说："胡老师，我的想法是，现在咱们招生教学都不错，挣了些钱，给大家分一分。这样不显山不露水的，既为国家作了贡献，大家也都得到了实惠，多好！办大学那事儿，您就别弄了，我们不敢想，也干不了。您要是坚持，我们也没法儿跟着您干了。"

胡大白没有生气，而是耐心地跟大家讲她的想法和理由。她说："我们最早办辅导班时，就提出来'为国分忧，为民解愁'。这八个字是抽象的，说起来很容易，但做起来很难。可我是真心实意这样想的，我相信大家也是真心实意的，那么，我们就要在具体行动中体现出来。如果想的是分点钱就走，那就是以赚钱为目的，谈何'为国分忧，为民解愁'？"

"别说分钱了，我们连工资都没拿，陈德昌校长也没有拿。如果为了赚钱，招生情况还会这么好吗？学校能有现在这种好形势吗？"杨钟瑶也苦口婆心地解释。

那位提分钱的负责人低下了头，不再坚持自己的观点。

领导层的意见终于统一了，形成了一致意见，向全体教职工进行了传达，在全校范围内开展大讨论，广泛征求意见。有些教职工思想不太统一，但8000多名学生都非常支持。业余制的学生说："黄河科技专科学校的老师培养了我，可我参加自考，拿的却是别的大学的文凭，别扭！"

全日制学生则说："我在黄河科技专科学校吃住，在这里学习，支持学校办成真正意义上的大学，我们想拿到自己学校的文凭。"

胡大白听取了学生们的意见，继续做教职工的工作。她恳切地对教职工们说："学生们的心愿，也是我们学校自身发展的需要。现在国家支持，学生们需要，我们有什么理由不去升级和提高呢？咱们要办大学，办学历教育，否则对不起学生。"

在胡大白的努力下，大部分教职工选择了支持她，也有个别人不能接受，选择了离开。

该走的走了，还有更多想来的，60岁的张惠民是典型代表。他是郑州铁路局大修段原纪委书记，以如此“高龄”拿到了自考的本科文凭，正好也从原单位退休。他主动找到胡大白，提出“到学校帮忙”，甚至表示不要工资。

胡大白说:“不要工资不行。只是我们工资很低的，一个月才50块钱。”

“我真不要钱。只想为教育做点事。”

于是，张惠民从一名学员变成了学校的员工，胡大白考虑到他有管理经验，便让他负责教务方面的工作。他做事特别认真，天天骑着自行车在30多个教学点跑来跑去，浑身有使不完的劲儿。

著名军事家粟裕在《激流归大海》中曾经说过:“这支队伍经过严峻的锻炼和考验，质量更高了，是大浪淘沙保留下来的精华。”黄河科技专科学校也一样，经过了这次洗礼，留下的都是有着共同理想和目标的“精华”，凝聚力和战斗力更强了。

1989年1月，胡大白应邀去武汉，参加了全国民办教育研究会的筹建大会。

在会上，她见到了全国各地75所民办学校的领导，包括中华社会大学校长于陆琳、海淀走读大学常务副校长陈宝瑜、北方联合大学校长闫晓群、湖北函授大学校长游清泉等；还有教育主管部门的领导和媒体记者，包括国家教委成教司综合处处长李晓春、《求是》杂志记者许节良、《瞭望》新闻周刊记者周大平、《光明日报》记者杨智翰等。可以说，这次大会集结了当时民办教育界的精英，个个都有着耀眼的光环和不俗的实力，让胡大白大开眼界。

后来，胡大白回忆起当时的情景，感慨地说:“在那么多优秀同仁面前，我明显感觉到了差距，甚至有一点点怯场，幸亏我从小胆子大。”

去会场报到时，胡大白穿一身平时穿的中式对襟上衣，两只袖子上还打着补丁，看上去就像个没怎么出过门的中年妇女，全身还被雨淋湿了。因此，很多人都没注意她，接待人员甚至不相信她是来开会的校长。

碰到主办方游清泉校长，胡大白自我介绍说："我是黄河科技专科学校的胡大白，请多指教。"

游校长露出了一瞬的惊讶表情，继而热情地说："胡校长，久闻大名，但一直没见过面，这次总算对上号了。"

旁边的李晓春处长也过来与胡大白握手："您的事迹我也早就听说了，你们的'黄河'办得真不错啊！"

"感谢处长关注、关心。"

会议开始后，胡大白应邀作了重点发言。她介绍了黄河科技专科学校的创业历程，阐述了对中国民办教育发展状况的认识及对未来的展望，赢得了全体代表的关注和赞誉。

会议宣告成立全国民办教育研究会筹备组，胡大白当选七位筹备组成员之一。

这次会议开阔了胡大白的视野，让她了解了全国民办教育的形势，知道了各地民办学校的发展状况，感受到了你追我赶、蓬勃发展的势头。她还听到了一个重大消息，国家教委正在起草一个关于民办高校设置的文件，支持社会力量创办高等院校，这个消息让她受到了巨大鼓舞，对之前的学校发展战略更自信，也产生了更强的紧迫感。

回到郑州，她立即组织领导班子进行研讨，并决定成立三支队伍，马不停蹄地为创办大学做准备。一是思想准备班子，负责学习中外高等教育理论、党和国家的教育方针政策、有关民办教育的政策法规等，建立和完善办学思想体系；二是组织准备班子，负责制订教师队伍、管理队伍的建设计划，大力引进人才，着力培养现有人员，让他们安心工作；三是业务准备班子，负责向公办大学学习如何开展教学管理工作，收集教学科研、行政管理、党的建设、学生管理、后勤保障等方面的文件及资料。

办大学首先要有校园、校舍，幸福路教学点虽然相对独立了，但远远达不到一所大学的要求，必须找到更大更好的校园。

◇寻找独立校园

1989 年阳春三月，胡大白听说二七区的路砦村有院子出租，便赶紧跑去看。

院子位于郑密路 30 号，分东西两个分院，总面积有 14 亩之大。

东院曾是一个简易的村办旅社，有一座五层楼，楼后有个锅炉房，炉渣堆得几乎和五层楼一样高。由于旅社生意不好，后来租给了公安局，做了一段时间的收容所。再后来，收容所也搬走了，这地方就又闲置了。

西院原是一处村办工厂，东面和北面各有一栋二层小楼。厂房早已废弃，车间里的东西也都搬走了，院子里垃圾遍地，臭气熏天。除了偶尔需要“方便”的行人，没人愿意走进这个院子。

胡大白看过后，基本满意。她又拉杨钟瑶去看，杨钟瑶也很满意，便决定租下来。

经过谈判，价格谈到了每年 7 万元，租期 5 年。路砦村的村长也很爽快，双方一拍即合。

这天跟村长谈完，胡大白和杨钟瑶又去院子旁看了看，商量如何规划改造。一个村民经过，好心地劝道：“你们是要租这个院子吗？这里可是常闹鬼呀！”

“您快说说，怎么回事？”

“这里以前做过公安局的收容所，听说里面死过人，晚上经常有动静。”

胡大白笑了笑，这才明白为什么村里人急于租出去，价格上也不太计较。至于死人的传言，她倒是不太在乎：“闹鬼？谁见过？只是说说而已。我们是唯物主义者。”

“你们不怕，那就无所谓了。”

“不就是死过人吗？有什么可怕的？我自己都死过一回。”她笑着说，转问杨钟瑶：“你怕吗？”

杨钟瑶摇摇头：“怕啥？改造一下，住进学生，就会生机勃勃了。”

两人会心一笑。

村民狐疑地看了他们俩一眼，悻悻地走了。

胡大白笑着说："谢谢您提醒。我们很快就搬过来，以后就是邻居了。"

回到学校，胡大白召集领导们开了个会，商量院子改造的事。大家一致决定，由杨钟瑶任总指挥，改造教室和宿舍，盖食堂，整修院落。

有一个业余制学员是一个单位的领导，听说学校要改造校园，自告奋勇调来了单位的大卡车，帮忙清理垃圾。大卡车一连拉了 3 天，才把垃圾清理完。

杨钟瑶亲自进行了改造设计。首先，把锅炉房旁边堆的炉渣废物利用，掺了一些石灰，正好把两个院子的路面硬化了，效果很好。其次，在西院的西南角盖一座食堂。再次，修一些文体活动场所。

经过一个月的努力，工程基本完工。院里垃圾没有了，地面平整了，教室粉刷一新，门窗也都修好了，墙上写着励志标语，树上架起了广播喇叭，一个垃圾场变成了一座美丽的校园。

在东院的一处空地上，修起了两个羽毛球场；西院的一个角落，修起了半个篮球场；另外几个角落，也分别修了水泥的乒乓球台……这可是黄河科技专科学校第一次拥有自己的活动场地和设施，大家看了都很高兴。

搬家这天，3000 多名师生像过年似的，在新校园里欢呼雀跃。

路砦村的干部和村民们纷纷过来参观，看了两个院子的变化，看到校园里到处都是学生们欢快的身影，处处洋溢着生机和活力，都惊讶得张大了嘴巴。

胡大白满院子转，高兴之余，总觉得缺了点什么。

杨钟瑶看她转来转去，便问："你在想什么呢？哪儿不满意，你提出来，我再让工人们改造。"

胡大白尴尬地笑了笑："已经不错了。可我总觉得缺点什么？"

"我们这才刚起步，缺的东西多着呢！"

胡大白摇头："我不是说可有可无的东西，而是必不可少的东西。你想想，一所学校，最基本的应该有哪些？"

"教室、宿舍、食堂、厕所，我们都有了，吃喝拉撒睡的条件都具备了，连锅炉房也修好了，学生也可以定期洗澡了。好像不缺什么呀？"

胡大白一拍大腿："你一说这些物质条件，提醒了我。我们缺的是精神层面的。你不觉得，我们缺一个升国旗的地方吗？"

杨钟瑶恍然大悟般点头："是啊，是啊！咱们经常说要重视思想政治教育，升国旗确实是重要形式和内容，我赶紧让他们落实。"

第二天，杨钟瑶就和大家一起，设计了一个升国旗的台子，并立即投入施工，很快就建成了。

一个星期一，在郑密路30号西院，黄河科技专科学校举行了隆重的升国旗仪式，胡大白和所有校领导都参加了。她与师生们一起唱着国歌，仰望着五星红旗冉冉升起，心头升腾起一股豪迈与激动。那一刻，她想起了办学的初衷，"为国分忧，为民解愁"，面对国旗，她觉得问心无愧，同时也坚定了继续奋斗的决心。

国旗高高飘扬在校园上空，让师生们受到激励和鼓舞，个个精神焕发。

胡大白知道，人是需要精神指引的，学生更需要；人是离不开政治的，学生亦然。因此，她从办学之初，就始终坚持党的教育方针，坚持社会主义办学方向。从1985年招收全日制学生开始，她就要求新生在开学典礼上宣誓："热爱祖国，热爱人民，热爱社会主义，热爱中国共产党。"也是从那时起，她就开始谋求以学校名义建立党组织，但事情一直没有眉目。有了校园，升起了国旗，她在学校建立党组织的愿望更迫切了。

"一所大学，连党组织都没有，显然是不健全的。"胡大白心想，必须尽快建立党组织，开展党建工作，才有利于学校的管理及发展。虽然当时还没有相关的政策，但她觉得，只要积极主动去争取，就有可能找到组织、解决问题。

◇寻找组织

初夏的一天，胡大白直接去了郑州市委组织部，提出了建立党组织的问题。

组织部的一个干部虽然很热情，但表示爱莫能助：“你们学校不是公办的，没有编制，人员也不稳定，没法建立党组织。再说了，上级也没有文件规定，可以在民办学校建立党组织。”

胡大白说：“我们的老师虽然大部分是聘用的，可我们有几千名全日制学生，大多数是共青团员，他们的成长进步怎么办？”

“我们这里真不行。你们是学校，可以找找教育部门。”

“我们虽然是省教委批准办的，但之前我问过，他们说也不行，让找组织部门。”

这名干部想了想，说：“你们这种情况，没有文件规定，但可以参照别的学校。我知道，郑州市有个中州大学，是郑州市政府办的，党组织关系落在市委宣传部，你可以去问问，能不能参照办理。”

胡大白找到市委宣传部，把情况一说，满怀期待。

宣传部的一个干部答复说：“中州大学是郑州市办的，教职工有编制、有级别，党委书记和党委成员都是市委定的，党组织关系放在我们宣传部，也是市委定的。你们的情况不一样。”

“我们学校是省教委批准的。”

“那你们就去找教委。”

胡大白想想也有道理，便去找教委。

教委的领导说：“你们不是国家办学，也没有编制，没法给你们派书记。我还没听说民办学校建党组织的先例，我看啊，还是先算了吧！”

胡大白苦口婆心地做工作：“虽然我们是民办学校，但我们是不是要坚持社会主义办学方向？是不是也承担着培养社会主义建设者和接班人的任务？是不是需要党的领导？上万名学生，没有组织怎么行？”

教委领导不得不承认，胡大白说的有道理，但却摆出一副爱莫能助的姿态：“建立党组织，是组织部的事。如果组织部同意，放在我们这里也可以。”

胡大白只得再回市委组织部。

组织部那个干部笑着问："怎么又回来了？宣传部那边怎么说？"

"宣传部让我去找教委，教委让我回来找组织部，这都转了一圈了。他们都说，组织的事，还得组织部处理。"

那个干部为难地说："这事儿确实难办。要不，可以按照'属地管理'的原则，找找区委看行不行？"

黄河科技专科学校地处郑州市二七区，胡大白就找到了二七区委书记。

书记说："你们的情况，我还真不知道该咋办。区委的党员都是在编干部，党组织的建立也有着严格的规定。要不，你去找找办事处，看能不能挂靠在他们那里。"

胡大白知道，区委书记的话有着推诿的成分，但她从中也听出了希望所在。她认准了的事，只要还有一丝希望，她就要去做百分之百的努力，不达目的誓不罢休。她觉得，共产党是国家的执政党，指引着国家发展的方向，教育更是重中之重，为学校寻找党组织，她理直气壮。

胡大白找到了大学路办事处，没想到这里的书记还是她在郑州大学时教过的学生。学生很热情地请她坐下，边给她泡茶边惊喜地问："胡老师，什么风把您吹来了？"

胡大白便把寻找党组织的来龙去脉介绍了，急切地说："我那里有1万多名青年学生，迫切需要组织，你可要帮帮我。"

"胡老师啊！我听明白了。你们学校不是我们办事处的下属机构，我也没办法帮你们建立党组织。"

"你想想办法。这不只是帮我，而是帮学生们。我们学校在你们辖区，你们作为一级党组织，也有责任在政治上帮扶和支持吧？"

学生一听胡大白说得头头是道，赶紧表示赞同："那倒是。那倒是。我想想办法。"

学生想了想，试探地说："这样吧！你们的党员，可以参加居委会党支部的活动。"

"居委会？"胡大白觉得有些别扭，摇了摇头，"我们到居委会参加活动，合不合适呀？"

"确实有点不太合适。"学生挠挠头，"那我也确实没办法了。"

胡大白走出街道办事处时，天色已黄昏，如血的残阳挂在两栋旧楼的夹缝里，无精打采地继续西沉。她的心情有些沮丧，但她不想放弃，只能再想办法、找机会。

看着夕阳的余晖渐渐暗淡，却在天边映起了一片彩霞，很快便蔓延到半个天际。胡大白自然而然地想起了一句诗："莫道桑榆晚，为霞尚满天。"她顿时有了主意，对呀！学校里那么多老干部，不都是来学校发挥余热的吗？没准儿有谁也能像这晚霞一样，何不请他们试试呢？

胡大白梳理了一下参与办学的老干部，觉得找陈德昌校长比较合适。陈校长是她在郑州一中读高中时的校长，对她的办学很支持，后来在郑州市政府副秘书长的职位上离休，便热心地参与学校管理工作，并倾情出任首任校长。

于是，胡大白便去找了陈校长，先把情况跟陈校长介绍了，又说："陈校长，能跑的地方我都跑了，实在没办法了。您能不能去找一下市委组织部，反映一下我们的情况，帮忙争取一下？"

"胡老师，有必要建立党组织吗？"

"当然有必要。没有党组织，咱们就没有党的领导，也看不到党的文件，更学不到党的精神，长此以往是不行的。"

陈德昌点头："有道理。我去说说看。"

第二天，陈德昌就对胡大白说："已经跟组织部领导说过了，你再去找他们吧。"

胡大白兴高采烈地去了组织部，仍然是那个干部接待了她，但口气明显缓和多了。那个干部说："你们的事，领导们商量过了，觉得没有这方面的文件精神，没法批准你们建立正式党组织，决定先批准你们建立一个临时党支部，党员可以过组织生活，也可以学习一些党的文件。以后上级允许了，再给你们正式建立党组织。"

胡大白如释重负，连忙说："好，好。有个临时组织也好。谢谢你们了。"

1989 年 5 月 27 日，经中共郑州市直属机关委员会批准，中共黄河科技专科学校临时支部委员会成立，陈德昌担任支部书记，郑毅涛为副书记。

组织有了，但学校的领导班子因为几个领导的辞职出现了空缺，胡大白又着手选配领导班子。

教学工作是学校的重中之重，选一位分管教学的副校长非常关键。胡大白早就在遴选，而且盯上了自己的一位邻居，郑州大学教授王根明。王教授此前是西南政法大学的教授，调到郑大后，就住在胡大白家楼上，当时已经退休。她跟王教授有过多次交流，知道王教授不仅课讲得好，对教学管理也很有研究，便想请他来学校工作。可是，之前学校没个正规的办公场所，甚至连个像样的办公桌都没有，一直没好意思张口。

如今，校园有了，办公室也有了，尽管是校长们“合署办公”，但可以提供一张办公桌了，胡大白便正式向王教授发出了邀请。

王根明爽快地接受了邀请，出任黄河科技专科学校分管教学的副校长。

上任后，王根明制定了一系列规章制度，并认真抓落实，严格要求。当时，学校有些女员工需要接送孩子上学，胡大白便同意她们上班时先送孩子，下班前先把孩子接到学校，等下班了再带孩子回家。王根明不同意这种做法，多次批评这些女员工违反工作纪律，并提出处罚建议。

于是，有些女员工就提意见。胡大白弄清情况后，专门和王根明沟通，提出从体谅教职工的角度，允许那几名女员工接送孩子。

王根明不理解：“管理必须从严，工作人员怎么能在上班时间去接孩子呢？怎么能带着孩子上班呢？这种风气不好。”

“做母亲的都不容易。这几位是我特意请来的，人家来之前就提出了这个困难，我当时答应过，您看怎么变通一下？”

“那就按校长特批吧。不过，以后尽量杜绝这种情况，这样不利于管理。”

“您说得对。咱们要创办大学，就要按规章制度办事，之前的一些不好的做法，咱们慢慢理顺。”

王根明转变了态度，胡大白也诚恳地接受了王根明的意见，这件事得到了解决。

事后，胡大白又专门找那几位女职工谈了话，提出了要求，尤其是把孩子接过来后，要管好孩子，不能影响工作秩序，但也不能专门照看孩子，就什么事也不干了。员工们也理解胡大白对她们的照顾，纷纷表态不会影响工作，渐渐地，她们也不好意思一直违反学校的规定，便想办法让别人代替接送孩子了。

在这件事上，尽管王根明不太支持胡大白的“和稀泥”，但胡大白却对王根明赞许有加，多次在校办公会上提出表扬。如今，谈起当时的情况，她还感慨地说：“那个时期，我方方面面的事很多，教学管理基本没顾上，全靠王校长和其他几个校领导。王校长是内行，不仅懂教学，也懂管理，又很严谨很认真，为规范教学管理、提高教学质量作出了很大的贡献。”

在全校教职工尤其是领导班子成员的共同努力下，黄河科技专科学校在短期内得到了全方位的发展，从而迎来了一次备受瞩目的华丽转身。

1989 年 8 月 21 日，经河南省教委批准，黄河科技专科学校更名为“郑州黄河科技大学”。

◇相关链接

▲ 1984 年 3 月，民办公助的海淀走读大学诞生，极大地鼓舞了民间办学的热情。

▲ 1985 年 5 月 15 日至 19 日，中共中央、国务院在北京召开改革开放以来第一次全国教育工作会议。会议的主要议题是：讨论《中共中央关于教育体制改革的决定（草案）》，并结合各地各部门实际情况，研究贯彻执行的步骤和措施。5 月 27 日，中央政治局讨论通过了《中共中央关于教育体制改革的决定》，并于 5 月 29 日在《人民日报》公开发表。

▲ 1987 年 7 月 8 日，国家教委发出《关于社会力量办学的若干暂行规定》。《规定》指出，社会力量办学是我国教育事业的组成部分，是国家办学的

补充，应予以鼓励和支持。

▲ 1988 年 3 月 3 日，国务院发布《高等教育自学考试暂行条例》。《条例》以国家最高行政立法的形式确定了高等教育自学考试制度，是对高等教育自学考试制度全面科学的概括和总结，有力地推动了全国各地自学考试工作的开展。

第三章　矢志办大学

“黄河之水天上来，奔流到海不复回。”黄河水以一种奔流的姿态，努力寻找出路和方向，奔向海洋。正因为有了伟大的梦想，才有了最后奔流入海的美好结局。

胡大白在办学的征程中，认准了“中国特色社会主义民办大学”的方向，就矢志不移，千方百计向这个目标奋进，才一步步获得成功。

◇擘画蓝图

1989年初秋，“黄河科技大学”的牌子挂在了郑密路30号的大门口，蓬荜生辉。

看着这块牌子，看着院子里飘扬的国旗，胡大白的心情很激动。在短短的五年时间里，学校从一个无资金、无校舍、无师资、无设备的自学考试辅导班，发展成为初具规模、在校生万人的大学，办成了在很多人看来难以办成的事，可以说创造了新中国教育史上的一个奇迹，这不能不让她感到自豪，乃至心潮澎湃。

然而，胡大白也清醒地认识到，黄科大虽然已经挂了牌，成为河南省教委批准并认可的民办大学，但事实上，离一所真正意义上的大学还有很大距离，甚至离国家教委设置的民办高校基本标准还有很大距离，仍需继续努力。

胡大白已经了解到，国家教委正在起草的关于民办高校设置的文件，基本确定了民办高校的门槛，那就是“占地80亩以上，校舍面积不低于2万平方米，专职教师数量不低于100名，图书数量不低于3万册……”这个门槛看似不高，但当时的黄河科技大学，距离这4个基本条件都还差得远。于是，跨过这个“门槛”，成为胡大白当时的奋斗目标。

认准了的事情，胡大白从不优柔寡断；选准了方向，她就立即行动。

这一年，学校即将迎来五周年校庆，胡大白决定以此为契机，总结办学经验，规划战略目标，明确发展计划，提出具体措施。

这天吃完晚饭，胡大白和杨钟瑶一起走出家门，在桃源路上散步，边走边聊。

胡大白把自己的想法告诉了杨钟瑶：“办学五周年了，我觉得有必要召开一个会，庆祝一下。你说呢？”

“是啊！五周年的确应该庆祝一下。只是，咱们刚走上正轨，到处都要花钱，是不是简单一点？”

胡大白摇摇头：“这次，我想搞得正式一点，好好热闹一下。”

杨钟瑶扭头看着胡大白，疑惑地说：“这不是你的风格呀？”

胡大白笑了笑：“我也是一直在学习，思想观念也在转变嘛！”

“解放思想了？”杨钟瑶笑着问。

胡大白一本正经地说：“不仅解放思想，还实事求是呢！说起这个话题，我就想起佛岗那100亩地，当时买了就好了。”

“是啊！当时劝你买，你坚决不同意，现在后悔了吧？如今地价飞涨，再想买点地可不容易了。”

“那也得买。必须得有咱们自己的校园。”

杨钟瑶再次扭头看胡大白，表情有些惊讶：“你这思想解放得有点过头了吧？”

胡大白摇摇头：“现在政策快要出来了，对校园校舍都有明确要求，不解放也不行啊！”

“我说呢！怪不得你要开庆祝会，不只为庆祝吧？是不是准备搞个五年计划什么的？”

胡大白也笑了：“什么都瞒不过你的眼睛。”

“快说说，你都有什么好想法。”

胡大白便把她了解到的情况和她的想法说了。杨钟瑶认真地听完，赞道："这是重大战略规划，咱们要从长计议，首先弄个草案，征求一下其他校领导的意见，力争把蓝图绘好。"

胡大白拉住了杨钟瑶的手，紧紧握了一下。

说话间，他们走到了郑州二中门口，看到旁边围了一些人，在看一份大红的喜报。

两人下意识地驻足，也看了一下喜报的内容。只见上面写着："热烈庆祝杨保中同学获得全国数学联赛河南省赛区第一名"。

杨钟瑶眼前一亮："不会是咱们的儿子吧？"

胡大白对这个喜报并没在意，她说："二中学生那么多，重名重姓的应该也不少，不可能是咱们的儿子。你也知道，按儿子的天赋，如果获个作文大赛之类的奖，倒有可能，他曾写过科幻小说，讲故事也很会讲。数学嘛，不会如此出众。"

"是啊！要是他考第一，怎么回家也不说一声呢！"

两个人说到这里，都觉得这个获得第一名的杨保中不会是自己的儿子，便又把话题转移到了办学上。

继续往前走，经过一个报亭，胡大白看到当天的《郑州晚报》也登了"杨保中获第一名"的消息，她依然没在意。

回到家，她观察了一下儿子，没看到任何蛛丝马迹，便确信那个第一名不是自己的儿子了。

第二天，胡大白回郑州大学办事，一个同事见到她，给她贺喜："胡大白，祝贺你！"

胡大白一脸蒙："祝贺我？有什么好祝贺的？"

"你儿子数学比赛考了个全省第一，不值得祝贺呀?!"

另一个同事说："你怎么无动于衷啊？应该请客吧！"

胡大白笑了笑："我不知道啊！考第一的可能是和我儿子重名的吧？"

同事说："你是真不知道还是假不知道？他们班主任亲口告诉我的，说是我同事胡大白的儿子。"

"真的吗？我真不知道。"

"那你回家问问你儿子，不就清楚了吗？别忘了请客啊！"

胡大白赶紧表态："真是我儿子考了第一，我请客。"

胡大白尽管半信半疑，回到家还是问了儿子："你参加全国数学联赛了？"

杨保中点点头："是啊！"

胡大白心里有些激动，但还是不动声色地问："考了全省第一？"

杨保中还是淡定地点点头："是啊！"

胡大白兴奋地抱了一下儿子，随即嗔怪道："你这孩子，这么大的事，回家怎么也不说一声呢？"

杨保中摇摇头说："你不是说过，不让我追求名次吗？我觉得这也没什么可说的，便没有说。"

的确如杨保中所说，胡大白曾经这样宽慰过他："不要追求名次，重要的是掌握知识。"没想到他就记住了这句话。

于是，胡大白点点头，赞许地说："也是，你做得也不错。继续努力。"

儿子成为全省第一，却又能如此低调，胡大白非常欣慰。她鼓励儿子，也暗暗鼓励自己，尽管黄河科技大学距离优秀的高校还有很大差距，但没有什么是不可能的，没准儿哪天它也会成为全省第一，乃至全国第一。

金秋十月的一天，庆祝黄河科技大学建校五周年大会在郑州市青少年宫大礼堂举行。

会场内外张灯结彩，与会宾朋笑逐颜开。胡大白精神抖擞地忙里忙外，脸上始终带着灿烂的笑容，像一朵盛开的牡丹。她的笑容是由衷的自然流露，看着满座的高朋，听着祝福的声音，回味着创业的坎坷，憧憬着美好的未来，她兴奋而激动。

郑州市政府的领导来了，省市教委的领导来了，全国民办教育界的知名人士于陆琳、陈宝瑜等也来了，还有十几家新闻媒体的记者。黄河科技大学的1000多名师生代表也参加了大会。

在会上，胡大白总结了五年来的办学经验，提炼出"开拓、拼搏、实干、奉献"的精神，并旗帜鲜明地提出了学校的战略规划和具体目标。她讲道：

我们自豪地告别过去，也充满信心地迎接灿烂的明天。校务委员会经过充分酝酿，制订了黄河科技大学今后五年的发展规划草案。

第一，我们要认真贯彻党的十三届四中全会精神，不仅要建立完备的文化知识传播体系，而且要把德育放在首位，确立正确的政治方向。我们将加强党团组织建设，加强对师生员工的思想政治教育，开展文体活动，丰富社会实践，建立完善的德育教学体系，培养有理想、有道德、有文化、有纪律的无产阶级革命事业接班人，把黄科大办成一所名副其实的社会主义大学。

第二，我们将建立我省（重点是我市）的人才信息网络，根据社会需要培养人才，调整专业。

第三，我们将建立一套适合民办高校的教学管理体系。

第四，建立一处固定的教学基地，并改善长期租用校舍的条件。

第五，增设图书、资料、教学设备。建立文理科阅览室、资料室、流动图书馆、理科综合实验室、医学综合实验室等，并与教学设备富裕的有关高校建立长期合作关系，以保证教学质量，拓宽学员知识面，提高学员实践能力。

第六，建立一支基本稳定的教师队伍，并积极开展各项行之有效的教研活动。

第七，大力发展科研机构和实验工厂。今后五年，大力发展应用科学技术及实用技术推广，力求达到教学、科研、生产的高度统一，从而培养锻炼学生的科研能力和动手能力，提高教学质量。同时，也要求科研机构和实验工厂为学校今后发展提供经济上的支持。

…………

最后，胡大白郑重宣布，用今后五年时间，建成一所具有中国特色的社会主义民办大学。

这是创业的宣言，这是冲锋的号角，让在场的黄科大师生们热血澎湃，摩拳擦掌。于是，在胡大白带领下，黄河科技大学以一个崭新的姿态，踏上了更加艰辛的创业之路，向着他们制定的宏伟目标奋进。

自此，学校发展战略上实施了三大转移：生源重点从城市转向农村；专业重点从外经商贸为主到形成两个拳头，即外经商贸和工程技术；学习形式从业余制为主转向全日制为主。围绕“三个转移”，胡大白又提出了三个“小目标”：一是建设一个符合专科学校设置标准的校园，二是建立具有一定经济实力的科研生产基地，三是建设一支高素质的师资和干部队伍。

说干就干。开完庆祝大会，胡大白就按照民办高校设置的相关要求，着手查漏补缺。她先是购买了一些书籍，逐步凑齐了3万册；又购买了一些新的教学设备，也淘了一些公办学校淘汰下来的尚可用的旧设备；组建了学校第一个实验室——计算机实验室，购买了16台电脑；组建了解剖实验室，并购回了一定数量的尸体标本……

为了配齐专职教师队伍，胡大白聘请了78位从公办高校退休的老教师来校任教，合同一签就是3年。这些老教师都有副教授以上职称，又有相对固定的时间，经国家教委高教司认定，可以视为黄科大的专职教师。他们还引进了22位青年教师，优化教师队伍结构，培养自己的教师队伍。

图书的标准达到了，专职教师的标准也达到了，可是，校园和校舍却没那么容易。

80亩地的校园，2万平方米的校舍，在当时的胡大白看来，简直就像横在她面前的两座高山。但她觉得，山已经横在那里了，再高再大也要攀登。

这么大的校园必须征地，征了地必须自己建校舍，这两件事有多难，胡大白当时不敢想象，但她义无反顾。

◇平生第一醉

作为一名老师，胡大白对征地的手续一无所知，只能到处打听如何操作。经人指点，她找到了郑州市规划局，找到了负责规划的柴科长。

这位柴科长，正好是胡大白教过的学生。看到老师来了，柴科长热情地给老师作了介绍，把征地需要的手续和步骤讲得一清二楚，最后还讲了当时的一些规矩。

胡大白听着柴科长的介绍，频频点头，心里渐渐有了底。不料，柴科长却给她泼了一盆冷水。

柴科长问她："胡老师，你喝酒怎么样？"

胡大白摇摇头："我滴酒不沾。"

"那杨老师喝酒怎么样？"

"他酒量也不行。"

柴科长摇了摇头："这样的话，你们想征地可就不容易了。"

胡大白笑了笑："征地必须喝酒？不会吧。"

"不信您就试试。最好找个能喝酒的去谈。"

经过多方考察，胡大白看好了西南郊紧邻航海路的一块庄稼地，是二七区齐礼闫乡孙八砦村的。她听取了柴科长的建议，特意选了一位擅长"公关"的校领导去村里洽谈。这个人，就是刚刚担任校长助理的陈勇民。

陈勇民曾经担任过郑州市果品公司的办公室主任，应酬（尤其是喝酒）算是特长之一。来学校后，先是在纬五路一小教学点带班，后来又担任督查组的负责人，干工作兢兢业业，被慧眼识才的胡大白提拔为校长助理。

这天，胡大白和杨钟瑶带着陈勇民一起来到孙八砦村，现场察看了这块地。

胡大白指着庄稼地说："勇民，咱要买的，就是这块地，你去找村干部谈吧。"

陈勇民点头答应，又请示道："买地的价格，两位校长有指导性意见吗？"

胡大白说："全权委托你。相信你。"

于是，陈勇民便与村里的干部进行了初步洽谈，基本达成了共识。快要签订协议时，他找了家饭店，把村干部都请了过来，边吃边喝边谈。

酒过三巡，村主任提出要求，必须见校长，见“说了算的人”，才谈最后的环节。

胡大白和杨钟瑶不得不出面，一起来到了饭店。

到了酒桌上，村主任说：“胡校长，喝酒。喝了酒就是朋友，什么话都好说。”

胡大白笑着说：“为了交朋友，我愿意喝。只是从没喝过，真的不会。”

村主任不高兴了：“喝酒有什么会不会的。你不喝，那就算了，咱们啥也甭谈了。”

胡大白无奈地端起杯，跟村主任碰了杯，然后想让陈勇民代替喝了。

村主任生气了：“你不喝，让人替，就是没诚意。没诚意的人，谁敢相信呀？”

话说到这个地步，胡大白没办法了，只得硬着头皮把酒倒进了肚子里。这下村主任高兴了。

村支书、治保委员、妇女委员、会计也纷纷敬酒，胡大白只得一杯接一杯地喝，很快就喝得招架不住，醉倒在酒桌前。

看到胡大白喝醉了，村主任知道她真的喝不了酒，也从中看到了她的性情，没再为难她。

可是，杨钟瑶却没能幸免，他只得代替胡大白，陪他们喝酒谈判。胡大白后来回忆说：“我们家长期经济拮据，我俩都是滴酒不沾，但早期征地时，不喝酒是办不成事的，他的身体又不好，喝酒给他造成了严重的胃病。”

此后的谈判很顺利，双方很快达成了协议：孙八砦村向黄河科技大学出让土地 22 亩，每亩价格 8 万元。这个价格，在当时来说不算贵。

1990 年 4 月 21 日，黄河科技大学正式向郑州市规划局、土地局提出了征地申请。

可是，陈勇民陪着杨钟瑶去土地局办手续时，却被告知，必须先把协议资金存入建设银行，才能办理手续。协议资金是176万元，如今看来并不算多，但在当时，简直就是一个天文数字，一下子拿出来谈何容易。

此后的大半年时间里，胡大白和杨钟瑶都在筹钱，能借的地方都借了，还是有很大的缺口。

事业上艰难，家里却传来好消息，是关于儿子杨保中的。

1990年10月，杨保中又参加了全国中学生奥林匹克数学联赛和计算机联赛，均夺得河南赛区第一名。他的名字上了报纸、电台，声名远播，一时间，甚至盖过了他的母亲胡大白。

杨保中在1989年全国数学联赛中获得河南赛区第一名后，被保送到了郑州一中读高中，胡大白还特意送他去河南省奥林匹克辅导老师——河南师范大学的夏老师那里学习，使他在短时间内有了很大的进步。

1991年1月，杨保中参加了河南省教育厅在河南师范大学组织的集训，准备参加国家集训队的选拔竞赛，进全国奥林匹克数学冬令营学习，继而挑战世界中学生奥林匹克数学竞赛。

集训期间，集训班一共进行了6次测试，杨保中全部得到满分，是参加集训的几个学生中成绩最好、发挥最稳定的，老师们一致看好他。

可是，谁也没料到，在国家集训队的正式选拔竞赛中，杨保中竟然没考好，只差一名没能进入国家集训队，落选了。

这个结果，给了杨保中沉重的打击。

“孩子知道结果时，脸色苍白，一句话也不说。”胡大白说。

胡大白理解孩子的心情，在安慰他的同时，赶紧找到中国数学会普及工作委员会主任裘钟沪教授，咨询有关情况，为儿子争取机会。

裘钟沪主任也是爱才之人，他知道杨保中的能力，也为其落选感到惋惜。可是，这个结果不能改变，只能另辟蹊径。他告诉胡大白，他可以推荐杨保中进入“理科班”学习，也有机会参加国际奥林匹克数学竞赛。

胡大白知道，“理科班”是教育部委托清华大学附属中学和北京师范大学附属中学承办的训练班，专门集中培训中国参加国际奥林匹克竞赛的理科选手，这个班的学生也可以直接被保送到北大、清华等名校上大学。如果能进这个“理科班”，那可是求之不得。

回到家，胡大白把这个好消息告诉了杨保中，给了他一线希望。但是，她也告诉儿子：“裘主任只是口头承诺推荐，能不能去还不敢肯定。你要学会调整心态，正确面对挫折，只有经历过风雨，才能见彩虹。”

“我知道。您不用担心我。”杨保中懂事地说，“即使数学竞赛参加不了，我还可以参加计算机竞赛。”

胡大白不知道还有这种机会，赶紧追问：“快说说，计算机竞赛是个什么情况？”

“按照往年的惯例，参加全国中学生奥林匹克计算机联赛，国家集训队不再搞竞赛选拔，而是由各赛区的第一名直接参加集训。”

“那太好了。什么时候集训？”

“这我就不知道了。只能等通知。”

于是，胡大白就和孩子一起等通知。一边等计算机竞赛国家集训队的召唤，一边等裘主任说的“理科班”的消息。她还特意借了一台计算机放在家里，让孩子抓紧时间练习。

整个寒假，杨保中都闭门不出，全力备战国际奥林匹克计算机竞赛。可是，春节过后，他却又等来了一个坏消息：由于河南赛区比赛时使用的计算机落后于国际通用计算机，取消河南赛区选手参加国家集训队的名额。

胡大白听到这个消息，知道儿子也无望参加国际奥林匹克计算机竞赛了，心里肯定很难过。于是，她在安慰杨保中的同时，赶紧打听“理科班”的消息，却也一无所获。

看着儿子郁郁寡欢的样子，胡大白很担心他的身体，但她也知道，单纯的安慰解决不了根本问题，必须尽快打开一个突破口，让他看到希望。于是，她毅然决定，跑一趟北京，并请杨保中的数学老师蒋庚同行。

裘钟沪主任见到胡大白，颇有些不好意思。他表示抱歉：“上次答应您的事，回来我就推荐了，但主办方都没答应，就没好意思给您回话。”

胡大白赶紧表示理解：“裘主任，您这话就言重了。您能帮忙推荐，即使没弄成，我也感激不尽。”

“保中这孩子很优秀，不能参加集训太可惜了，但我人微言轻，个人推荐还是力度不够。如果有官方推荐就好了。”

胡大白听说还有希望，立即打起了精神：“裘主任，您是说官方推荐可以吗？我不太懂，您告诉我怎么办，我去想办法。”

“最好有河南省教委和省数学所的推荐信。省数学所的信送到我这儿，省教委的信送到国家教委基础教育司。我这儿没问题，只要国家教委基础教育司也同意，就可以上‘理科班’了。”

胡大白摇摇头：“国家教委我不熟悉，估计难度很大。”

“让河南省教委开个推荐信，或者再让河南省数学所也开一个，报给国家教委，应该也有希望。”

“省里都知道保中的情况，应该没问题。我这就回去开。”

当天晚上，胡大白就乘火车回了郑州，下了火车就直奔省教委和省数学所。省教委和省数学所的领导都觉得应该推荐，专门开会做了研究，一致同意推荐杨保中，并给开了推荐信。

胡大白连家也没回，又直奔火车站，连夜返回北京。第二天一大早，她就把推荐信拿给裘钟沪主任，又马不停蹄地转送到国家教委基础教育司。

随后，裘主任给她引见了清华附中的郑增仪校长，她立即前往拜访，介绍了保中的情况。郑校长答应，只要国家教委同意，他就接收。

两天两夜时间，胡大白马不停蹄，跑了两趟北京，拜访了众多部门和领导，不辞辛劳地推荐自己的儿子，充分展现了她雷厉风行的作风和锲而不舍的精神，让裘钟沪钦佩和感动。事情办完后，裘钟沪怕事情办不成，又给胡大白支了一招，找到了一个备选方案。

胡大白去了趟北京大学招生办，找到了马立波主任，介绍了杨保中的情况。马主任了解了保中的综合实力，欣然答应保送孩子进入北大数学系，并当场开出了保送通知书。

这下胡大白放心了，杨保中听说后也喜笑颜开。能够拿到北大的保送通知书，这是无数学子梦寐以求的，即使国家教委不同意他去“理科班”，他也能稳稳当当地到北大读书了，还愁什么呢！

可是，10天之后，杨保中又发愁了。国家教委来了通知，同意他作为编外学员参加“理科班”学习，但不是正式录取，还要求他参加1991年全国中学生奥林匹克数学联赛，成绩不好的话要退回郑州一中，然后参加高考，不能像正式的“理科班”学生一样保送名校。去，还是不去？他一时难以抉择。

杨保中用求助的眼神看着母亲，胡大白摇摇头：“自己的事，还是由你自己拿主意。”

整整考虑了三天，杨保中拿定了主意，参加清华附中的“理科班”。他解释说：“如果选择北大，没有什么压力，也很荣耀，可我一生就没有机会参加国际奥林匹克竞赛了。”

“你想过没有？如果去‘理科班’，保送北大的机会可就没了。假如全国联赛没选上，你还要回郑州一中，还要参加高考，还不一定能考上北大。”胡大白提醒说。

杨保中态度坚决：“我想过了，即使不上北大，我也想参加奥赛，而且我相信，经过努力，我会取得好成绩的。再说了，万一没选上，回一中参加高考，我也情愿，人生能有几回搏，我经历了，就值。”

这年，杨保中只有16岁，能做出这样的选择，并说出这番话来，胡大白感到很欣慰。她坚信，儿子的选择是对的，儿子的分析也是对的，经过努力，他一定能在世界赛场上取得好成绩。

◇千方百计筹资金

冬去春来，又一个学期开始了，黄河科技大学征地的钱还没凑够，胡大白一筹莫展。

这天，胡大白和一群老师、同学聊天时，无意中说起筹钱的事。大家纷纷出主意，一位学生建议说：“涨学费。咱们的收费太低了，往上涨涨可以接受。”

胡大白没表态，但一石激起千层浪，这个建议还是在她内心深处荡起了层层涟漪。不得不承认，她有些动心。

当时，黄河科技大学还是一直坚持低收费，业余制学员一门课只收15元，全日制学员半年的学费也只有60元，按说提高几倍都不算多。如果每个学生的学费提高100元，学校8000多名学生，一下子就可以多收近百万的学费，便可以解燃眉之急。可是，她转念一想，如果学费收得太高，就违背了“为国分忧，为民解愁”的初衷，不到万不得已，她真不愿意这么做。

杨钟瑶听了胡大白的分析，也表示了赞成：“这确实是当前能想出的唯一办法。”他想了想，又建议道：“咱们可以组织学生及家长开几个座谈会，听听大家的意见。”

“那就听你的。先开座谈会征求意见。”

于是，学校先组织业余制学员开了几次座谈会，出乎意料地获得了大多数学员的支持。

有个学员说：“业余制学员大多是机关、企事业单位的干部职工，本身有工资收入，有的单位还给报销学费，可以涨涨。”

“我们单位支持我们学习，给我们报销学费。”

“我们单位虽然不给报销，但我也支持涨学费。咱们的学费比别的学校低很多，涨一点可以接受。”

随后，学校又召开了全日制学生座谈会。鉴于全日制的学生年龄偏小，学校把学生的家长们也请了过来。

有个学生家长说：“我们都听说了，学校要征地盖楼建大学，应该支持。”

“将来学校办大了，国家都承认学历了，我们孩子是这个学校毕业的，也光荣。”

全日制学生也说：“我们现在住在租来的房子里，非常不方便，房东经常刁难我们，还没有文体活动场所。我们都盼着学校尽快把校园建起来。”

在学生和家长们的一致支持下，黄河科技大学征得了物价部门的批准，在新学期开学时，较大幅度地提高了学费，终于凑足了征地的钱。

1991年5月7日，黄河科技大学再次向有关部门递交征地申请报告，并按要求在建设银行存足了所需款项。

仅仅过了一个星期，5月13日，首期22亩的征地规划便被批准，拿到了许可证。

许可证拿到了，办理各种征地手续便只是时间问题，胡大白和杨钟瑶开始投入到建设校园的规划中。他们俩做了分工，杨钟瑶具体负责新校园的规划、设计和建设，胡大白侧重教职工队伍建设、学校的日常工作和对外联系，二人便分头投入工作中。

此后，他们基本上每天晚上才能见面，互相交流一下情况，中午则轮流值班，保证有一个人在家。

除了工作，这段时间胡大白还经常跑北京，关心和帮助在北京学习的儿子杨保中。他小小年纪一个人在北京，做父母的很难放下心来。

这时，杨保中已经在清华附中的"理科班"旁听了几个月，成绩渐渐好起来。

刚进"理科班"时，杨保中的成绩一度不理想。第一次摸底考试，他的成绩在21名来自全国各地的同学中，排在最后一名。个别同学嘲笑他："听说他还想夺取奥林匹克金牌呢！就这成绩能行吗？"

"夺金牌？这不是和焦大想娶林黛玉一样可笑吗？真是缺乏自知之明……"

杨保中偶尔听到这类风凉话，心里很不是滋味。

胡大白在电话里安慰了他，劝他道："不要急，很多时候需要毅力。毅力可以战胜一切。"

"听他们那么说，我有时也怀疑自己的能力了。"杨保中的语气有些沮丧。

胡大白鼓励说："你的数学成绩以前也算不上太出众，如今不是取得了河南省第一的好成绩吗？如今你已经是河南省第一了，在这个班里努努力，应该会有较大进步的。要有自信，咱不比别人差……"

这时，老师也来做他的思想工作，告诉他："考试要有平常心，不要争名次，学到真本事才是紧要的。"

他觉得老师的话很有道理，便把心里的包袱完全放下了。不管别人再怎么讽刺他，他都一笑置之，只是默默地埋头苦学。

到了期末，考试成绩一出来，老师和同学们都不敢相信，第一名竟然是杨保中。大家不能不对他刮目相看了。

1991 年 10 月，杨保中又一次参加了全国联赛，取得了满分的优异成绩，顺利入围全国奥林匹克集训队。

集训队在合肥集中训练，杨保中的听力受到了一些人的质疑，甚至有人说“聋人不能参加国际奥林匹克竞赛”，这给杨保中带来了不小的压力。

胡大白听说时，正在北京出差，便想去合肥看一看儿子，顺便问问情况，做一下儿子的思想工作。可是，去合肥的火车没有卧铺和硬座了，要去的话只能买站票，这对她的伤腿来说，算是不小的考验。犹豫了半天，她觉得这是儿子集训的关键时刻，做母亲的应该拼一拼。于是，她毅然登上了开往合肥的火车。

在火车上站了 19 个小时，难熬的一夜终于过去了，胡大白总算坚持到了合肥。下车时，她的两条腿已经肿得走不动路了。

在火车站休息了半天，她才一瘸一拐地赶到了集训队。保中看到她很意外，心疼地说：“妈，您怎么来了？为啥事？”

胡大白不动声色地说：“也没啥事，就是顺便来看看你。”安慰了儿子一番，她便赶紧去找儿子的班主任。

班主任说：“集训班考过五次试了，杨保中成绩很稳定，在班里基本保持前两名，但不能排除因耳聋被国家队刷下去的可能。”

胡大白顿时紧张起来，她连夜找到国家队领队，希望不要因为孩子听力问题将他刷下去。那位领队说：“我觉得，杨保中的听力问题不仅不会影响成绩，反而有利于考试，能够更好地静下心来思考。不过，最终能否入选国家队，得由中国数学会普及工作委员会决定，不是我一个人说了算。”

有领队这句话，胡大白才略略放了心。她把情况跟儿子说了说，嘱咐他不用担心，好好准备就行了。

胡大白又去找了裘钟沪主任，希望国家队能够公正对待一个残疾的孩子，不能仅仅因为耳朵失聪就刷下他。

裘主任郑重地说："不会的。请你放心。你也知道，我也特别看重杨保中，怎么会把他刷下来呢！"

胡大白这才放下心来。

后来，杨保中从21名集训队员中脱颖而出，成为国家队的6名选手之一。再后来，杨保中参加了在莫斯科举行的第33届国际奥林匹克数学竞赛，以满分成绩获得总分第一名，摘得金牌。

这段时间，杨钟瑶还是把主要精力用在新校园的建设中。

为了节约资金，杨钟瑶亲自做了规划、设计，才把基建施工承包出去。为了保证质量、少花钱，他决定只包工、不包料，主要建筑材料自己采购……本着最省钱的原则，预算资金也要500万元左右，而他们交完征地款后，已经没有多少结余资金，缺口巨大。

学校领导研究后，决定采取两项措施，一是发动全校教职员工捐资建校，二是向职工们借钱。

胡大白不太愿搞捐款，她觉得捐不了多少钱。但杨钟瑶坚持，他觉得意义更重要："这是人心，可以让全校教职工都参与到学校建设中。"最后，胡大白妥协，学校便组织了一个捐款仪式。

1991年底的一天，在郑密路30号一个4间房的教室里，黄河科技大学以职工集训的形式召开工作总结大会。

教室里的桌子都搬了出来，摆满了方凳，并设置了一个"为黄科大千秋大业献爱心"捐款箱。教职工来了，很多老领导也来了，现场坐得密密实实。胡大白发表了热情洋溢的讲话，号召全体职工捐资建校。校领导带头捐款，陈德昌校长从没在学校领过一分钱工资，却慷慨捐出1000元，胡大白、杨钟瑶也各捐1000元。老领导徐捷、韩倩之也没拿过学校一分钱，这次也捐出了1000元。教职员工有的捐100元，有的捐50元，有的捐10元，现场筹集资金2万余元。

一位老师调侃说："别的单位年终总结，都是往家里拿奖金、拿东西。咱们过年，是给学校捐款。"

说是这样说，但为了学校的发展大计，老师们都是心甘情愿捐款的。

2万元的捐款虽然有雪中送炭的意义，但相对于500万元的需求来说，无异于杯水车薪。怎么办？

杨钟瑶又想了一个办法，自力更生，办企业，挣钱建校。

这个办法，胡大白起初是排斥的。她觉得，办学本身都不是为了挣钱，却还要分出精力来办企业挣钱，有点本末倒置的意味。她担心地说："办学咱不赚钱，办企业却是为了营利，会不会引起别人的误解？会不会和办学冲突？"

"现在确实没有别的办法。办企业也是为了办学，挣的钱投入到办学中，误解倒不会。"

"国外的很多大学是靠实业支撑的，或许可以借鉴。"

"办教育不以营利为目的，并不意味着民办学校不能赚钱。国家不投入一分钱，民办高校只能靠自身发展，必须找到赚钱的路径，办学才能有资金保障。"

胡大白想通了："那就办。不过，办什么企业咱得好好计划一下，最好能跟学校的教学科研相结合，办成生产和科研的结合体。"

"学校有那么多老师，都是高级知识分子，搞科研有优势，有了成果，还可以赚到转让费。"

"对。办的企业还可以供学生们实习锻炼，让他们增长实践经验。"

"产学结合、以产养学。"

"这个提法好！"

两人达成了共识，便开始着手办企业。胡大白经过详细的考察，先后创办了郑州新产品研制厂、黄河科技开发公司、黄河教育图书公司、黄河装饰公司、附属医院等八个校办企业。这些企业由学校直管，利润全部归学校，只能用于学校的建设。

企业办起来后，胡大白当上了新产品研制厂的法人代表和厂长。因为杨钟瑶的主要精力还是放在新校园的规划和建设上，只兼了个总工程师，她只好"赶鸭子上架"，开始抓起生产来。

郑州新产品研制厂是集生产、研制、销售于一体的综合性企业，主要产品为塑料瓦头、塑料前枕、挡板座、后挡板、尼龙闸瓦钎、塑胶心盘垫板、不锈钢标志牌等，主要为铁路设施提供配套服务。

由于经常要和铁道部打交道，还要参加全国的订货会，那段时间，胡大白经常往北京跑。

“那时，出差真是争分夺秒，往往是晚上从郑州出发，坐一夜的火车，第二天办完事就往回赶，睡觉都在火车上，尽量不去住宾馆，主要是舍不得花住宿费。”胡大白说。

胡大白在生活中舍不得花钱，但在企业运营中却不吝投入，确保产品质量。他们厂研制生产的铁路配件赢得了铁道部专家的认可，在全国铁路各大车辆段推广使用，他们厂也被铁道部确定为定点企业，产销两旺，效益很好。

黄河科技开发公司由杨钟瑶任法人代表，但很多时候也是胡大白在管理运营。公司成立不久，就主持研发了郑州市星火计划开发项目——JY 型系列节油灵，很快通过了省级专家组的鉴定，并获得了全国高科技节能产品博览会“节能产品优等奖”。

校办企业的快速发展为学校创造了不少利润，为新校园的建设提供了急需的资金支持。

随着征地手续办理进程的推进，航海路校园的规划建设也在紧张地进行中，很快就要开工了。

1992 年 11 月 29 日，在郑州市嵩山饭店的新闻发布厅，黄河科技大学举行了八周年校庆座谈会，全国人大常委会委员、《红旗》杂志原总编辑熊复，河南省委常委、郑州市委书记张德广，以及张赤侠、段宗三、葛纪谦、刘仪、牛甲辰等领导出席。会后，与会领导和嘉宾前往航海路，在新征的 22 亩土地上举行了新校园奠基仪式，拉开了校园建设的帷幕。

◇从航海路启航

奠基仪式搞得热热闹闹，但当真正开始施工后，胡大白还是很犯愁。像办企业一样，搞基建她也是一窍不通，而且，盖楼需要消耗大量的资金，他们多方筹措的经费还不够用，还需要继续追加。

好在有杨钟瑶。多才多艺的杨钟瑶又一次大显身手，承担了校园建设的大部分工作。黄河科技大学成立了建设指挥部，胡大白任指挥长，杨钟瑶任副指挥长，但实际上一直是杨钟瑶在具体负责。

为了节约资金，他们采用了包工不包料的施工模式，自己采购主要建筑材料。当时的生产资料市场正处于转型期，市场上的建材实行“计划价”和“市场价”双轨制，他们虽然争取不到计划价，但市场价相对稳定，按这个价格筹措的资金基本到位。可是，事情又突然生出了变故。

1993年初夏的一天，胡大白在学校忙了半天，又处理了校办工厂的事务，疲惫地回到家。刚坐在椅子上喝了点水，杨钟瑶便急匆匆地回来了，身上满是尘土，甚至有泥巴，活脱脱一个建筑工人。

胡大白给杨钟瑶倒了一杯水，心疼地说：“你看把你忙得，衣服都脏成什么样子了？”

杨钟瑶顾不上喝水，急切地说：“麻烦来了。国家突然取消了计划管控，咱们买建材的资金远远不够了！”

胡大白并没意识到问题的重要性，不解地问：“取消了计划管控，不是更好吗？买什么都不用指标了。”

杨钟瑶一跺脚：“东西倒是可以随便买了，可是价格也飞一样涨上去了！”

“涨价了？涨了多少？”胡大白也紧张起来。

“钢材的计划价格原来每吨只要700多元，现在市场价一下子上涨到了4200元，水泥价格也由每吨100元上涨到200多元，木材价格也涨了一倍多。”

胡大白不敢相信自己的耳朵：“不会吧？怎么会涨那么多？”

“我今天刚从市场回来，就这个价，而且还有可能再涨。怎么办呀？”

“我们的预算本来就不太够，这样的话缺口就更大了。”

“是啊是啊！预算的460万元严重不足，最少需要追加到900万元。可是，综合楼已经盖了一半，不能停工吧？”

“无论如何不能停工！”

两个人达成了共识，但也同时意识到，资金预算的缺口实在太大了，很难想出解决的办法。

沉默，良久的沉默，杨钟瑶在客厅里踱着步，胡大白看着日渐消瘦的丈夫，心急如焚。

晚上临睡觉前，胡大白宽慰杨钟瑶说：“先欠着，再慢慢想办法。实在筹不到，只要能拖到 8 月份，收了下学期的学费，就能缓解。”

杨钟瑶叹了口气：“也只能先这样了。只是不知道供货方、施工队同不同意。”

“明天我去跟他们说说，应该问题不大。”

第二天，胡大白和杨钟瑶一起，分别找了供货方和施工队的负责人，说明了资金紧张的实际情况，得到了暂时的支持。

可是，没过几天，供货方和施工队的负责人便开始催账，胡大白只得到处借钱，紧急应付。

这天晚上，胡大白做了一个噩梦，供货方和施工队的人跑到家里来要钱，债主们也来逼债，家里挤满了人，而她实在拿不出钱，杨钟瑶也没在家……她被吓得出了一身汗，醒来看到杨钟瑶睡在身边，才稳住心神，继续睡觉，可再也睡不着了。此后，几乎每天晚上，她都会做噩梦，梦境都是债主们来逼债，她经常半夜被吓醒。

杨钟瑶的压力比胡大白更大。他天天跟各方打交道，说好话安抚，努力配合施工。他和协助他工作的陈勇民等同志，经常住在工地，晚上就躺在沙子和石子堆上，四周全是农田，蚊虫特别多……他们戴着安全帽，频繁出入施工现场，监督工程质量，发现问题立即督促整改。

这天上午，杨钟瑶像往常一样爬上脚手架，检查一根柱梁的浇铸情况。模板拆除后，他发现柱梁的一个侧面存在一个“蜂窝”，立即要求打掉重来。

施工队长解释说：“这点问题无关紧要，还是别返工了吧？”

“不行。这是学校的公共建筑，质量直接影响着全校师生的安全，绝不容许有任何纰漏。”

“返工不仅浪费建材，还浪费时间……”队长嘟哝道。

杨钟瑶打断了队长的话：“不行。赶紧返工。”

队长也不高兴了：“返工可以，您也赶紧给工人们结算工资。”

杨钟瑶只得赔着笑，苦口婆心地说：“工资少不了你们的。但质量绝对不能含糊，咱得对学生们负责。”

队长不情愿地返工了，杨钟瑶这才松了一口气，继续检查其他的部位。

在脚手架上爬了大半天，杨钟瑶才回到地面上，他浑身被汗水浇透，高大的身影愈显虚弱。他刚坐在砖石堆上喝了点水，突然觉得心脏不舒服，赶紧捂住了胸口。

陈勇民发现杨钟瑶脸色苍白，满脸是汗，便惊讶地问：“杨校长，您没事吧？”

“很难受。可能是心脏出了问题，帮我打 120 吧。”

陈勇民知道，杨钟瑶粗通医学，而且一般情况下自己都能处理，如今这么说了，情况一定很严重。他赶紧打了 120，把杨钟瑶送到了医院。

到了医院，急诊医生一检查，便诊断为心脏病，立即紧急施救。

这次虽然有惊无险，但也为杨钟瑶敲响了警钟。医生让他不要太劳累，可他实在放不下正在建设中的综合楼，刚出院不久，他又出现在工地上。

1993 年 3 月，胡大白听说，国家教委即将颁布关于民办高校设置的文件，随后将进行申报和评审，便未雨绸缪，开始做这方面的准备工作。

在搜集资料过程中，胡大白发现，由于办学之初只注重办事效率和成果，零零碎碎的资料没注意收集和积累，给工作带来了诸多不便。可是，关于如何收集、整理、管理档案资料，她没有经验，也无从下手。

胡大白意识到，为了学校的长远发展和文化传承，必须有个专业人士收集管理档案。

一个偶然的机会，她听说有一位档案管理专家刚刚退休，便立即登门邀请。这位专家是郑州教育学院（现郑州师范学院）的老师，名叫刘华莲，曾把郑州教育学院的档案室办成了河南省一级档案室，帮助郑州一中建成了河南省一级档案室，是河南省教育系统公认的档案管理专家。

胡大白开门见山地说：“听说您退休了，能不能请您到我们学校工作呀？”

刘华莲有些不解：“胡校长，我听说过你们学校的情况，现在只是起步阶段，档案工作有必要投入人力、物力吗？”

“我们现在条件还比较差，但档案工作是学校建设的基础性工作，是评估学校工作的一项重要内容，我觉得不仅有必要做，还要请您这样的专家来做，开好头，起好步。”

“档案工作可是要花钱的，而且不能产生直接的效益。”刘华莲提醒说。

胡大白笑了笑：“我知道。但我也知道开展档案工作的重要性。您放心，档案工作由您全权负责，我全力支持。您想让我怎么支持，我就怎么支持！”

刘华莲很爽快地答应了。她不仅为胡大白的诚意所打动，更为一所民办学校对档案工作的重视程度所打动。

到了学校，刘华莲才体会到胡大白说的“条件差”。她作为档案室主任，却连张完整的办公桌都没有。她和人事、财务部门的领导在一间办公室里“合署办公”，只有半张桌子和一个抽屉……好在她还有一个档案柜，是胡大白专门让后勤部门给配的。这个“档案柜”是一个三开门的大衣柜，两边是镜子，中间挂着绿绸布……

胡大白不好意思地说：“现在只能先艰苦点，很快就会好起来的。新校区建成后，一定给您提供最好的条件。”

校长的重视给了刘华莲工作的动力。她一上任，立即着手制定工作制度，仅用一周时间就拟定了《黄河科技大学档案工作意见》，并开始收集档案资料。

胡大白不遗余力地支持，号召全校教职员工都重视档案工作。她不仅在校长办公会上讲，在中层干部会上讲，在全体教职工大会上也讲，反复强调档案工作的重要性，要求各部门积极配合档案室的工作。

于是，学校掀起了收集档案资料的高潮。经过大家的共同努力，仅仅用了半个多月时间，刘华莲的档案柜就被塞满了。经逐步清理，有价值的文件资料、照片、录音带就达 4 万多份。

在整理这些档案资料时，刘华莲注意加强基础业务建设，建立案卷类目，分类管理；从抓文源入手，统一设置学校发文字号，统一行文纸张和各类表格，严把文件质量关；规范会议记录，建立大事记制度；明确各部门档案工作责任人，形成档案管理网络；实行目标管理，把档案工作纳入部门年度工作计划和考核目标……

刘华莲不愧是档案专家，很快就使学校的档案工作走上了正轨，有条不紊地运转起来。

这年 8 月 17 日，国家教委颁布了《民办高等学校设置暂行规定》（以下简称《暂行规定》），允许“各种社会组织以及公民个人，自筹资金”，设立“实施高等学历教育”的民办高校。

虽然只是一部行政规章，但《暂行规定》首次明确了民办高校的法律地位，对民办高校的设置标准、设置申请、评议审批、管理变更与调整等作出了详细规定，其中设置标准要求“有固定、独立、相对集中的土地和校舍”，“占地面积应满足校舍建设用地和供学生体育活动的场所”，没有对占地面积、校舍面积、专任教师数量、图书藏量等作硬性规定。

根据《暂行规定》，国家教委专门设立了“全国高等学校设置评议委员会”，开始接受申请，并对提出申请的学校进行评审。

胡大白和杨钟瑶原原本本地学习了《暂行规定》，逐字逐句地研读，吃透了其主要精神。他们一致决定，立即提出设置申请，并开始为迎接评审做准备。

为了迎接评审，也为了新学期扩大招生规模，杨钟瑶规划设计了一栋 3 层单面的临时教学楼，很快投入建设。这栋楼每层规划有 3 间大教室和 3 间办公室，建筑面积 1160 平方米左右。还建了两个临时的学生食堂、一栋 6 层的宿舍楼，对原有的 3 排平房进行了简单的修葺，也作为学生宿舍。

8 月 30 日，全国高等学校设置评议委员会派出由北京大学原党委书记王学珍带队的4人评审小组，来到黄河科技大学开展评审工作，国家教委高教司司长龙正中也莅临指导。

龙司长专程参观了正在建设中的新校区，兴致勃勃地问戴着安全帽的杨钟瑶："新校舍什么时候能够使用？"

杨钟瑶指了指刚刚落成的3层教学楼和6层学生宿舍楼，说："教学楼和宿舍楼很快就会竣工，预计下个月就可以投入使用。"他又指了指正在建设中的综合楼："这栋楼设计10层，地下1层，地上9层，15,000平方米，明年8月竣工并投入使用。"

"综合楼明年确定能盖成吗？"

杨钟瑶肯定地说："能。保证能。"

8月31日，龙司长和专家们来到郑密路30号院，考察了黄河科技大学的教学情况。他们走到一个4间房的教室外，看到学生们在没有电扇和空调的教室里上课，老师和学生们头上都是汗，但讲课的老师专注投入，听课的学生聚精会神。下课时，由于座位太密，大家只能挪动课桌，偏着身子出教室，很快又按原来的方式返回，秩序井然。

专家们都很感动，王学珍书记动情地说："在这么艰苦的条件下，却有这样敬业的老师、这样认真的学生，真让人想不到。"

通过查看资料、参观实地、观摩教学等一系列考察，专家组成员一致认为，黄河科技大学的办学指导思想端正，办学条件、专业设置、管理水平都达到了较高的水准。龙司长由衷地称赞说："黄科大率先进入市场，为全国民办教育探索了经验、闯出了路子，值得借鉴和推广。"

9月底，黄河科技大学航海路校园第一幢自建3层教学楼正式投入使用，6层宿舍楼也住进了学生，学校真正从租赁校园开始向自建校舍过渡。

黄河科技大学这艘巨轮，从航海路这块土地上正式启航，向着未来和希望高速航行。

◇勇夺全国第一

时光进入金秋，收获的气息弥漫在黄河科技大学的上空，胡大白和杨钟瑶一起，做好了申报学历教育的答辩准备，就等着进考场拿“高分”了。

1993年10月10日，胡大白和杨钟瑶一起赴长沙，参加国家教委在那里举办的民办高校评审会。

这次，全国共有16所民办高校申报了学历教育。因为是有史以来的第一次，参加评审的学校都很重视，学校所在地的政府及教育部门也很重视，有的参评学校是副省长带队，市长、厅长等领导来了很多，摆出势在必得的架势。有的参评学校实力雄厚，像上海杉达大学，就是由上海交通大学、北京大学、清华大学部分教授发起创办的，得到了上海市政府和教育部门的大力支持。

看到这种情况，胡大白和杨钟瑶都很担心。黄河科技大学整体实力跟很多参评学校都没法比。省政府虽然派了一位教委副主任和一位副处长，但副主任来长沙还有别的任务，要到高校进行一些交流，迎接答辩的重任全部落在胡大白身上。

这次会议要求，每一个申报学校都要接受评审组专家的答辩，评审专家住在省委招待所，随机让申报学校进行答辩。

黄河科技大学虽然准备了一尺多厚的答辩相关材料，但胡大白和杨钟瑶还是怕有闪失，他们住在不远处的长城宾馆，天天为答辩做准备，一天要工作十几个小时。他们是第一次来长沙，按说应该去岳麓山、橘子洲头、马王堆汉墓等著名景点看一下，但他们哪儿也没去，每天都在宾馆里认真准备。

一连十几天，胡大白和杨钟瑶天天厮守在一起，这是办学以来绝无仅有的。他们虽然天天在一起，但说的话基本离不开答辩，把一尺多厚的答辩材料都吃得透透的，信心也越来越足。胡大白对学校的工作有个要求，叫“万无一失”，作为学校领导，她觉得自己更不能出问题。

答辩一直在进行中，基本是一所学校一天。起初，胡大白很庆幸黄科大没有先答辩，为他们赢得了更多准备的时间。可是，随着一个个学校答辩完，而且结果大多不理想，她有些着急了。

“怎么还不让我们答辩？也不知道他们是怎么排序的。”胡大白担心地说。

杨钟瑶安慰她：“别着急。咱多准备几天，效果会更好。”

“我觉得差不多了。咱不至于排到最后吧？”

“不至于，但也不好说。排序好像没有规律，或许是随机的吧？”

“是啊！条件好的、条件差的，都有答辩过的了，可能是随机的。”

10天过去了，答辩的学校超过了半数，胡大白更着急了。

焦急地等待了十几天，已经25日了，16所申报的高校已经有15所完成了答辩，他们仍未接到通知。

胡大白坐不住了，跑到省委招待所打听情况，却听说答辩工作已经结束，评审结果很快就会出来了。她听到这个消息，心想这下完了，连答辩都没安排，肯定没戏了。

她悻悻地回到宾馆，把情况跟杨钟瑶说了，忧心忡忡道：“你说到底是怎么回事？是我们提供的材料不规范，还是他们根本就没看？”

杨钟瑶也很沮丧，但他没有附和，而是安慰胡大白：“评审组大多是专家，不至于那么不严谨。或许是哪里出了差错，咱们再等等吧。”

“你是不见棺材不落泪，不到黄河不死心。”

“到了黄河咱也不死心。咱本身就是黄河，奔流不停，奋斗不止。”杨钟瑶笑道。

胡大白一下子释然了。对呀！我们就是黄河，必须有黄河的精神，不怕挫折，不畏险阻，继续向前去争取胜利。或许，像杨钟瑶说的一样，只是哪个环节出了问题，还有机会。

正在这时，电话铃突然响了。胡大白迫不及待地接起电话，原来是评审组的一个专家打来的。专家在电话里说：“胡校长，通知你一个好消息，你们学校通过了。”

胡大白不敢相信自己的耳朵，生怕听错了，赶紧解释说：“我们还没有答辩呀！”

专家说：“你们学校的材料很扎实，去考察的专家又都了解你们学校的情况，大家一致认为，你们不用答辩了。”

“谢谢您！谢谢评审组的专家们！”

放下电话，胡大白看着杨钟瑶，激动地问：“听到专家在电话里说的了吗？”

“听到了。”杨钟瑶冷静地说，“就这么通过了？”

“通过了。这下放心了。”

杨钟瑶张开双臂，一下子把胡大白抱起来。

兴奋之余，杨钟瑶说：“按说，现在应该带你到长沙市里转一转，放松放松，可咱们连续在这里住了十几天，家里有很多事等着……”

“是啊，我也没有心思玩。不只是学校的工作，老人孩子也好久没见了，还是快回去吧。”

杨钟瑶说：“那我们赶快订票吧，今天就回去，第一时间把好消息告诉大家。回去后，我的事很多，综合楼的建设任务紧着呢。”

两人一拍即合，一致决定立即回郑州，便在宾馆订了票，收拾东西踏上了返郑的火车。

回到学校，胡大白组织召开了全体教职工会议，把通过评审的好消息告诉了大家。同时，也勉励大家：“这次会议只是评审专家通过，国家教委还要召开委领导会，研究通过才能发文，才算正式批准。目前，学校还有很多工作要做，不能有丝毫放松。”

新校区的综合楼仍在建设，杨钟瑶一开完会，便赶紧去工地。

经过半个多月的施工，综合楼又长高了一些。杨钟瑶远远看到陈勇民，没顾上戴安全帽就走过来，问最近施工的情况。陈勇民说：“这里一切都好，您放心。”

“出了那事之后，我就放不下心了。这些天在长沙，一直担心质量问题。”

“自从上次您查出问题，施工队的负责人也不敢掉以轻心了，质量抓得很严。最近确实没问题。”

杨钟瑶还是不放心：“把你的安全帽借我用用，我上去看看。”

“您出差这么久，评审又那么紧张，还是先好好休息两天，别上去了吧！”

杨钟瑶摇摇头：“没事。不用休息。”

陈勇民知道劝不住，只好把安全帽给了他。

杨钟瑶戴上安全帽，立即爬上脚手架，逐一检查施工质量。

陈勇民在下面翘首以待，但杨钟瑶一直在忙碌着，迟迟不见下来。他很担心杨钟瑶的身体，生怕他再累坏了，便一再让人喊杨钟瑶下来。可是，杨钟瑶一直工作到日落西山，工人们都下班了，他才回到地面上。

一连几天，杨钟瑶都和陈勇民一起，忙碌在工地上，事无巨细地指导检查监督。劳累再次让他的健康亮起了红灯，他的心脏病复发，好在有惊无险。

胡大白也没休息。有一件事她觉得必须尽快推进，那便是学校的党的建设。她觉得，学校即将迈上一个大的台阶，却只有一个临时党支部，不能发展党员，满足不了广大师生急切要求加入党组织的愿望，还有种“名不正，言不顺”的感觉。

此前，郑州市科技委员会曾给校办企业黄河科技开发公司发过一个通知，明确可以在民营科技单位建立党组织。她顺水推舟，赶紧去找市科委的王书记，申请在大学也建立党组织。她说：“王书记，我们的公司是民营科技公司，可以建立党组织，那我们学校是公司的主办单位，应该也可以建立党组织吧？”

王书记被胡大白说得有点蒙，想了想才说：“理是这个理，可我们只对科技公司，不对学校。”

“公司成立党组织，也只能挂靠在科委，你们直接管理有诸多不便。如果学校先建立了党组织，再成立公司的党组织作为分支机构，开展工作可能更简便更顺畅，您看如何？”

王书记摇摇头：“不行。你们是学校，业务上归教委管，如果我们插手，教委答应不答应？会不会说我们的手伸得太长？”

在科委碰了钉子，胡大白又去找教委。教委的张书记非常支持，表态说：“既然科委有文件支持在民营科技单位建立党组织，你们也算是民营科技单位，可以按这个政策走。”

“但科委的领导说，学校归教委管，人家不便接收。”

“教委只是在业务上管理。科委在你们那里成立党组织，我们没意见，大力支持。”张书记还说：“科委如果需要我表态，我可以给王书记打电话。”

胡大白又去找了王书记：“教委的张书记说了，只要你同意，他没意见。如果还有什么顾虑，你们可以直接联系沟通。”

当着胡大白的面，王书记和教委的张书记通了电话。张书记在电话里说：“目前教委没有相关政策，这个党组织你们先管着，以后教委有文件了，再转到教委。”

王书记挂了电话，想了想，又担心地说：“虽然教委同意，但我们能不能在学校建立党组织，我还是拿不准。”

胡大白听说过中国科技大学的一些事，知道它有一段时间是直属国家科委领导，便说：“中国科技大学的党委就归国家科委直管，我们是郑州黄河科技大学，当然可以隶属郑州市科委呀！”

王书记半信半疑地问：“真的吗？”

“真的。”

王书记语气缓和了些：“这不是个小事，我们必须开会研究一下。”

胡大白真诚地说：“王书记，我们学校现在有1万多名学生、几百名教职工，没有党组织可不行呀！我们渴望党组织已经很多年了。”

王书记不好意思地说：“胡老师，您这话可是言重了。我们尽快研究，尽快给您答复。”

1994年2月5日，国家教委发文，批准黄河科技大学成为普通民办高等专科学校，并核定校名为“黄河科技学院”。黄河科技学院成为《民办高等学校设置暂行规定》发布后国家教委审批的第一批民办高校，也是中华人民共和国成立后国家批准实施高等学历教育的第一批民办大学。

“我们知道消息时，正好是农历的腊月二十九，这年的除夕。钟瑶和我都喝了点酒，庆祝我们成为新中国第一批国家教委批准的民办高校。这天晚上我们彻夜未眠，窗外是此起彼伏的鞭炮声，算是为我们助兴。”胡大白说。

春节鞭炮声刚刚响过，时任河南省委书记李长春的贺信也到了。李书记在贺信中称赞黄河科技学院“顺应时代潮流，走出了一条适应国情、独具特色的民办高等教育新路子”，寄望黄河科技学院“继续发扬‘开拓、拼搏、实干、奉献’的精神，抓住机遇，再接再厉，深化改革，办出特色，努力培养更多更好的适应社会主义市场经济发展需要的新型人才”。

时任河南省省长马忠臣也给黄河科技学院题了词，内容是“春催桃李，教育兴国”。

3 月 2 日，黄河科技学院在河南省人民会堂举行了实施高等学历教育庆祝大会，河南省、郑州市相关领导和嘉宾出席了大会。时任河南省副省长张世英代表省政府致贺词，称赞黄河科技学院“适应改革大潮，自力更生，艰苦创业，为社会培养出各类人才 3 万多人，成为河南省经济建设和社会发展的骨干力量”。

胡大白心潮澎湃，激动不已，她在大会上发言时表示，一定要把黄河科技学院这棵幼苗浇灌成中国民办教育的一棵参天大树，为祖国的繁荣富强培育英才、增添光彩。

不久，河南省教委批准了黄河科技学院的招生计划，学院可以正式招收学历教育的学生了。

接到招生计划文件，按说胡大白应该高兴，可她看到省教委只给了学院 200 个指标，觉得还是少了些。再去北京时，她顺便找了国家教委规划司，请求多给些指标。

规划司的咸立亭处长说：“胡校长，这次批准的 4 所民办专科院校给的指标都不多，上海的杉达学院、浙江的树人学院都只给了 150 个，四川的天一学院才给了 30 个，你们是最多的了。”

胡大白还是不理解：“既然批了学历教育，为什么不能多给点呢？”

“你们是首次办学历教育，没有经验，所以少给些指标，试着办，办着看，办好了再逐年增加。”

胡大白明白了，但心里还是有点不甘心。回到郑州，她又找省教委相关领导做工作：“我们除了自考辅导，还有非学历的培训，在校生已经 1 万多人了，只给 200 个指标实在是太少了呀！”

有个领导给她出了个主意：“最近政策对民办中专的审批放松了些，你可以申报中专，国家也是承认学历的，学生也可以转户口和粮食关系，毕业也发派遣证。”

“那太好了。”胡大白没想到，东方不亮西方亮，柳暗花明又一村。她赶紧申报中专计划，很快就获得了批准，当年就给了100个招生指标。

这样，黄河科技学院就有了300个国家招生计划，形成了专科、中专、自考、非学历培训等多层次的办学格局，一时声名鹊起。

实施学历教育给学校带来了巨大的社会声誉，也间接地推动了学校各项工作的开展，其中包括党的建设。

◇好事成双

1994年初夏，胡大白又去市科委催问成立党组织的事。

这次，胡大白的底气更足了，她说：“王书记，我们学校已经实施学历教育了，李长春书记和马忠臣省长都很关心，成立党组织的事，是不是也差不多了？”

王书记不好意思地说：“你们的申请，党委已经研究过，近期就准备派个考察组，去你们学校实地考察一下，争取给你们一个满意的答复。”

不久，市科委派出了一个考察组，全面认真地考察了黄河科技学院的办学情况，考察了原黄河科技大学临时党支部的活动情况，形成了书面报告。报告中这样写道——

> 真没想到这个学校这么好。全日制在校生近万人，居然没有建立正式党组织，但学生的精神面貌非常好，热心公益事业，努力学习，积极要求进步，迫切期盼早日加入中国共产党。专职的教职工，更是强烈要求建立党组织。这个学校是全省乃至全国自学考试的一面旗帜，发展潜力很大，领导班子成员也很可靠……我们完全同意在黄河科技大学建立党组织。

考察组将报告呈到了市科委领导们面前，大家终于统一了意见，决定根据民营科技组织可以建立党组织的精神，批准建立黄河科技学院党总支。

1994年6月，经郑州市科学技术委员会党委批准，中共黄河科技学院总支部委员会成立，齐树德任总支书记。

齐树德原是郑州大学中文系的副主任，退休后被胡大白邀请到学校任教。他把党组织关系从郑州大学转到市科委，担任了黄河科技学院党总支书记。

党组织建立后，黄河科技学院可以像公办高校一样开展党建工作了，有利于“育人为本、德育为先”教育方针的贯彻落实，保证了正确的办学方向，在政治上强化了黄河科技学院的地位和作用。

胡大白十年找党，可以说费尽周折，既表达了一个知识分子对中国共产党的真挚情感，也表现了一个教育家应有的政治智慧。然而，让很多人难以置信的是，这时的她竟然还不是一名共产党员。不仅她不是，杨钟瑶也不是。

和那个时代的大多数人一样，加入中国共产党一直是胡大白的梦想。她出生于战乱中，孩提时代跟随父母在西安生活，过着吃不饱、穿不暖的日子，中华人民共和国成立后回到郑州，虽然生活依然艰苦，但社会稳定，尤其是贫苦百姓都翻了身，当家做起了主人。她那时虽然还不太懂事，但从父母那忙碌却愉快的工作中，从他们喜悦的目光里，她能感觉到新社会的新气象。父亲常对她说：“没有共产党，就没有新中国，也就没有胡家的今天，要牢记共产党的恩情。”父母经常教育她和哥哥姐姐们，一定要向党组织靠拢，争取早日加入中国共产党。

可是，到了胡大白可以申请入党的时候，因哥哥曾被打成“右倾机会主义分子”，影响了她的进步。“文革”时期，她和“家庭出身不好”的杨钟瑶结婚，入党的事连想都不敢想了。后来到了郑州大学工作，她又递交了一次入党申请书，可仍因杨钟瑶的家庭问题没通过政审……

尽管屡屡受挫，胡大白的信念却一直没有动摇。

有一次，一个民主党派的郑州大学委员会负责人听说她一直入不了党，特意找到她，对她说：“你加入我们党派吧！以你的能力和威望，至少可以接替我担任郑大这个党派的负责人，我已到了退休的年龄。”

胡大白决绝地说：“我信仰共产主义，信仰共产党，就算一辈子入不了党，我的信仰也不会改变。就算组织不发展我，我也要像鲁迅先生一样，做一个‘党外的布尔什维克’。”

就这样，她始终以一个党员的标准严格要求自己，不断寻找机会，主动采取多种方式靠近组织。她坚信，入党这一天迟早会到来。

这次，黄河科技学院成立了党总支，她觉得时机成熟了，便决定再次申请入党。这次，她不仅自己要入党，也鼓动杨钟瑶一起加入党组织。

于是，两个人相约，一起郑重地写下了入党申请书，递交给刚刚成立的党总支。在申请书里，他们分别表达了几十年来对党组织的向往之情，表达了积极要求入党、坚决跟党走、始终对党忠诚的志愿和决心。

◇终于有了自己的校园

1994 年 8 月，航海中路 94 号新校区的综合楼终于竣工了。

高兴之余，胡大白又有了新的愁。这栋高九层、使用面积 15,000 平方米的大楼空空荡荡，她手里却没有多少钱了。即使不怎么装修，起码得有上课用的桌椅和基本设备。

为了节约开支，她和杨钟瑶一商量，决定先去旧货市场淘一些。

这天，天气晴朗，气温很高，胡大白和几个老师、学生一起，来到旧货市场。走走转转，她发现这里桌椅倒是不少，只是规格和质量参差不齐，很多还“缺胳膊少腿”，实在是不尽如人意。

“那么好的大楼，那么好的教室，配这样的桌椅太寒碜了吧。”有老师半认真半开玩笑地说。

胡大白无奈地说：“我何尝不想买新的，可实在是没有钱了。”

“别看这里的东西旧，买回去整一整，凑合着用没问题。”有老师附和。

于是，经过一番讨价还价，他们买下了大量旧桌椅，甚至连“缺胳膊少腿”的也来者不拒。

为了节约运费，杨钟瑶又带着一些人过来，大家七手八脚地一起搬运，把旧桌椅装上车，运回了校园。

偌大的校园，顿时成了一个“旧货市场”，杨钟瑶指挥大家进行了规整，把规格、样式差不多的放在一起，把需要修理的挑出来。然后，手巧的老师、学生纷纷当起“修理工”，把“缺胳膊少腿”的重新排列组合，把坏的桌椅修好。其他的学生也当起“清洁工”，把桌椅擦得干干净净。然后，统一刷上油漆。

经过一番努力，旧桌椅焕然一新，胡大白露出了欣慰的笑容。

搬家那天，来了很多老师和学生，虽然知道是旧桌椅，但大家都小心翼翼，恐怕磕着碰着，他们都知道，这些桌椅得来不易，必须好好爱惜。

这年秋天，随着招生工作的展开，大批学生开始在新校区上课，住宿和吃饭的问题又显现出来。

于是，他们先盖了一个 200 多平方米的简易食堂，四周用空心砖搭起，上面盖上石棉瓦，只能遮风避雨，便在里面做饭了。事实上，这个食堂只算是个操作间，根本没有学生就餐的位置。学生们在这里打了饭，只能在露天就餐，或者拿到教室里吃。为了解决这个问题，他们又把食堂面积扩大到 1200 平方米，上面用简易的席棚盖顶，总算给了学生一个就餐的环境。

校园本身就不大，只有 22 亩地。盖了座综合楼，又“搭”了个食堂，就已经显得很拥挤了。可是，学校要发展，必须有座像样的宿舍楼，有座像样的餐厅，有个像样的体育活动场所，这些都要求扩大校园面积。于是，他们又启动了征地程序，在校园北侧的小李庄再征地 30 亩，用于修建宿舍楼、餐厅、篮球场等。

有了上次征地的经验，这次他们很快就履行完了征地手续，很快就开了工。他们建成了两栋宿舍楼，解决了学生的住宿问题；又建成了一栋 2700 平方米的两层楼的学生餐厅，解决了学生的就餐问题。

谈到当时的学校建设，胡大白说：“通过北校区的早期基本建设，我学会了一些征地和资本运作的知识，学会了如何促进资金周转、如何高效使用资金。比如，地可以一块一块地征，钱可以分期分批付，盖房也可以让施工单位部分垫资。这为学校后来的发展提供了宝贵经验。”

后来，学院在综合楼的西侧再次征地 30 亩，又新建了音乐大楼和临街学生宿舍等建筑，使整个校区达到了 80 亩，校舍建筑面积达到了 9 万多平方米。

航海中路 94 号新校区的启用和完善，标志着黄河科技学院有了自己的校园，正式结束了租房办学的历史。在这里，学院得到了飞速发展，先后被评为“河南省社会力量办学先进单位”“河南省文明校园”“中国十大万人民办高校”，为打造学院品牌、提升办学水平提供了重要条件。

◇更上一层楼

有了自己的校园，开始了学历教育的招生，在很多人看来，胡大白已经很成功，值得好好庆贺一番了。可是，胡大白并不这么认为。

这天，胡大白在校园里遇上了教学部的主任叶谋兴。

叶谋兴祖籍福建，1949 年参加革命工作，1956 年转业到郑州从事教育工作，1987 年从郑州粮食学院退休，1989 年来到黄河科技大学。最初，他负责岗刘村教学点，把一个条件简陋的教学点管理得井井有条，胡大白就让他担任了教学部的主任。

叶谋兴看到胡大白，老远就打招呼：“胡校长，学校批了学历教育，又乔迁了新校园，是不是该请我们喝酒呀？”

胡大白一向尊重这位比自己大十几岁的老大哥，委婉地笑道：“叶主任，这点小成绩，还不值得庆贺吧！”

叶谋兴惊讶地张大了嘴巴：“胡校长，这么大的喜事，您还说是小成绩？都全国第一了，还想怎么着？”

“虽然批了学历，可才是个专科。叶主任，您说说，专科算不算大学？”

“从严格意义上说，专科确实算不上真正的大学。”

"对呀！您是从高校过来的，这点您最清楚。至于这校园，您看是不是太小了呀？连个正儿八经的操场都没有，更别说教学的配套设施了。"

叶谋兴听胡大白说得头头是道，不由得点头："那倒也是。"

胡大白笑着说："等我们升了本科，有了像样的校园，我一定请客。"

叶谋兴吃惊地看着胡大白，不敢相信她能有请客的那一天。

不只是叶谋兴，学校的其他领导在一次会议上听了胡大白的想法，也觉得不太切合实际。

在座的一位学校领导不客气地说："胡校长，你的思维也太超前了吧？刚刚批了专科，批文墨迹都还没干，就又想本科了。国家还没有民办院校申报本科的政策，你可真是敢想。"

另一位领导也说："胡校长，咱们艰苦奋斗这么多年，全国第一批开展专科学历教育，已经很不错了。您是不是让大家休息一下，喘口气再说？有张有弛才是文武之道，欲速则不达呀！"

"咱们是民办学校，国家给批个专科就不错了，还想什么本科呀！"

面对种种疑问，胡大白耐心解释："我们批了专科就满足了吗？要不要再提升层次？如果要的话，现在就得做准备，就得有目标有方向有规划。我们办学，既要完成眼前的工作，也要设定长远的目标，让大家从完成眼前工作入手，努力向长远目标前进，这才是长久之计。"

大家都觉得有道理，但有位领导还是嘴硬："我觉得，还是先把专科办好再说。"

"不错，专科必须先办好。我们既要为专科配置最好的干部、最好的老师、最好的仪器设备，为专科的发展创造最好的条件，同时还要继续保证自考的教学质量。"

办学已经10年了，胡大白深知教学工作的重要性，但从这次争论中，她深刻地意识到，管理工作也不能放松，尤其是思想政治工作必须跟上。只有统一了全校教职工的思想，厘清了办学思路，摆正了各方的关系，才能让教学、管理等各方面工作走上正轨。

于是，经过深入思考，并与杨钟瑶沟通，胡大白提出了三句话："以提高教学质量为中心，以提高管理水平为手段，以加强思想政治工作为保证”，明确了学校的三大类工作及其地位、作用、相互关系。后来，这三句话成为学校的办学方针，也是胡大白重要的教育思想之一。

为了进一步统一思想，凝聚全校师生的意志，胡大白又提出了一个口号：“打硬仗、上台阶、创特色、争名牌”（其中“上台阶”就是要提高办学层次——升本科），不仅很好地概括了学校的精神及发展规划，还琅琅上口，很快在全校传开。

1995年3月，胡大白和杨钟瑶一起，光荣地加入中国共产党。他们俩在党旗下宣了誓，成为一名预备党员。

这天，他们特别激动，像小孩子一样。傍晚，杨钟瑶拉着胡大白，兴致勃勃地逛了一次郑大校园。在他们经常驻足的树林里，杨钟瑶高兴得旋转起来，舞姿很优美。他在初中时就是舞蹈队员，但多年来从没跳过舞，就是在黄科院组织的职工舞会上，他也没有跳过。

胡大白在后面拍着手，笑着说：“庐山真面目终于露出来了。”

杨钟瑶反击说：“难道你不高兴？还讽刺我。”

“高兴，要是腿好就和你一起跳起来了。”胡大白坦言。

“知道。你大学时可是热衷于组织跳舞的。”

“你也讽刺我。大学毕业后，我跳过舞吗？”

“那倒没有。当时的环境确实不太适合跳舞。”

两个人说说笑笑，不由得都怀念起过去的青春岁月，想起最初在十三中相识相知相恋的日子。

聊着聊着，胡大白三句话不离本行，又把话题转移到学校的发展上来。她说：“看来，咱们就是与佛岗有缘，转来转去，又转回了佛岗。”

胡大白说的是在佛岗征地的事。年初，杨钟瑶利用他在十三中的老关系，与佛岗村（十三中所在地）村委会达成协议，征地400亩，准备在那里建一座现代化的大学校园。

“是啊！我们在佛岗工作了近十年，熟悉那里的一草一木，对那里有深厚的感情，早就该过去了。”

胡大白又想起之前村里人主动找他们卖地的事，调侃说：“当初那么便宜的地不要，现在这么贵了又去买，当时我不知道是怎么想的。”

“你是想多给乡亲们一点回馈呗！”杨钟瑶也调侃道。

胡大白想想也是，选定在佛岗办学，还真有回馈乡亲们的意思，不仅可以直接给钱，还可以拉动周边的经济，不远的将来，佛岗村定会有翻天覆地的变化。

“下一步，我们得赶紧筹备，争取早日开工。”

“是啊！佛岗都等不及了。这个学期必须开工，下个学期争取用上。”

5 月 7 日，黄河科技学院在佛岗新校址举行了奠基仪式，拉开了新一轮校园建设的大幕。

临近暑假，黄河科技学院专科学历教育也圆满完成了一个学年的教学，受到了教委的高度肯定。新的年度招生计划下达时，教委给他们增加了 60 个指标，达到了 260 个。

经过一年的实践，胡大白深深体会到，学历教育与自学考试有着很大的区别，需要付出更多的努力。自学考试有考试大纲，有国家规定的教材，有相应的辅导资料，学校不需要改变，只是解读教材和资料，增加一些适应社会发展需要的新知识新内容；而学历教育完全不同，发的是学校自己的毕业证，教学质量能不能达到国家标准？学生能不能真正学到东西？就业能不能得到社会认可？都是应该思考和重视的问题。另外，她觉得，想办好学历教育，不能再像自考辅导那样，从别的学校请老师来兼职，必须培养一支实力雄厚、相对稳定的师资队伍。

于是，趁着新一届大学生毕业找工作的大好时机，胡大白经多方努力，协调引进了 10 名普通高校毕业的大学生，引进了一批成人高校的毕业生，又精选了一批本校自考毕业生留校任教，建立起了一支 60 多人的青年教职工队伍。

如何让这支队伍快速成长呢？在这个暑假里，胡大白策划和举办了一期青年骨干教师强化训练班，对 60 多位年轻老师进行了为期 20 天的强化训练。

◇培养自己的师资队伍

郑州的三伏天烈日当空，黄河科技学院的校园里，却搞起了“军训”。几名郑州高炮学院的官兵高喊着口令，把一群青年人训成了“兵”的样子，个个服从命令听指挥，汗流浃背不掉队。

按照胡大白的要求，这个强训班“以军事化管理和强化训练为手段，但要比一般军训更严格、更艰苦”，教官们很好地履行了职责，参训人员们也经受了考验。

不仅训练艰苦，他们的生活条件也相当艰苦。他们住的是学生宿舍，里面既没有空调，也没有电扇，热得晚上睡不好觉，许多人甚至身上起了痱子……

胡大白经常过来观看强训班的训练。她发现，在这群青年人中，有一位女生格外引人注目。这名女生不仅动作标准、体力充沛，作风还很顽强，从不叫苦叫累，一看就是经过训练的“好兵”。她打听了一下才知道，这名女生是刚刚从郑州高炮学院毕业的，早就在军校的熔炉里摔打过，而且学习成绩优异，还在大学期间加入了中国共产党，是个不可多得的“好苗子”。

这名女生名叫赵会利，河南辉县人，虽然是军校毕业，但属于军队不包分配的地方生，应聘来到了黄河科技学院。

刚走出军校大门，又在这里接受军训，赵会利起初有些不太理解，但长期养成的“准军人”作风，还是让她选择了遵守纪律和规定。除了军训，还有理论学习，她起初也有些抵触心理，但听了胡大白的课，她才了解了学校办学十多年来遇到的各种困难，对黄科院精神有了些领悟。

强训班上，胡大白还开设了教学法等课程，开展了师德教育的培训。她在动员时说：“现在社会上赚钱之风日盛，人们的物欲被唤醒了，思想发生了很大变化。怎么让这些年轻人献身教育事业？就得讲师德、讲奉献，强化他们的责任感、使命感，提高他们的认识水平和思想境界。”

这期强训班办得有声有色，受到了多方的关注，连河南省当时主管教育的副省长张世英都知道了。张副省长专门给胡大白打电话了解情况，并作了批示，予以肯定。省教委领导还专程前来考察，给了胡大白和参训人员很大的鼓舞。

强训班结束后，接着就开学了。这批经过培训的骨干直接走上了教学、管理一线，成为一支有能力有活力的生力军。多年后，这个强训班的60名学员都在各自岗位上干出了很大的成绩，成长为教学、科研的主力，有的还成为学校职能部门负责人或二级学院的领导，其中，赵会利2004年就担任学校党委副书记，罗煜2012年担任校工会主席、2018年担任学校副校长……青年教职工强训班后更名为青年教职工培训班，至截稿时已办了23期。

在强训班挥汗训练的同时，学校的另一条战线——新校区建设也如火如荼。

在杨钟瑶的设计和管理下，教学楼和两栋宿舍楼同时施工。项目采取总造价包干的承包方式，他亲自和施工单位谈，最终以每平方米338元承包给施工单位。这个价明显比市场价低很多，但施工单位还是愉快地接受了，按其负责人的说法，主要是学校守信用，能够按合同及时支付工程款，不拖欠；再就是他们看到胡大白和杨钟瑶一心一意办教育，也愿为教育事业出份力，利润低一点也不在乎。

工程承包出去后，杨钟瑶就把主要精力放在质量、进度和安全的管理上，确保工程质量的同时，天天催进度，大大缩短了工期。

新学期开学时，教学楼和宿舍楼都提前竣工，本着边建设边使用的原则，胡大白决定先让1500名学生搬到新校区。

1995年9月11日，胡大白和杨钟瑶一大早就来到新校区，指挥大家搬迁。

胡大白干不了体力活儿，便来到广播室，通过广播给大家鼓劲，当起了“战地宣传员”。

突然，有人跑来向她报告：“出事了！你快去看看吧。”

她赶紧关了广播，来到搬迁的现场。

远远地，她就看到十几个人在吵吵闹闹，知道是佛岗村村民在闹事，领头的正是她之前就认识的“村霸”。基建处的齐广化和他们解释，村霸上来就动手打人，身单力薄的齐广化赶紧躲闪，他却不依不饶追着打。

胡大白急忙冲上去，拦住了村霸，大声呵斥道：“干什么？无法无天了！”

膀大腰圆的村霸被胡大白镇住了，停下来，但仍张牙舞爪地吓唬人，嘴里也骂骂咧咧的。

胡大白又大声说：“你敢在校园里打人，我立即报警。你再动手试试。”

村霸这才软了下来，嘟哝道：“你们占了我们的地，我们来要个说法。”

“有什么问题可以谈。聚众闹事能解决问题吗？”

另外一个村民嚷道：“我们就是来讲理的。”

胡大白说：“讲理可以派代表来，其他人赶紧出去。你们不知道聚众闹事是违法的吗？”

闹事的村民陆续退出了校园。

看村民们走远，齐广化赶紧跑到胡大白身边，后怕地说：“胡校长，刚才太危险了。那几个人都是无赖，他们要是真打你怎么办？”

胡大白没好气地说：“反了！光天化日之下，邪不压正！你越怕他，他越嚣张；你硬气了，他也不敢胡来。以后，你也硬气一点，别被人追得四处跑，像什么样子？”

旁边两个老师也随声附和：“是啊是啊，应该硬气一点。”

胡大白又批评那两位老师：“你们说得好听，刚才怎么不去制止他们？”

齐广化和在场的几个老师都被胡大白批评得浑身不自在，但他们都诚恳地接受了批评，心里对校长也更钦佩了。

村民派的代表来了，胡大白心平气和地与代表进行了交涉，很快就达成了共识，解决了问题。

搬迁工作虽然遇到了个“小插曲”，但总体很顺利，只用了大半天时间就完成了，几位校领导都很高兴，提出一起吃顿饭“庆祝庆祝”。

胡大白笑着说：“你们吃吧。我俩得赶快回家，家里还有一件大事等着我们呢！”

"什么大事呀？比学校乔迁的事还大？"

杨钟瑶也卖关子："确实是很大的事。你们就别问了。"

胡大白和杨钟瑶匆匆往家赶。原来，这天还是他们的女儿杨雪梅结婚的日子。

◇女儿结婚了

胡大白和杨钟瑶刚到家，水还没顾上喝一口，女儿、女婿就进门了。

杨雪梅拿出结婚证，高兴地说："爸、妈，我们登记了。"

胡大白笑着接过结婚证，认真地看了："上午学生们搬迁，我们去南校区了，没顾上买菜、做饭。你们去附近那家'小康熙'饭店，买碗烩菜回来，再让你爸准备几个小菜，咱们就开饭。"

小两口答应着，就一起出去了。杨钟瑶赶紧下厨，胡大白也过来帮忙，很快就炒了 3 个菜，加上小两口买回的烩菜，凑了 4 个菜，"婚宴"就开席了。

女儿的婚礼，女婿家原是要大办的，胡大白不同意，坚持节俭办。她先做通了女儿的工作，又让女儿做女婿的工作，再让女婿做父母的工作，费了好大劲，最后才达成共识。

"婚宴"简单，到场的也没有其他亲朋好友，仪式感也就不强了。大家边吃边说，胡大白说了很多嘱托的话，让他们好好过日子，珍惜婚姻；杨钟瑶也特别嘱咐女儿，要孝敬公婆……

吃完饭，胡大白对杨雪梅说："你们去趟姥姥姥爷家，把结婚证让老人看看，就赶紧回婆家，别让公公婆婆着急。"

杨雪梅答应着，便和老公一起告辞，去了姥姥家。

胡大白送他们离开，又站在窗前看着他们骑上自行车，有说有笑地渐渐走远，顿时感觉有些失落。两个儿子都去北京上大学了，闺女虽然在郑州，但从今以后也有了自己的家庭，不可能像过去那样在他们身边了。

"女儿出嫁了，你是不是有点伤感呀？"杨钟瑶关切地问。

"你没有吗？女儿可是跟爸更亲。"

"女儿大了，就应该结婚，这是好事、喜事。再说了，我们还有一个孩子在身边呀！”

胡大白诧异地看着杨钟瑶：“你还有一个孩子？”

杨钟瑶笑道：“是啊！我们共同的孩子，黄河科技学院呀！”

胡大白也笑了，顿时释然。黄河科技学院的确也是他们的孩子，而且是个正在长大的孩子，还需要他们付出百倍的努力去培养，未来也必将回馈他们亲情般的温暖。想到这里，她的思绪立即转往了学院，突发奇想：“咱们的孩子结婚了，学校里很多年轻人也要结婚，咱们是不是在全校倡导一下，都节俭办婚礼？”

“那好啊！学院可以给他们办个集体婚礼！”

“对。办集体婚礼。不仅可以倡导好的风气，还可以培养大家的集体意识，增强凝聚力。”

说办就办。他们当即商定，把“节俭办婚礼”推广到学校，由学校每年办一次集体婚礼。学校出钱办仪式，学校领导出席集体婚礼，为年轻人证婚、祝福。隆重而热烈的集体婚礼后，再请新婚夫妇去旅游，差旅费也由学校报销……学校还为此专门下发了文件，禁止中层以上干部参加职工大操大办的婚礼，更不允许中层以上干部借自己亲人办婚礼收礼金。这个传统一直延续到现在，年轻职工不再为办婚礼发愁了。

◇走进《东方时空》

1995 年金秋，收获的季节，黄河科技学院北校区的校园里，来了两位不同寻常的客人。他们是中央电视台《东方时空》节目组的记者，慕名来采访胡大白。

这时，黄河科技学院北校区已经初具规模，1 栋九层的综合楼、3 栋两层的教学楼和 1 栋六层的宿舍楼都投入了使用，还配套了图书馆、计算机室、电教室、实验室等设施；南校区正在加紧建设，并且已经入住了第一批 1500 名学生。学院已经实施了专科学历教育，专业已经增加到 23 个，教学班已达 150 个，专科统招生、全日制自考生达到 10,000 多人，教师 1021 名，副教授以上职称占 70%……“民办高校全国第一家”名副其实。

两位记者认真翻阅了学校的资料，用两天的时间看现场、寻找节目线索、确定报道角度，然后采访了胡大白。

这天，在综合楼一楼接待室里，两位记者架好了摄像机，请胡大白试镜。

胡大白像往常一样，穿着她那件普通的深色外衣，从容地走到了镜头下。

女记者皱了皱眉，不客气地说："胡校长，您这衣服没有色彩，效果不好。"

胡大白笑了笑："我平时就穿这，不讲究。"

女记者也笑着说："平时可以，但今天不行。这可是要在中央电视台播出的，'东方之子'都不是一般人，可要注意形象哟！"

记者这么一说，胡大白觉得确实有道理，但她平时还真不重视穿衣打扮，真没有可换的衣服。

焦急中，记者脱掉了自己的外衣递给胡大白，说："胡校长，您穿上试试，看我这件合不合适。"

胡大白穿上试了试，大小正合适，两位记者都觉得挺好，便决定让她穿着这件衣服接受采访。女记者还特意从随身携带的包里拿出自己的化妆盒，临时给她化了点淡妆，形象确实大有改观。

如果不是亲眼所见，谁也不会相信，一个万人大学的校长，穿着会如此随意，接受采访还要借别人的衣服穿。

经过室内试镜、室外试镜、采访胡大白、拍摄校园面貌，专题片终于拍完了。

11 月 28 日清晨 7 点，中央电视台《东方时空》节目播出，胡大白成为这天的"东方之子"。

电视画面里，一轮喷薄而出的太阳刚刚离开地平线，燃红了东方的天空，激活了无限的遐想。这是黄河科技学院的徽标图案，通过电视呈现在荧屏上，凸显出更强的冲击力。接着，端庄大方的胡大白出现了，面对全国观众侃侃而谈——

在节目中，胡大白回忆了她从病榻上站起来、白手起家的办学历程，讲述了一个自考辅导班发展成全国著名民办高校的曲折故事，解读了“开拓、拼搏、实干、奉献”的“黄科院精神”。她说：“开拓，就是敢想敢干，敢为天下先；拼搏，就是要像中国女排那样，拼尽全力，博取胜利；实干，就是要自己动手干事业，吃别人吃不了的苦，受别人受不了的累，坚忍不拔；奉献，就是要有报效祖国、奉献社会的思想，为国办教育，为国学习。”

“黄科院精神”是胡大白在长期办学实践中归纳总结出的宝贵精神财富，是黄河科技学院校园文化的基石，必将在黄河科技学院一代代传承下去，成为学院发展壮大的精神法宝。

胡大白用特有的睿智、生动的语言，给全国观众呈现了一个蓬勃发展的黄河科技学院，展示了她个人的思想境界、拼搏精神和人格魅力，受到了广泛赞誉。

这次访谈后，胡大白也对黄河科技学院的未来发展进行了深入思考，逐渐厘清了思路，形成了更具远见卓识的战略构想。

◇相关链接

▲ 1991 年 10 月 17 日，国务院发出《关于大力发展职业技术教育的决定》。根据当时我国经济社会发展需要，明确了职业技术教育的发展任务。

▲国际奥林匹克数学竞赛创办于 1959 年，有“数学世界杯”之称，在世界上影响很大。1992 年在莫斯科举办的第 33 届竞赛中，中国代表团获得团体总分第一的好成绩，6 名选手全部获得金牌。他们分别是：郑州一中的杨保中（胡大白的儿子）、南京师大附中的沈凯、哈尔滨师大附中的罗炜、安庆一中的何斯迈、北京大学附中的周宏和成都七中的章寅。

▲ 1992 年 10 月 12 日至 18 日，中国共产党第十四次全国代表大会在京召开，江泽民作题为《加快改革开放和现代化建设步伐，夺取有中国特色社会主义事业的更大胜利》的报告，提出要把教育放在优先发展的战略地位，鼓励多渠道、多形式社会集资办学和民间办学，改变国家包办教育的做法。

▲ 1995 年 3 月 18 日，第八届全国人民代表大会第三次会议表决通过《中华人民共和国教育法》，并很快颁布，自 1995 年 9 月 1 日起施行。

第四章　一切为了学生

黄河在一路奔流的过程中，慷慨地灌溉着农田，滋润着土地，让万物茁壮成长，在养活千家万户的同时，装点着美好河山。人们常把黄河称作母亲河，因为她有着像母亲一样的胸怀，总是在不断地付出，并在付出中欢乐前行。

胡大白在办学过程中，无私地为学生服务，为国家培养人才，在办起全国第一所“民办本科大学”的同时，也得到了“对学生最负责任”的赞誉。学生们常喊她“胡妈妈”，因为她像妈妈一样关爱学生，帮助学生，并在“爱”的过程中收获着“爱”。

◇扶困济残

1996年2月3日，云南丽江发生7级强烈地震。一时间，墙倒屋塌，近2万人伤亡，无数人无家可归，几乎所有学校都遭到了破坏。

胡大白看在眼里，急在心里。学生们不知什么时候能复课，即使复课也无法恢复正常的教学秩序，更别说有些同学可能会在地震中受伤甚至致残。尤其是面临高考的毕业班学生，高考成绩势必会受到严重影响。她暗暗决定，一定要帮帮这些孩子。

正如胡大白所担心的，丽江第一高中的刘延梅陷入了困境。

地震时，刘延梅被倒塌的墙压倒，部分身体埋在废墟里，在同学们的帮助下才逃了出来。她不顾受伤的身体，强撑着赶回家，却发现家里的房屋全部倒塌，变成了一片废墟，父亲也不幸遇难。

家没有了，学校没有了，教室也没有了，刘延梅觉得人生顿时昏暗起来，眼前一片茫然。

不久之后，她突然听说了一个消息，黄河科技学院向她们抛来了橄榄枝，高三应届毕业生可以免费到黄河科技学院上学，直至毕业。她震惊之余激动不已，从绝望中又看到了希望。

这一消息在丽江的高三学生间快速传播着，像地震一样让学生和家长们震惊。不同的是，地震毁灭了他们上大学的希望，这一消息却给他们带来了新生。

在学校老师的关心和推荐下，黄河科技学院录取了刘延梅等三名学生。

刘延梅捧着录取通知书，激动得热泪盈眶。

这时，在离黄河不远的武陟县詹店镇王庄村，一位名叫王春芳的残疾人正在痛苦中煎熬。

王春芳有先天性身体缺陷，已经 18 岁了，身高却不足 70 厘米，被人称为“袖珍女”。初中毕业后，她因为残疾没能升学，只能在家里待着。在很多人眼里，她就是废人一个，可她不想向命运低头，不想成为家庭的负担、社会的累赘，便千方百计寻找属于自己的路。

她首先想到的是自学高中课程，但尝试后觉得难度很大，有疑难问题也没人可以咨询。她想到了二叔家比她小 1 岁的堂弟正在上高中，如果能到二叔家去，让堂弟放学后给她进行一定的辅导，那就容易多了。于是，她写了一封信给二叔，说明了她的情况和想法。二叔很快回了信，直接表示了拒绝。当时，二叔一家刚到商丘安家不久，一家四口挤在两间小平房里，很难再住下一个人，她理解二叔的拒绝，只能默默地流泪。

后来，她又想到了学医。她有个堂叔在濮阳做医生，她便给堂叔写信，希望堂叔能给她提供一个学医的平台，学点一技之长，可堂叔也拒绝了她。堂叔回信说：“学医不是简单的事情，而且，你的身体条件，不太适合当医生、护士。”

一次次的失望让她越来越绝望，甚至觉得无路可走了。她想到了死：这样活在世上，还有什么意义呢？

就在这时，她从收音机里听到了胡大白的声音，听到了胡大白理解残疾人、愿意帮助残疾人的承诺，她的心头又燃起了一缕希望的曙光。

看似平常的一次广播，却间接地改变了王春芳的人生，让她至今念念不忘、记忆犹新。后来，她写了一篇文章，详细叙述了当时的具体情况和那段时间的心路历程——

1996年7月的一天，我像往常一样无事可做，就摆弄收音机，看能不能找个自己喜欢的节目。在调台的过程中，我突然被一个非常有亲和力的声音吸引住，停下来仔细一听，原来是在介绍学校的相关信息。那时，前面的内容我没有听到，只听这个声音在说，她非常理解残疾人的心理，残疾人和正常人一样，也有自己的理想，也希望接受高等教育，她愿意给所有残疾人提供一个能够平等学习的机会……听到这些，我的心跳加速，激动得不能自已，就像天上真的掉下了馅儿饼砸到了我头上，让我浑身热血澎湃。于是，我就认真听着里面说的每一句话，希望知道是什么学校，知道说话的老师叫什么名字，可是听到最后，我都没听到这些信息。最后，我只能记下了广播电台的通信地址……

听完节目后，我的内心再也不能平静，好像看到了未来的一线希望。但是，强大的自卑感又让我害怕这线希望变成失望，因为我已经不止一次地失望了。难道这种幸运真的会降临到我身上吗？我的身体情况和别的残疾人是不一样的，他们至少有正常的四肢或者正常的身高，可我呢？我的身体是如此不堪，学校能要我吗？我符合学校招收的残疾人的条件吗？……我的心里有无数个疑问，特别害怕自己只是好梦一场，但心里的另一个声音告诉我，机会掌握在自己手里，哪怕只有一线希望，也要去努力争取一下。于是，我就决定给在广播里介绍情况的校长写封信。我只听到她好像是校长，姓什么我不敢确定，我也不知道学校的地址，但那时我唯一能做的只有写信，只有把信寄给主持人，让主持人帮忙转交。

我在激动而忐忑不安的复杂心情下，开始给校长写信，一边写一边流泪。我在信里写了我的所有情况，包括我的身体、我的身世、我的理想、我的抱负……我告诉校长，尽管我身材矮小，不能像别的孩子一样下地帮助家人干农活儿，但我在家也努力做着自己能做的，从小学一年级就开始帮家人做饭、洗衣，哪怕有很多的不便和困难，也尽一份自己的力，也是对父母养育之恩的回报。可是，我不甘心这辈子就这么碌碌无为地消耗掉自己的生命，我的身体条件注定了我不能下地劳动，可我不想成为家人的负担和社会的累赘。我也希望能接受高等教育，渴望能成为自食其力并对社会有用的人……就这样，我写了长达十几页稿纸的信，同时附上一封给电台主持人的说明信，希望她能帮我转交，并希望收到信后能在节目中说明一下，告诉我收到了信。

之后，就是一天天难挨的等待时间，我总觉得时间过得无比漫长。可是，一个星期过去了，两个星期过去了，我每天都守着那个广播，却没有听到任何消息，心里感到无比的难受，就好像一根救命稻草慢慢从手中往下滑落。转念间，我又想，会不会是电台没收到？这也是有可能的。于是，我把信重新写了一遍，又寄了一次。这次，只过去了一周的时间，我终于在收音机里听到了主持人说我的名字，她还说，她收到了我的两封信，还说一定会把我的信转交给胡校长。那一刻，我禁不住流下了激动的泪水，感觉就像在做梦一样。

在等待学校回复的时候，我在后来的一次节目中，又听到胡校长做客节目现场，这一次我得以记下了学校的电话号码。我迫不及待地想联系到胡校长，想知道我究竟符不符合上学的条件。当时我们全村也就有一两户人家安装电话，我就让我爸带我去打电话。电话里，接电话的老师说让我到学校看看，老师说话时语气轻柔，很有亲和力，就像一股暖流涌入我的心田。那一刻，我的内心激动极了。

不久，王春芳收到了胡大白的亲笔信。信很短，除了几句关心鼓励的话，就是邀请她到校学习。她如获至宝，如同拿到了学校的录取通知书。

这时，王春芳心里已经有了底，便赶紧拿着胡大白的信向父母报告。

父母听说女儿又可以上学了，也都很高兴，但又担心她的身体，担心学校是不是真的会接收她，有些迟疑。

王春芳以为父母怕花钱，便请求说："爸、妈，就让我去上学吧！学费算我现在借你们的，等我毕业了，能工作挣钱了，就还给你们。"

爸爸看女儿如此坚决，便抱着试试看的态度，带王春芳来了郑州。

在学校门口下了公交车，王春芳不好意思地说："爸，还是您背着我进学校吧?!"

当时，王春芳心里很自卑，她怕别人看到她的身材及蹲着走路的样子，怕别人把她当成怪物一样看。她从来没有离开过村子，没有勇气面对这外面的世界，面对这些高素质的陌生人。

爸爸理解女儿的心思，便背上女儿走进了学院招生办公室。

三位老师都说着普通话，热情地招呼他们坐下，并拿来招生简章让他们选专业。其中一位叫程晓林的老师还热心地为她当"参谋"，根据王春芳的身体情况，结合以后的就业形势，建议她选择计算机专业。

就在他们选专业时，一位慈祥、和善的中年女老师来到办公室，三位老师都跟她打招呼，称她"胡校长"。

王春芳一听胡校长说话，声音和她在收音机里听到的一样，顿时激动不已，不知该说什么好。

胡校长蹲下来，热情地握着王春芳的手，问寒问暖，并鼓励她说："没事，你这种情况，不影响上大学。"

"胡校长，太感谢您了。如果不是听到您在广播里说的，我就只能待在家里，什么也干不成。"王春芳说着，眼泪又流了出来。

"我理解。你看，我也是残疾人。"说着，胡校长挽起袖子，让王春芳看她身上的疤痕。

王春芳看着胡大白，顿时觉得不好意思起来，赶紧擦干了眼泪。

另一位老师问：“春芳是不是高中毕业？”

王春芳摇摇头：“我是初中毕业。”

“你那封信，写得不像初中生。”胡大白说。

听着胡校长和老师们亲切的话语，王春芳觉得很温暖。

后来，胡校长有事出去了，他们继续选专业。王春芳接受了程老师的建议，选择了计算机专业。

程晓林老师带他们去办手续时，王春芳还想让爸爸背着。程老师问她：“你自己能不能走？”

王春芳鼓起勇气说：“我能走。”

“那你自己走好吗？”

“好。”王春芳便让爸爸在这里等她，自己走着和老师一起去交费。

程老师看到王春芳走路的情况，鼓励说：“这不是挺好的吗？不用不好意思。”

就这么简单的一句话，顿时给了王春芳巨大的勇气和力量，她再看前面的路，仿佛步步都布满了阳光，充满了希望。

当天下午，班主任张松炎老师给王春芳安排了宿舍，并带她看了学校的生活设施。看过食堂和水房，她的心情不由得再一次沉重起来，她的身高不够，没法提着水壶去打开水，也不能到水房去洗漱洗衣，更不能到食堂去打饭，因为那些地方有点高，她够不着。

班主任把她送进宿舍后又出去了，她想起日后生活中的诸多无奈，不由得流下泪来。不过，她决心努力去克服，实在做不了的再不耻求助，绝对不打退堂鼓。

这时，班主任张老师回来了，并带来了 4 位女生，微笑着说：“你不用担心以后的生活问题。胡校长已经安排了，让这 4 名同学和你一起住，由她们照顾你。”

原来，在胡大白的授意下，张松炎专门安排 4 个同学从楼上搬下来，帮助王春芳。这 4 个同学都和王春芳同班，又住一个宿舍，可以同吃同住同学习。

“我来到这里，就像来到一个无比温暖的大家庭。这里有像父母一样的领导和老师，有亲如兄弟姐妹的同学，我深深感到人间自有真情在。”王春芳说。

在这个充满关爱的环境里，王春芳渐渐树立了自信，投入到了如饥似渴的学习中。

1996 年 11 月 9 日是个周末，北风呼呼地吹着，一下子把人们的感觉吹进了冬天。

这天晚上，黄河科技学院综合楼的三楼，正在举办一场音乐演奏会，乐器演奏声、歌声、笑声和掌声不时传出，气氛热烈。

这是一个学生的“专场音乐演奏会”，这是学校第一次给一个学生举办“专场音乐演奏会”。这个学生是何许人？为什么会有如此特殊待遇？

原来，这个学生是一位盲人，名叫耿继涛，高中毕业后被很多大学拒之门外，慕名来到黄河科技学院，从而改变了人生。

来到黄河科技学院后，胡大白和老师们专门研究了他的特长，帮他选择了专业，并号召同学们帮助他。两个班的同学都想照看他，互不相让，学校只得让两个班轮流照顾他，负责他的学习和生活。

冬天到来时，胡大白看到他穿的衣服单薄，就把儿子的毛衣、棉衣拿给他，让他穿得暖暖和和。

在学习过程中，他还积极参加学校的文娱活动，音乐天赋得到了很好的发挥，能力水平也得到了很大提高。他有意办一场个人演奏会，得到了胡大白和学校领导的大力支持。于是，校团委便牵头举办了这场“耿继涛个人演奏会”。

演奏会上，耿继涛边弹吉他边唱歌，一首接一首，一直弹唱了一个多小时。最后，他和丽江地震灾区来的学生杨娟一起，合作了一首《大海啊故乡》，他弹吉他，杨娟倾情演唱，赢得了现场师生的阵阵掌声和欢呼声。

耿继涛虽然看不见，但听到这阵阵掌声，心情还是特别激动。他站在演奏台上，动情地说：“我是一个不幸的人，又是一个幸运的人。我的不幸，是上天夺去了我一双眼睛；我的幸运，是胡校长圆了我的大学梦。在我远离家乡、衣衫单薄的时候，胡校长像母亲一样关心我的冷暖，把她儿子的衣服拿给我穿。她虽然不是我的母亲，却胜似我的母亲，此时此刻，我无以表达我感激的心情，就叫一声‘校长妈妈’吧！”说着，耿继涛深深地鞠了一躬，又深情地说：“校长妈妈，感谢您！”

耿继涛发自肺腑的话语，引起台下全体师生的共鸣，大家伴着兴奋和激动的泪水，报以雷鸣般的掌声。

胡大白走上台。耿继涛一边喊着“校长妈妈”，一边向胡大白鞠躬，并向她敬献了他亲手制作的花篮。

胡大白接过花篮，激动地说：“孩子，我接受了。”说着，她把花篮递给旁边的人，上前拥抱了耿继涛。

面对这激动人心的场面，大家纷纷感叹：“母子情深，莫过如此。”

多年来，胡大白特别关爱困难学生，尤其是残疾孩子，总是力所能及地为他们提供上大学的机会，并在生活上给予他们关怀和帮助，在精神上给予他们自信和力量。除了刘延梅、王春芳、耿继涛，还有身高不足 1.3 米的仝瑞霞、患小儿麻痹症的张明州、终生离不开轮椅的刘淑慧等 400 多名残疾青年，在黄河科技学院圆了他们的大学梦，学到了一技之长，实现了自身价值，走上了自立自强的人生之路。

胡大白不仅关爱困难、残疾学生，对普通学生也是倾注了母爱和师爱。她提出了“以学生为中心，一切为了学生”的教育观点，要求教职工必须树立扎实的服务理念，为学生的学习、生活乃至走出校门后的就业着想，并形成了“以就业为导向”的教育思想。

◇以就业为导向

1997 年 3 月的一天，胡大白把管理科的李玉平叫到办公室，商量一件她思谋已久的大事。

胡大白开门见山：“这届的学生很快要毕业了，就业形势怎么样？”

李玉平实事求是地向校长汇报：“矛盾很突出。事实上，从去年公办院校不包分配开始，大量公办高校毕业生涌入人才市场，间接影响了我校毕业生的就业率。”

“我也一直在考虑这个问题。因此，我想把人才市场引到咱们学校，不知有没有可行性。”

李玉平知道，早在 1985 年，学校就和郑州市人才交流中心签过合作协议，联手向社会推荐学生，但随着形势的变化和学生人数的增加，旧的运营模式已经跟不上发展的步伐，毕业季临近，校长又开始为学生就业的事操心了。他还知道，校长提出的想法，都是经过了深思熟虑，而且一旦提出，没有办不成的，便信心满满地说：“这是件多方共赢的好事，应该有可行性。”

“将人才市场引进高校，不要说在河南，就是放眼全国，也是前所未有的。咱们不能凭空臆想，要充分调查研究。”

“校长想得周到。不过，咱们学校已经有了无数个第一，再得一个第一也完全有可能。”

“那好。你负责了解一下人才市场的情况，越快越好。”

李玉平接受了任务，就赶紧去打听。他和同事先后到河南省人才市场、郑州市人才市场，到人才中介等相关单位，考察了其运行模式、措施及办法，并与省人才交流中心达成了有关协议。

河南省人才交流中心的领导对此事也很重视，孟庆华主任专程来了一趟黄河科技学院，与胡大白洽谈合作事宜。双方商定，省人才交流中心在黄河科技学院设立分市场，主任由中原人才市场委派一位副主任担任，并派一名工作人员在学校办公，副主任可以由黄河科技学院委派。

4 月 6 日，中原人才市场航海路分市场正式在黄河科技学院挂牌。河南省人事厅副厅长刘连超、省人才交流中心主任孟庆华、郑州市人大常委会原副主任彭甲戍、市人事局局长谷秀峰、市人才交流中心主任吕进才等领导出席开业盛典，黄河科技学院数千名师生到场庆贺。

在热烈的掌声中，胡大白和刘连超副厅长一起，为“分市场”揭牌。这是省人才交流中心向下委派的第一个分支机构。

根据省人才交流中心的意见，中原人才市场航海路分市场立足市区西南部的人力配置，为西南区域的高校毕业学生服务。事实上，这个市场主要服务对象是黄河科技学院的毕业生。他们的日常工作就是建立人才库，对各类人才进行登记、筛选、推荐，对学生进行就业指导。每周的周六、周日接受用人单位招聘，并不定期举办招聘会，向社会推荐人才，也可为毕业生办理人事代理等。

不久，这个人才市场就召开了一次大规模的人才招聘会，到会的招聘单位有200多家，求职的大学生达到7000多人，把学院的校园挤得水泄不通。

虽然有了人才市场，胡大白仍全力推动学生就业工作，亲自对学生进行就业指导。

人才市场提供专门的就业指导规划，主要内容有就业前心理准备、就业形势分析、就业技巧技能、当年就业政策及大学生修养课，胡大白亲自讲“大学生修养课”。

在一次授课结束时，现场学生们都被胡大白讲的课所感染，许多学生纷纷表达对胡大白的钦佩、崇敬乃至感恩。一个女同学对胡大白说：“胡校长，我虽然经常看不到您，但通过您对学校各项工作尤其是就业工作的安排，已深深地感受到您对学生的一片关爱之情。我很快就毕业离校了，以后就不容易见到您了，能否允许我在此表达一下对您的爱，像耿继涛一样叫您一声‘校长妈妈’？”

胡大白激动地点点头，这个女同学甜甜地叫了一声“校长妈妈”，现场响起了雷鸣般的掌声。掌声中，很多同学都激动起来，情不自禁地同时喊起“校长妈妈”。

胡大白热泪盈眶，不停地向同学们招手致意。学生平静之后，她语重心长地说：“你们都是我的孩子，我会千方百计安排好你们的就业，会像你们的父母一样关爱你们的。”

现场许多师生都流下了感动的眼泪。

◇竭力改善办学条件

1997年，国务院出台了《社会力量办学条例》。其中，第43条规定："教育机构清算后的剩余财产，返还或者折价返还举办者的投入后，其余部分由审批机关统筹安排，用于发展社会力量办学事业。"

胡大白看到这条规定时，心情很复杂。她很清楚，这条规定的意思是说，学校不办了，如果偿还债务之后还有盈余，就返还或者折价返还创办人的投入，让其保本或者少赔，但不能从中盈利；如果学校办不下去了，创办人可能就血本无归。她也知道，国家出台这条政策的理由，是怕民办学校企业化，是怕个别民办学校只顾赚钱，背离教育事业发展的根本方向。可是，她不能理解，自己辛辛苦苦地投资办教育，不但投资没有回报，还可能倾家荡产，那也太不公平了。

在一次以"营造民办教育发展良好环境"为主题的座谈会上，胡大白坦率地发言说："民办教育资产属于学校所有，不属于创办人，但学校一旦遇到风险乃至破产倒闭，却要由创办人承担，这不够公平。许多民办学校创办人投入资金，最起码应该有一定比例的资产属于创办者，就算是对他们所作贡献的奖励。当然，承认一定比例的资产属于创办者所有，并不是让创办者拿走，而是作为投资继续放在学校里，继续对教育投入，把更多的精力和财力奉献给学校。"

胡大白的发言引起了广泛的共鸣，大家纷纷表示，政策如此限制，只能减少投资，勉强达到招生条件就行了。

有个大学校长甚至说："以后不敢在硬件建设上花钱了，校舍能租就租，老师现聘现用，办一天算一天吧。"

胡大白办学的初衷是"一颗红心，不求回报"，没考虑过个人的权益，这个政策对黄河科技学院基本没有什么影响。他们仍然"滚动发展"，有盈余就投资，没盈余贷款也要投资，不遗余力地改善办学条件。

这年初秋，西安外事服务培训学院的创办人黄藤来到郑州，特意拜访了胡大白。

在交谈中，黄藤向胡大白请教道："胡校长，您说说，我那学校的教学楼还建不建？建吧，花我自己的钱，建起来却不是我的；不建吧，老让几千名学生到处'打游击'，也不是长久之计。"

胡大白沉吟不语，不知该怎么回答这个问题。她答非所问地说：

“黄院长，我先带您在我们校园里转转吧。”

这时，黄河科技学院佛岗校区的500亩土地上，校园建设正进行得如火如荼，一幢幢教学楼、宿舍拔地而起，占地4000平方米、可容纳5000人的大型体育场也刚刚建成，图书信息大楼正在规划建设中……胡大白介绍说：“我们这个图书信息大楼准备建12层，图书馆占5层，档案馆占1层，其余6层作为实验教学用房。有了这个大楼，我们就有了现代化的图书馆、档案馆、实验中心、语音室、电教室等，黄河科技学院就更像个大学了。”

“胡校长，您真是大气魄、大手笔！我要好好向您学习。”

胡大白语重心长地说：“黄院长，您要真是把办教育当成一项事业，那教学楼就该建。否则，您就看着办吧。”

听了胡大白的劝说，黄藤回到西安就甩开膀子大干起来，使西安外事学院的硬件建设也有了突飞猛进的发展。

1998年初，胡大白当选为河南省人大代表，并参加了省九届人大一次会议。

在这次会议上，时任省长马忠臣作了《政府工作报告》。马省长指出，“(我省)部分企业生产经营困难，下岗待业人员增多”，要求“建立和完善再就业服务中心，为下岗职工提供职业培训、职业介绍、就业指导等项服务”……胡大白听后受到了很大的触动。尤其是省长讲到全省有65万名下岗职工时，她想起自己烧伤后躺在床上的情景，并联想到多少家庭的多少姐妹都无事可做待在家里，心里很不是滋味。

在省长作报告的过程中，胡大白就暗暗作了一个决定，帮一帮这些下岗的姐妹，为她们免费培训，让她们有重新上岗的机会。

于是，在河南省妇联的支持下，黄河科技学院和郑州市妇联合作，创办了“郑州市下岗女工再就业培训基地”。胡大白主动走访了郑州市总工会、劳动局等部门，协商培训下岗女工的具体事宜，也得到了各部门领导的重视和支持。有位领导兴奋地说：“由谁来对下岗职工进行培训，我们正为此发愁呢，想不到学校领导找上了门。”

4月16日，“郑州市下岗女工再就业培训基地”正式挂牌，河南省妇联副主席李萍、郑州市妇联主席张淑芬参加了挂牌仪式。

胡大白介绍了关于培训基地的设想："我们和市劳动局及有关部门达成协议，把培训和劳动局的再就业安排、技术等级考核结合起来，培训合格就可获得国家承认、劳动局颁发的技术等级证书；还要和中原人才市场航海路分市场联系，把学员情况提供给他们，请他们提供就业信息，帮助在市场上择业。总之，把培训和再就业紧密结合起来。"

张淑芬主席听完介绍，兴奋地说："胡校长想得太周到了，我代表郑州市的下岗姐妹们感谢您！"

"不用谢。我觉得，再就业工程不只是党和政府的事，也是我们大家的事。高校在再就业工程中，尤其在下岗职工培训方面，具有得天独厚的优势，只要有责任感，一定能把这件事办得漂漂亮亮的！"

李萍副主席感慨地说："如果郑州的高校领导都像胡校长一样，那我们就不用发愁了。"

挂牌仪式结束后，胡大白陪两位领导去教学楼四楼教室和五楼计算机教学中心，看望了首期接受培训的160名下岗女工。

在四楼的财会班里，大部分学员都在座位上做作业，讨论着学习内容，那份认真劲儿，很容易让人误认为是功课繁重的学生。时任学工部主任胡翔介绍说："这个班的学员大多是制药厂、橡胶厂、皮鞋厂等工厂的下岗女工，家距黄河科技学院都比较远，最远的要骑车一个小时，但没有一个人迟到。"

恒鑫公司的下岗女工王春说："我已经40多岁了，在单位就是因年龄大被裁，到社会上找工作就更难了。如果有一技之长，别人不能干的我能干，应该就好找工作了，还可能找到比以前更好的工作！"

来自中原制药厂的王女士和李女士都是大学毕业生，素质比较高，下岗后也有地方要，但工作不太理想。她们想通过这次培训，学一些财会知识，"心里就更有底，路也会宽得多"。

五楼的计算机教学中心也很寂静，只有嗒嗒的键盘敲击声，这里有100台电脑，80余名学员正在学习文字的录入、编辑、排版等。第二橡胶厂的下岗女工张冬梅说："这里的老师很负责，我们以前没接触过电脑，记忆力也不行，但老师们百问不厌，特别有耐心。社会上办的计算机班也挺多，每期不足10天，都得交一二百元，老师也没这么负责，场地也没这么好。我们在这里学习全免费，中午学校还免费提供休息的地方。”

搪瓷厂下岗的李女士充满感情地说：“据我了解，本校的学生，上机的机会每周也就一两次，我们可以天天上机，不好好学习的话，对不起学校，也对不起社会。”

经过40天的培训，下岗女工们都掌握了一技之长，很多女工重新走上了工作岗位。

时任郑州市市长陈义初听说这件事后，专程来到黄河科技学院，了解下岗女工的培训情况，并看望了正在接受培训的女工。他由衷地称赞胡大白：“你为社会、为下岗女工做了一件大好事。”

后来，河南省妇联、劳动厅及郑州市政府分别授予黄河科技学院“再就业工作先进单位”称号，授予胡大白“三八红旗手”“巾帼创业带头人”称号，对她关注下岗女工的做法给予了充分肯定。

1998年4月的一天，胡大白在校园里遇上了档案室主任刘华莲。

档案室几个月前通过了省档案局的验收，被评为“河南省一级档案室”，胡大白兴奋地说：“刘主任，您不愧是档案专家，很有思路，很有办法，在这么短的时间里，就让咱们的档案室达到了省里的一级，感谢您呀！”

刘华莲笑着说：“胡校长，这要感谢您和学校领导们的支持。”顿一顿，她话锋一转，又说：“省里的一级虽然也算不错了，但放眼全国，距离高标准差距还很大。”

胡大白听出了刘华莲的意思，不由得为之一振，急忙问：“刘主任，您有什么想法？”

刘华莲目光灼灼地说：“胡校长，如果您支持，我想再争取国家级。”

“那太好了。说实在的，省级我也不满足，咱俩不谋而合。”胡大白兴奋地说，“我全力支持。你说说，国家级有什么标准？需要我怎么支持？”

“国家级也分两级，一级和二级。您说咱们申报哪级？”

“咱申报一级。如果达不到，再说二级的事。”

“这也是我的想法。可是，要申报国家一级，条件可就高了。”刘华莲卖了个关子。

胡大白一笑：“我刚才说了，全力支持。要人给人，要钱给钱。”

刘华莲也笑着说：“这次，还得要房。”

“要房就给房。走，咱俩现在就去看房子，你需要多少就给多少。现在离放假还有两个多月，你选好了，一放假就可以按你的要求改造。”

刘华莲激动不已：“太好了，有您的大力支持，咱们档案室离国家级已经不远了。”

两个人说走就走，一起进了综合楼。胡大白觉得四楼的一个大教室比较合适，就直接带刘华莲去了四楼。

刘华莲看了大教室，频频点头：“这间确实很好！不过，还需要几个配套的房间。”

“需要几个？”

刘华莲算了算，犹豫地说：“七八个吧！”

“好！那就给您8个。”说着，胡大白立即给后勤处处长打电话：“档案室需要扩大面积，按照刘主任的意思，在四楼调整出一个大教室和8个房间，供档案室使用。尽快装修，8月底投入使用。”

谈笑间，一件大事就这样定了下来。

两个月后，整修一新的9间房子交付档案室。刘华莲对照档案管理国家标准，调整了分类方案，修订了工作制度，建立了校史展览室，完善了荣誉档案，实现了计算机档案管理，配备了柜式空调、报警器、温湿度计等，整体建设水平上了一个大台阶。于是，档案室也升级成了档案馆，刘华莲任馆长。

时任河南省档案局副局长胡绍华来校检查指导档案管理工作时，用18个字总结概括了学校的档案工作：观念新、机制活、起步难、起点高、发展快、前景好。他认为，学校档案管理工作在达到“省标”的基础上，已经具备了申报“国标”的条件，要尽快达到“国标”。

1999年，黄河科技学院档案馆通过测评验收，受到国家档案局的表彰，被评为“科技事业单位档案管理国家一级单位”。黄河科技学院档案馆成为河南省科技事业单位中唯一的“国家一级”，也是全国民办高校中唯一的“国家一级”。

再后来，图书信息大楼建成后，档案馆又一次搬迁，办公面积也升级到1100平方米，占了整整一层楼，硬件和软件水平也都得到进一步提升，成为全国著名的高校档案馆之一。

◇更上一层楼

1999年4月，胡大白接到通知，到北京参加教育部组织的一个座谈会，议题主要是民办教育、职业教育的发展。

参加会议的人并不多，但规格和层次很高，时任教育部副部长张保庆、中华职教社副理事长王明达等领导到会听取了大家的发言。

胡大白不仅在会上发表了自己的意见和建议，还在会议间隙与张副部长进行了深入交流。她直来直去地问张副部长：“现在，国家提出要形成公办学校和民办学校共同发展的格局，您觉得民办学校可以占到多大比例？”

张副部长略作思忖，为难地说：“这个，我觉得不太好说。”

“您是政府官员，不能轻易表态，这我理解。那我来说，您看我说得有没有道理。”

“那你说吧。”

“我认为，民办学校至少要占20%到30%。比例太低，就只能算是个补充，谈不上共同发展。”

张副部长点点头：“有道理。”

“我还认为，既然说共同发展，就应该放宽学历教育的限制，允许民办高校施行本科教育。”

张副部长说：“现在政策还没下来，但有希望。”

胡大白听张副部长这么说，不由得兴奋起来，之前领导们都对这个话题避而不谈，这算是她听过的最乐观的说法了，说明政策可能有松动。她兴奋地说：“真的有希望吗？那太好了。”

“或许很快就会有消息，最近你多留心点吧。”

果然，6月15日至18日，第三次全国教育工作会议在北京召开，时任中共中央总书记江泽民、国务院总理朱镕基出席会议并发表了讲话。江泽民对社会力量办学给予了肯定，朱镕基更是明确指出："有条件的民办高校，可以办普通本科……"

最高决策层的声音，加速了政策的出台。仅仅过了一个星期，胡大白就得到了明确的好消息。教育部的一名工作人员给她打来了电话："胡校长，你不是一直想升本吗？有政策了，赶快申报吧！相关文件很快下发，申报材料要在9月30日前报到教育部。"

胡大白放下电话，就立即找杨钟瑶商量，并召集校领导开会研究，决定成立"升本领导小组"。胡大白任组长，主要负责与教育部、省教育厅等政府部门的联络沟通，以及申报材料的撰写；杨钟瑶等其他校领导分别负责办学条件的考核准备，迎接各级专家的考察；领导小组下设若干个工作组，围绕各项任务迅速开展工作。

接着，学校召开了"申报本科"动员大会，胡大白在会上作了总动员。她在讲话中指出："我们在战略上藐视困难，因为经过五年的准备，我们的软硬件条件基本达到标准，我们有信心；同时，在战术上重视困难，因为社会对民办高校升本可能会有不理解、不支持，可能会有各种想得到或想不到的挑战。只要我们重视起来，齐心协力迎接困难和挑战，我相信事情一定能办成！"

动员令发出了，冲锋号吹响了，胡大白一马当先，投入紧张的准备工作中。

尽管大致知道申报的程序，但由于正式文件还没拿到，对申报的原则、要求、评审等关键点不太明晰，胡大白为了尽快弄清，特意跑到北京，到教育部学习咨询。

经过详细的咨询，胡大白明确了其中的几个关键点。首先，申报必须通过省政府的考核，由省政府向教育部申报；其次，教育部审核学校的申报材料；再次，教育部派出专家组实地考察，给出意见；最后，全国高等学校设置评议委员会召开评议大会，投票表决。投票通过后，教育部才会根据专家意见和投票结果作出终评决定。

厘清思路后，胡大白便立即投入申报材料的撰写工作。她和杨钟瑶一起，带着材料准备工作组的成员们加班加点，可以说废寝忘食。

有一个星期天，在北区综合楼的四楼，材料小组从下午开始工作，一直到凌晨4点还没有休息。年轻同志大多坚持不住了，胡大白便说："你们年轻人都回去休息吧！"

现任副校长罗煜当时在校办工作，看两位校长没有休息的意思，便劝道："胡校长、杨校长，你们也赶紧休息吧。"

胡大白摇摇头："不行，我还要再看一遍，很多处还不够满意。"

"您太累了，也要多注意身体。"

"我没事。等一会儿还要参加早上7点的升旗仪式呢！你们回去休息吧。"

杨钟瑶也说没事，让罗煜先回去休息。

就这样，胡大白和杨钟瑶一直审阅材料到清晨，参加完升旗仪式，才休息了一会儿。

6月18日，郑州市委、市政府组织了一个由30多位专家组成的专家组来到学校，论证黄河科技学院专升本的必要性和可行性。胡大白向专家们介绍了国家大力支持民办教育发展的政策，介绍了全国民办学校发展的状况，介绍了学校发展情况，并带着专家们在校园里实地考察。

专家们看到学校的规模、面貌和教学设施，都吃惊不小。他们没有想到，一所成立时间不长的民办院校，竟然会发展得这么好。校园占地达500余亩，校舍建筑面积达到了13万平方米，而且教学仪器设备先进，图书资料齐全，还有现代化的体育场和运动器材，都充分达到了教育部的申报标准。

郑州市的论证报告上报省教育厅后，省教育厅又组织了一个专家组来学校考察。专家组组长是洛阳师范专科学校的校长叶鹏，是位很认真的资深教授。

叶组长之前对黄河科技学院也不太了解，考察之初表情有些严肃，态度有点冷漠，让胡大白心里直打鼓。

经过两天的考察，叶组长紧皱的眉头渐渐舒展，态度也发生了明显转变，不仅有说有笑，还经常发出由衷的赞叹。在考察结束后的小型反馈会上，他坦言：“以前对你们不了解，觉得民办高校不过是租几间房子，办点自考辅导什么的，能批专科就很不错了。因此，这次让我做这个考察组的组长，我还有些不乐意。没想到，你们的校舍、图书、仪器设备都这么好，甚至比一些公办高校还好。你们还很重视师资队伍建设，教职工的敬业和学生的勤奋都给我留下了很深的印象，可以说，彻底改变了我过去对民办学校的看法。”

叶鹏组长的话代表了专家组成员的共同心声，大家一致同意为黄河科技学院申报专升本。

初战告捷。河南省政府向教育部申报了 1999 年度专升本院校，黄河科技学院位列其中。

可是，知情人告诉胡大白，申报结果并不乐观。因为，河南省申报了 5 所院校，黄河科技学院排名第五，按惯例，教育部每年给河南省的升本名额一般不超过 2 个，如果经过考察，5 所院校都符合本科设置标准，通常会把名额分配给排名靠前的 2 所院校。

胡大白很着急，可也没有办法。她知道，国家有优先鼓励师范院校发展的政策，河南省申报的另外 4 所院校都是师范院校。好在国家对民办高校的扶持力度也在加大，只能等教育部的考察，用实力去说话。

全校上下铆足了劲儿，准备迎接教育部的考察。可是，又一个消息传来。

原来，在优先发展师范院校的政策影响下，全国各地申报的也主要是师范院校，教育部有位领导便提出，“今年只考察师范院校就足够了，其他院校以后再考察”。

胡大白听到这个消息，顿时有种绝望的感觉。排名靠后还有一丝希望，不来考察那就一点希望也没有了，全校师生前期的准备工作就白费了。

这时，杨钟瑶因劳累过度诱发了心脏病，经医院急救后才转危为安。大家都觉得，为了升本，付出的太多了，甚至付出了健康的代价，如果连考察都不来，心理上太难接受了。

胡大白看着病后虚弱的杨钟瑶，心里油然升起一种悲怆的感觉，几年的争取和努力，大半年的突击准备，难道就是白忙活一场？那也太不甘心了。她内心深处有个声音在高叫：不行！不能坐以待毙！

胡大白冷静地分析后，决定再跑一趟北京，了解情况，争取机会，只是担心杨钟瑶的身体，迟迟未成行。

杨钟瑶理解胡大白的心思，支持她再跑一趟。他说：“我的病没什么大问题，只要坚持吃药，慢慢就好起来了。你只管去吧！”

女儿杨雪梅也支持母亲：“您要出差只管去，家里有我呢！”

杨雪梅心疼患病的父亲，心疼为了事业拼命的母亲，不久前辞去了郑州晚报社记者的工作，回黄河科技学院帮助身心俱疲的父母。胡大白让她从基层干起，先在新闻办公室工作，负责学校的宣传。这是她的老本行，轻车熟路，可以抽出时间照顾父亲。

在丈夫和女儿的支持下，胡大白踏上了行程。

到了北京，胡大白打听到，教育部没有“只考察师范院校”的规定，只是口头上形成的一个意见，不由得稍稍宽心。同时，她还打听到，当年报到教育部的民办高校只有黄河科技学院，这又给她平添了一些底气和信心。她想，只要没有形成文件，就有通融的余地，就算以师范院校为主，给唯一的民办院校开个口子，也未尝不可吧？

胡大白首先找到了教育部发展规划司领导，说明了来意，并分析道：“支持民办教育是党中央的决定，教育部也给了政策，允许够条件的民办高校专升本，现在正在贯彻全国教育工作会议精神，为什么我们申报了，却不能列入考察范围？”

胡大白又找到张保庆副部长，开门见山地问：“部长，不久前开座谈会时，您让我等政策。现在政策果然来了，我们也申报了，怎么又听说不去考察了？”

张副部长笑着说：“我们并没下通知呀！只是各地申报的都是以师范院校为主，我们考察也会以师范院校为主。”

“部长，您一直关心民办教育发展，我们特别想请您去我们学校考察指导，特别希望有被专家组考察的机会。”

张副部长答应道：“我再去河南时，一定到你们学校看看。”

不久，教育部发展规划司领导来到了郑州，在郑州大学作了一场报告，河南省教育界的领导、专家都参加了。

胡大白也应邀参加了报告会。散会后，她立即邀请领导去学校看看。

领导看后感慨道："百闻不如一见。你们学校发展快，有实力，前景十分看好，给我留下了深刻印象。"

胡大白由衷地表示感谢，并表态说："您提出的指导性意见，关系我校的长远发展，我们一定牢牢记取、认真贯彻，全力以赴把学校办好，在民办高等教育发展道路上积极探索，多作贡献，不辜负党和政府的重托和厚望。"

又过了一段时间，张副部长也如约来到黄河科技学院。他看了学校的整体面貌，听了学校发展的历史和工作情况的汇报，也给予了很高的评价，并欣然题词："艰苦奋斗，大有作为"。

两位领导考察后，黄河科技学院被明确列入了考察行列。

1999 年 11 月 5 日，教育部专家组来到了黄河科技学院。

专家组一行 5 人，成员都是全国知名的资深专家。他们做了分工，对学校的办学指导思想、办学条件、师资队伍、行政管理、招生就业、财务状况、社会评价等方面进行了细致考察，给出了"专业有特色、师资队伍雄厚、实验实习条件完备、整体水平高"的评价。

不久之后，教育部常务副部长张孝文又专程前来考察。

在会议室里，胡大白按惯例准备汇报，张副部长摆摆手，打断了她："大白同志，今天我就不听汇报了。我想采取'解剖麻雀'的办法。"

胡大白一愣，没明白张副部长的意思，疑惑地问："解剖麻雀？咋解剖？"

"你们不是申报了六个本科专业吗？我采取抓阄的方式，抓到哪个专业，就详细考察哪个专业的情况，好不好？"

胡大白干脆地说："好！"

抓阄的结果是，张副部长抓到了"电子信息工程专业"。他说："你把电子信息工程专业的主任叫来，我跟他谈谈。”

于是，刚从郑州大学退休、被胡大白聘来担任电子信息工程专业主任的刘玉鄂教授很快来到了会议室，其他人都退了出去。

刘玉鄂进去后，胡大白心里七上八下的，盯着门口等刘教授出来。

等了半个多小时，刘玉鄂终于出来了。胡大白赶紧上前问：“张部长跟你谈的什么？”

刘玉鄂说：“他问我是哪个学校毕业的，为什么要来这里，为什么要申报电子专业本科，怎么办好这个专业，问得很细，还让我拿出电子专业的老师名单，随意点了几个老师的名字，让我把他们叫来。”

“那赶紧把他们叫来吧。”

几位电子专业的老师过来后，张副部长又与他们逐一面谈。

胡大白一直等在外面，从会议室里每出来一个老师，她就赶紧询问谈话情况。几个老师都说，张副部长问得很多、很细，而且非常专业，出乎意料。她知道，张副部长去教育部之前，曾担任过清华大学的教务长，担任过清华大学主管教学的副校长和校长十多年，对教学、管理都非常精通。

谈完话，张副部长走出会议室，胡大白赶紧上前，请求道：“部长，我陪您去校园里转转吧？”

张副部长摆摆手：“不用了。我自己转。”

胡大白一听部长不让她陪，便探寻地问：“您想去哪里转，我让部门领导陪您去吧？”

张副部长有点不高兴了，严肃地说：“我自己转，请学校领导一律回避好吗？”

“好！好！您请便。”胡大白只得答应。

张副部长独自转去了，胡大白心里很忐忑，但也只好和几位校领导去会议室等候。

进了会议室，她想起了什么似的，赶紧抓起电话，给各个主要场所的负责人打电话，要求做好准备的同时，还要及时报告张副部长的行踪及检查情况。于是，不断有消息从各个地方传回来。

张副部长先去了图书馆，翻看了电子专业的图书；又去了实验室，只看电子专业的实验情况。反馈的情况大同小异："张部长看得很认真，问得很仔细。"

回到会议室，张副部长又与几位校领导进行了座谈，问了一些宏观的问题，包括办学思路、办学特色、教学管理、学生管理等。听到胡大白和几位校领导对答如流，他频频点头，表情似乎也缓和了些。

胡大白趁热打铁："部长，您是大教育家，担任过清华大学的领导，我们作为民办高校，差距还很大，请您多多批评。"

胡大白的言外之意，是让张副部长别拿公办名校的标准来考察黄河科技学院，那样的话差距实在是太大了。

张副部长显然听出了胡大白的意思，笑了笑说："你们不要看不起自己。你们的工作很扎实，特别是在教学上，已经可以和211院校相媲美了。"

胡大白不太敢相信自己的耳朵，但看张副部长不像开玩笑的样子，便惊喜地问："部长，您说的是真的？"

张副部长点点头："当然。我解剖麻雀，不是为难你们，而是想看到真实情况，听到真实声音。你们没有让我失望，只要继续努力，学校会有很好的发展的。"

胡大白顿感特别温暖。她原以为这位内行领导会发现很多问题，会提出很多批评和指导意见，没料到只有鼓励，给出的评价还如此之高。同时，张副部长这种鼓励的声音，也增加了她的信心和力量，因为这位领导不仅是教育部的常务副部长，还是第三届全国高校设置评议委员会的主任，他的印象分，对于申报院校的成功与否相当重要。

按照评审工作程序，下一步教育部将组织评审会，全国高校设置评议委员会的委员们进行投票。投票的结果无法预料，而且接受评议的学校不能与委员们有任何接触，只能耐心等待。

◇再夺全国第一

2000年2月初，全国高校设置评议委员会在广州召开评审会，全国各申报院校的领导都来了，河南省五所申报院校的领导也都来了，都住在广州宾馆。可是，评审会却是在广东省委大院里开，院校领导们都进不去。

胡大白和杨钟瑶来到广州后，四处打探消息，却一无所获，只能耐心等候。广州的朋友安排他们去看了市内景区，建议他们再去东莞、深圳等地转一转，胡大白欣然同意。

“我们俩从认识开始，在一起游玩的时间真不多。那时，女儿已经结婚生子（1998 年生了一个儿子），小家庭过得挺好；两个儿子 1996 年都从北大毕业（大儿子硕士、小儿子本科），都获得了全额奖学金去美国留学了。我们俩没有什么负担，也真该一起玩玩了。”胡大白后来回忆说。

于是，他们先后去了东莞、顺德、深圳、珠海等地，感受了改革开放前沿的新气象，眼界大开，心潮澎湃。

终于等来了投票的日子，等来了投票的结果。出乎所有人意料的是，河南省申报的五所高校全部通过了评审，黄河科技学院更是以高票通过。

胡大白和另外四所高校的领导都兴奋极了，甚至可以用“欣喜若狂”来形容。当晚，他们和省教育厅的同志一起庆祝，频频举杯，一醉方休。

胡大白不仅喝醉了，而且是酩酊大醉，最后是杨钟瑶把她扛回宾馆房间的。第二天醒来，昨天晚上的事她忘了个一干二净，杨钟瑶打趣说：“幸亏我在这儿，否则，人家把你扛走了，你都不知道。”

胡大白不好意思地笑了。她由衷地说：“经过了那么多艰难险阻，目标一旦实现，那种幸福感无法用语言来表达，只能喝酒了。痛痛快快地醉一回，觉得一切辛苦都值了。”

2000 年 3 月 21 日，教育部正式发出《关于在民办黄河科技学院基础上建立黄河科技学院的通知》，批准了黄河科技学院实施本科学历教育，成为全国第一所（当时也是唯一的一所）民办普通本科高校。

在 1993 年发布的《民办高等学校设置暂行规定》中有如下条款：“国家鼓励设置专科层次的民办高等学校。设置本科层次的民办高等学校，其标准需参照《普通高等学校设置暂行条例》的规定执行。”因此，民办专科升本是很多学校想都不敢想的。胡大白不但敢想，还努力去做，终于获得了成功。黄河科技学院的升本，是中国民办高等教育发展史上的一座里程碑，为之后许多民办高校专升本提供了经验。

4 月 20 日，黄河科技学院在河南省人民会堂举行晋升普通本科高校庆祝大会，盛况空前。河南省副省长陈全国、郑州市市长陈义初、中央党校学术委员会副主任邢贲思等领导出席了会议，教育部民族教育司司长夏铸宣读了教育部的批文，陈副省长向黄河科技学院师生表示了祝贺，并称赞黄河科技学院为河南增了光、添了彩。

胡大白在发言中总结了办学经验，她讲道——

> 民办高校从诞生那天起，就处于激烈的竞争中。只有站在时代前列，适应市场经济需要，坚持正确的办学方向，培养出大批人才，才能在竞争中立于不败之地。从黄河科技学院的办学实践来看，我们主要解决好了三个方面的问题。
>
> 一是坚持党的领导，建设好领导班子。只有坚持党的领导，才能全面贯彻党的教育方针，把握正确的办学方向，使学校教育服务于社会主义市场经济建设，服务于人民群众，实现办学的社会公益性。搞好领导班子和教职工队伍建设，使领导成员和教职工都有献身民办高等教育的事业心和责任感，有改革创新和艰苦创业的精神，有较高的政治素质和工作能力，这是民办高校生存发展最重要的基础性条件。
>
> 二是坚持科学管理，建立一套好机制。要大胆改革创新，探索出一套适合自身发展的管理模式，形成一套科学高效的运行机制、激励机制、约束机制，以及在办学经费上自我积累、滚动发展的机制。
>
> 三是坚持质量第一，形成一种好校风。必须把提高教学质量当作学校的生命线，以质量求生存，以信誉求发展，树立严谨求实、教书育人的好校风。要把德育摆在突出地位，要加强校园精神文明建设，要从严治教，形成严谨的教风、优良的考风、浓厚的学风，使教师乐教、学生乐学……

胡大白侃侃而谈，有理论探索，有实践做法，深入浅出，掷地有声，赢得了全场的热烈掌声。

会后，胡大白又对这个话题进行了深入思考，写成了一篇题为《论民办高校面向21世纪的可持续发展》的文章，发表在《黄河科技大学学报》2000年第2期上。

◇赴美探亲

成功升本，胡大白和杨钟瑶都松了一口气。可是，前段时间的过度劳累，还是严重影响了他们的健康，紧绷的神经一放松，病魔便找上了身。

2000年5月8日，杨钟瑶突发心脏病，被紧急送往医院抢救，总算有惊无险。

胡大白自己的身体状况也不太好，但她更多的是担心杨钟瑶。去年升本筹备过程中，杨钟瑶就因劳累过度诱发过心脏病，今年1月又犯了一次，这次已是8个月内第三次犯病了，而且每次都很严重，都需要住院急救。

病愈出院时，医生特别叮嘱胡大白："您一定要让杨校长注意休息，千万不能太劳累，否则随时有可能复发。"

胡大白心疼地点点头："听您的，我让他好好休息一段时间，再也不让他加班了。"

回到家不久，杨保中从美国打来电话，说他拿到了博士学位，学校邀请家长参加毕业典礼。胡大白便与杨钟瑶商量："咱去一趟美国吧！一则参加儿子的毕业典礼，二则在那里住一段时间，好好调养调养。"

杨钟瑶点头同意："这些年太忙了，两个孩子在美国，咱们也一直没能去看看。这次正好也有时间，就去一趟。"

确定去美国了，胡大白对学校的工作做了精心的安排。

这时，女儿杨雪梅已经在新闻办公室工作了半年，把学校的宣传抓得有声有色。胡大白了解自己的女儿，也有意培养她，便经常给她压担子，让她做一些其他方面的力所能及的事。

这次，胡大白要和杨钟瑶一起出远门，时间又较长，她便有意考验一下女儿。于是，她让陈勇民副校长负总责，让杨雪梅帮助工作，还让她的两个学生抽空多去学校看看。

这两个学生都是胡大白的得意弟子。一个是郑州大学路派出所的高平所长，另一个是公路段办公室的闫林山主任。让他们两个帮忙，目的除了请他们操心学校的安全及管理，还有就是请他们关注和指导雪梅的工作。

5 月 29 日，胡大白和杨钟瑶一起踏上了赴美的飞机。他们先到了大儿子杨保成住的地方，也就是康涅狄格大学。小儿子、小儿媳也从波士顿来到这里，一家人在这里汇集。

康涅狄格大学位于康涅狄格州。这个州是美国东北部新英格兰地区 6 个州之一，也是美国最富有的州之一，收入和消费都很高。

当地环境很优美，康涅狄格大学的校园也建得特别漂亮，胡大白初到这里时，竟然有种到了世外桃源的感觉。

大儿子和儿媳租了一套房，面积不算大，为了省钱，儿媳还把一间卧室转租给她中学的同学。他们来后，那位同学就到别的同学家住了，让他们住在这个房间里。大儿子还把自己的房间让给小儿子、小儿媳住，大儿子两口子住在客厅。看他们兄弟妯娌之间相处很好，胡大白和杨钟瑶都觉得很欣慰。

第二天，杨钟瑶就让儿子领着他们出去转。他们驱车几十公里，找到了一个购物的商店，在里面逛了半天。杨钟瑶看到摄像机很便宜，只需要 100 多美元就能买一部，高兴得当场就买了一部。他说："我要把这里的建筑拍下来，我们搞建设时做参考。"

回到家，他立即找出说明书看，又对照着说明书实际操作了一番，很快就会使用了。此后，他走到哪儿拍到哪儿，留下了许多影像资料。

在康涅狄格，杨钟瑶根本闲不住。因为住在大学校园里，他没事就在大学里转，把校园里所有能进去的校舍都看遍了，不能进去的也绕着转了一圈，边看边评价建筑的特点，边用手中的摄像机拍摄。

在儿子家，胡大白和杨钟瑶都是争着做饭，做饭的手艺也比儿子们好，很愿意为儿子们做饭，自然争到的机会多。胡大白的手艺比不了杨钟瑶，她便主动给杨钟瑶当帮手，让杨钟瑶当大厨。看着孩子们吃得津津有味，她心里也是美滋滋的。

5 月 31 日，胡大白在大儿子家过 57 岁生日，杨钟瑶为大家摄像、拍照，忙前忙后，兴奋得像年轻人一样。这天晚上，她惊喜地发现，杨钟瑶睡得特别甜，脸上的皱纹也舒展了。她猜想，他是到了这么自然、舒缓、幽静的环境，见到了儿子、儿媳，那颗疲惫的心和紧张的神经彻底放松了。

6 月 1 日，大儿子杨保成开车带他们一起去了海边。蔚蓝的天空白云飘飘，平静的大海一望无际，他俩坐在海边的石头上，相依相偎，久久不愿离开……

当天晚上，他们来到了小儿子杨保中所在的学校——麻省理工学院。杨保中住的是学校的公寓，只有一大间房，带厨房和卫生间，条件还不错。只是杨保中自己也没有床，就是睡在床垫子上，于是他们六个人都打地铺睡，倒也不算拥挤。

6 月 2 日，他们参加了麻省理工学院的博士毕业典礼。主席台设在标志性建筑下面，主席台下是一个大草坪，上面摆满了折叠椅，他们找到自己的位子坐下。典礼非常隆重，来了许多名人，台上还有许多该校的著名教授。典礼开始后，许多人讲话，胡大白听不太懂，但能感受到那种热烈气氛。

典礼结束后，他们去参观了数学系的办公室，和系主任交流了一番，并合影留念。

杨保中介绍说："这里只有一个系主任，是轮流当的。教授们谁都不情愿当系主任，只好轮着当，但只要轮上，还是非常认真负责的。系里只有一个秘书，没别的行政人员了。"

杨钟瑶感慨道："这么著名的大学，这么著名的数学系，行政人员这么精干，怎么会不出成果呢？"

"我也深有同感。看来，我们要思考一下管理问题了。"胡大白附和说。

下午，在一个大礼堂里，举行了授予博士学位仪式。800多名博士毕业生都穿着博士服，戴着博士帽，由校长为每一个人正冠拨苏，场面庄重、感人。

杨保中出现了，穿着博士服、戴着博士帽的他显得成熟而稳重，似乎也帅气多了。看着校长为他正冠拨苏，胡大白激动得流下泪来，杨钟瑶紧紧握住她的手，表情也同样激动。这个小儿子从小就患神经性耳聋，两耳要戴高倍助听器才能听见声音，现在已经拿到世界著名大学的博士学位了，他们怎么能不激动呢！

参加完杨保中的毕业典礼，他们全家去新泽西的海边住了几天。这几天，他们经常在海边散步，去周围的公园或景点参观，还专门买了钓螃蟹的笼子，在海边钓螃蟹。

杨钟瑶很喜欢钓螃蟹，而且很快就发现了规律，能够掌握好潮汐的时间，选择好垂钓的位置和钓饵，很容易就能钓上来。

有一天下午，杨钟瑶钓到了20多只螃蟹。当天晚上，他们吃了一顿螃蟹大餐，杨保成还专门去买了杜松子酒，全家举杯，一起庆祝杨保中提前毕业。

他们在美国度过了35天，参观了许多所大学，也游览了一些风景名胜。他们登上了世界最高建筑之一纽约世贸大厦，见证了它的最后辉煌（仅仅一年后，这座建筑就遭恐怖袭击倒塌了）。他们踏踏实实地在美国休整了一个多月，身体得到了很好的恢复，精神状态也好多了。7月5日，他们回到了中国。

回到家，回到学校，胡大白了解了一个月以来的情况，一切平稳有序，她很高兴。

她还专门把两个学生找来，问他们雪梅的情况。

高平作为派出所的所长，关注的自然是安全问题。他说："小六（雪梅的乳名叫小六）不简单！"

胡大白笑着问："咋不简单了？"

"有一天，我听说学校有人闹事，便赶紧过去。到那里时，风平浪静，原来小六已经处理好了。大大出乎我的意料。"

"她主要负责宣传工作。这事能主动处理，那还真不错。"

"我觉得，她有两个特点，一个是敢管，一个是处理问题思路很清楚。"高平说。

闫林山也对杨雪梅大加赞赏。他说："小六真不错！干什么像什么。"

胡大白说："你给我举个例子。"

"前段时间不是正值招生吗？需要写1万多封信。她召集几个人坐在那儿，提要求说，今天晚上不写完不能走。她和大家一起干，直到全部写完。"

胡大白欣慰地点点头："那确实不错，知道以身作则。"

听了两个学生的话，胡大白对杨雪梅更加信任，继续放手给她派任务、压担子。杨雪梅也总能很好地完成任务，并经常提出建设性的意见和建议。

◇对学生负责任的大学

2000年夏，黄河科技学院开始招录首批本科生，拉开了本科学历教育的帷幕。

站在本科的起点上，胡大白心潮澎湃，她看到了一个里程碑，也看到了过去的曲折向上的道路，但往前看，却觉得有些朦朦胧胧。她思忖，学校虽然基本达到了本科高校的设置条件，但距离高标准仍有较大差距。教育部的批文中还明确写到，要"不断提高教育质量、科研水平和办学效益，尽快建成合格的本科院校"，必须进一步夯实基础，提高办学水平，尽快达到"合格"，在合格的基础上再逐步提高。

胡大白把自己的想法和杨钟瑶一交流，二人不谋而合。

杨钟瑶说："我们虽然升本了，但像你说的一样，离一个好的本科院校还相差甚远，必须逐步提高。"

"是啊！我们首先要向省内一流的公办本科院校看齐。"

"还需要一个更长远的规划。"

"对，我们是国家批准的第一所民办本科高校，应该向全国最好的本科院校看齐，逐步赶超。"

于是，在胡大白的主导下，领导班子进行了认真讨论，黄河科技学院提出了“十六字”办学方针：夯实基础、调整结构、突出特色、提高质量；并制订了一个长期发展规划：用三十年时间，建设全国一流本科高校。

未雨绸缪，志存高远，黄河科技学院的本科教育起点很高。他们找来郑州大学、清华大学的教学大纲，认真进行了分析，并结合实际制定出自己的教学大纲；教材选用教育部评定的优秀本科教材，有郑州大学、河南大学使用的，也有清华大学、北京大学使用的。他们准备用最好的大纲、最好的教材，再安排最好的老师上课，争取培养出最优秀的本科生。

然而，本科教学试行时间不长，问题就出现了。老师们觉得教学很困难，讲来讲去学生们理解不了，直接影响教学计划的完成；学生们觉得学习很吃力，有的甚至完全听不懂，阶段考试成绩很不理想。

对于这种情况，胡大白没预料到。但经过调研，她发现了问题的症结。本科专业的课程设置、选用教材，客观上并不适合学生。因为黄河科技学院招收的这些学生，高考分数普遍比较低，底子薄、基础差，最好的大纲和教材并不适合他们。

这段时间，胡大白很苦恼。她知道，照搬名校甚至一般公办院校的模式行不通，必须改革。然而，他们是全国的民办本科第一家，并没有经验可以借鉴，只能在学习研究中创新，寻找适合自己的路子。

有一天，女儿杨雪梅兴奋地来到校长办公室，对胡大白说：“妈，我有个好消息告诉你！”

胡大白脸一沉：“在办公室，叫校长！”

“校长，有条新闻有点意思，但不在我工作范围内，还是不说了吧！”雪梅故意卖关子。

胡大白知道，杨雪梅在媒体工作过，对新闻的敏感度很高，一定是发现了很有用的经验材料，便催促：“快说。”

杨雪梅拿出一张报纸，放在了办公桌上：“校长，您自己看吧。”

报纸上刊登了一则通讯，内容是湖北一所综合性大学所属独立学院改革的事。原来，这个独立学院遇到了与黄河科技学院同样的问题，刚开始积极向母体看齐，教学效果却不好，后来便撇开母体，制定了自己的教学大纲，大幅度调整了教学计划、课程及教材，着力培养应用型人才，获得了成功。

胡大白看完这篇文章，顿时产生了“拨云见日”之感，茅塞顿开。古有孔子“因材施教”，如今有公办院校培养应用型人才，黄河科技学院也必须找出一条最适合自己的道路，而不是盲目地跟在名牌大学后面跑。

为了更好地了解情况，学习经验，学院派人专程赴湖北考察学习。在得知上海一所名牌本科院校的办学定位也是培养应用型人才后，他们又专程赶往上海调研取经。

在上海，他们观摩了这所名牌大学的实训场地，看到了人家的现实做法，受到了很大的启发，头脑里也渐渐形成了自己的思路。胡大白觉得，虽然本科教育应该坚持“厚基础，宽口径”，但也要从学生的实际出发，从社会的需求出发，着重培养应用型人才。

让胡大白没有想到的是，她把这个观点在中层以上干部会议上亮出后，引起了很大的争议。

有人说：“本科教育的基本原则应该坚持，必须为学生打造厚实的基础理论知识体系，提供宽阔的专业发展方向口径。”

“既然办了本科，就要遵循本科的原则，在本科的平台上说事，否则就是自降身价。”

“学生基础差不要紧，一门课 100 个课时学不会，就给 200 个课时，200 个不够就给 300 个，不能降低要求。”

也有人认为：“‘厚基础’并不是一味重视基础课，应该把重点放在基础知识、基本理论、基本技能和基本方法的教学上。否则黄河科技学院就会失去特色。”

工学院邹景超院长发言说：“我觉得，理论基础够用就行，没有必要太厚实。加强实践教学、实训实习，让学生掌握更多的基本技能和基本方法，更有利于学生成长成才。”

在倾听了大家的意见后，胡大白发表了自己的看法：“大家讲得都有道理，都是为了学院更好地发展，但是，想事情、办事情要讲求实际，要把握自己的特点，做到有的放矢。从这个意义上讲，我更赞同邹院长的观点。如今高校大幅扩招，高等教育规模急剧扩大，大学生毕业后却要自谋出路，大部分要到基层一线去就业。因此，本科院校也要顺应高等教育的形势发展，上海的名牌本科院校都在培养应用型人才了，我们有什么理由还去固守所谓的原则呢？”

几经讨论，学校领导班子统一了思想，黄河科技学院将自身重新定位为“教学型”本科院校，确立了“应用型高级专业人才”的培养目标。

2000 年 10 月 20 日，新华社向全国媒体发布了一条消息：第三届中国“十大女杰”评选结果在北京揭晓，胡大白的名字赫然在列。

中国“十大女杰”每两年评选表彰一次，由全国妇联与《人民日报》、《光明日报》、《经济日报》、中央人民广播电台、中央电视台、《解放军报》、《科技日报》、《工人日报》、《中国妇女报》、《农民日报》、《法制日报》（现《法治日报》）等 11 家媒体联合举办，前两届评选出的杰出女性，产生了重大而广泛的影响，对激励广大女性干事创业起到了重要推动作用。

这天晚上，胡大白和杨钟瑶正在一家小饭馆吃饭（当时他们刚从郑大宿舍楼搬到学院住，还没开伙，便在外面吃），一个朋友打来电话。

朋友在电话里兴奋地说：“祝贺你呀！胡大白。你被评上全国‘十大女杰’啦！”

胡大白一愣，有点不敢相信自己的耳朵：“评选结果出来了？”

“你还不知道啊？新华社都发消息了，媒体都在转载。”

胡大白这才确认，自己当选了“十大女杰”，也顿时激动起来：“我真的没想到。有关领导已经跟我说过，我虽然是候选人，但前两届河南省都有人入选，这一届不可能再选河南人了。再说了，这届提名的人有 36 名之多，都是优秀女性，我跟她们相比，还是有差距的，没想到还真选上了。”

“你就别谦虚了！哪天请客啊！”

“请客。现在我们就在喝酒，你赶紧过来吧。”

杨钟瑶也从胡大白的话里听出了这个好消息，他立即倒了杯酒，举杯向胡大白表示祝贺。

11月24日，胡大白来到北京人民大会堂，参加了第三届中国“十大女杰”表彰大会，还在会上作了典型发言。

这次大会隆重而热烈，时任全国人大常委会副委员长、全国妇联主席彭珮云，全国政协副主席钱正英，全国妇联副主席、书记处第一书记顾秀莲等领导出席大会，顾秀莲代表组委会作了讲话。她号召全国妇女向“十大女杰”学习，充分发挥自身潜能，以作为求地位，以素质求平等，为国家建设作贡献。

胡大白是4个典型发言人之一，她发言的题目是《献身教育，无悔选择》。在发言中，她讲述了自己拖着残疾之躯艰难创业的曲折经历，讲述了黄河科技学院从小到大的发展轨迹，还介绍了学院创办“下岗女工再就业培训基地”及“打工妹之家”的经验，人民大会堂里多次响起雷鸣般的掌声。

11月25日上午，在全国妇女活动中心，胡大白和其他中国“十大女杰”们一起，受到了时任中央政治局常委、国家副主席胡锦涛的亲切接见。

胡锦涛握着胡大白的手，微笑着说：你们对学生很负责任，为国家培养了几万名大学生，希望你们继续努力！

胡大白激动地答应着，并表了决心。

对胡主席的这次接见，胡大白至今记忆犹新。她回忆说：“胡主席工作那么忙，事情那么多，还记得黄河科技学院那么多事情，我当时特别兴奋和激动。现在想想，仍然觉得幸福和自豪，我为人民做了一些事，党和国家就这么重视我，肯定我，表彰我，这不但是我个人的荣誉、个人的幸福，也是几万黄科院人的荣誉和幸福。这说明，党和国家是支持我们这样做的，是支持我们大力发展民办教育事业的。”

11月26日早上，胡大白载誉回到郑州，省市有关领导张新华、杨惠琴、贾常先、张秀申及黄河科技学院的师生代表200多人到车站迎接。

时任郑州市委副书记杨惠琴握着胡大白的手说：“我代表郑州市人

民向你祝贺！你为河南、为郑州增了光，全市广大妇女姐妹都要向你学习，自尊、自立、自信、自强，建功立业，做新时期的新女性，为郑州的经济建设和社会发展作出更大的贡献。”

11月27日上午10点，在河南省人民会堂，省委、省政府举行座谈会，欢迎胡大白荣获第三届中国“十大女杰”载誉归来。时任河南省副省长陈全国、省妇联副主席张新华、郑州市副市长周义中等领导出席座谈会。陈全国副省长代表省委、省政府发表了热情洋溢的讲话，他说：“胡大白同志为河南九千多万人民赢得了荣誉，争了光，这是河南人民的骄傲，全省广大妇女同胞和教育战线上的同志要以胡大白同志为榜样，发扬身残志坚、自强不息、艰苦创业、无私奉献的精神，为河南的经济建设和社会发展作出更大的贡献。”

胡大白对记者谈了获得荣誉的感受，她说：“我感谢党和政府给了我这么高的荣誉，感谢改革开放的好政策，使我迎来了生命的第二个春天。领导的每一次表扬，都是对我的鞭策和鼓励，在今后的工作中，我会更加努力，把自己的余生献给党的教育事业，为河南省的经济建设和社会发展做更多的事情。”

这次当选中国“十大女杰”，胡大白在荣誉的光环下激动而兴奋，但也时刻保持着一份清醒。她想得更多的，还是如何把学校办得更好，为国家培养更多更好的人才。

荣誉的光环渐渐散去，胡主席当时的一句话却仍萦绕在胡大白的脑海里，而且日渐深刻，那就是“对学生很负责任”。她反复琢磨这句话，觉得这不仅是党和国家领导人的褒扬之语，更是一种希冀和激励。一所学校，最终的目的是培养优秀学生，“对学生很负责任”应该是教职员工最起码的职业操守，却也是不容易做到的基本要求。如果能把这一点做到极致，达到“对学生最负责任”，那应该算是一所院校的至高荣誉。在思索中，她的头脑里渐渐形成了一个想法，把这句话作为愿景提出来，作为全校教职工的共同理想和精神追求。

“在硬件、软件等很多方面，我们没法跟公办的名牌大学比。但这一点，我们有信心也有能力做到最好。”胡大白说。

胡大白有信心不是没有理由的，因为办学这么多年，她一直是这么做的。早在办自考辅导班时期，她就提出“学员是第一位的”；1985年，她提出“两个全心全意”：“全心全意为学员服务，全心全意为教师服务”，而为教师服务的目的也是对学生负责；1997年，学院把人才市场引进校园，她又提出“对每个毕业生负责”和“对学生就业终身负责”……这些提法的核心，都是对学生负责。在实际工作中，她更是要求老师把学生当子女或兄弟姐妹看待，任何时候都要首先考虑学生的利益，学生的满意度一直居高不下。

经过充分酝酿和集思广益，胡大白提出了“办一所对学生最负责任的大学”的口号。这个口号虽然很普通，朴实无华，却蕴含着深意，不仅表达了学院为学生服务、对学生负责的态度和心声，也体现了学院以培养应用型人才为己任的使命担当，更彰显了胡大白“为国分忧，为民解愁”的办学初心。

在此后的全国高校大扩招中，看到后起的民办大学招生规模越来越大，黄河科技学院的一些中高层干部着急了。有的说：“我们也学别的大学那样吧，多花点招生成本，多招些学生……”

胡大白和杨钟瑶不同意，理由就是“对学生负责任”。杨钟瑶甚至说：“只顾眼前，盲目扩招，无异于饮鸩止渴。”

黄河科技学院还是坚持稳扎稳打的做法，建立长期稳定的招生网络，实事求是地宣传，并逐步提升学校的办学条件，提高办学质量，敞开大门让学生、学生家长和社会人士监督，以学校的发展、教学的质量、毕业生的安排赢得群众的口碑，以口碑赢得生源。

2002年4月3日，“中国十大万人民办高校联合形象展示新闻发布会暨民办高等教育论坛”在北京举行，黄河科技学院荣膺“中国十大万人民办高校”之一。

2003年1月6日，黄河科技学院又被教育部评为“全国万人民办高校十大名校”之一。

后来，“办一所对学生最负责任的大学”的口号在黄河科技学院的校园里渐渐叫响，并成为学院的一种精神财富。在这种口号的召唤下，许多学生慕名而来，学院不仅不缺生源，而且生源质量越来越高，为学院赢得了“小清华”的美誉。

◇二十年校庆

2003年，胡大白60岁了，进入了花甲之年、耳顺之年，也收获了一项重要荣誉——首届“全国民办教育十大杰出人物”。黄河科技学院建校已19周年，即将迎来20华诞。

经过19年的不懈努力，黄河科技学院已经逐步发展成为一所学科门类较为齐全的开放型、综合性大学，已为社会培养各类毕业生6万多名，取得了十分显著的办学效益。胡大白和学院领导班子成员一致决定，在20华诞到来之际，举行一系列校庆活动，好好总结一下，庆贺一番。

10月9日，胡大白主持召开了20周年校庆第一次筹备会。她在讲话中指出：“宣传20年来学校人才培养对社会的贡献，展示20年来的办学成就，拓展和丰富办学理念，推动学校的全面发展；加强对外交流，树立良好的社会形象，争取各界大力支持，加快学校建设；增强学校的凝聚力、感召力，激励全体师生员工和广大校友，为把母校建设成为独具特色的高水平综合性大学而奋斗。我校将本着热烈、节俭、务实的原则，于2004年5月举行建校20周年庆典……要调动全校师生一切力量，积极开展各种活动，为20周年校庆献礼。”

随后，学院成立了20周年校庆指挥部，胡大白任指挥长，程宏、杨钟瑶等6人任副指挥长，下设办公室、宣传策划组、大型活动组、系列活动及成果展示组、校园规划建设组。胡大白代表指挥部提出了要求：“规格高、规模大、震撼力强，全校师生人人参与，人人受教育，活动此起彼伏、接连不断”，达到“凝聚人心、扩大宣传、再创辉煌”的目的。

于是，学院举办了一系列学术交流、成果展示等校庆活动，如高层次学术研讨会、院士中原行、国际论坛、大学校长论坛、大型人才招聘会、首届本科毕业生科技活动节、教育教学成果展览、校史资料展览、校庆系列文集出版首发式、大型文艺晚会等。

虽然胡大白是指挥长，实际上却是杨钟瑶负责整个校庆工作的筹备和组织。各种问题的解决，具体细节的处理，包括来宾的接待、校友的联络、师生的安排，他都考虑得清清楚楚。光主席台上的贵宾就有400多人，还有临时来而又不能不安排的来宾。

2004年5月30日，黄河科技学院校园里杨柳扶疏、花海荡漾，透过绿荫望去，一幢幢设计别致的教学楼、学生宿舍楼、教职工住宅楼映入眼帘，宽敞明亮、设施先进的阶梯教室，国内民办大学中最大、最先进的图书信息大楼，河南省唯一的专业音乐厅……登阶而立，学府巍峨，令人顿生仰止之心。

可容纳2万多人的图书信息大楼南广场座无虚席。前面是103架钢琴，音乐学院的师生们已经在钢琴前就座；后面是大合唱的舞台，正在学院就读的1380名学生来自46个民族，他们穿着各自民族的节日盛装，已经在台上站好。其他师生一律坐小凳子，身着不同颜色的T恤衫，一个方阵一种颜色，又好看又便于指挥。这就是黄河科技学院建校20周年庆典的现场，气氛热烈。

庆典开始后，103架钢琴一起演奏《黄河钢琴协奏曲》。3架三角钢琴分别由两名外教和一名留学归来的教师弹奏，另外100架钢琴由音乐学院的其他师生弹奏，铿锵有力的华彩乐章顿时响彻校园。钢琴奏出了黄河的激流汹涌，奏出了中华民族自强不息的伟大精神，也奏出了黄河科技学院全体师生的精神追求，让现场所有人热血沸腾，激情澎湃。

20年沧桑，20载辉煌，黄河科技学院从艰难起步到发展壮大，正如黄河水从源头流入大海，一步步走向更广阔的空间。20年来，黄河科技学院连续创造了许多“第一”和“唯一”。它不仅成为国家批准的第一批专科民办高校，而且成为国家批准的第一所民办普通本科高校；不仅在实践中成为学科最齐全的民办高校，而且在理论上最早建立了民办教育研究机构；不仅在全国民办高校中第一个建立了党委，还第一个将省级人才市场引入大学校园，第一个建立学士学位授予点，第一个获准接收外国留学生……黄河科技学院的每一步发展，都抢占了中国民办教育的制高点，都在中国民办教育的发展历史中具有里程碑意义。

随后，首届808名本科生身穿学士服，头戴学士帽，面对高高飘扬的国旗，举行了庄严的毕业宣誓。

在热烈的掌声中，胡大白发表了热情洋溢的讲话——

十年树木，百年树人。在一所大学的发展史上，20年远不是一个收获的周期，而是加快发展的重要时间节点。我们要继续调整学科总体布局，优化学科结构；要进一步深化人事制度的改革，建设一支高素质的教师队伍；要以学生为中心，继续完善宽基础、文理融通的创新人才培养模式；要发扬基础研究的优势和传统，开拓应用研究的新领域……

放眼当今中国的高等教育，名校林立，百舸争流，黄科院人必须居安思危，扬鞭自催，加快发展，迎头赶上。对黄科院而言，20周年校庆不仅仅意味着庆祝和缅怀，更重要的是探索和展望。我们要以此次校庆盛典为契机，凝聚八方人心，融会百家智慧，努力实现学校可持续跨越式发展，打造黄河科技学院更加辉煌灿烂的明天！

胡大白的讲话阐述了黄河科技学院的发展历程，总结了20年奋斗取得的成绩，概括了经验做法，提出了发展方向，展望了光明未来，受到了全场的欢呼。

最后，现场上演了“千人大合唱”，1380名师生齐声高唱《爱我中华》和《黄河科技学院校歌》，把气氛推向了高潮。整个校园顿时成了欢乐的海洋。

庆典办得漂亮，参加的人都赞不绝口。有个领导说：“从没见过这样的校庆，安排得如此紧凑、精致、出彩，简直是绝了！”

胡大白和杨钟瑶都很兴奋，陶醉在成功的喜悦和幸福中，当把客人陆续送走后，他们才强烈地意识到：太累了，按胡大白的说法，“简直把我俩累瘫了”。

这时，正好有件事需要胡大白去美国处理。她和杨钟瑶商量，一致决定再给自己放一次假，再去一趟美国。

◇再次赴美

2004年6月，胡大白和杨钟瑶再次踏上了飞往美国的飞机。

这次，他们还带着他们的小孙子壮壮。孙子已经2岁了，早在4个月大时，儿子保成就把壮壮送回了郑州，由他们带着。

胡大白此前收到了美国弗吉尼亚大学的邀请函。2004年5月，弗吉尼亚大学邀请胡大白去作报告，并征求胡大白意见，希望她将黄河科技学院创业史作为教学案例。

因校庆，胡大白推迟了两个月才去弗吉尼亚大学访问，把黄河科技学院的发展史写成案例交给该校商学院。

这次，他们先到了旧金山。杨保中在斯坦福大学读博士，他们先去看望了小儿子，顺便考察了斯坦福大学。随后，他们又到了华盛顿特区，大儿子杨保成的住地，把孙子交给保成，第一件事就算办完了，并与儿孙一起尽享天伦之乐。

7月11日，他们按计划访问了弗吉尼亚大学。

弗吉尼亚大学由美国第三任总统托马斯·杰斐逊于1819年创建，是美国历史上首个独立于教会的高校，是美国最顶尖、世界最著名的公立大学之一，在学术界享有盛誉。胡大白能够受邀在这里作报告，她感到很荣幸。

访问完弗吉尼亚大学，他们又去洛杉矶考察了加州理工学院。

加州理工学院历史悠久，是世界著名的私立研究型大学，在很多美国人看来是与麻省理工学院齐名的。特别是天文方面，美国航空航天局的喷气推进实验室也是由该学院管理。这里校园虽然不大，但很美。

漫步在校园里，胡大白左瞅瞅，右瞧瞧，什么都想看，但杨钟瑶却不太积极，只是跟着她走。

这天晚上，他们回到宾馆，杨钟瑶第一个动作就是躺到床上。胡大白有点纳闷，问他怎么啦，他只是说：累啦！

胡大白觉得，杨钟瑶不只是累了。他以前很喜欢逛校园，看到造型独特的建筑，总是忙不迭地照相、摄像，加州理工学院很有特点，他却怎么也提不起兴致。胡大白看到躺在床上的他，好像更瘦了，便开始担心他的身体。

胡大白关切地问："你觉得有什么不舒服吗？"

杨钟瑶摇摇头："没什么特殊感觉。"

胡大白摸了摸他的额头："好像也没发烧。"

"脉搏很正常，心脏应该也没事。就是吃饭时有时觉得胃里热辣辣的。"

"噎不噎？"

"不噎。就是吃了东西感觉辣，可能是不适应这里的饮食吧！"

"回国后，我们彻底检查一下。"

"好吧。"

从洛杉矶回到旧金山，胡大白便迫不及待地决定回国。

这次回国的行程，颇为不顺。飞机飞到北京上空时，是下午5点多，正遇大暴雨。乌云密布，雷电交加，飞机盘旋了半个小时，没办法降落，最后只好降落到天津机场。他们没出海关，也不能下飞机，只能在机舱耐心等待。晚上7点多，飞机再次起飞，晚8点才到达首都国际机场。

雨还在下个不停，7月的北京却让人感觉冷飕飕的。他们要在这里转机回郑州，可是候机厅特别拥挤，坐的站的全是人。这时，杨钟瑶脸色苍白，有点支撑不住，但却找不到可以坐的地方。

胡大白看到不远处有个消防门，便赶紧搀着杨钟瑶走过去。推开门，里面是水泥的步梯，虽然很凉，但总算可以坐下来休息会儿。她把门掩上，陪杨钟瑶在步梯上坐下。坐了一会儿，胡大白觉得有些冷，但他们随身没带厚衣服，只能紧紧地依偎在一起。她向来怕热，这时都觉得冷，而杨钟瑶向来怕冷，想必更冷得厉害，她没别的办法，只能与杨钟瑶相互取暖。

一直等到晚上11点，他们才乘上回郑州的飞机，到家已经是第二天的凌晨2点多。

回到家，杨钟瑶显然已疲惫至极，没有洗漱就直接上了床。胡大白看着丈夫，心里很不安。回国怎么会这么不顺？他的身体怎么会如此虚弱？

◇爱人患重病

第二天，胡大白便催杨钟瑶：“感觉怎么样？咱去医院查查吧？”

杨钟瑶摇摇头：“现在正是招生茬口，焦麦炸豆——哪有空。过几天再说吧。”

胡大白当然知道，杨钟瑶说的是实情。为了保证生源，每年高考一结束，就是各民办高校的生源大战，她常说一句口头禅：“从某种意义上看，民办学校的招生工作就是学校工作的50%，从校长到门卫都要参与招生。”七、八月份，学校上下都在忙于招生，加之基建任务重，他一面要去看他负责的基建工地，一面要盯紧招生基地和郑州的咨询点。确实抽不开身。再看杨钟瑶的气色，经过一夜休息似乎有些好转，她便也没再催。

两人一起去了学校，赶紧处理积压了一个多月的各项事务，又忙了起来。随后，杨钟瑶又投入到暑期房屋和道路维修中，身体状况似乎有些好转，便也没急着去医院。

一拖又是两个多月。

9月初，新生陆续入校开了学，新学期各项工作正常运转了，两个人这才松了一口气。

胡大白发现，杨钟瑶似乎更瘦了，气色也不太好，便又提起去体检的事：“现在该去检查了吧？”

“刚开学，事很多。过了国庆节再说。”

国庆节后，美国肖特学院的9名高管要来校访问，白俄罗斯国立文化大学的代表团也要来访，他们必须做准备工作。没办法，体检的事只好再往后拖。

10月11日，美国肖特学院和白俄罗斯国立文化大学的代表团都来了，胡大白与他们进行了座谈讨论，达成了很多共识。当天晚上，他们与黄河科技学院音乐学院进行了联欢，共同举办了一场主题为“荧光幻想”的钢琴演奏会。

10月12日，杨钟瑶终于同意去医院检查了，胡大白推掉了手头的工作，陪他一起去医院。

他们先来到空军医院，找到了医院老干部科的主任王治国。

王治国是胡大白的高中同学，和杨钟瑶也早就熟悉。听胡大白一说情况，再看到杨钟瑶的气色状态，他也觉得不太正常。于是，王治国赶紧带着他们去放射科，请放射科主任给杨钟瑶做了胃钡餐检查。

检查做完后，放射科主任很认真地看了一遍，说："放心吧，没什么问题。"

胡大白还是不放心，说："您还是再看一遍吧。"

主任又认真看了一遍，还是说："确实没什么问题。"

胡大白又提醒说："老杨近来消瘦，吃东西又有火辣辣的感觉，您再给细看一遍吧！"

王治国也帮腔："不行你再给做一遍检查，再认真看看吧！"

放射科主任有些不悦，但看他们那么认真，也不好意思回绝，只得又让杨钟瑶喝了一杯硫酸钡，又做了一遍检查。

这次，放射科主任看得更认真，看着看着，脸色渐变，尴尬地说："真有您的，这次片子上还真有点问题，但需要做胃镜才能确认。"

胡大白听他这么说，心里有些打鼓，如此看片水平，三番两次后仍无法确诊，还是别让他检查了吧。

王治国看出了胡大白的心思，试探地建议："如果做胃镜，建议你们去省肿瘤医院，那边比我们强多了。"

胡大白点头，看着杨钟瑶问："既然王主任这么建议，咱们还是去肿瘤医院检查吧？"

杨钟瑶没有表态，脸上也没有表情。胡大白知道，他懂一些医学知识，心里明白得很，才什么也没说。

回到学校，胡大白立即找来校办主任李喜强。李喜强原是医学院的办公室主任，跟肿瘤医院的领导有接触。她让李喜强以最快的速度联系肿瘤医院做胃镜，同时严格封锁消息，除了校医院的李志范主任，其他人一概不能告知。

10 月 14 日，胡大白陪杨钟瑶来到河南省肿瘤医院，顺利地做了胃镜。当天下午，结果就出来了，竟然是“食管癌”，而且已经是三期，瘤子已经有鸡蛋那么大。因为长在食管壁外面，没引起吞咽困难等症状，客观上延误了检查和治疗。

拿到这个结果，胡大白的心一下子凉了，好像掉进了冰窟窿。她后来回忆说：“那两个多月，我一直担心，急迫地想陪他去医院检查，心里也有一种不好的预感。可是，这种预感一旦被证实，我真受不了。我们俩坎坎坷坷、相濡以沫 30 多年，可以说形影不离，一直在奋斗打拼。我从没想过他会倒下，但这是无情的事实，最不愿意发生的事还是发生了，厄运又一次——而且是最沉重的一次——向我压来。”

可是，胡大白提醒自己，必须坚强起来，和丈夫一起与病魔作斗争。她暗暗下了决心，无论付出怎样的代价，也要把丈夫的病治好。

◇相关链接

▲ 1997 年 9 月 12 日，中国共产党第十五次全国代表大会在北京开幕，江泽民总书记作题为《高举邓小平理论伟大旗帜，把建设有中国特色社会主义事业全面推向二十一世纪》的报告。总书记在报告中指出：要切实把教育摆在优先发展的战略地位……积极发展各种形式的职业教育和成人教育，稳步发展高等教育。优化教育结构，加快高等教育管理体制改革步伐，合理配置教育资源，提高教学质量和办学效益。

▲ 1998 年，《黄河科技大学报》被国家新闻出版总署正式批准公开出版发行，成为全国民办高校中唯一拥有国内统一刊号的报纸，刊号为 CN41—0846/(G)。

▲ 2000 年 7 月，王春芳大学毕业，胡大白担心她不好找工作，就安排她留校做了资料员。如今，王春芳已经成家，并收养了一个聪明可爱的女儿，一家人过上了幸福的生活。

▲ 2001 年 8 月，胡大白出席“新世纪高等教育发展战略女校长国际论坛”，作题为《我和我的大学》的演讲，与世界各国的百名大学女校长一起交流。

▲ 2002 年 12 月 28 日，九届全国人大常委会第三十一次会议表决通过

了《中华人民共和国民办教育促进法》，并于同日颁布。自 2003 年 9 月 1 日起施行。

▲ 2003 年 3 月 5 日，国务院总理朱镕基在第十届全国人民代表大会第一次会议上作《政府工作报告》，强调要继续加大对科技、教育的投入。深化教育体制改革，坚持教育创新，全面推进素质教育。依法规范和积极支持民办教育发展。

第五章　家事国事天下事

黄河时而波涛汹涌，时而婉转舒缓。在蜿蜒曲折的奔流中，她总有一种对河岸的缠绵，与对河边风景的依恋。离别时，她总要给曾依附过的河岸一个深情的拥抱，再粉身碎骨成一朵朵晶莹的浪花，继续向前，滋润万物。

胡大白时而纵横驰骋，时而也缱绻情长。在坎坷曲折的生命历程中，爱人杨钟瑶一直是她的坚强后盾和精神依靠，两人携手创造了黄河科技学院的辉煌。一朝永别，她备受打击，却能为了国家的教育事业，很快从痛苦中走出来，走得更高更远。

◇全力以赴

2004年10月15日，杨钟瑶住进了河南省肿瘤医院。

这时，胡大白内心是崩溃的，但理智时刻提醒她，还要强装笑颜。她知道，此时的杨钟瑶心理更脆弱，绝不能把实情告诉他，甚至不能让他觉察到什么。

办好了入院手续，胡大白只是告诉他：“你的胃溃疡有点严重，医生要求做切除手术。”

杨钟瑶虽然将信将疑，但还是很配合地住了院，准备接受手术。

可是，谁也没想到，杨钟瑶住院后又做了彻底检查，医生发现他不具备手术条件。一是肿瘤太大，二是肿瘤紧贴大动脉，手术风险很大。必须先化疗，让肿瘤变小，才能再考虑手术。

胡大白心力交瘁。原来她只想速战速决，手术完了再告诉杨钟瑶病情，但现在化疗最少要一个多月，怎么瞒下去呢？她只好又与医生商量，决定告诉杨钟瑶，必须先消炎再手术。

化疗开始后，杨钟瑶的胃出现严重不适，恶心、呕吐、吃不下饭。胡大白找来省中医院的消化科杨主任为他诊脉看病，杨主任安慰他、开导他，又给开了一些中药，他吃后症状才有所减轻。

这段时间，胡大白放下了手头的所有工作，全职在医院陪杨钟瑶。有时实在有事，才偶尔让李志范主任或女儿杨雪梅来替一会儿。

这时，黄河科技学院接到了教育部本科教学工作水平评估的通知。按规定，学校占地面积的合格标准是人均一分地，而黄河科技学院各类学生已达 2 万人，占地面积需要达到 2000 亩才行。当时，学校只有 500 亩，还差 1500 亩，必须立即启动征地。事实上，胡大白早在 2002 年就开始着手征地了，2003 年遇到“非典”停了下来。2004 年虽然解冻了，但河南省的征地还在暂停状态，必须立即去协调解决。另外，根据评估的要求，学校的教学管理、师资队伍建设等各个方面都需要很大提升。

杨钟瑶的病情仍需要严格保密，以免大家知道后都来看望，影响学校的正常工作，也怕哪个同事在看望时说漏嘴，影响杨钟瑶的情绪。

作为常务副校长的杨钟瑶病重无法工作了，作为校长的胡大白也不能正常工作，怎么办？

“这段时间，真把我难为到了极点。”胡大白说。

没办法，胡大白只好每天抽出一小时，到学校主持工作，其余的事，能拿到医院处理的，就拿到医院处理。

来自学校和医院的压力，让胡大白的神经高度紧张，她的精力再旺盛，也明显感觉到了力不从心。她清醒地认识到，校领导班子必须增加新的人选，才能保证学校各项工作的正常开展。

胡大白把这个想法与杨钟瑶进行了交流，得到了杨钟瑶的赞同。他俩经过协商，共同物色了两个人选，一个是女儿杨雪梅，另一个是学校团委书记赵会利。

杨雪梅从学校创办之初就参与了学校的工作，算是最早的“编外员工”之一。她为招生贴过广告，为布置教室搬过桌凳，为学生宿舍安过床，更多的是在家做饭，照顾来家开会或求教的师生。从郑州大学中文系毕业后，先是被分配到郑州晚报社做了几年记者和编辑，也经常参与学校的工作。后来因父亲生病，便辞职来学校帮助父母，担任过新闻办主任、校长助理，各方面能力提升很快……大家一致认为，可以补充她任副校长。

赵会利是解放军防空兵学院毕业的高才生（地方生），是由学员队的大队长推荐的优秀学员。来黄河科技学院工作后，她担任过学校的团委书记，兼科技学院（国家承认学历的学员都在科技学院）团总支书记，还兼任辅导员。她思维敏锐，组织能力很强，还能吃苦耐劳，与学生打成一片……学校领导班子成员也一致同意增补她为党委副书记。

可是，黄河科技学院党委向省教育厅打报告要求核准时，教育厅有关领导认为，赵会利才 31 岁，缺乏党务工作经验和综合能力，做一个大学的党委副书记太“嫩”了，不合适。

胡大白耐心与领导沟通：“合不合适不能只看年龄，要看能力。你们可以派人来考查，看到底合不合适。”

省教育厅派了 6 名干部来到学校考查，结果让他们大吃一惊。于是，省教育厅核准了赵会利同志担任党委副书记。

两位年轻人进入领导班子后，胡大白轻松了许多，可以集中精力照顾杨钟瑶了。

◇从祈望到绝望

经过一段时间的治疗与调养，杨钟瑶的身体状况得到了好转，肿瘤也明显变小了，基本达到手术条件。他们从内科转到外科，准备手术切除肿瘤。

可是，在化疗过程中，杨钟瑶的白细胞计数大幅降低，可能会给手术带来很大风险。外科医生决定，先通过用药让白细胞升上去，再行手术。

在这之前，杨钟瑶打过一种自费的进口药，胡大白便建议医生仍然打那种药。

外科医生却不听："用不着打进口的，又贵又自费。国产的效果差不多。"

胡大白还是坚持："自费就自费，还是打进口的吧。"

"打什么药，由医生按患者的病情确定，你就别掺和了。"

"医生，我们家老杨心脏不好，我还是希望您能给他用最好的药……"

医生打断了胡大白的话："你是医生，还是我是医生？"

话说到这个份儿上，胡大白只好赔着笑脸表示同意。

谁也没料到，医生开的升白细胞的药用上后，杨钟瑶突然发起了高烧，并导致了心脏病复发，心跳"快得都量不出来了"。

那个医生吓坏了："真没想到，也从没碰到过这种情况。"

胡大白很气愤，但杨钟瑶病情紧急，她只能强压怒火："医生，什么也别说了，赶紧处理，心脏的问题可不是闹着玩的。"

医生沮丧地摇摇头："肿瘤医院不具备治疗心脏病的条件，你们还是先转院治疗吧。"

"你们怎么能这样？"胡大白气得不知说什么好。

"对不起，对不起。心脏病症状控制住，你们就转回来。"

情况危急，胡大白只得同意转院。他们立即转到郑大一附院，先治心脏病。

到一附院后，心脏的危机状况很快得到控制，但为巩固治疗效果，体位不能动，肿瘤乘此机会发展了。一个最不好的信号出现了，杨钟瑶的嗓子哑了。中西药治疗也缓解不了，经与肿瘤科会诊，确认这是食管癌发展的一个重要标志，嗓子是没法治了。

在郑大一附院治疗了一个月，心脏稳定了，又转回肿瘤医院复查。可是，肿瘤又大了，又不能手术了。

胡大白的心再次掉进了冰窟窿里，凉透了。郑州西医、中医里最好的大夫都给杨钟瑶看了病，最先进的治疗手段都用了，都没有起色，而且手术的机会也没有了，怎么办？她请求肿瘤医院的大夫们再想想办法，他们都无计可施。

一位老主任看到胡大白不甘心的样子，给出了一个希望："北京协和医院有最先进的设备，可以看清楚肿瘤扩散的情况，你们如果愿意去，我可以帮你们联系。"

胡大白虽然心里近乎绝望，但只要有一丁点希望，她就要去努力争取，于是赶紧表态："我们愿意，麻烦您给联系一下吧！"

"您跟病人商量一下，看看病人的意思。"

胡大白便与钟瑶商量："这边老是确诊不了，也没有更好的治疗办法。咱们去趟北京吧？那里设备好，医生也更权威。"

杨钟瑶点点头，苦笑着说："可以。"

胡大白和杨雪梅夫妇一起，陪着杨钟瑶去了北京。

这时的杨钟瑶病情已经很重了，脸上没有一丝血色，平时在医院里还不觉得，一到阳光下，脸色惨白还带着灰黄，真有点吓人。原来炯炯有神的眼睛没了光彩，显得困倦无神；以前爱不释手的烟也抽不动了……

看着杨钟瑶这个样子，胡大白心里产生了不祥的感觉："难道朝夕相处的钟瑶真要离我而去了吗？我不敢想，也不愿想，咬着牙坚持。"

在北京协和医院，杨钟瑶做了全面检查。结果很快出来了，他身上的癌细胞已扩散到全身，肝、肺、肠及骨头上都有了病灶……

胡大白拿到这个结果，尽管很绝望，还是请了全国知名的专家进行了会诊。专家们都觉得，杨钟瑶这种情况已经无法手术，只能保守治疗。她彻底绝望了。

胡大白和杨雪梅都很痛苦，但都不敢把真实病情告诉杨钟瑶，只能强装笑颜安慰他，让他抱着一丝希望回郑州。

回到郑州，杨钟瑶似乎已经有了预感，坚持住在家里，不再住院。

胡大白小心地劝说："还是住吧！在医院里治疗更方便些。"

"住医院就是打针吃药，大部分时间在那里耗着，还不如在家里住，该打针就到医院打针。"

胡大白觉得也有道理，便去肿瘤医院与医生商量。

医生无奈地说："杨校长这种情况，只能对症治疗，控制病情发展。住在家里也好，不影响治疗，如果他的心情能好一些，对治疗也有帮助。"

胡大白听出了医生的意思，杨钟瑶的病已经很难治愈，只能维持，让他在家里住着，生活得更舒心些……她不得不接受这个现实，爱人的时间已经不多了，她必须珍惜每一分每一秒，陪爱人走好生命中的最后一段路程。

这段时间，胡大白把所有的工作全部安排给其他校领导，自己天天守在爱人身边。她买了两个摇椅，放在她家的后院里，只要天儿好，就陪他躺在摇椅上晒太阳。两个摇椅中间，放了一个方凳当茶几，把吃的喝的放在那里。该喝药了，她让他喝药；过一会儿，她再让他喝点奶；再过一会儿，她再让他喝点纤维素（溶解在水中）；偶尔也吃点水果。

杨钟瑶吃什么都艰难，但他还是坚持着一点点吃下去。

两个人在摇椅上摇着，沐浴着和煦的阳光，有一搭没一搭地聊着天，享受着难得的浪漫与温情。

胡大白说："转眼之间，咱们都60多岁了。年轻时，忙着照顾孩子；孩子稍大点，又忙着创业。从来没想过60岁之后怎么过。这样一起晒太阳，是不是也挺惬意？"

"是啊是啊！这样虽好，但也不能不工作呀。你不用天天陪我，该去上班就上班，别耽误正事。"

"没事。学校的工作我都安排好了，你就放心吧。"

"我病了不能工作，你再全天陪着我，别人怎么看？毕竟你是一校之长，很多大事需要你决策。"

"学校一切正常，最近也没什么大事。我就想陪你说说话。"

"都老夫老妻了，用不着那么浪漫。"

"一起过了几十年，都是忙着工作、家务，从没有好好说说心里话，就浪漫浪漫吧。"

傍晚，胡大白经常用轮椅推着杨钟瑶在校园（航海路校区）里转一转。这时正值春暖花开，校园里花草树木都生机勃勃，楼房都错落有致，尤其是航海路边的综合楼，外观雄伟大气，当时是航海路上最高的标志性建筑，楼顶上霓虹闪烁，学校的灯光标牌亮起，蔚为壮观。

杨钟瑶是这座校园的设计师、建造师，又是监理师，每幢楼从设计、施工到验收，他都亲自参与。综合楼高达 10 层，地下还有 1 层，达 15,000 平方米，是他最满意的杰作；音乐厅是按国际标准建设的，共有 1028 个座位，站在音乐厅里每一个地方，不用麦克风，音响效果都是一样的，其外观典雅朴素，内部富丽堂皇，是河南省高校中最好的音乐厅。还有音乐学院教学楼、附中教学楼和几千学生入住的宿舍楼，以及配套的食堂、浴池等生活服务设施，总建筑面积超过 10 万平方米……看到如此漂亮的校园，他很欣慰，心情好起来："我设计得不错吧？你看这道路，我坚持要宽，你当时还有意见。"

"当时我真没想到，现在会有这么多车。"

"我想到了大家会买车，车会越来越多，必须宽一点。现在你不嫌宽了吧？"

"你就是神，什么都能算到。以后车会更多，再宽一点更好。"

杨钟瑶看着一幢幢楼房，回过头仰脸看着胡大白："我这一辈子也值了。"

胡大白笑着点头，但没附和。她的心中顿生悲凉。因为她知道，他现在只是在维持生命，很快就可能永远告别他心爱的校园了。

五一劳动节后的一天，杨钟瑶突然问起："每年五月中旬都要召开春季运动会，今年什么时间开幕呀？"

胡大白知道，他可能想参加开幕式，但他那么虚弱，还是不参加为好，便劝他说："今年还是和往年一样，没什么新东西，还是不要参加了吧？"

"这么久不见大家了，同事们、学生们都会怀疑我的病情。我想让他们见见我，别让他们担心。"

胡大白觉得也有道理，便听从了他的意见。

2005 年 5 月 10 日，黄河科技学院春季运动会正式开幕。这天，晴空万里，校园里洋溢着喜庆的气氛。

天已经很热了，学生们都穿着短袖衫，女生们大都穿上了裙子，可杨钟瑶穿了两件毛衣、一件棉背心。

胡大白提醒："已经穿得够多了。不冷。"

杨钟瑶还不作罢，坚持又披上了一件风衣。他解释说："多穿点，可以显得还不太瘦。"

胡大白听了这话，心里很不是滋味。他身体都这样了，还考虑师生们的感受，怕大家为他担心，真算是鞠躬尽瘁了。

这天，他们乘车到了运动场。下车后，他坚持不坐轮椅，只让胡大白挽着走。他们走到运动场的观礼台，然后又艰难地一步一步走上台阶。每上一个台阶，胡大白都用力拉他，他的腿明显没有力气了。在两个人的共同努力下，他们终于缓慢地走上了主席台。

杨钟瑶笑着与同事们打招呼，然后端坐在自己的位置上。

开幕前，运动员进场亮相，各部门争相展示自己的风采，很热闹。民族学院的师生穿着各民族的服装，绚丽夺目，他们举着彩色的气球，路过主席台时把彩球放出，天上布满了五颜六色的气球；医学院的师生有的身着白大褂，有的穿着粉红色的护士服，从主席台前正步走过，接受校领导们的检阅；体育学院还有舞狮舞龙表演……不管哪个部门经过，杨钟瑶都兴奋地向运动员们招手致意。

入场式加上表演，整整进行了两个小时，杨钟瑶一直坚持在主席台上，直到体育项目开始进行时，才同意回家。临走前，他再次向主席台上的同事们挥手告别。

坐到车上，杨钟瑶很兴奋，但身体支撑不住了。胡大白赶紧给他吃治心脏病的药，让他半躺着休息。回到家，赶紧扶他上床躺下，过了好长时间他才缓过来。

运动会后的一天，胡大白又陪杨钟瑶躺在摇椅上晒太阳。摇着摇着，杨钟瑶突然说："这样在家里无所事事，不如咱去美国看看儿子吧？"

胡大白知道，他清楚自己的病情，又不愿让儿子回来，才想去美国见见儿子，便答应说："行啊！我去跟医生商量商量，看需要注意些什么。”

医生也表示同意：“杨校长目前的病情还算稳定，在郑州也没什么更好的治疗方式。只要他高兴，带着止痛药和应急药，可以去。”

作出了决定，他们便开始做出国准备。胡大白找出护照，发现他俩的护照都是五年前去美国时办的，已经到期，便赶快托熟人加急办理，顺便又办了加急预约签证。

一切准备就绪，他们又一次踏上了赴美探亲的旅程。

◇生死时速

2005 年 5 月 29 日，他们从郑州启程，先去北京签证，再从那里直飞美国。女儿杨雪梅送他们到北京，并协助办理相关事项。

到北京后，他们住进离教育部很近的西西友谊酒店，并预约了第二天下午 1 点签证。

当天晚上，胡大白再次检查他们准备的证件等，突然发现她的护照上没盖公章，一下子慌了。明天中午就要办签证，资料却不合格，怎么办？

杨雪梅说：“我今晚回去，先联系好公安局，明天一早盖上章，就乘飞机赶过来。你们先去签证处排队，我直接送到你们排队的地方，应该耽误不了。”

胡大白无奈地表示了同意：“那也只能如此了。”

于是，杨雪梅连夜回了郑州。

胡大白和杨钟瑶躺在酒店的床上，很晚还没睡着。杨钟瑶猜疑说：“护照上怎么会没盖公章呢？是不是我不行了，不让我去美国了？”

胡大白安慰他说：“别瞎想了！人家是工作失误，与咱们去美国的事没关系。再说了，是我的护照上没盖公章，又不是你的。”

“上次去美国，回国时很不顺；这次更严重，出门就不顺。要不，咱不去了？”

说实话，胡大白也动摇过，但听杨钟瑶这么说，她觉得钟瑶越来越敏感了，只得坚强起来。她劝道：“不是说好了吗？明天一早第一个给咱们盖章，不耽误签证。”

杨钟瑶点头：“那就去。是福不是祸，是祸躲不过。”

“别这么说。不是还有个说法，叫好事多磨嘛！”

胡大白说这话时，并不知道这事“多磨”的程度。后来她才知道，杨雪梅在接下来的半天里经历了什么。原来，第二天一早，杨雪梅盖完章，快速赶到机场，却遇到了航班晚点。她急得不行，赶紧找到在机场工作的一位老同学，想方设法改签了另一架早点起飞的航班。没料到，改签的这架飞机也晚点了。她急得像热锅上的蚂蚁，不停地与机场协调，飞机总算可以起飞了。飞机降落后，她立即乘出租车直奔美国大使馆。眼看快到了，却又遇上了堵车，她干脆下车跑步，才赶在胡大白快要排到时到达，顺利地完成了签证。

当时，胡大白也特别着急，不时扭头往门口看，却一直等不来女儿。看着女儿满头大汗地跑来，才终于松了一口气，却没想到女儿一上午经历了那么大的考验。

办完签证，他们立即买了机票，直飞华盛顿。

登机时，胡大白怕杨钟瑶走路太累，就让雪梅叫了个轮椅服务，用轮椅直接把杨钟瑶送到飞机舱门。到了美国，她也是用的轮椅服务，机场的轮椅也是直接到舱门接杨钟瑶。

在机场出口，见到了前来接机的儿子、儿媳和孙子，杨钟瑶强打精神从轮椅上站起来，与大家寒暄。

杨保成显然是惊呆了。他紧张地问：“妈，怎么回事？我爸怎么坐轮椅来了？”

胡大白掩饰道：“没事，你爸的腿在北京碰了一下，走路不方便，你姐叫了个轮椅服务。”

杨保成半信半疑，也没再追问，赶紧带他们回家。到家后，让爸躺下休息，才又问妈：“是不是出什么事了？你们怎么突然要来美国呢？”

胡大白说：“你爸想你们了，特别想壮壮，不知这一年壮壮能不能适应美国的生活。”

“壮壮挺好！只是我最近有点忙，一周后要参加一个国际会计师考试。”

“那你先忙你的，考完试再说。”

晚上，胡大白与杨钟瑶商量，先不跟儿子说身体的实际情况，别影响他考试。杨钟瑶说：“对，我们只能帮忙，不能拖累。”

这一周，胡大白精心照顾杨钟瑶的饮食起居，孙子壮壮也经常陪伴爷爷，杨钟瑶很高兴，精神状态好了很多。儿子又给他买了个轮椅，胡大白也经常推他到周围走走，身体状况保持稳定。

杨钟瑶病后，为了不影响两个孩子在美国的学习和工作，胡大白一直没告诉他俩父亲的病情。这次，她决定告诉他们，让他们也都有个心理准备。

一周之后，杨保成考完了试，一家人其乐融融地吃了一顿晚饭。饭后，胡大白先安顿杨钟瑶休息，又对杨保成说：“你忙了这么多天，今天陪我出去散散步吧？”

杨保成答应着，便带着母亲出了家门。

走到一个僻静的地方，胡大白看到旁边有一个连椅，便说：“在这里坐一会儿吧。”

杨保成有些疑惑：“不是散步吗？我带您到外面转转。”

胡大白摇摇头：“我想单独跟你说个事。”

杨保成有些吃惊，但明白了母亲的意思，便也在母亲旁边坐下来。

胡大白慢慢地把杨钟瑶的病情跟儿子说了，边说边哽咽起来。

杨保成也忍不住痛哭起来，他边哭边说：“怎么会这样呢？我是儿子，爸爸病了这么长时间，您却什么都不跟我说。”

胡大白擦干眼泪，解释说：“去年，我们刚从这里回去，就检查出这个病，怎么跟你们说？说了你们还能在这里工作生活吗？再说了，我也要瞒着你爸，你们突然都回国，你爸怎么想？还能瞒得住吗？”

“可是，来这里都一周了，现在才告诉我！”

胡大白叹了口气，平静地说：“考试前跟你说，你还能考成吗？”

杨保成双手抱着头，怎么也接受不了这个现实。他从孩提时代一直到出国留学，一切事情几乎都是父亲给他办好的，就连出国时的行李箱，都是父亲打理的。在他心里，父亲是那么高大、坚强，什么都会干，什么都难不倒，可怎么就病倒了呢。他出国9年，只顾学习、工作，还没顾及孝敬父母，父亲怎么就病倒了呢？！他抽泣了良久，又开始担心母亲，哽咽着说：“妈，您光为我们着想，什么都自己承受！这么大的压力，您怎么受得了？”

“我没事。不管你爸和我怎样，你们俩都要好好地工作和生活，别为我们分心。”

“保中要是知道，肯定也受不了。”

“那就先不跟保中说，他过来后再慢慢告诉他。至于你媳妇和保中媳妇，不能提一个字，要像什么事都没发生一样。”

杨保成含泪点头：“好吧。听您的。”

杨保成知道父亲病情后，每天除了上班，业余时间全陪父母。他带父亲到附近的花园散步，到周围的商店、博物馆参观，尽量多地陪父亲聊天，千方百计让父亲开心。他也特别体贴母亲，知道母亲患有椎间盘突出，稍微一累就腰痛，特意给母亲买了美国运动员负伤后贴的膏药。

胡大白贴上这种膏药试了试，效果特别好。后来，杨保成就一直给她购买这种膏药。

这时，杨保中仍在旧金山斯坦福大学读金融博士，得到让他来华盛顿的通知，他还不知道有什么事儿，但还是来了。

看到父母来美国，杨保中意外之余，也很高兴。但是，听母亲和哥哥说起爸爸患绝症的事，他转而痛苦欲绝。他不敢相信曾经无所不能的父亲会得上不治之症，更不知如何面对，他哭着说：“爸病成这样，我该怎么办呀？”

胡大白说：“你爸现在病情很危重，心理也很脆弱，你们要想办法给他宽慰，让他高兴，减轻他的痛苦。工作和学习，你们该干还干，该学还学，不能受影响，否则你爸就不高兴了。”

这段时间，两个儿子都悉心照料，倾心陪伴，杨钟瑶过得很舒心。可是，不久之后，他们带来的止痛药不够了，而在美国又特别难买，只能减量，疼痛经常让他难以忍受。

尽管杨钟瑶忍着不吭一声，但胡大白知道，必须尽快买到止痛药。

在美国，没有特殊的处方，是买不到治癌症的止痛药的。

胡大白想了各种办法，最后还是通过国内医生，联系了亚特兰大的一家医院，勉强开到了这种药。

要到亚特兰大取药，至少要离开一天，她只好对杨钟瑶说："来一趟美国也不容易，我想到亚特兰大的合作院校看看。"

杨钟瑶知道合作的情况，也认识肖特学院的院长施拉德尔博士（Schrader），便没多心，欣然道："是该去看看。我要是身体好的话，早就去了。"

第二天，胡大白和杨保成一起，早上5点就出发赴亚特兰大。到了亚特兰大，他们辗转找到熟人，去医院开了药，又赶紧去布伦奈大学，看望施拉德尔博士（已调任布伦奈大学的校长）。直到傍晚，他们才赶回机场，乘飞机回华盛顿。

上了飞机，突然雷电大作，暴雨如注。胡大白很担心，飞机如果不能起飞，那当天就赶不回华盛顿了。等了一个多小时，虽然暴雨没停，飞机还是起飞了。

因飞机的延误，他们回到华盛顿家中时，已经是第二天的凌晨1点。胡大白一到家，就着急地问儿媳："爸爸情况怎么样？"

儿媳说："还好。就是担心你们，一会儿一问你们的情况。"

虽然有了止痛药，疼痛能对付了，但杨钟瑶的病情却渐渐加重，需要用的止痛药越来越多。

在这种情况下，胡大白觉得不能继续在美国待了。他们原计划在美国住一个多月，返程票订的是7月5日，但情况的变化让她不得不考虑提前回国。于是，他们立即改签了最近可以出发的航班，决定6月19日回国。

飞机到达北京机场，杨雪梅夫妇来接，直接把他们拉到机场附近的宾馆休息。第二天早晨，他们又从北京飞回郑州，下了飞机就直接去了肿瘤医院。

一路上，胡大白一直提心吊胆，总算有惊无险。

◇最后的告别

回到郑州后，杨钟瑶的病情越来越严重，但他仍坚持不让两个儿子回来。他说："我这儿又没啥事儿，叫他们回来能顶啥？"

"他们都很担心，我劝劝他们吧。"

"也别跟亲戚朋友和学校的同事们说，别给大家添麻烦。我不能干工作，你也基本上守着我，雪梅也要搭上半个，还要别人来，学校怎么办？"

"我明白。我不跟他们说。"

胡大白理解自己的丈夫，也尽量尊重他的意见，没有把他的病情告诉亲友或同事，自己默默地陪伴他。

病情稳定后，杨钟瑶对胡大白说："我想回家看看。"

这时，杨钟瑶由于久卧，生了褥疮，但胡大白还是立即表示赞同："好。咱回家。"

胡大白买了个气垫床（有褥疮的病人用的，医院里有），供杨钟瑶在家里用。但是，杨钟瑶只在家住了一天，就发起了高烧，只能又回到医院。从这以后，他再也没有回过家。

重新回到医院，发烧的问题却一直解决不了。原因主要是褥疮，一直迁延不愈，这片刚好，那片又出现了，导致高烧不退。

2005 年 7 月底，医院发了病危通知书。医生对胡大白说："杨校长的病已经到了最后的时刻，身体各方面都开始衰竭，兵败如山倒，随时都会出现紧急情况，你要做好思想准备。"

胡大白虽然已经有思想准备，知道迟早是这个结果，但当这一天真的将要到来，她还是不能接受，心里好像压上一块大石头，怎么也缓不过气来。她在医生办公室呆呆地坐了好大一会儿，才缓缓地走出来，感觉特别无助。她不能跟杨钟瑶说，只能把杨雪梅叫来商量："看来，该叫你弟弟回来了。"

"我通知他们，让他们赶紧回国。"

杨保成一家很快就回来了。他强忍悲痛，宽慰爸爸说："您最喜欢壮壮，我把他给您带回来了。这次已经给壮壮办了手续，可以在国内上幼儿园。现在正值放假，让他天天陪着您。”

胡大白让护士拿来一张行军床，安在病房里，让壮壮在行军床上玩。壮壮很懂事，玩的时候经常与爷爷互动，活跃了病房里的气氛。

壮壮是杨钟瑶的开心果，他一叫“爷爷”，杨钟瑶就笑了，精神状态好了许多，也能坚持吃点饭。

有几天，杨钟瑶还坚持下床，坐在凳子上，趴在小桌上吃豆腐脑，还用小刀把月饼切成薄片，吃上几片月饼。大家都觉得轻松了不少。

这时，杨保中也回来了，也常来医院陪杨钟瑶。

重要的亲友也都通知了。杨钟瑶的大姐、三姐、四妹、弟弟、五妹先后来看望，大家心情都很沉重。倒是杨钟瑶故作轻松，还宽慰他们：“天这么热，不用来了，我没事。”

杨钟瑶的挚友、学校的党委书记程宏也来看杨钟瑶，胡大白的大姐、二姐、二哥、三哥、四哥及弟弟也分别来看望。

每当亲人来时，杨钟瑶的精神都还不错，大家也没感到他的病情特别严重。

8 月 30 日下午，杨钟瑶坐在凳子上吃西瓜，时任教育部民族教育司副司长阿布都一行 3 人来了。

胡大白很惊讶：“司长，您怎么会知道杨钟瑶住院呢？我们保密工作那么严。”

阿布都副司长笑着对杨钟瑶说：“杨老兄，有病这么长时间也不告诉我们，但我们还是知道了信儿。看到你精神还不错，我们就放心了，好好养病！”

杨钟瑶表示了感谢，还让他们吃西瓜。大家一起吃西瓜，他也吃了不少。

8 月 31 日一整天，杨钟瑶的状态也不错，吃东西时都要下床，坐在凳子上吃。

9 月 1 日上午 8 点多，杨雪梅来了，带来了早饭，还带了好消息。她说：“爸，报告您个好消息，壮壮已经正式上实验幼儿园了，今天报过到了。”

杨钟瑶很高兴：“好啊好啊，还是在国内上幼儿园好。”

看杨钟瑶状态不错，胡大白便让杨保成赶紧吃饭："你夜里在病房没睡好，吃完回去休息。"

杨钟瑶也对胡大白说："咱们一起吃吧。我也下床吃饭。"

胡大白赶紧扶杨钟瑶下床，让他坐在凳子上。杨雪梅在他前面放了个活动的桌子，把饭放在桌子上。他先喝了半碗甜的豆腐脑，又要再喝点咸的，雪梅又给盛了半碗咸的。

快吃完的时候，杨钟瑶突然说："快，给我点餐巾纸！"

胡大白赶紧拿了餐巾纸给他。

他用纸一擦嘴，发现纸上是红的。

胡大白很紧张，赶紧又拿纸给他。这时，他一张嘴，大口的血就喷了出来。

杨雪梅慌忙去叫医生，胡大白赶紧扶他上床，随手抓了毛巾、衣服什么的，去接他喷出来的血，到处一片血红。

大家把杨钟瑶扶到床上时，他已经昏迷不醒。医生、护士们跑了过来，开始紧张地抢救。但是，抢救了半天，他却没再醒过来。

医生坦率地对胡大白说："很遗憾。这是癌症晚期的消化道大出血，没法挽救了。"

胡大白一下子木在那里，顿时进入一种恍恍惚惚的状态。她看到抢救的人都撤走了，家人在为杨钟瑶擦身上的血迹，她也用毛巾为他洗脸，擦身子，换了干净的床单、干净的衣服。

杨钟瑶平静地躺在病床上，亲人们闻讯都来看，有人忍不住哭出声来。

胡大白这才明白，丈夫已经永远离开她了。她也放声大哭，蹲到地上昏了过去。

胡大白醒来时，许多亲友正准备把杨钟瑶送到太平间。近一年来，她在杨钟瑶面前一直表现得很坚强、很乐观，私底下也没有哭过，但一听说要送太平间，顿时泪如泉涌。她扑在身上盖了白布的杨钟瑶床前，哭得死去活来，怎么也不让送。

大家七嘴八舌地劝慰，几个人一起才把她拉住，胡大白又哭晕过去。大家便把杨钟瑶的遗体送到了太平间，把胡大白带回了家。

胡大白醒来时，已经躺在家里的床上。她挣扎着爬起来，看到孩子们正在客厅里布置灵堂，顿时又泪流满面，继而又感到天旋地转。孩子们发现了她，赶紧过来扶住她，扶她回到床上。

胡大白躺在床上，时而昏睡，时而清醒。醒了就伤心流泪，然后又迷糊过去，饭也吃不进，水也喝不进。她又一次醒来时，杨雪梅过来问："妈，灵堂布置好了，您过去看看吧？"

胡大白点头，杨雪梅就搀着她来到客厅。她看到杨钟瑶的相框上带着黑纱时，心理上终于接受了爱人离去的事实："我终于明白，我们已经阴阳两隔，钟瑶再也不能回来了。"

心理的调节让胡大白有了些精神，她没有再躺下，而是守在杨钟瑶的灵前，接待前来吊唁的亲友们。她告诉自己，钟瑶走了，必须把葬礼办好，和孩子们一起送钟瑶最后一程，让他体面地升入另一个世界。

9 月 5 日，杨钟瑶的追悼会在郑州市殡仪馆一号大厅举行。

会场庄严肃穆，大厅上方的电子屏上显示着"杨钟瑶同志遗体告别仪式"11 个大字，正中上方是杨钟瑶的彩色巨幅遗像，两旁是大型花环，杨钟瑶的遗体安放在遗像前的青松翠柏中。胡大白率子女敬献的花圈，摆放在杨钟瑶的遗体前，两侧的中央大厅摆放着各界人士及学校师生敬献的多个花篮。时任中共河南省委副书记王全书、省人大常委会副主任吴全智、副省长贾连朝、省人大常委会副秘书长郭永清、郑州市委副秘书长白红战、市人大常委会副主任尚有勇、副市长龚立群等领导发来唁电或送来花篮。

一大早，各界代表就络绎不绝地来到现场，省市领导、杨钟瑶生前好友、黄河科技学院教职工及学生代表近千人参加了追悼会。

上午 9 时，黄河科技学院副校长陈勇民宣布遗体告别仪式开始，全场肃立，默哀 3 分钟。现场响起悲壮的哀乐，大家含泪肃立，缅怀杨钟瑶，寄托哀思。

接着，黄河科技学院党委书记程宏代表学院致悼词。他在悼词中高度评价了杨钟瑶同志光辉、奉献的一生——

杨钟瑶同志为黄科院的诞生、成长和发展，发挥了不可替代的作用，也为中国民办教育事业作出了巨大的贡献。“风范有声若黄钟，襟怀无价是琼瑶。”杨钟瑶同志的一生，是为党和国家教育事业辛劳的一生，是追求的一生、奋斗的一生、奉献的一生，是光彩照人的一生。杨钟瑶同志的不幸逝世，是中国民办教育事业的一大损失，是黄河科技学院的重大损失。

此后，杨雪梅又代表子女们致悼词。杨雪梅讲道——

我们不知道怎样悼念才能配得上您高贵的一生，最最亲爱的爸爸，您太累、太累了，您好好休息吧！爸爸，我们知道，您最牵挂的是我们的妈妈。您放心吧，我们在您的灵前发誓，永远孝敬我们亲爱的妈妈——您最挚爱的伴侣！

爸爸，今天有这么多人来参加您的追悼会，大家送给您一副挽联，它概括了您不平凡的一生，我念给您：鞠躬尽瘁创伟业此生壮哉，呕心沥血育桃李雅范卓然……

杨雪梅的悼词感人肺腑、催人泪下，许多人都被这份父女之情深深地感动，忍不住抽泣起来，现场一片唏嘘。大家默默地低头致哀，静静地聆听这令人断肠的倾诉，缅怀这位逝去的令人尊敬的长者。

杨雪梅致悼词后，全体人员向杨钟瑶深深三鞠躬。

上午 10 时 35 分，追悼会在悲痛的哀乐声中结束。

送走杨钟瑶不久，中共黄河科技学院委员会、黄河科技学院发布《关于开展向杨钟瑶同志学习的决定》，号召全校师生向杨钟瑶学习。学习他改革创新、敢为天下先的开拓精神，学习他默默无闻、勤奋工作的实干精神，学习他求真务实、严谨细致的科学精神，学习他尊师爱生、敬老爱幼的人本精神，学习他忧国忧民、爱党爱国的奉献精神，以他为榜样，胸怀远大理想，开拓进取，励精图治，为把黄河科技学院建设成为中国最好的民办大学而努力奋斗。

◇每天都有心灵交流

杨钟瑶的离去，给了胡大白无法形容的打击。

刚刚送走杨钟瑶的那些日子，胡大白一直迷迷糊糊的，仿佛一夜之间变了个人。一个充满精气神的幽默灵动的胡大白不见了，看上去似乎一下子老了10岁，变成了一个麻木枯板的老人。

胡大白表情痴呆，动作缓慢，各种反应像是第一信号系统在起作用。孩子们让她吃饭，她可以去吃饭，但食不甘味；同事们让她去开会，她可以去念发言稿，但稿子内容完全不过脑子。曾经，她的讲话风格是基本不用稿子，偶尔用稿子，也会有很多发挥之处，可这时没有了，她连睡觉都是昏昏沉沉的。

这段时间，学院为了满足教育部本科教学工作水平评估的标准要求，继续推动1500亩地的征地工作。胡大白把这项工作交给了杨雪梅，并告诉她："这个事需要你随时作出判断，不用向我汇报。"

杨雪梅担心地说："征地牵扯到那么多钱，我怕出现失误。"

"这个事需要当机立断，如果你没处理好，咱就全当交学费了。"胡大白说。

胡大白如此放手让女儿去干，一则是为了锻炼女儿，二则她自己迷迷糊糊的，也没心情去做任何事。好在杨雪梅很能干，短短几个月就把征地手续办好了。

这段时间，胡大白虽然还是坚持原来的生活习惯，每天睡觉、锻炼、吃饭，记录身体状况，每天晚上要想好第二天干什么，第二天晚上要检查干了没干、干的效果怎么样。可是，这段时间的记录总有点语无伦次、稀里糊涂。

直到2006年初，学校要放寒假了，各种活动应接不暇，胡大白才渐渐进入了工作状态。她强烈地意识到了自己的变化，不由得反思，并追问自己："我怎么成了这个样子？怎么一下子蜕变得这么厉害？"反思中，她渐渐醒悟，是没有了杨钟瑶的原因。

胡大白后来说："我们相识相知四十年，很少分开，出差也都是用最短的时间。比如我经常去北京，一般是头天晚上坐夜车走，早晨6点多下火车，抓紧办计划好的事情。办到晚上 10 点多，到北京火车站吃顿饭（早饭、中饭是不吃的，自带点干粮解决，以节省时间），然后上车，早上就回到郑州。如果去的时间长，我们俩都是一起去的。我们出去办事也是最佳拍档，事先会周密谋划，两个高智商的大脑，而且又长期磨合，会很快制订出最佳方案。办事时也是配合默契，天衣无缝，而且在遇到突发情况时的应变和公关，我们俩更显示出惊人的才能。我们互相依赖的程度使我们成为一体，分不开，钟瑶去世，阴阳两隔，这个现实我无法接受。”

随着时间的推移，胡大白在反思中渐渐清醒。她拷问自己：“现在这个样子，我还在对学生负责吗？还在对国家、对人民负责吗？如果钟瑶活着，他会允许我这么做吗？如果这样消沉下去，是不是就如同行尸走肉了呢？”

她想起刚结婚时杨钟瑶跟她说过的“人生就是尝试”，她当时很不理解，杨钟瑶笑着说：“你慢慢就知道了。”后来，她烧伤卧床，痛苦得不想活了，杨钟瑶又鼓励她说：“烧伤也是尝试，别人还轮不上呢！这是你的特权，扛过去，就比谁都坚强了。”她真的扛过去了，而且之后的人生更精彩。如今，失去挚爱的亲人，不也算是尝试吗？能扛过痛苦、绝望、孤单，不也能更坚强吗？

她想起杨钟瑶病重的几个月里，一直担心的很多问题。他首先担心学校的稳固和发展，那时教育部已经发文要对 500 所普通本科高校进行评估，其中民办高校只有他们一所，他说：“评估不是小事，那是进京赶考，我们和北大、清华、郑大、河大参照同一标准，我们差得还很远，你要想办法请求教育部把我们放到下一批，要是真请求不下来，一定要放在这批的最后。”真被杨钟瑶言中，教育部不同意把他们放到下一批评估，但时间上把他们安排到最后（2008 年）。他还担心征地问题，在医院里常催她去跑征地（他去世前，省政府、省土地局、市委、市政府、市土地局已达成共识，把黄河科技学院征地作为“省长工程”，这实际上是郑州市 2004 年 5 月征地工作解冻之后第一个开禁的项目）。他还特别担心学校的领导班子建设，他知道自己的病情后并不外露，怕她担心，可他坚持在 2004 年底就增加两个年轻干部进入班子。他还担心中层干部能不能独当一面，在2005年上半年，他提议把一些部门副职大胆提升为正职，怕他走后局面失控，影响学校的稳定和发展。他从1960年就开始献身教育，在事业单位干了24年，兢兢业业，又创办黄河科技学院21年，一生都献给了教育事业，他临终前担心的还是黄河科技学院的教育事业，真是为教育“鞠躬尽瘁，死而后已”……

想到这里，胡大白又进一步反思：“难道我一蹶不振沉溺于悲痛之中，把学校断送了，是钟瑶所希望的吗？当然不是。”她不由得打了个寒战，如梦方醒：“我错了，我每天和钟瑶说话并没有心灵的沟通，只是在诉说我的思念、我的痛苦无助，绝不是钟瑶希望看到的。”

在经历了无数次的灵魂拷问后，胡大白又一次振作起来。她让孩子们重新布置了杨钟瑶的灵位，在他灵位的旁边放上办公桌和书柜，她每天就在这里办公。于是，这里成了她的办公室及书房，杨钟瑶在百花簇拥中看着她，陪着她一起办公。

每天，胡大白的第一件事就是给杨钟瑶上香，跟他说说话。通过缭绕的香火，她与他促膝谈心，沟通心灵，碰撞思想，还共同谋划黄河科技学院的未来。

在这个过程中，胡大白觉得，杨钟瑶的血液流进了她的身体，思想融入了她的灵魂，他超凡的智慧、坚韧的品格、宽厚的仁心、机智的应变能力，注入了她的身体……他们仍是两个人一起在干黄河科技学院的事业。于是，她的手脚灵便了，她的大脑复活了，她又变成了开朗、机敏、充满活力、一往无前的胡大白了。

◇人大代表是第一职务

2006年，胡大白已经身兼多职，不仅是黄河科技学院的校长，还是第十届全国人大代表，同时还担任着中国民办教育工作者联谊会副主席、河南省民办教育协会会长、河南省残联名誉主席、河南省妇联常委等职务，但当记者问她最看重哪个职位时，她的回答却出人意料：人大代表是我的第一职务。

2006年3月，胡大白来到北京，参加第十届全国人民代表大会第四次会议。

在会议期间，胡大白提出了加大对《民办教育促进法》实施情况执行检查力度的建议。她说，《民办教育促进法》实施近3年来，对全国民办教育的发展起到了促进作用，但在执法过程中还应注意以下环节：首先要体现“以发展为中心”的指导思想，继续鼓励民间资金兴办教育；注重落实民办学校的教师、学生同公办学校具有同等法律地位的规定；尽快协调各有关职能部门，使法律规定的民办学校应该享受的优惠政策落到实处……

除了教育，她还关注涉及广大人民群众利益的“民生问题”，建议尽快制定《社会救助法》，修改《食品卫生法》。她指出，缺乏法律保障是社会救助中亟待解决的问题，通过立法，可以有效规范政府的社会救助行为，有效调动社会力量参与的积极性，对需要救助的人员进行严格界定，建立和完善社会救助体系，使社会救助工作有法可依。

对于《食品卫生法》的修改建议，胡大白表示，由于对食品安全事件的处罚较轻，违法成本低廉，制假贩假者肆无忌惮，必须加大处罚力度。她还建议：“将食品安全监管列入食品药品监督部门的日常工作范围，组建各级专门执法队伍，负责食品安全的监督管理工作。”

由此可见，作为人大代表，胡大白的目光已经跳出了自己创办的学校，延伸到整个教育行业，乃至社会的方方面面。

当然，作为教育行业的代表，胡大白最关注的还是与教育相关的问题。

早在当选全国人大代表之前，胡大白作为河南省人大代表，就根据对郑州市中小学教育情况的调查研究，提出了《关于修改〈义务教育法〉的议案》《关于加大对学校周围网吧治理力度的建议》；针对农民工子女受教育问题，提交了《关于妥善落实进城务工农民子女享受义务教育的建议》议案；针对大学生就业问题、大学生待业期间生活保障问题，以及制定促进就业法规等问题，她也分别提出了建议，并得到采纳。

同样，在当选全国人大代表之初，胡大白也对底层百姓、弱势群体的生存状况表达了高度的关切，围绕经济建设、社会发展等领域的热点问题，提出了议案或建议。看到农民工的权益得不到保障，她提交了关于制定《农民工权益保护法》的议案，被全国人大采纳；看到一次性筷子的生产造成资源浪费和环境恶化，她建议制定禁止生产和使用一次性筷子的相关法规；看到毒品严重危害社会，她建议修改现有相关法律，加大对制毒、贩毒、吸毒和容留吸毒者的惩罚力度，堵塞产生新型毒品犯罪活动的漏洞……

作为一名人大代表，在每次参加人代会前，胡大白都要深入基层、深入群众，调查了解真实情况，收集群众的意见，倾听群众的呼声，精心准备提案。闭会期间，全国人大常委会组织开展的视察活动，她不管工作再忙，都坚持参加，从不落下。

她曾视察过郑州市盲聋哑学校，调查了解残疾少年儿童受教育的情况，及时向教育行政部门反映残疾人教育的问题并提出建议；她曾多次深入郑州市戒毒所调研，考察有关法律的落实情况及存在问题，倾听戒毒工作人员的呼声；她曾专程到郑州的农民工居住地走访调查，与农民工促膝谈心，了解其进城务工情况，尤其是子女的教育问题……

胡大白感慨地说："在履行代表职责、参加代表视察和调研活动中，处处受到群众的尊重和信任，使我能在深入基层、接触人民群众的时候，倾听群众的心声，了解他们的疾苦，成为群众与国家权力机关之间的桥梁和纽带。"

每次调研结束，她都要把了解到的情况和问题记下来，进行归纳分类，总结分析，认真撰写议案。在她任代表期间参加的每次人代会上，她领衔或参与的提案和建议都在10件以上，而且大多数被采纳。

多年的人大代表实践，使胡大白深深地认识到，代表不是一种荣誉称号，而是代表人民管理国家和社会事务的责任。人大代表只有深深扎根于人民群众之中，才能真正履行宪法和法律赋予的神圣职责，努力做到"人民选我当代表，我当代表为人民"，代表人民行使民主权利。

◇放眼世界

2006年8月，第三届"世界大学女校长论坛"在北京、南京两地举行，来自34个国家和地区的119位大学女校长参加了论坛。胡大白应邀参加，并向论坛提交了题为《中国民办高等教育发展模式探索》的论文。

在20年的办学实践中，胡大白充分认识到大学国际化已逐渐成为高等教育发展的一种全球性趋势，早已把目光投向了世界。为了让黄河科技学院可持续快速发展，她和其他校领导先后到美国、日本及西欧的一些国家考察访问，学习借鉴世界名校成功的办学经验，也围绕学校的发展模式与国际同行进行了交流。在致力于走内涵式发展道路的同时，他们积极寻求与世界知名院校的合作与交流。他们曾先后与日本、加拿大、美国、英国、澳大利亚等国家的几十所学校结为友好学校，进行互派留学生等方面的合作。广泛的国际交流合作促进了学院的发展，提高了办学层次和水平。

早在2002年8月，黄河科技学院就向河南省教育厅提出招收留学生的申请，并很快获得批准，成为全国第一所可以自主招收外国留学生的私立大学。从2003年3月起，黄河科技学院开始招收外国留学生，短短3年之后，已有来自韩国、日本、塞黑、波兰、波黑、美国、巴西、菲律宾、越南等国的近80名留学生在校学习。

2004年，杨保成攻读MBA临近毕业时，写了一份关于创业发展的论文，以黄河科技学院的发展作为商科案例。借着这次契机，他重新审视这所学校的发展壮大，并最终形成了几十万字的论文。当这份厚厚的论文交上时，商学院的老教授们从中看到胡大白创办黄河科技学院的艰辛历程，无一不热泪盈眶。教授们给杨保成的论文打了最高分，也让“黄河科技学院”这个名字一次又一次出现在美国大学的课堂上。

胡大白去美国时，杨保成带她见了他的导师阿勒克斯教授。

阿勒克斯是哈佛大学的博士，是位很有名的荣誉教授，他见到胡大白时，对胡大白特别尊重。他说：“您儿子写的那个案例，我每读一次，都会流泪。您在那么艰苦的条件下创办这么好的大学，太不容易了。”

胡大白拿出特意带来的《黄河科技学院画册》，给教授详细介绍了情况。教授很激动，赞不绝口。

正是因为胡大白及黄河科技学院在美国的影响力迅速扩大，促成了黄河科技学院与美国肖特学院的合作。

也是在这一年，经河南省教育厅批准，黄河科技学院与美国肖特学院开展“2+2”合作办学。他们在计算机科学与技术、工商管理两个本科专业各招收50名学生，共同制订教学计划，课程统一、学分互认。学生先在黄河科技学院学习两年，随后在肖特学院学习两年。毕业时，颁发黄河科技学院和肖特学院的毕业证书和学位证书。在肖特学院本科毕业后，可以继续就读该校硕士学位。该项目纳入国家高考录取计划，由黄河科技学院通过河南省招生办公室统一录取。

肖特学院位于美国佐治亚州的罗马城，拥有140多年的历史，是美国知名的高等学校，被评为美国南部最著名的20所高校之一和最有价值的10所高校之一。黄河科技学院与之合作，大大提升了学院的知名度和影响力。

这年9月，黄河科技学院成立了国际学院。

成立之初，胡大白就高瞻远瞩，教学的各项设施均按国际标准进行设计，使之一起步就成为全校教育教学的亮点。

国际学院教学、办公最初在图书信息大楼七楼、八楼。走出电梯，映入眼帘的是有机玻璃制作的中英文“国际学院”牌子，晶莹剔透。进入楼道，鲜花、壁画、挂毯扑面而来，交相辉映；走廊两侧张贴的中英文名言警句，使人立刻置身于英语世界。教室也很具个性化，不仅配有电视机、录音机、柜式空调等，还有中英文世界地图、中国地图、美国地图。讨论室里鲜花绿树生机盎然，清新雅致，讨论桌中央摆放着台式中美国旗，电视机、DVD、投影仪等一应俱全。800平方米的大厅里设有休闲茶座、健身器械和两台高级乒乓球案，瓷器、玉器、屏风、挂毯等，把大厅装点得格外高雅。

国际学院的师资队伍也是一流的。作为全校教学改革的试点，在为国际学院配备师资时，学校给予了重点倾斜。所有基础课程和专业核心课程均由教授或副教授任教，并安排专门的辅导老师跟班听课，定期辅导；英语精读、口语、听力课全由外教授课，使学生在地道纯正的英语环境中耳濡目染，为两年后出国深造打下良好的外语基础。

10月11日，美国肖特学院院长施拉德尔博士率代表团来到黄河科技学院访问，商谈了合作办学的具体事宜。

在参观国际学院的过程中，施拉德尔博士不断地点头称赞。他满意地对胡大白说：“在这么好的学习条件下，学生的学习质量应该可以得到有效保证；咱们的合作已经见到了初步成效，相信以后的合作能够取得更大的进展。”

胡大白对此完全赞同：“两校合作不仅仅是关系两校发展的重大问题，同时也促进了中美两国高校之间的交流，对于中国民办高校探索同国外高等院校合作办学也具有深远意义。”

参观结束后，施拉德尔博士兴奋地说：“国际学院办得很好，我会再来看的。”

“随时欢迎！”

正式开课后，国际学院坚持“四结合”的原则，优质课程引进与资源共享相结合，西方文化与中国文化相结合，经典理论与前沿科技相结合，理论教学与实践活动相结合，每个专业都从肖特学院引进了4门核心课程，教学内容和方式也吸收了国外课程的先进性，融合中西文化，提高教学效果。除了上课，他们还安排了丰富多彩的课外活动，先后举办了有外教参加的师生迎国庆晚会、周末舞会、英语角，组织倾听高层次学术报告，与外语学院部分师生进行座谈交流，组织学生到省博物院参观学习等。后来，学院又举办了演讲赛、辩论赛等文化活动，组织到知名三资企业考察等社会实践活动，均收到了很好的效果，受到了师生们的一致好评。

随着国际学院的成功创办和逐渐发展，胡大白更加注重与国外高校的交流与合作，进一步拓宽视野，引进经验。

2006年11月，胡大白随河南教育考察团赴新西兰、澳大利亚考察，对奥克兰商学院、昆士兰科技大学、墨尔本大学、悉尼大学进行了访问。

后来，她又先后赴罗马尼亚、丹麦、瑞士、美国等国考察，访问了葛莱体育学院、南丹麦大学、伯尔尼大学、伯尔尼应用科技大学、萨凡纳艺术与设计学院、亚特兰大技术学院、弗吉尼亚大学等院校，与多所院校建立了交流和合作关系。

在考察过程中，黄河科技学院的蓝图在胡大白的心里越来越清晰。她觉得，黄河科技学院未来应该是这样一所学校：具有相当规模的科教融合一体化教育集团，可以和世界著名私立大学相媲美的名牌大学，当中国的学生向往国外的私立大学时，外国的留学生也愿意来黄河科技学院深造。

“这是我一生的梦想。”胡大白说。

她不仅自己出访，还派出学院其他领导出访，尤其是女儿杨雪梅。2006 年，杨雪梅就考察访问了英国、美国和澳大利亚的一些院校，后来又访问了巴西、阿根廷、俄罗斯、日本、韩国的很多院校，在学习交流中不断成长进步。

如果算上送两个儿子到美国留学，并在美国从事科研工作，胡大白的战略布局早就具备了世界眼光。就像一个围棋高手，布局之初总要下一些看似无意的“闲棋”，却在后来的战局中起到重要的作用。

杨保成从 24 岁就赴美留学，先后获得康涅狄格大学高分子化学博士学位和弗吉尼亚大学达顿商学院工商管理硕士学位，并在世界著名的奥森投资管理公司担任过研究部主管……在美国长达 11 年的学习和工作，让杨保成年纪轻轻就成为“学贯中西”的复合型人才，随时可以为黄河科技学院的发展壮大贡献力量。

2007 年初，胡大白与杨保成的一次简短对话，促使杨保成毅然回国，成为黄河科技学院建设和发展的中坚力量。

◇儿子回来了

这次对话，其实并没有涉及杨保成回不回国的问题。

杨钟瑶逝世后，胡大白很长一段时间陷入失去伴侣的痛苦中，让作为长子的杨保成也备受煎熬。

杨保成深感内疚，深感遗憾，不仅没能尽到长子的责任，更没能在父亲面前尽孝。他觉得，他已经和父亲错过了 10 年的时光，不能再有第二次错过，不能再远离母亲、难以尽孝。

基于这种强烈的愿望，他首先想到的，是把母亲接到美国去。一个重要原因，是他在美国的工作待遇丰厚，发展前景广阔，他一下子难以割舍。

于是，他便征求母亲的意见："我和保中都在美国，您能不能也来美国，让我们方便照顾您？"

胡大白想都没想，便直接拒绝："不可能。我离不开你爸，也离不开学校。"

"学校现在已经走上了正轨，也不需要您再过多地操心了。"

"我说的是我离不开学校，不是学校离不开我。"

杨保成明白了，母亲把学校看作她生命中最重要的精神寄托，从精神层面讲，甚至比孩子更重要，不可能割舍。他在美国的所谓事业，与父母开创和正在从事的教育事业相比，不可同日而语。

那一刻，他暗暗下了决心，回国。

"这个决定，意味着我要放弃国外的优越环境，放弃在别人看来前途远大的事业，但为了父母，为了中国民办教育事业，我在深思熟虑之后，还是毅然决定回国。"

2007 年 5 月，杨保成带着妻子、儿子、女儿，一起回到了祖国，回到了郑州。

回国之初，杨保成作为国际知名大公司的高管，立即被国内很多金融行业的公司盯上，有基金公司，也有证券公司，包括刚刚起步的QDII（合格境内机构投资者），邀请者络绎不绝。

杨保成不忘回国的初衷，那就是陪母亲、帮母亲、孝敬母亲，加之美国的公司还想让他兼职，便回绝了所有的邀请，在黄河科技学院担任了财务总监，并从事化学方面的教学和科研工作。

胡大白虽然自始至终没对杨保成提要求，但她心里是希望他回国的。

杨保成进入黄河科技学院管理层，便开始了对黄科院及黄科院人的观察。渐渐地，他对黄科院精神有了一定的体悟，也逐渐理解了父母从事的"教育事业"的深刻内涵。他认识到："教育是一种隐性的幸福，虽然不会给人带来很多的物质享受，但可以影响很多人，让很多人有新的梦想和追求，让很多人的人生更有意义。”

于是，他的心也开始在这里慢慢扎根，越来越投入地工作起来。

在教学改革、学生管理、员工绩效考核等方面，他不断探索，推动学校教学水平和管理水平再上新台阶。他引进欧美先进的教育理念，在英语教学改革中实施大学英语混合式教学，构建以知识为基础、培养学生英语语言能力的课程体系；利用移动信息技术，开发推行“翻转校园”App，为师生提供教务、学习、生活、资讯、就业推荐等服务，促进智慧校园建设……

在科研方面，他牵头组建了纳米功能材料研究所，吸引了一批来自化学、物理学、材料学及药学等领域的国内外优秀中青年学者；他主持的“基于新型噻吩功能化的结构导向剂制备介观结构 TiO_2 复合材料及光电性能研究”，获准国家自然科学基金项目立项，开创了民办高校承担国家自然科学基金项目的先河。他个人也被河南省教育厅评为“河南省高校科技创新人才”，入选教育部“新世纪优秀人才支持计划”。

“我是个典型的理想主义者，在现实中也曾遭遇迷惘。经历了梦想照进现实的升华，我选择了全身心投入黄科院。”杨保成说，“过往历史成为前进的基石，我愿意坚守服务中国民办高等教育的梦想，为中国民办高等教育的蓬勃发展，为黄科院的辉煌未来，贡献自己的满腔热忱和全身才华！”

◇相关链接

▲ 2004 年 8 月，教育部高等教育教学评估中心正式成立，标志着中国高等教育的教学评估工作开始走向规范化、科学化、制度化和专业化的发展阶段。同年 9 月，以“沟通、合作与发展”为主题的第二届“大学女校长国际论坛”开幕，来自 20 个国家和地区的 121 所大学的 128 位女校长应邀参加论坛，胡大白参会并作题为《国际化背景下的大学合作》的演讲。

▲ 2005 年 12 月 9 日，教育部高教司关于“地方本科院校人才培养目标、模式与方法的研究与实践”教育教学改革项目评审会议在北京召开。黄河科技学院作为唯一一所民办高校参加会议，以《民办本科高校培养目标定位和育人

模式改革的研究与实践》为题参加答辩。

▲ 2006 年 11 月，胡大白主持的《民办本科高校培养目标定位和育人模式改革的研究与实践》课题，被列为中国高等教育学会“十一五”教育科学研究重点规划课题。同年 8 月，她荣获“全国三八红旗手”称号。

▲ 2007 年 4 月，首届中国卓越校长峰会在郑州青少年宫召开。胡大白出席，并作题为《如何实现中学教育与大学教育的有效对接》的演讲。同年 10 月，她的文集《感悟与探索》由中央民族大学出版社出版。

第六章　着眼未来谋发展

黄河水奔流东去，灌沃了中原大地，哺育了华夏儿女，迎着太阳奔向大海。她给大海带去精神和力量，渗透、扩散到整个海洋，浸润、漫延到四面八方。

胡大白渐渐变老，黄河科技学院已然强大，培养的人才越来越多，她可以说功成名就。她给学院打下了坚实的基础，仍着眼未来谋发展，并把目光投向全国的民办教育，乃至中国教育的未来及远方。

◇迎接教育部评估

2006年春，胡大白重新找出教育部下发的本科教学工作水平评估文件，认真地学习研究了一遍。

早在2005年，这个文件下发后不久，胡大白就看过，也已经主持召开过动员大会，做了相应的安排。学院也成立了评估工作领导小组，建立了评估办公室、材料组、运行组、保障组等一系列工作机构，全校师生也都积极做了准备。但是，杨钟瑶病重至逝世期间，她无暇无心无力再为此操心，就连文件也没能细细研究。

看完文件，胡大白出了一身冷汗。她强烈地意识到，这次评估意义极其重大，不容有失，情势却极其严峻。这是一次国家级、权威性的大考，如果不合格，可能被要求停止招生，甚至失去本科办学资格。而以黄河科技学院此时的条件，不管是硬件还是软件，都与评估标准的要求存在较大差距。

教育部原定的本科教学工作水平评估时间渐渐临近，而黄河科技学院的准备工作还千头万绪，很难在短时间内达到标准要求。怎么办？

胡大白冷静地梳理了一下思路，觉得最好的办法还是推迟评估。

于是，她立即动身去北京，到教育部反映情况，请求推迟评估时间。

见到教育部的分管评估工作的领导，她诚恳地说："我们起步晚、底子薄，离评估标准还有一定差距。你们能不能放宽一下，这一轮就不要评估我们了？"

评估五年一轮，只要教育部同意黄河科技学院这轮不参加评估，她就可以多出五年的准备时间。

有位领导答复说："正式文件下发了，评估名单公布了，不能改变。你们虽然是民办院校，也不能不评估，赶紧准备吧！"

"我们正在向着评估标准努力，可是我们之前的差距太大了，时间确实不够用。"

"你们已经是这轮的最后一所院校了，我们尽量晚一点去，但这轮必须评估。"

胡大白失望而回，但仍不死心。她又找到河南省教育厅的领导："请您帮我们做做工作吧！这一轮就我们一所民办高校，还是先别评估了。"

教育厅的领导体谅胡大白的难处，答应道："我们反映一下试试，估计教育部不会同意。"

果然，省教育厅向教育部反映了情况，得到了否定的答复。

推迟评估的想法落空，胡大白顿觉"压力山大"。但是，这种压力也迅即转化为动力，激活了她原本因爱人逝世而懈怠的精神。她仿佛打了一个激灵，头脑立即清醒起来。她告诫自己，既然没有退路，那就勇往直前，举全校之力，打赢这场事关全局和未来的战役。

2007年3月22日，黄河科技学院调整和充实了本科教学工作水平评估领导小组及办公室，提出了《黄河科技学院2007年3月至2008年5月本科教学工作水平评估实施方案》，进一步细化工作，保证评建工作顺利完成。胡大白再次作了全校动员，提出了“二次创业”的概念，提出了“只争朝夕”的口号，提出了“任何部门、任何人接到评估任务，都要全力以赴、无条件完成”的要求。

随着胡大白“校长”角色的强势回归，黄河科技学院“迎评促建”工作驶入了快车道。全校上下都行动了起来，教职工中开始流传一句玩笑话:“天不怕，地不怕，就怕评估办打电话”，间接反映了评估工作的紧张程度。

评估标准对硬件要求很高，对校园面积、图书馆藏书量、教学科研仪器设备都有具体要求。此前，杨雪梅已经完成了1500亩地的征地工作，开始在这片土地上建设新校园，教学楼、实验楼、宿舍楼、第二图书馆大楼及相应的生活配套设施、体育健身设施都在建设中。

为了赶工期，杨雪梅没有时间回家，没有时间参加孩子的家长会，甚至“没有时间生病”。有时，她身体不适需要输液，还把吊瓶带到办公室里输……

在建设新校园的同时，胡大白出面主导，加速完善其他硬件设施，使之尽快达到评估标准的要求。

图书馆藏书量是个硬指标，这几年已经逐渐增加，由三年前的60万册增加到116万册，但离160万册的要求还有很大差距。于是，胡大白结合学院的实际，再次大量采购图书30多万册，使图书总量达到了148万册。这样，在评估之前再采购12万册，就可达标。

鉴于理工实验大楼即将竣工，学院也启动了仪器设备的采购工作。仅2007年，学院就组织实施了16项物资设备采购招标，中标金额达到832万元，教学科研仪器设备总值已经超过了1亿元，达到了评估标准的要求。

随着新校园建设的紧张推进，硬件在评估前达标已然问题不大。可是，软件上的达标更不容易。

在本科教学工作水平评估的标准要求中，师资队伍建设和教学管理方面，对专任教师与学生数量比例、副教授以上高职称教师比例、硕士以上高学历教师比例都作了下限规定，在办学指导思想、教学条件及利用、专业建设与教学改革、教学管理、教学效果等方面，建立了两级指标体系和诸多观测点，都要逐一考核。

这时，黄河科技学院的师资队伍已基本达标，但其他方面差距还很大。胡大白启动了“八大工程”，进一步加强师资队伍建设、实践教学工作、教学质量标准与评价建设、科研与学校建设、规范管理、“校风教风学风”建设、毕业生就业工作等，促进学校的软件建设。

评估工作需要提交《办学特色项目报告》，胡大白召集学院领导和骨干们座谈讨论，集思广益。

胡大白总结的办学特色主要有两条，一是“艰苦奋斗、滚动发展”的发展模式，二是“本科学历教育和职业技能培养相结合”的人才培养模式。大家对于前者都没有异议，但对后者却有不同的声音。

自从启动本科教育后，胡大白在摸索中前行，渐渐得出“基础理论知识够用就行”的观点，致力于培养应用型、复合型人才。但是，这种观点与“厚基础，宽口径”的传统观点相悖，反对者不少，其中就有两位副校长。

一位副校长说：“这种模式，实践中用一用勉强可以，但要写出来，当作特色，那就值得商榷了。”

胡大白不解地问：“既然可以实践，为什么不能上升到理论？”

另一位副校长解释说：“您应该也知道，教育部高度重视本科院校理论课的教学和学生对理论知识的掌握，并没有要求一定要开展职业技能培养。如果写了，就等于直接承认我们降低了本科教学标准。还是不写为好！”

胡大白听明白了，也承认两位副校长说得有道理。如果把这条经验写成“办学特色”，万一教育部不认可，影响了评估结果，那就适得其反了。不过，她还是坚持自己的观点：“我不这么认为。教育部的指导意见，是对实力强、层次高、生源优的院校提的，我们是实力较弱的民办教学型院校，还是应该结合实际，不能硬往上靠。”

副校长提醒说：“教育部对本科院校的要求，并没有说只要求公办院校，评估也没有对本科院校进行细分，应该是一个标准。”

另一位副校长附和说：“本科院校开展职业技能培养，找不到政策和理论依据，还是不要写了。”

2008 年 3 月底，教育部本科教学工作水平评估专家组来到黄河科技学院，对学校进行了“预评估”。专家们充分肯定了学院 20 多年来的办学成绩，也提出了一些意见建议。

胡大白就“开展职业技能培养”方面的想法跟个别专家进行了交流。她说：“从 2003 年开始，我们以应用型人才为培养目标，在工学院、医学院、新闻传播学院、艺术设计学院、信息工程学院等二级学院开展了教学改革，加强实践教学，培养职业技能，取得了很好的教学效果，深受师生们欢迎。”

有专家明确表示了支持：“这种人才培养模式很有创意，效果应该不错，用人单位应该也很欢迎。”

“是的。拿我们的艺术设计学院来说，本科四年级需要写毕业论文时，我们会安排学生到企业去，让企业根据需要出题目，由他们为企业搞设计。这样写出来的毕业论文，大部分被企业采用，很多学生都直接被企业留下了。”

“这个经验值得总结。”

“那我们是不是可以写到《办学特色项目报告》里？”

对于这一点，专家也没敢给出肯定的答复，大概也是考虑到了正式评估时的风险。

2008 年 4 月中旬，离正式评估只有两个月时间了，黄河科技学院的《办学特色项目报告》还没有定稿。教育部催促上报，胡大白又召集领导们商量，还是坚持把“开展职业技能培养”写到报告里。她质问反对者：“既然实践效果好，既然一直‘敢为天下先’，为什么不能创新人才培养模式，把它作为一个办学特色大大方方地提出来呢？”

党委书记程宏表示了支持：“我同意胡校长的意见，写进报告。”

反对者无言以对，算是默许。

胡大白知道有人保留了意见，便声明道：“这个特色写进报告，如果真出什么问题，我和程书记负责。”

◇一鸣惊人

2008 年 6 月 15 日，教育部本科教学工作水平评估专家组进驻黄河科技学院，对学院办学条件、指导思想、师资队伍、教学情况等各个方面进行了全面考察。

专家组的组长是湖北工业大学的校长熊健民，副组长是三江学院的副校长、曾经担任过南京大学教务处处长的陈云棠，其他 9 名成员也都是本科教学方面的专家。更重要的是，这些专家们都很严谨、很认真，工作起来一丝不苟。

听完胡大白的工作报告后，专家们便开始审查学院的自评报告和特色报告，还严格对照评估指标体系进行核实。

熊健民组长打开自评报告，立即提出了疑问："你说有 2100 亩土地，为什么没附上土地证？"

胡大白赶紧解释："土地证都有，我这就让人拿过来。"

办公室的人很快把土地证拿来了，熊组长认真核对了一遍才罢休。

接下来，专家们又核对校舍建筑面积，要求出示校舍的产权证；核对教学科研设备的数量，要求出示财务证明；核对专任教师的数量，要求出示人事档案材料证明；核对高职称、高学历教师，还要求把每个教师的职称证书、毕业证书、学位证书都拿来……

胡大白看到专家们如此认真，心里直打鼓，生怕哪个环节出问题。尤其是那个《办学特色项目报告》，评估标准虽然没有细节要求，但专家们都知道教育部的基本要求，能不能理解、认同？会不会给予否定？她没有把握。

胡大白一直守在审查特色报告的专家旁边，随时准备解释，好在专家没有提出异议。

审查完两份报告，专家们又实地察看，先后去了图书馆、实验室、实训基地、教学楼、宿舍楼、体育场等处，评估学院的教学生活设施、体育文化设施。他们还访问了不少教师、学生，访问了一些学生家长，甚至还找了一些用人单位的领导，广泛征求对学院本科教学的意见和评价。

整整一周时间，专家组的专家们就像过筛子一样，把黄河科技学院的本科教学工作及教学成果梳理了一遍。

评估结束时，专家组的专家们给出了反馈意见，都对黄河科技学院的本科教育给予了很高的评价。

让胡大白特别意外的是，熊健民组长竟然用了“震撼”“震惊”两个词。他说：“我真的没想到，一所民办高校能够把工科办得这么好，能够把医学、音乐、艺术设计这些专业办得这么好。这可都是需要花大钱的，很多公办院校都不太敢沾。你们的基础设施一点也不比公办院校落后，你们的教学实验仪器设备一点也不比公办院校少，你们的教师队伍一点也不比公办院校差，确实让我感到震撼。”

熊组长停了停，又感慨地说：“让我震惊的，是学院的艰苦奋斗精神和滚动发展之路。在国家没有一分钱投入的情况下，你们办学20多年，征那么多地，盖那么多校舍，买那么多图书和仪器设备，真是超出了我的想象。”

陈云棠副组长对学院的本科教育也给予了高度评价，尤其对胡大白最担心的人才培养模式赞不绝口。他说：“本科学历教育和职业技能培养相结合，这个提法非常好，极具开创性，走在了教育改革创新的前列。”

有个专家补充说：“提出这个培养模式，等于有了一个新题目，你们应该进一步把文章做好，通过在实践中探索和求证，使这个模式更加系统、更加完善，并且要有理论成果。”

听到专家们的评价，胡大白心里的石头才算落了地。她激动地说：“听了专家们的评价，我觉得很多是鼓励，我很感动，很受鼓舞。”

专家组结束考察后，向教育部提交了评估报告，给出的评价是“优秀”。但专家组也提出了一些意见，指出了教学中的一些薄弱环节。

2008年暑假的前三天（7月7日至9日），胡大白组织了一次研讨会，对评估工作进行总结，就薄弱环节制定整改措施。

研讨会也算是庆功会，胡大白有意选在了雁鸣湖风景区召开，参加人员主要是学院领导及评估领导小组的骨干。她选这样一个风景优美又清静的地方，除了因为这里有利于总结和思考，也想让辛苦了4年的同事们休整一下。

在会上，胡大白提出了三个问题："教育部专家组肯定了我们什么？指出我们的不足又是什么？今后我们应该怎么做？"

胡大白的三个问题虽然都很直白，却正是大家都刻意关注和思考的，很容易就调动起了大家的情绪。大家积极发言，热烈讨论，会议从早上一直开到半夜，逐渐统一了思想，达成了共识。

在讨论中，平时不怎么说话的杨保成打开了话匣子。他从学院的实际出发，结合评估专家组的反馈意见，提出了一个教学改革整体方案。他说："教学改革要注重理论与实践相结合，要注重职业技能和人文素质的培养，注重提高科研水平，促进教学质量……"

杨保成的发言一下子把在场的20位领导都给镇住了。大家一致感觉，杨保成的发言最全面、最系统、最切合实际。

胡大白也是又惊又喜。她听得出来，儿子不是一般地关心学校，不是随波逐流地应付几句，而是真正把学校发展中存在的问题及解决的方法提了出来。她甚至觉得，儿子对学校教学工作的理解，比她有过之而无不及。

程宏书记倒是很淡定。他说："我是学工科的，保成也是工科博士，我和他交换过关于教学改革的看法，也支持他的观点。因为我知道，美国大学的教学中，非常注重培养学生的自学能力、研究能力和创造能力，特别重视教学与科研，保成在美国留学、工作多年，使他的视野更开阔、思路更开放，这都是值得其他领导学习的。"

研讨会后，抓教学工作的闻良生副校长主动找到程宏书记，说："我年纪大了，真是不能带领大家改革，改不动了。让保成来做副校长吧，我给他当顾问。"

程宏书记也感觉杨保成更合适，就把闻副校长的原话传给了胡大白。

胡大白感觉有些突然，有些顾虑。她说："雪梅已经是副校长了，再让保成当副校长，弄得学院像个家族式的大学了，这可不好。"

程书记据理力争："保成为人谦和，思想又敏锐深刻，大家反映都很好。再说了，他是留美回来的博士，有真才实学的博士，在哪里都会被重用，你为什么迟迟不用？"

胡大白还是很犹豫："保成尽管优秀，但毕竟是我的儿子，我怕教职工们会议论。"

"我们是量才擢用，别人会有什么议论？再说了，你作为母亲，也应该为孩子的成长进步着想。"

胡大白没太理解程书记这话的意思，探寻地看着程宏。

程宏解释说："保成还是金融方面的专家，如果哪家金融机构想挖走他，也不是没有可能。毕竟人家会提供比这里高很多倍的待遇。"

胡大白点点头，自嘲地说："您说得对。万一他受不了学院的苦，干几年走了，我这个母亲就丢人了。"

程书记语重心长地说："你、我、闻副校长，还有其他几个校领导，我们这帮人年龄也不小了，干工作也有些力不从心了。现在学校正是用人之际，应该量才擢用，你还顾虑什么？"

胡大白听了程书记的一番话，想法有所转变："从研讨会上的发言来看，他对学院下一步的改革很有见地，用起来也不是不行。但是，他是我的儿子，还是要慎重些，最好先广泛征求意见，看看其他校领导和中层领导们有什么看法。"

程书记点头："这个工作我来做。"

很快，程宏书记又征求了其他几位校领导和十多个二级学院领导的意见，得到了普遍支持。

于是，在这个暑假里，杨保成被任命为副校长，主抓教学科研。闻良生改任顾问。

2008 年 12 月，教育部本科教学工作评估专家委员会召开全委会，对接受评估的全国 87 所本科院校作出评估结论。

2009 年 1 月，教育部下发《关于公布北京师范大学等 87 所普通高等学校本科教学工作水平评估结论的通知》，公布了 2008 年的评估结论。黄河科技学院得到的评估结论是"良好"。

历时 4 年的迎接评估工作圆满结束，黄河科技学院取得了超出预期的成绩。因为，根据教育部的评估标准，2000 年后升本的高校，最高可以获评"良好"。也就是说，黄河科技学院的成绩，已经是同类高校中最高的了。

黄河科技学院一片沸腾，胡大白也很高兴。但是，她想得更多的，已经是下一步如何转型创新、更上一层楼了。

◇探索发展之路

2009年2月21日，新学期开学后不久的一个周末，天气晴好。这天下午3时，在黄河科技学院南校区图书信息大楼的第二报告厅，第33期黄河讲坛如期开讲。

黄河讲坛是黄河科技学院为开阔学生视野、启迪学生思维、塑造学生人格、弘扬先进文化、传承大学精神而精心打造的文化品牌，广泛邀请知名专家、教授、文化名流、企业精英等开坛设讲，内容主要涉及学术前沿、社会热点、先进文化与思想动态等。

这期讲坛的主讲人是齐齐哈尔职业学院的党委书记、院长曹勇安教授。曹院长曾开创了民办兼并公办、通过产权制度改造公办学校的先河，获得过“全国五一劳动奖章”和“全国民办教育十大杰出人物”称号，在教育界尤其是民办教育界拥有很高的知名度。

曹院长报告的题目是《创业创新创品牌》，也正是胡大白关注关心和经常思考的。因此，尽管她与曹院长比较熟悉，平时交流也较多，还是来到现场，认真地听了曹院长的报告。

曹院长在报告中讲道：“中国的高等教育已经从稀缺资源走向选择资源，过去是能不能上学，现在是上什么学，所以学校也需要创品牌；品牌的经营一定要靠文化支撑，作为学校的文化来讲，浅层面的是学校的物质文化，中层面的是制度文化，即我们通常说的规范，深层面的是精神文化，也就是我们通常说的角度……”

胡大白很认同曹院长的说法，而且黄河科技学院也是这么做的。学院品牌已经在全国打响，学院文化也形成了体系，只不过有些“角度”还不够完善。

为此，胡大白提出了加快完善文化体系的想法，进一步提炼办学指导思想。

办学指导思想是一所学校关于“为什么办学”“怎样办学”“建设一个什么样的学校”“培养什么样的人才”“怎样培养人才”等方面的教育主张和思想观念，包括办学宗旨、办学方针、学校愿景、学校精神、学校校训、学校定位、战略口号、人才培养目标、学生形象、主题词等内容，其中很多内容胡大白已经概括总结过。比如：“为国分忧，为民解愁，为社会主义现代化建设服务”的办学宗旨，“办一所对学生最负责任的大学”的共同愿景，“以提高教学质量为中心，以提高管理水平为手段，以加强思想政治工作为保证”的办学方针，“开拓、拼搏、实干、奉献”的学校精神，“打硬仗、上台阶、创特色、争名牌”的战略口号……

这次，胡大白鲜明地提出了校训：“厚德博学，砺志图强”；提出把“敢为天下先”作为师生的座右铭；明确了学校定位：类型为“综合性学科，教学型高校”，重点学科为“工科、商科”，立足河南，辐射中原，面向地方、面向基层、面向经济建设第一线；人才培养目标为“高素质应用型人才”；学生形象为“五会”（会做人、会学习、会工作、会生活、会创造）、“四有”（有理想、有道德、有文化、有纪律）；主题词是“黄河科技学院——一轮喷薄欲出的太阳”。

黄河科技学院的标志是一轮喷薄欲出的太阳，下面倾斜并列的三道线，昭示着黄河科技学院的辉煌前景，表现了黄科院人以质量求发展、以效率为生命、以信誉为保证，奋力拼搏、勇往直前的精神风貌。

胡大白说：“喷薄欲出的太阳最有活力、最有后劲，象征我们学校充满生机活力、充满创造性。”

在办学指导思想梳理、提升、固化过程中，黄河科技学院先后三次印发征求意见稿，广泛征求教职工意见，反复修改，精益求精。

8 月 17 日，在北校区综合楼二楼会议室，学院召开了办学指导思想（顶层设计）讨论会议。校领导及各二级学院院长、战略发展研究中心主要成员出席了会议。参会人员结合所在部门的实际情况，展开了热烈讨论，并就具体思路和文字修改等方面提出了很多宝贵的意见和建议，再次完善后正式印发施行。

2009年正值中华人民共和国成立60周年，河南省委、省政府开展了“60位为新中国成立作出突出贡献的英雄模范人物”和“60位新中国成立以来感动中原人物”评选活动，胡大白当选为“感动中原人物”。

9月29日，河南省“双60”人物代表座谈会在省人民会堂召开，胡大白出席会议并作典型发言，受到时任河南省委书记、省人大常委会主任徐光春，省委副书记、省长郭庚茂等省“五大班子”领导的接见。

胡大白在作典型发言时说：“在举国庆祝中华人民共和国成立60周年之际，我的心情特别激动，因为我是新中国成长的见证人。新中国诞生时，我才6岁，我有幸亲历了建设新中国的60年，作为一名教育工作者，我深知肩负的责任使命。中共中央总书记、国家主席胡锦涛接见我时亲切勉励的话语犹在耳边：‘你们对学生很负责任，为国家培养了几万名大学生，希望你们继续努力！’今天，全省父老给予了我新的荣誉，这是对我的鞭策和期待！我将更加忠诚于党的教育事业，不辜负党和人民的重托，把我的毕生献给党的教育事业，为河南的经济建设和社会发展作出更大的贡献！”

胡大白讲得慷慨激昂，说的也是心里话。在这个荣誉面前，她想的确实是如何更好地办学，更好地为教育事业作贡献。

当天晚上，胡大白回到家，看着杨钟瑶的遗像，把这天的活动情况“告诉”了他，跟他分享荣誉，并与他沟通了自己的想法，商量以后该怎么做。

这是胡大白与杨钟瑶的心灵交流，也是她自己的心理活动。她分析了河南省高等教育的现实状况、学院面临的挑战和机遇，思考了发展中存在的难点，与杨钟瑶“商量”了“办什么样的学校、培养什么样的人才”的问题，以及解决问题的方案……

这年，她推动成立了学院战略发展研究中心，准备进一步规划黄河科技学院的发展蓝图。

12月6日，在南校区图书信息大楼一楼会议室，学院召开了“发展道路研讨会”。

“在转折的关键时刻，什么最重要？战略发展规划最重要。”胡大白说，“1994年，我校获准成立专科，1995年我们就提出了‘打硬仗、上台阶’的口号，这个‘上台阶’就是要办本科，我们的目标很明确。正因为这样，学校进行了有条不紊的准备，在教育部同意民办高校设立本科后，我们一举成功，成为全国第一所民办本科高等院校。1999年到2004年的大扩招期间，我们适应国家高等教育战略的转变，从稳妥的发展到积极的发展。抓住这个机遇，我校取消了自学考试和学历考试，普通本专科学生达到15,000多人，学校的办学条件得到极大的改善，师资队伍也有了很大的变化。扩招确实为我校发展带来了机遇，但同时也使我们意识到自身在管理经验上的匮乏、师资上的欠缺、内涵上的不足。”

胡大白分析了河南省高等教育的现实状况及学院面临的挑战和机遇后，又强调说：“我们必须要有一个非常科学的发展规划，集中大家的思考和智慧，促进学校更科学地发展。”

随后，参会人员分成四组，就“2011—2020年面临的新的机遇与挑战”“2011—2020年战略发展的指导思想、战略目标、指导方针、战略任务、战略重点、战略措施”“如何制订并实施我校的战略发展规划”等问题进行了讨论。各组人员畅所欲言，现场气氛热烈，各处、各学院负责人分别结合本部门的情况，提出了意见和建议。

胡大白在总结发言中说：“2011年至2020年发展规划对学校的发展至关重要，大家的期望很高，也有一些担忧。今天的会议和发言，引起了同志们对学校发展规划的极大关注。战略发展研究中心的同志们要继续查阅资料，更大范围地征求大家的意见，吸收大家闪光的、创造性的、非常有价值的意见。今天的会议是一个良好的开端，希望大家都积极参与，认真、扎实地推进这项工作，把发展规划制订好。”

后来，黄河科技学院成立了《2011—2020年战略发展规划》编制工作领导机构，胡大白和党委书记程宏任学校战略规划起草小组总指导，杨雪梅任组长，教务处处长罗煜任副组长，战略发展研究中心具体推进规划起草工作。

编制工作共分为两大部分。第一部分是总规划，也就是《黄河科技学院2011—2020年战略发展规划纲要》；第二部分是六个专题规划，分别是：《2011—2020年学科与专业建设规划》《2011—2020年师资队伍建设规划》《2011—2020年科研与学术建设规划》《2011—2020年校园文化与校园基本建设规划》《2011—2020年数字化校园建设规划》《2011—2020年学校体制改革与管理创新建设规划》。

胡大白告诉大家："没有长远的眼光，工作是做不好的。只有把发展规划制订好了，我们才能认清主要矛盾和次要矛盾，认清今后的前进方向，才能促进学校在今后十年的改革和发展。"

这时的胡大白，思考的问题更多的是宏观问题，做的事情也更多是关系学校战略发展的大事。她的眼界更宽，视野更广，不仅关注中国民办教育的发展全局，甚至着眼中国教育的未来及远方。

正在这时，胡大白收到了来自教育部的通知，让她去北京开会。

◇参与国家教改规划

2010年1月31日，胡大白如约来到北京。

胡大白知道这不是一般的会。到了北京，她又听说这是另一场会议的预备会，更有些丈二和尚——摸不着头脑。

会议开始，胡大白惊讶地发现，会议的主持人竟然是时任教育部部长袁贵仁！会议规格如此之高，还是大大出乎她的意料。

听了袁部长的介绍，胡大白才弄明白，这个预备会，是为温家宝总理将要主持召开的一个座谈会"预备"的。而温总理主持的座谈会是关于《国家中长期教育改革和发展规划纲要（2010—2020年）》送审稿中涉及国家教育管理体制改革相关问题的座谈会，参加人员也是特意邀请的。

顿时，胡大白内心深处升腾起一种光荣与自豪，也感觉到了责任与压力。她兴奋地想："真没想到，我67岁了，还能参加这么高规格的座谈会。这是我有生以来最大的幸福。"

工作人员给大家发了三份材料，让大家做参考。一份是《国家中长期教育改革和发展规划纲要（2010—2020年）》送审稿，另一份是起草《规划纲要》的背景材料，还有一份是在各种场合征求的意见汇编。

为了让几位代表更好地提意见，袁部长还让人给每个代表安排了一位司长和一位处长做联络人，让大家“有什么需要随时与联络人联系”。

安排给胡大白的联络人是财务司的司长。司长表态说：“我是配合您工作的，需要什么材料，用人用车，只管找我，我给您服务好。”

胡大白问：“我们提什么意见，是不是还要请你们先把关？”

司长摇头：“不需要。您想提什么都行，部里不干预。”

教育部的信任和支持，激发了胡大白的工作热情和干劲。她一头扎进那三份材料里，进行了深入的学习和思考。

看完这些普通人平时很难接触到的材料，胡大白感觉自己的站位一下子提高了很多。她已经不是站在黄河科技学院或者河南省的层次来思考问题，而是站在国家的层面来看待教育事业和教育政策。

通过学习，胡大白对许多政策有了更深入的理解，在一些问题上也思考得更透彻。来到北京的第二天，她就把她的一部分理解和思考，先与网友进行了分享。

2 月 1 日，胡大白应邀来到搜狐网络大厦 12 层演播室，作为特邀嘉宾，参加了搜狐教育携 60 余家媒体共同主办的“建国 60 年激荡思辩论坛”。胡大白在发言中说：“高等教育最发达的是美国，他们前 100 名的大学里有 85 个是私立大学；日本也很重视私立教育，高等教育在校生 80% 在私立大学；韩国的私立大学在校生比例更高，达到了 88%。中国的民办教育差距还很大，应该增加民办学校的数量和规模，希望各级政府支持民办教育，从思想观念、政策措施、具体做法上真正支持，中国民办教育一定会强大起来。”

2月5日下午2时40分，胡大白作为全国民办高等教育的唯一代表，和其他七位代表一起，走进了中南海，来到第一会议室。

胡大白刚刚坐下，就看到温家宝总理健步走进来，后面跟着国务委员刘延东和马凯。总理穿着一件电视上常见的夹克衫，亲切地与每一位代表握手，表示欢迎。

第一次与总理面对面，胡大白不免有些紧张。但她看到总理亲切和蔼的面容和神态，很快就放松下来。

三位领导在椭圆形会议桌中间位置落座后，八位代表顺次就座，围成了一个椭圆。教育部袁部长等相关部委领导都坐在了外围。

温总理介绍说，这次座谈的内容主要是《国家中长期教育改革和发展规划纲要（2010—2020年）》第15稿送审稿。为什么叫“改革和发展规划纲要”？因为只有改革才能推动教育的创新。稿子从2008年8月开始起草，先后请了几百位专家提意见，又在网上征求了200多万条意见。稿子框架较好，有许多创新，但还需要征求大家的意见。今天是第四次座谈会，特意邀请八位同志来，对教育体制改革方面的问题提提意见。

中国教育学会的副会长、广东省的副省长、辽宁省某市教育局局长等先后发言，总理听得很认真，偶尔做做笔记，基本没有插话。

胡大白排在第七位发言。她刚说了一句“我是民办学校黄河科技学院的校长胡大白……”总理就打断了她的话，饶有兴趣地问：胡校长原来是做什么的？和公办学校有什么关系没有？

胡大白赶忙解释：“我原来是公办大学的老师，因公烧伤致残，不能上课了，就提前办了病退。在家里躺着我不甘心，就开始办学，一步一步地把学校办成现在这个样子。这次我有幸了解到国家中长期教育改革和发展规划纲要制定的情况，特别是温总理在百忙中聆听我这个来自最基层的民办学校代表的意见，我真是非常感动，我要把心里话好好给总理说说。”

总理点头示意后，胡大白接着说：“我比较熟悉中国民办教育的状况，我想就民办教育发展谈一点粗浅的认识。”

接下来的发言，胡大白没有照着稿子念，而是简明扼要地谈了三个问题：一是制定明确的民办教育发展目标和措施；二是尽快出台与《民办教育促进法》和《民办教育促进法实施条例》相配套的有关政策；三是营造民办教育发展的良好环境。

胡大白解释说，《规划纲要》文本提出，2020年我国高等教育的毛入学率将达到40%，除了学校规模的适度扩大，还要新建高校300所左右。光靠政府一条腿，要达到这个目标还是有一定困难的，应该给民办教育发展留出空间。她建议提出使民办高校在校生到2020年占全国在校生总数的30%左右，而新建高校能够明确200所是民办学校；建议给民办高校更多的自主权，尤其是专业设置、招生收费等方面；建议在民办高校进行自主招生的试点；评价体系也应有别于公办高校……

“由于配套政策不出台，民办学校的老师和学生得不到重视，有的甚至受到不公正的待遇。”胡大白感慨地说。

座谈结束，温总理和大家边走边聊，到门庭合影留念。

胡大白后来回忆说：“总理那么亲切、诚挚，当时就觉得，教育改革大有希望。”

2010年3月5日，第十一届全国人民代表大会第三次会议在北京召开，温家宝总理在大会上作《政府工作报告》。

《政府工作报告》指出：“教育、科技和人才，是国家强盛、民族振兴的基石，也是综合国力的核心。……强国必先强教。只有一流的教育，才能培养一流人才，建设一流国家。要抓紧启动实施国家中长期教育改革和发展规划纲要……探索适应不同类型教育和人才成长的学校管理体制和办学模式，提高办学和人才培养水平。鼓励社会力量兴办教育，满足群众多样化的教育需求。”

让胡大白更为自豪的是，刚刚公布的《国家中长期教育改革和发展规划纲要（2010—2020年）》（公开征求意见稿）在第四十三条中写道：“大力支持民办教育。民办教育是教育事业发展的重要增长点和促进教育改革的重要力量，各级政府要把发展民办教育作为重要的工作职责，鼓励出资办学，促进社会力量以独立举办、共同举办等多种形式兴办教育。支持民办学校创新体制机制和育人模式，提高质量，办出特色，办好一批高水平民办学校。依法落实民办学校、学生、教师与公办学校、学生、教师平等的法律地位，保障民办学校办学自主权。清理并纠正对民办学校的各类歧视政策。”这些，恰恰是对她之前提的具体意见的回应。

作为中国民办大学的拓荒者之一，胡大白的意见和建议被采纳，不是没有理由的。她先后主持了全国教育科学规划重点课题：“民办高校的定位与特色研究”“民办高等教育发展研究”“把价值观教育渗透到学生的学习生涯中的研究与实验”等，主持了中国高等教育学会“十一五”教育科研重点课题:“民办本科高校培养目标定位与育人模式改革的研究与实践”。

正是由于胡大白的坚持与努力，黄河科技学院才成为中国民办教育的研究范本，她也才成为名副其实的领军人物，在民办教育史上留下了浓墨重彩的一笔。

◇意外受伤

2010年下半年，胡大白的身体出现了一些问题。她的右腿经常疼痛，CT显示是半月板撕裂、骨质增生、髌骨软化，还有严重的骨质疏松。

这些病虽然看上去不太重，却已影响到了她的日常活动。医生建议她少走路，事实上她也不敢多走，上楼梯都是用一只脚上，再把另一只脚拉上来，上得很慢，做各种动作也都小心翼翼的。

在思考学院《战略发展规划》之余，胡大白把很多时间用在了治疗和康复上。学院的很多具体事务，她都交给了已经升任执行校长的杨雪梅。

2011年初，她听一个朋友说，郑州市颈肩腰腿痛医院治疗腿疼效果不错，便托朋友找了医院的院长，连续去按摩了两个多月。可是，她右腿的疼痛只是有所好转，却没能解决根本问题。

5月2日，胡大白和杨雪梅等去山西太原开会，她的腿疼明显加重了。当时，她也不知道是什么原因，站一小会儿腿就疼得受不了，严重时甚至不能站立超过1分钟。开会前全体起立唱国歌，歌还没唱完，她就有点受不了了。走路也不行，只能走100米左右，再走腿就特别疼。

胡大白的忍耐力很强，会议期间她一直忍着，勉强坚持到会议结束。她想赶紧回郑州，检查一下到底是怎么回事，但大家却提出想去平遥看看，她也不好扫大家的兴。

平遥古城位于山西省中部，离太原只有90公里，号称是现存最为完整的古城之一。胡大白考虑到离太原不远，大家来一趟不容易，便答应和大家一起去。

平遥古城确实名不虚传，基本保持了明清时代的完整旧貌，为大家展示了一幅不同寻常的社会、经济、文化及宗教发展画卷。胡大白虽然腿疼，但走一会儿、坐一会儿，坚持和大家一起玩，倒也很有兴致。

可是，谁也没想到，就在游览即将结束时，意外却突然发生了。

胡大白正走着，突然被一块散落在路上的砖头绊了一下，她的腿骤然剧痛，忍不住一下坐在地上。

在地上坐了一会儿，胡大白挣扎着想站起来，但她没能如愿。疼痛不仅没有缓解，似乎还更重了，稍微一动就疼得受不了。

大家小心地把她扶起来，她想走两步试试，可右腿已经不敢沾地，只能用左腿蹦着走。在大家的搀扶下，她蹦着到了车上，坐在那里感觉不疼，但稍微一动就疼得受不了。

大家一看这种情况，也没法再参观了，赶紧陪护胡大白回郑州。

回到郑州，大家直接把胡大白送到了骨科医院。急诊一检查，病情很明显，X光显示股骨颈骨折。

医生告诉胡大白："股骨颈骨折挺严重的，必须尽快做手术。"

胡大白知道，这种骨折是很可怕的病，因为她母亲就是因这种病去世的，而且她的亲戚里有几个老人也有这种病。她看过资料，这种病容易产生很多并发症，65岁以上的老人患病一年内死亡率高达35%，不能不高度重视。

胡大白虽然知道这种病很厉害，但经历过生死的她，并没有感到害怕。她欣然以应："需要做手术，那就做。"

"术后可能需要躺几个月。"

"几年我都躺过，不在乎再躺几个月。"

于是，医院很快给胡大白做了手术。

手术做得很顺利。这次手术施行的是无痛手术，做手术的时候有麻药，手术后用一个镇痛泵自动往身上打药，如果疼得厉害了就打得快一点。她觉得不太疼，三天之后就基本不疼了。

手术很成功，但需要卧床静养。

又一次躺在床上，胡大白像上次烧伤后一样，静静地思考。不同的是，上次她是在抉择人生方向，这次思考的是人生高度，以及未来的发展战略。

在想未来时，有那么一瞬，她强烈地意识到，她已经68岁了，而杨钟瑶已经离去5年多了，她必须直面衰老，必须考虑退居二线的事了。

她想："这次突然的事故，我只是骨折了，脑子还清醒，还能为学校做事。如果不是骨折，是突然脑溢血呢？那就太可怕了。"

想到这里，她立即作出了一个决定。

◇选择接班人

杨雪梅来医院看她了，顺便带了一些需要审批的文件、需要签字的财务凭证。

胡大白摇了摇头："从今以后，这些东西，你就不用拿给我签了。"

杨雪梅吃惊地看着母亲："妈，您是校长，您不签谁签？!"

"你签。"胡大白停了停，又说："你是执行校长，这些事就该你来办。以后，你就全都抓起来。我也该好好休养休养了。"

杨雪梅看母亲是认真的，便也认真地说："妈，小事我做主，大事还是您把关。"

胡大白想了想，点头说："好吧。先把文件审批、财务审批的事情交给你。其他的以后慢慢再说。"

"这都是大事咧！我不能接。"

胡大白生气了："让你接你就接，哪有恁多事？"缓了缓，她才又说："有啥问题咱俩可以商量。"

话说到这个份儿上，杨雪梅只好答应下来。

这件事后，胡大白躺在床上又琢磨了。她觉得，这个接班人首先要热心，有志献身民办教育事业；要有高等教育管理的经历和经验，还要有高学历、高智商，熟知国内外教育情况，最好有一定的海外背景；要有能力使学校建设达到更快速度，实现更高目标，将学校经营成百年老校……女儿虽然是执行校长，但能不能很好地掌控这么大一个学院，她还真有点担心。可是，如果不让雪梅接班，那么交给谁呢？保成虽然也是副校长，又有留学经历，有较强的业务能力，但性格比较平和，能不能管好整个学院，她也没把握。至于其他校领导，她觉得也没有很合适的。

于是，胡大白又开始考虑在校外选择，并物色了两个她觉得比较合适的人选。可是，几经接触，因诸多原因，这两个人都没能来。她再三权衡，觉得还是从雪梅和保成两个人中选一个，一则他们都更熟悉学校，二则他们都会全身心地为学校工作。

即使把人选缩小到两个人，胡大白还是难以抉择，于是想到了集思广益。她躺在病床上，就开始征求学校中层以上领导的意见，出院后也一直在做这项工作。

征求意见的结果是，中层领导的看法和她基本差不多，都觉得应该是杨雪梅和杨保成二选一，而且两个人的支持者也相差不多。

支持杨保成的人认为，杨保成是北京大学的硕士，又到美国留学拿到博士，还拿了一个名牌大学的MBA，既有理科的背景，又有管理学的基础，综合素质高。再者，杨保成回国后，作风很踏实、态度很谦和，而且很注意调查研究，每一次决策都很认真。特别是对于学校的发展，他的宏观思路很清晰，又是主抓教学的副校长，接任校长更合适。

有更多的人倾向于杨雪梅。他们觉得，杨雪梅介入学校工作比较早（1988年），正式进入学校工作也比较早（1999年），对学校了解更多，又是执行校长，管理经验更丰富。再说，她是郑州大学中文系毕业，在报社工作期间得到了很好的锻炼，又是中南财经大学的硕士，综合素质也很高。

中层领导们的意见很中性，算是把皮球又踢回给胡大白，只能由她进行抉择了。

胡大白知道，一般人都愿意和比较谦和的人打交道，但她思来想去，还是觉得杨雪梅更合适。她认为，杨雪梅的特点是思想比较坚定，组织协调能力比较强，作风比较坚韧，性格比较耿直，处事果断，敢作敢为；另外，杨雪梅更了解中国国情。

胡大白和学院的中高层领导都谈了话，与大家反复讨论，最后都同意由杨雪梅接班。

2012年11月，在黄河科技学院教代会、职代会上，全体代表无记名投票，对学院领导干部进行测评，杨雪梅得到了满分。

看到这个测评结果，胡大白满意地笑了。她终于如释重负，因为这个结果也间接证明了选杨雪梅做接班人的正确性，可谓“众望所归”。

随后，按照有关法律规定，黄河科技学院董事会提出更换校长，一致决定杨雪梅为新校长人选。上报河南省教育厅初审后，又报教育部审核。很快，教育部予以核准。

11月30日，黄河科技学院董事会正式下发通知：“杨雪梅同志任黄河科技学院校长。胡大白不再担任校长，仍担任董事长兼党委副书记。”

“我回顾我这一生，觉得这也是一个大举动。在我身体只是发出警告、并不是危及生命的时候，我能够立即作出这个决定。虽然前后历时一年多，但我要慎重选择接班人，时间短了也不行。”胡大白说。

顺利交班后，胡大白知道，杨雪梅面临的压力和挑战很大，但她也知道，她不可能一直帮杨雪梅。于是，她暗暗决定，尽量少干预杨雪梅的工作，让她在历练中进一步成熟和强大。

◇相关链接

▲2008年5月17日，中国民办教育协会在北京正式成立。它是经教育部和民政部正式批准的国家一级社团法人单位，是由全国各级各类民办教育机构和民办教育工作者自愿结成的、行业性的、全国性的、非营利性的社会组织。在成立大会上，胡大白当选为监事会主席。

▲2010年3月1日，黄河科技学院“申硕”领导小组成立，胡大白、程宏任组长。年底，由搜狐网、搜狐教育频道联合主办的中国教育年度总评榜揭晓，黄河科技学院被评为“中国十大品牌民办高校”，胡大白荣膺“中国最具魅力校长”称号。5月4日，杨雪梅获第14届“中国青年五四奖章”。

▲2011年6月，中国民办教育协会表彰中国民办高等教育优秀院校和先进个人，黄河科技学院荣膺“中国民办高等教育优秀院校”称号，胡大白荣获“中国民办高等教育先进个人”称号。年底，河南省第九次党代会在郑州召开，胡大白作为全省民办高校的唯一代表出席会议。同年，杨雪梅获“全国

五一巾帼奖章”“全国五一劳动奖章”及河南省十大科技领军人物称号。

▲ 2012 年 10 月 19 日，胡大白应邀参加了“女性 · 教育 · 合作——中国—南美大学女校长对话”活动。这是世界大学女校长论坛首次与泛美高等教育协会合作，举办中国和南美洲大学女校长之间的对话活动，为双方搭建了重要的沟通和交流平台。同年，杨保成当选为欧美同学会 2005 委员会理事。这个委员会是中国归国留学生的高端精英组织，得名于它 2005 年成立，理事成员几乎囊括了中国当代最知名的海归领军级人物，如李彦宏、李开复、杨澜、王波明、田溯宁、邓峰、徐小平、沈南鹏、吕思清、邓亚萍等。

第七章　在擘画中前行

黄河入海，成为海的一部分。她像大海一样，拥有了更宽广的胸怀、更强大的力量、更澎湃的激情、更高远的梦想。在探索和思考中，她砥砺前行，向着更深更远的大洋进发。

胡大白率领黄河科技学院走进中国高等教育大家庭，成为民办教育的旗帜。学院规模越来越大，实力越来越强，她广纳群贤，博采众长，擘画并推进学院的全面建设，带领学院占领一个又一个“制高点”，向着一流应用技术大学奋进。

◇“慕课”是什么

卸任校长后，胡大白不但没有停止工作，而且更加注重学习和思考。她说:“我觉得自己也得补补课。关于国家的大政方针，特别是教育上的方针政策，我必须再系统地学习学习;关于社会的发展进步，尤其是科技和教育的最新动态，我也要时刻关注。如今，我学习的时间比以前多了，必须充分利用起来。”

2013 年 5 月，胡大白敏锐地关注到了教育部召开的“网络开放教育与高等教育改革研讨会”，知道了“慕课”这个概念。她马上找来相关资料，补充这方面的知识，并立即意识到了这种新生事物的巨大能量和发展潜力。

7 月 31 日上午，在学院暑期中层以上干部研讨班上，胡大白便把“慕课”的概念及相关思考抛了出来。中层干部们大都没听说过，听起来都有点云山雾罩，但听着听着，便听出了门道，纷纷感叹董事长思想之前卫。

胡大白以《对未来教育的思考》为题，向大家介绍了这种新的教育模式。她告诉大家，“慕课”（MOOC）指的是“大规模开放在线课程”，第一个字母“M”代表Massive（大规模），与传统课程只有几十个或几百个学生不同，一门“慕课”动辄上万人，最多达16万人；第二个字母“O”代表Open（开放），以兴趣为导向，凡是想学习的，都可以进来学，不分国籍，只需要一个邮箱，就可注册参与；第三个字母“O”代表Online（在线），学习在网上完成，无须旅行，不受时空限制；第四个字母“C”代表Course，就是“课程”的意思。

她还告诉大家，“慕课”在国际上已经呈现蓬勃发展之势，世界顶级大学都在陆续免费开放教学视频，联手推出免费网络在线教育，同时也提供有偿服务。由此，她向全校中层以上领导提出了三个问题：针对“慕课”到来，中国的大学怎么办？中国的民办大学怎么办？黄河科技学院怎么办？

胡大白提出了自己的想法：黄河科技学院应该主动把全日制教育和“慕课”结合起来，抓住“慕课”风暴、中国开放大学、教育培训市场到来的三大机遇，为学院的教育改革和继续发展创造有利条件。

胡大白的想法让大家茅塞顿开，有些学院和部门很快就部署并开展了相关工作，很多学生也纷纷注册，通过“慕课”学习自己感兴趣的内容。

于是，在2013年，黄河科技学院的很多师生已经开始接触和使用“慕课”，成为引领“慕课”潮流的“弄潮儿”。

胡大白是“弄潮儿”们的领头人，她很快又在黄河科技学院掀起另一个更澎湃的“大潮”。

◇掀起“双创”大潮

2014年9月，在夏季达沃斯论坛上，国务院总理李克强在致辞中鲜明地提出，要在960万平方公里土地上掀起“大众创业”“草根创业”的新浪潮，形成“万众创新”“人人创新”的新态势……

胡大白坐在电视机前，认真聆听了李总理的讲话，思考和分析了其中传递出的中国发展的新信息。她敏锐地意识到，“双创”的概念必将迅速激发民族的创业精神和创新基因，在中国大地上兴起一股“创新创业”的热潮，她和黄河科技学院必须抓住这个机遇。

胡大白密切关注着“双创”相关信息。很快，她就听说，郑州市开始酝酿相关政策，市委书记准备出马，带着发改委、科技局等部门的领导，赴苏州、上海等沿海城市学习。

胡大白把学院对外合作办公室的常务副主任贾福辉叫到办公室，吩咐说：“你去市科技局问问，他们是不是要出去考察学习，咱们能不能也跟着去。”

贾福辉点头，回答说：“我听说过，他们要去苏州、上海考察创新创业，能不能让我们跟着去，那只能问问看。”

“那赶紧去问吧，尽量争取。”

贾福辉就去了，回来后表情沮丧。他向胡大白报告说：“人家说了，考察组成员限制得很紧，不能让我们跟着去。”

胡大白安慰道：“去不成就算了。但你一定要找个考察组的成员，密切关注他们的考察情况。”

“这没问题。”贾福辉说，“这次考察很重要吗？会跟咱们学校有关系吗？”

胡大白信心满满地说：“你好好关注着，他们考察学习之后，肯定会出台重要的政策或文件。”

果然不出胡大白所料，郑州市很快（11 月 11 日）就出台了《郑州市人民政府关于印发郑州市创新创业综合体建设管理办法的通知》（郑政〔2014〕42 号）。市委、市政府决定，在全市建设一批创新创业综合体，具体目标是：到 2016 年底，全市建成 20 个综合体，总面积超过 200 万平方米，主要包括科技企业孵化器、加速器、配套公寓和服务设施等。

看到这个文件，胡大白就开始琢磨，如何参加这场创新创业“盛宴”呢？她了解到，各个区都想率先建设综合体，但区政府都没有现成的资金，征地也不好征，运行难度很大，而学院有这两方面的条件，区政府应该愿意与学院合作。于是，她又考虑与谁合作的问题：学院的校园地处两个区，西面是二七区，东面是管城区，但学院注册地是二七区，和二七区政府也经常打交道，她本人还一直是区人大常委会委员，所以她更倾向于跟二七区政府合作。

基本思路有了，胡大白便直接找到了二七区委书记蔡红。

蔡书记听了胡大白的想法，觉得很好，但她表示："市里的相关会议我没参加，对这方面工作还不太清楚，我问问区长再说吧。"

胡大白隐约感觉到，蔡书记对这件事似乎不太重视，便调查了相关情况。她了解到，区里去参加会议的，是一个抓科技的副区长，开完会还没来得及向书记、区长汇报情况。

于是，胡大白又给蔡书记打电话。

蔡书记说："我问过区长了，他也没去开会。"

胡大白说："对！那时你在外地，区长也因为别的事没能参加会议，是一个抓科技的副区长去开的。"

"那我再问问。"

胡大白说："我看到文件了，这件事市里很重视，市委书记出面抓，还要求半个月一检查、三个月一考核，区里不会不重视吧？"

蔡书记一听这话，语气有些着急："是吗？这个文件我怎么没看到？我马上找来看看。"

"我已经给您复印了一套，要不要现在送给您？"

"好啊，好啊！那您赶紧过来吧。"

胡大白拿上复印好的文件，很快又来到了蔡书记的办公室。她把文件拿给蔡书记，不客气地说："你看看，你不动能行？"

蔡书记看了文件，立即紧张起来："还真不行。这件事必须尽快办。"

胡大白笑着说："我找上门来寻求合作，可不是单单考虑学校的利益。"

"那是，那是。如果区里单独弄，要征地，要投资，那可不容易。跟你们合作，的确是最可行的。"停了停，蔡书记又说："胡校长，咱们是老朋友了，就直来直去吧，你说，需要区里怎么支持？"

胡大白仍然微笑着："虽然是咱两家合作，可我不要你的钱，也不要你的地，你支持我就行，精神上支持，政策上支持。"

蔡书记站起身来，兴奋地说："那太好了！我绝对支持！钱和地的问题也好说，尽量帮你们争取一点。"

"我研究过，一个创新创业综合体，顶多需要10万平方米，学院现有的、可利用的就有五六万平方米，可以先运作起来，将来不够的话再盖。"

蔡书记很快组织召开了区委会，指定一名副区长和科技局局长负责此事。在政府的指导和支持下，黄河科技学院很快就整合起了一个创新创业综合体，成为全市第一家。

2015年3月2日，国务院办公厅印发《关于发展众创空间推进大众创新创业的指导意见》（国办发〔2015〕9号），部署推进大众创业、万众创新工作。郑州市立即行动起来，3月3日就在黄河科技学院召开了现场会。

市委书记带着市委、市政府及各区的100多名干部，现场参观了二七区与黄河科技学院合作创办的创新创业综合体，引起了不小的轰动，产生了巨大的效应。

这时，胡大白没有再出头露面，而是把蔡红书记和杨雪梅校长推到了前台。

几天之后，杨雪梅作为全国人大代表，在人民大会堂聆听了李克强总理所作的2015年《政府工作报告》。她发现，李总理在报告中38次提到"创新"，13次提到"创业"，尤其2次专门提到"大众创业、万众创新"，不禁由衷地钦佩母亲的敏锐洞察力，也更深刻地理解并认识到了"双创"的重要性，坚定了搞好"双创"工作的信心。

为了响应国家"大众创业、万众创新"的号召，进一步推进学院的创新创业工作，杨雪梅推动成立了创新创业工作领导小组，开辟了"黄河众创空间"，并于5月8日在图书信息大楼四楼创业苗圃内举行了"黄河众创空间"揭牌仪式。

杨雪梅在揭牌仪式上说，创新和创业强调的都是一个"快"，学院在开始的节奏中已经奠定了"快"的基础，希望在今后的每一步都要体现这个"快"字，在创新创业这条路上越走越快，越走越好。她指出，在今后的工作中，要进一步解放思想。学院将免费开设创业咨询师的培训班，对有志于进行创业研究、培训和学习的人进行辅导……众创空间最重要的就是“众”，体现的是每一个人的参与和全校氛围的营造，希望每一个人都加入这个行列，自觉推动它的进一步发展壮大，让学校在这个方面继续领跑。

创新创业工作领导小组决定，一个月组织召开一次现场会，鞭策和鼓励各个学院争先创优；通过举办大学生创新创业系列展、创业项目申报会、创新创业动员会等，迅速掀起创新创业热潮。学院还制定了具体的奖励政策，哪个学院走在前面，奖励5万元。

胡大白作为董事长，也明确表态：“谁做得好就支持谁。”

“双创”大潮在黄河科技学院涌动起来，区里协作，市里支持，省里也很快伸来了扶持之手。可是，学院内部却有了分歧。

个别领导和专家没有认识到创新创业对高校的意义，甚至认为：“创新创业是企业和政府的事，高校弄这个干什么？难道不让学生上课了？”

虽然学院有鼓励政策，也有检查督促，却仍有一些领导不配合不作为，有的还私下里说怪话：“谁去做做表面活儿，就得奖励了……”

胡大白觉得，这是个思想问题，不解决不行。

正在这时，胡大白看到了国务院办公厅印发的《关于深化高等学校创新创业教育改革的实施意见》（国办发〔2015〕36号），《意见》提出：深化教育改革要以创新创业教育为突破口。胡大白就思索解析这句话，期待有新的认识。

夜深人静时，胡大白躺在床上反复琢磨：大众创业、万众创新，这是涉及全民的大战略，因为经济要转型升级，改革要想深入，就要攻坚克难。那么教育改革的“深水区”在哪儿？应该也是创新创业的问题。以前大学培养人才，倾向于按既定的一套理论和方法去教学，而不重视社会的需要。这些年，经济发展的动力已经从资源驱动转向创新驱动，教育也必须紧紧跟上。因此，有识之士提出“创新创业教育是深化教育改革的突破口”。学校该怎么认识这个问题呢？就是要把学生培养成适应创新型国家的人才，培养成有创新思想、创新能力的人才，而且将来能创新，能不断创新。

于是，在这年的青年教职工培训班上，胡大白作了题为《我对创新创业的认识》的报告，深入浅出地给大家讲了自己的思考和认识——

马云在"光棍节"赚多少钱？你仔细看，第一年很少，但第二年、第三年增长速度很快，如今增长了多少倍？整个社会谁不用网上买的东西？一下颠覆了原来的商业经营模式。

在这样的情况下，高校培养的学生如果是一本教案几十年不变教出来的，今年教这，明年还教这，课程不改革，老师的观念不改革，教学的模式不改革，哪能行？

我想，关键是大家怎么认识创新创业教育，也就是"大众创业、万众创新"。社会上应该怎么认识"大众创业、万众创新"？学校应该怎么认识？

国务院下发的《关于深化高等学校创新创业教育改革的实施意见》明确指出，2020 年要形成创新创业教育的课程体系，对整个课程有要求，对老师也有要求。老师墨守成规肯定不行，不管你教啥，都得有创新的意识、创新的思想，另外，你的知识也要不断地更新……

胡大白的这个报告，通篇讲的都是大白话，看似不深，却很实用。大家听后，都对创新创业教育有了更深入的认识，对学校的"双创"工作有了更全面的理解，怪话少了，实实在在创新创业的多了。

"从这之后，学校倡导的创新创业这件事，渐渐就深入人心了。"胡大白说。

胡大白给大家讲得透彻，源自她自己领悟得深，认识到位。这些理论她琢磨透了，就开始琢磨实践的事。

这时，黄河科技学院正与二七区人民政府合作共建"U 创港"创新创业综合体，黄河众创空间、创客工厂、孵化器、加速器、人才公寓及配套设施等功能区都已经规划完成，有的已经开始运行，有的正在建设中。不久的将来，"U 创港"将汇集学校载体、科技人才优势、政府公共服务与政策支持优势，成为“创意—创新—创业—产业”全链条孵化平台。

“U 创港”是郑州市 20 个创新创业综合体中唯一的校政共建综合体，被郑州市委、市政府列为重点建设项目。学院方面由杨雪梅牵头，创新创业工作领导小组具体组织实施，一切都有条不紊地进行。

胡大白不再操心“U 创港”的事，她开始考虑另一个相关的大问题：如何抓好创新创业教育问题。既然创新创业教育是深化教育改革的突破口，那如何在教育工作中创新创业呢？她觉得，应该从战略层次推动“双创”的实践，首先在课程体系上搞一次创新创业，为学院打造几个能够占领“制高点”的创新型研究中心。

有了这个思路，胡大白首先想到的，是她在郑州大学工作时的同事，后来在“生态文化研究”领域颇有建树的鲁枢元。

◇推动生态文化研究

鲁枢元比胡大白小 3 岁，但比她晚来郑州大学 6 年，是 1981 年夏天才调到郑大中文系的。之前他毕业于河南大学中文系，在郑州铁路局师范学校任教。

当时，胡大白与鲁枢元交往并不多，只是见面打个招呼。1981 年底她又受了伤，之后长时间养伤，相互接触就更少了。可是，她对同系的这个同事一直很关注，尤其是鲁枢元很快就在文学创作和文学批评方面崭露头角，并加入了中国作家协会，就更让她刮目相看了。

再后来，鲁枢元渐渐成为文艺学学科的学术带头人，组建了“文艺心理学研究室”并任主任，还担任了“文艺学硕士研究生点”导师，兼任了河南省文艺理论研究会会长。他在文艺心理学、文学言语学、生态文艺学等领域有开拓性贡献，曾荣获国家图书奖、鲁迅文学奖，被授予“中青年有突出贡献专家”荣誉称号，享受国务院政府特殊津贴，并被中共河南省委、河南省人民政府命名为“优秀专家”。

胡大白创办黄河科技学院后，两人之间的交流也不多，但却有一次意外的邂逅。鲁枢元清楚地记得，那次他偕夫人到上海参加学术会议，上了火车竟找不到座位，恰恰遇到胡大白、杨钟瑶夫妇也在车上。胡大白施展她的“神通”，让4人一道坐进了列车员的休息车；杨钟瑶是理科出身，鲁枢元竟与他一路上谈起“量子物理学”……此后，鲁枢元便做了黄河科技学院的兼职教授，并曾经为学生开设讲座、在学报发表文章。

1995年1月，鲁枢元调离郑州大学，先后在海南大学、苏州大学任教，在华东师范大学、陕西师范大学、山东大学任兼职教授、特聘教授，兼任中国文艺理论学会副会长、中国作家协会理论批评委员会委员、联合国教科文组织“人与生物圈”计划中国委员会委员等。因为远离郑州，他与胡大白的联系便渐渐少了。

胡大白一直关注着鲁枢元。2015年初，胡大白听说鲁枢元准备在苏州大学退休，就立即乘车南下，来到位居苏州独墅湖畔的鲁枢元家中，诚邀他来黄河科技学院共襄大业。

老同事见面格外亲切。在鲁枢元家中，胡大白竟与几位研究生一起开怀畅饮，喝完了两瓶“国窖”。这时，鲁枢元因为有些事情不顺心，刚刚向校方提出提前退休的申请，校内的同事都还不清楚，他很惊异胡大白消息之灵通，但没向胡大白求证消息的来源。

鲁枢元对胡大白邀请他的意图，也有些纳闷，便问胡大白：“我一个文科教授，你邀请我到你们理工科大学，能做些什么呢？”

胡大白回答说：“正因为是理工科大学，我们才更需要加强人文学科的教育！至于做什么？你愿意做什么就做什么，不愿意做的就不做，没有任何附加条件。我们既然聘任你，就充分相信你、尊重你，让你放手做自己高兴做的事，那肯定也是有益于学校的事。”

胡大白的这一番话，深深地打动了鲁枢元。

鲁枢元知道，许多院校高薪聘任学者、教授，都是充满功利目的的，让他们为学校发表“核心文章”、申报“重大项目”、提升“学位级别”、争取“专业奖项”。而他看重的，却是发自内心与本性的学问，这样的学问，在现实生活中往往换不来钱，有时连发表、出版都困难。他原本出身于清贫之家，恪守陶渊明“君子固穷”的古训，也不愿意拿自己的本心去做交易，胡大白的说法正好与他的想法不谋而合。

于是，鲁枢元欣然同意了胡大白的邀请，还在黄科院引进人才条例规定的薪金基础上，主动“砍”去一大截。

2015年阳春三月，鲁枢元在苏州大学办妥退休手续，就立即来到了黄河科技学院。3月30日，他接受了“生态文化研究中心主任、教授”的聘书，并做客黄河讲坛，作《东坡与刚峰——关于精神素质与生态人格的养护》报告。

鲁枢元说：“我虽然在苏州待了12年，却仍然感觉自己是一个没有‘根’的人，号称‘天堂’的苏州对我来说不过是一个客居之地，总有苍凉之感涌上心头。”他还说，胡大白董事长多次赴苏州，邀他重返桑梓、回归故里，继续从事他热爱的生态文化研究，并给予最宽松的工作环境和人力、物力、财力的支持，“心中的苍凉顿时化作温馨，让我更真切地感到，我是一个有‘根’的人，我的‘根’，就在中原这块文化积淀深厚的土地上”。

《河南日报》以《河南文化名人鲁枢元回乡干大事儿：用“中国智慧”破解“世界生态难题”》为题，进行了深入报道：“离开河南21年的文化名人鲁枢元回来了。今天，他将自己创建的生态文化研究中心，落户在了黄河科技学院，这可是咱河南首家……”

胡大白与鲁枢元在2015年春天达成这项协议，此后的多年时间里，双方合作愉快，成绩斐然。

胡大白认定的“真学者”，她几乎是无条件地尊重与信任。她相信鲁枢元的学术成果一定会有益于国计民生，即使不能“立竿见影”，日后也会厚积薄发。于是，她对鲁枢元要做的一切另开通道，在人力或财力方面实施全方位的、无阻隔的支持。而这些，在公办大学很难做到，因为公办大学的校长必须顾及教授之间的待遇“平衡”，严格遵循学校既定的条条框框。

鲁枢元深信学者独立、学术自由，视学问重于自己的生命，他的愿望是以学术报国、以学术救世。他看不上那些为了追逐名利、追赶时尚、追求指标而仓促生产的“印刷垃圾”，他要对自己的学术生命负责，希望自己撰写、出版的著作能够比自己的生命存活得更长久一些。胡大白理解并充分满足了他的这些追求，让他心生欢喜，产生了一种“从笼子里飞到林子里”的愉悦。有时，他开玩笑地跟朋友说，在黄河科技学院“打工”，他觉得是黄河科技学院为他搭建了一个学术平台，让他在迟暮之年全力完成自己毕生的学术期盼；他也常对家人们说：拿着黄科院的津贴，做着自己要做的事，自己真是占了大便宜。

2015 年 5 月 29 日，初夏时节日暖花开，经过两个月的紧张筹备，由鲁枢元领衔的黄河科技学院生态文化研究中心宣告成立，同时校内生态文化讲习班开班。山东大学原校长、生态美学家曾繁仁，河南省文化厅厅长杨丽萍，河南大学党委书记关爱和，河南省社科联主席李庚香，梵净山国家级自然保护区管理局党委书记杨劲松，《上海文化》执行主编夏锦乾，《人与生物圈》杂志副总编辑陈向军及河南省教育出版界负责人到会祝贺，中国环境伦理学研究会荣誉理事长余谋昌发来贺电。杨雪梅校长为研究中心授牌并致辞，希望生态文化研究中心在发掘中华生态文化的历史积淀、揭示生态文化的思想精髓、丰富生态文化的时代内涵、彰显生态文化的民族特色、实现生态文化理论体系的创新和实践等方面做出成绩。

胡大白作总结讲话。她指出，黄河科技学院成立生态文化研究中心，就是为了落实中央和省委、省政府关于生态文化建设的部署，凝聚力量致力于生态文化建设，为推进美丽中国、美丽河南建设，实现“两个一百年”奋斗目标和中华民族伟大复兴的中国梦贡献力量。她就做好生态文化研究谈了自己的几点想法：要认清生态文化本质，推动生态文明建设；要挖掘生态文化底蕴，助力美丽河南建设；要凝聚专家学者智慧，重视研究机构建设；要践行生态文化理念，推进校园文化建设。

随后，首期生态文化讲习班正式开班，26 位教师和 21 位学生成为首期讲习班的学员。这个讲习班后来又办了一期，在教师和学生中培训了近百位生态文化科研骨干，打下了生态文化学术研究的根基。

在鲁枢元的带领下，生态文化研究中心秉持“弘扬生态文化理念、积极参与生态文明建设”的原则，致力于打造生态文化研究、生态文明理念传播的人文社科研究基地，让学校的人文学科提升了一个档次，在国内高等院校的科研领域展现了本校的风采，甚至还把学术影响扩大到海外。

生态无国界。鲁枢元意识到，随着生态时代的到来，中西学术交流已经发生了结构性变化，在生态话语成为一种世界性的共同话语之际，专注于人与自然和谐共处的中国传统生态文化思想显然已经受到更多的尊重。在这样的情势下，为建立国际交流平台，黄河科技学院生态文化研究中心与美国中美后现代发展研究院合作成立了“建设性后现代与生态文化研究中心”。

生态文化研究中心重视参与国内外高端学术交流活动，重视开展与国内外学界同行的沟通互访。先后邀请欧美国家的学者16人、国内学者多人来校研讨交流并开设讲座近20场。如美国生态批评家斯洛维克（Scott Slovic）、前国际美学学会主席瑟帕玛（Yrjo Sepanmaa）、耶鲁大学森林与环境学院教授塔克（Mary Evelyn Tucker）、美国德日进研究会主席格瑞姆（John Grim）、美国中美后现代发展研究院院长克莱顿（Philip Clayton）、常务副院长王治河、美国生态经济学家克里福德·柯布（Clifford Cobb）、纽约市立大学布鲁克林学院教授张嘉如、陕西师范大学女性研究中心兼职教授李小江、生态摄影家周海翔、黄泥河国家级自然保护区李成处长等人的讲座，都受到广大师生的热烈欢迎。

2018年5月，鲁枢元荣获第十一届“柯布共同福祉奖”。这是一个在世界生态人文研究领域享有盛誉的奖项。生态文化研究中心的主要成员，全部到美国参加了授奖仪式，参加了在洛杉矶举办的第十二届生态文明国际论坛，并对包括黄石国家公园、大盐湖、大峡谷在内的美国西部多地进行生态考察。

生态文化研究中心长期保持与联合国教科文组织“人与生物圈计划”中国委员会的联系，保持与《人与生物圈》杂志社的密切合作，曾先后参与井冈山和梵净山申报世界自然遗产的考察活动、中国科学院重点项目“中俄东北虎跨国界保护”调研活动、“东北虎保护生态教育”活动、牛背梁国家森林公园体验教育基地的组织活动、“人与生物圈计划”长白山冬季考察、沈阳法库国际白鹤节采访活动等。

一直奉行“知行合一”的胡大白，不顾自己古稀之龄，先后多次带领生态文化研究中心师生深入庐山、梵净山、黄河花园口进行生态实地考察。

2019年9月，习近平总书记在河南视察黄河，多次指示要遵循自然规律改善黄河流域生态环境，推进黄河文化遗产的系统保护，深入挖掘黄河文化蕴含的时代价值，讲好“黄河故事”，延续历史文脉，坚定文化自信，让黄河成为造福人民的幸福河。

胡大白认为，黄河科技学院是以黄河命名的大学，根扎在黄土地、饮用的是黄河水，对于养护黄河流域的生态、发扬黄河文化的传统，负有义不容辞的责任。于是，她委托鲁枢元联合“人与生物圈计划”中国委员会及中国科学院的高级专家，组织了一场较大规模的“黄河生态保护与文化传承”专题调研活动。考察专家队伍由接壤陕西省的小秦岭国家级自然保护区出发，沿黄河而下，途经灵宝、三门峡、渑池、新安、洛阳、登封、巩义、荥阳、郑州、中牟、开封、兰考，一路考察沿黄地区的自然生态、社会生态、文化生态状况，及时向有关部门提出建设性意见，受到一致好评。她还身先士卒，参加了黄河中下游开封段的考察活动，对省内外专家起到了莫大鼓舞作用。

鲁枢元关于生态文化研究的核心是“精神生态”，在国内可谓独树一帜。为了突显这一研究特色，胡大白建议并支持生态文化研究中心，邀请荣获鲁迅文学奖、茅盾文学奖的河南籍诗人、作家、批评理论家，齐聚黄河科技学院，为营造健康、丰满、美好、优雅的精神生态，开怀畅谈。这些精神文化领域的杰出思想者、创造者的言谈举止，丰富了校园的精神生活，开阔了广大师生的精神视野。

生态文化研究中心成立后的几年中，黄河科技学院提供的工作环境与学术研究条件，为鲁枢元的学术创新提供了强有力的保障，进而激发了他的学术灵感与创造力。他一直处于科研高产状态，截至采访完成，他共发表学术论文47篇，其中核心论文9篇，出版著作5种，包括由他主编、中心科研骨干集体参编的160万字的《生态文化研究资源库》及在国外权威出版社出版的 *The Ecological Era and Classical Chinese Naturalism* 一书。在新冠肺炎疫情流行的2020年，他先后撰写并在核心期刊发表了3篇关于生态文化研究的重头论文，每篇论文都在2万字以上，受到学术界的广泛关注。

此外，为了扩大学术影响，生态文化研究中心不定期编辑学界内部交流的刊物《生态文化研究通讯》，大力传播生态文化知识，普及生态文明理念，至截稿时，已经印行近30期。通过这份素朴的刊物，中心联络起海内外学界的同道，在相互支撑、相互交流、相互激励的同时，也建立起深厚的友谊，为生态学在中国的人文转向、为团结人文学科的跨生态学研究队伍作出了有目共睹的贡献，得到了国内外生态文化界、新闻出版界专家及兄弟院校同仁，乃至大洋彼岸汉学家、生态批评家的高度评价。

生态文化研究中心的成立，在收获丰硕学术成果的同时，也成为一个培育生态人格、普及生态精神的育人平台。由中心直接指导的“大学生生态环保协会”得到了蓬勃发展，他们的重点活动“大学生环保绿色营项目”（又名黄河营），已持续开展十余年之久，被媒体誉为“中国第一支徒步调研黄河的大学生团体”。他们每年在黄河流域的水库和支流徒步行走，开展水质调研、环境教育、绘制绿色地图等活动，曾荣获“圆梦中国，公益我先行”暑期社会实践专项活动奖等多项奖励。

鲁枢元时常感叹，生态文化研究中心的工作之所以富有成效，与胡大白知人善任、为中心配置人员有直接关系。学校对外合作办公室主任张晓兵兼任生态文化研究中心副主任，负责与学校领导及各职能部门的沟通、与校外兄弟单位的联络。他上通下达、协调平衡，在重要的工作节点上发挥着关键作用，保证了历年来中心重大学术活动的有效运行。兰州大学传播学研究生毕业的王兆屹副教授负责《生态文化研究通讯》的编辑及中心的新闻报道。她在承担自己所在学院大量教学和行政工作的同时，在中心的新闻撰写、媒体联络、宣传策划及大型活动的组织运行等工作中付出了大量时间和精力，充分展现了她作为传媒学者卓越的专业水准与作为教师的优秀精神品格。中心唯一的专职人员是办公室主任张昭希，他负责办公室各项日常工作，在档案管理、图书收集、对外联络、外事接待、经费审核及指导学生社团活动等方面，兢兢业业，尽职尽责，表现出大方得体、严谨高效的工作作风。几年来，中心三位工作人员在鲁枢元的带动与感召下，治学能力、工作艺术都取得了明显的进步，一再受到胡大白等校领导的鼓励与表扬。

从2015年到2021年，是胡大白引进鲁枢元来黄河科技学院创建生态文化研究中心并做出丰硕成绩的六年。这六年，也正是中国生态运动万众一心、蓬勃发展的重要时期，正是中华民族励精图治、共创新时代生态文明的历史阶段。这是由于胡大白的运筹帷幄、悉心布局，还是因为时代的风云际会、因缘和合？或者是二者兼备。无论如何，一个可以期待的事实是，黄河科技学院的生态文化研究将在中国当代学术史上留下独具特色的一页。

一般说来，各领域的专家学者尤其是人文学者，在 70 岁前后可达到学问的成熟期，这一阶段往往是他们一生治学的丰收季节。作为中国民办教育的专家，胡大白清楚地看到这一点，及时招聘一批在公办大学或公立研究机构退休的学者、教授，补充到自己的教师队伍中来，这些人多半成了黄河科技学院教学科研的骨干。这些栖身于黄科院的专家学者，也借此得以完成自己未竟的志业，应该说是一个两全其美的措施。

鲁枢元应该算是其中最突出的代表之一。

喻新安应该也算是其中最突出的代表之一。

◇推动创新发展研究

喻新安是从河南省社会科学院退休的专家。他曾担任过河南省社会科学院的院长、首席研究员，享受国务院政府特殊津贴，是河南省“十五”至“十四五”规划专家委员会成员，中国区域经济学会副会长，国家统计局“中国百名经济学家信心调查”特邀经济学家，还是河南省委、省政府主要智囊之一。他曾主持国家社会科学基金、河南省社会科学基金等项目 30 余项，获省部级一、二等奖 20 余项，在经济管理、区域经济、企业体制及创新创业等方面，都有着深入的研究。

胡大白想把喻新安请到黄河科技学院，让他担任中国（河南）创新发展研究院的首席专家。

2015 年，黄河科技学院“黄河众创空间”被正式批准为科技部认定的全国首批众创空间和河南省首批众创空间；2016 年，教育部评选首批“全国高校创新创业 50 强”，河南省一共评了两个，黄河科技学院就是其中之一。学院的“双创”实践走在了全国高校的前列，胡大白却发现了一个问题，这项工作还不够深入人心，大家在思想上还不是真正自觉地接受。她觉得，必须从理论上搞好创新创业研究，使之更具说服力。

于是，胡大白决定成立一个关于创新创业的研究机构，请专家从事这方面的研究，这个机构的领导人选，就是喻新安。

胡大白和喻新安相识已经十多年了，早在2003年，她就聘请喻新安做商贸学院（2017年6月更名为“商学院”）的特聘教授，并兼任商贸学院名誉院长。此时，喻院长已经退休，正好请他牵头。

胡大白把她的想法和喻新安一说，两人一拍即合，便决定成立一个创新发展研究院。

喻新安后来说：“当时，我临近退休，省里一个大企业家就跟我联系，让我去他那里干，许下了高薪和优厚的待遇。可是，听胡董事长一说这事，我立即答应了，并以此为由婉言谢绝了那位企业家。之所以这样选择，不仅是因为董事长的人格魅力，还因为这里的创新创业极富活力，我愿意为黄河科技学院助一臂之力。”

喻新安一退休，便来到了黄河科技学院，开始筹备中国（河南）创新发展研究院。

胡大白出面选址，将创新发展研究院设在图书馆三楼，装修了700多平方米的办公场所，配备了高标准的办公设备，调配了10多位专职研究人员。

2016年4月9日，中国（河南）创新发展研究院揭牌仪式暨首届中原创新发展论坛，在黄河科技学院学术报告厅举行。河南省人大常委会原副主任、中国国际经济交流中心副理事长兼秘书长张大卫，河南省委宣传部副部长李宏伟，濮阳市委书记何雄，河南省教育厅副厅长尹洪斌，郑州市副市长黄卿等领导出席，来自中国社会科学院、中国国际经济交流中心、中国与全球化智库等研究机构的专家学者，参加了揭牌仪式和论坛。

胡大白在讲话中，着重对创办中国（河南）创新发展研究院的背景、初衷和构想进行了说明。她说，黄河科技学院之所以创办这个研究院，有两个方面的具体原因：一是中央对创新发展有明确要求，二是学校转型发展有内在需求。学校决定把研究院定名为“中国（河南）创新发展研究院”，一是突出创新这个时代主题；二是立足河南、研究河南、服务河南；三是着眼全国，思考和研究全局性问题。为了办好研究院，学校特聘河南省社科院原院长喻新安教授担任首席专家，聘请中国国际经济交流中心副理事长兼秘书长张大卫担任名誉院长，邀请刘人怀、刘炯天、张改平三位院士担任研究院的顾问，还邀请了一批省内外的知名专家作为特邀研究员。学校还将在场地、经费、人员等方面，为研究院的发展提供全方位的支持。

喻新安也发表了讲话。他从为什么成立研究院、研究院准备做什么、能够做什么、能不能做好等方面进行了阐述。他说：“我们的目标是打造以区域创新为特色的高端专业智库，研究院设置5个研究部，分别在区域经济、产业发展、农业农村发展、发展规划和创新创业教育等方面展开研究，争取有所作为。将持续举办中原创新发展论坛，围绕热点问题适时组织小型的创新发展研讨会；创研出版中国区域创新发展蓝皮书、河南区域创新发展蓝皮书……”

喻新安认为，高校“双创”有双重意义：一是高校依靠自身的科研实力，成为“双创”阵地；二是高校培养符合时代需要的应用型人才。他认为，目前“双创”在高校掀起热潮，但仍存在诸多障碍，顶层设计缺乏统管牵头部门，对教师、学生的管理也需要更灵活的体制机制。

创新发展研究院成立后，很快就开展了卓有成效的工作。一方面，通过场地建设、政策支持等“筑巢”措施来吸引“凤凰”，先后聘请省政府发展研究中心、省委党校、省社科院、郑州大学、河南大学等上百位资深专家担任研究员，建立了专、兼职结合的聘用模式，实现了高层次人才的聚集；另一方面，借助中原创新发展论坛、理论研讨会、河南“双创”发展报告（蓝皮书）、内刊《创新资讯》等平台，开展了多项专题研究，产出了一批高质量的研究成果，实现了良好的开局。

胡大白对创新发展研究院的工作给予了大力支持。她在研究院举办的会议上多次讲道：“学校对这个新型智库的基本态度是3个词12个字：高度信任、充分授权、大力支持。建智库学校没有经验，我们要尊重科学规律，尊重专家、信任专家，给专家营造自由、宽松的工作氛围。学校负责搭建平台，做好后勤保障服务，需要什么提供什么，全力支持。”

这种充分的信任和宽松的氛围，极大地激发了专家们的创新活力。几年来，创新发展研究院在探索智库建设模式上走出了一条新路，形成了独特的风格，各项工作取得了显著成效。2017 年，获批国家发改委中央地方创新创业联合研究课题 2 项（全国 66 项，河南省仅 3 项）；2018 年，研究院入选中国智库索引（CTTI）来源智库（河南省仅 4 家智库入选）；2019 年，两项研究成果分别入选 CTTI 年度精品研究成果和最佳实践案例（全国同时入选的仅 7 家智库）；在河南省教育厅指导下发起成立河南省高校智库联盟（全省 46 所高校共 64 个智库成为首批成员单位），黄河科技学院成为理事长单位，秘书处设在研究院；先后与河南省人民政府发展研究中心共建河南新经济研究院，与河南省委农办、河南省农业农村厅共建河南省数字乡村创新中心，围绕创新发展持续开展研究。每年发布《河南创新创业发展报告》（蓝皮书），该书为全国首部省级双创蓝皮书，截至目前共出版了 5 部。研究院的研究实力和社会影响力显著提升，黄河科技学院的社会美誉度不断增强。

喻新安在谈及创新发展研究院取得的社会影响时，感慨地说：“我们就是要在盐碱地里盖高楼！黄河科技学院虽然缺乏人才和经费，但这里有创新的土壤和氛围，有良好的创新机制，反而成了智库人才的集聚高地。省内上百位一线专家学者来到这里参加学术活动并以此为荣，这在省内其他高校是没有先例的。黄河科技学院就是要把不可能变成可能，而实现这个可能的桥梁就是：创新的土壤和环境，这也是民办高校所特有的。”

2018 年，国家创新创业专题调研组到黄河科技学院调研指导工作，在参观创新发展研究院后，时任教育部高教司副司长徐青森由衷地赞叹：“你们创建了一个特别有干劲的团队，你们这个智库在理论研究、舆论引导、政策建议等方面取得了突出的成绩，是一个真正面向大众发挥实效的智库。”

创新发展研究院不仅仅给黄河科技学院带来了知名度、美誉度、影响力，也让年轻的科研人员们受益匪浅。在这里，每项课题都要经过立题、破题、调研、讨论的过程，要经过无数次的思想碰撞才能完成。这样反复的历练使得科研人员谋篇布局、突破难点的能力都得到极大提升，实际收获甚至超越攻读一个博士学位。

关于创新发展研究院的未来，喻新安说：“在胡大白董事长的大力支持下，研究院始终秉持顶天立地、务实超越的宗旨，着力打造一支留得住、用得上、干得好的专业人才队伍，在黄河科技学院这片创新的沃土上不断探索，努力推出更多高水平的智库产品，为助推区域经济社会发展贡献智慧和力量。”

◇推动“势科学”研究

如果说生态文化研究和创新发展研究都是“热门”研究领域，“势科学”算得上独树一帜的学科了。

胡大白敏锐地发现了这个学科的创新性和发展潜力，关注了这个学科的创始人——西安交通大学能动学院的李德昌教授，并把他请到了黄河科技学院。

李德昌是中组部全国干部教育培训师资库首批入选教师（每个省分配两个推荐名额）、陕西省社会科学院特聘研究员、清华大学技术创新研究中心兼职研究员、西安势科学研究所所长。他是势科学理论的开创者，主要研究成果纳入中组部全国干部教育培训内容，并被教育部采纳为全国高校教师培训视频直播课程。

早在2015年1月9日，胡大白就曾邀请李德昌教授来到学院，登上黄河讲坛，为师生们讲了一堂课。

李教授从势科学暨信息动力学视角，通过大量的生活图片、网络案例，为大家介绍了势科学的渊源、现实意义、实际应用及发展趋势，讲述了教育和管理的理论重建与改革创新，深受大家欢迎。

胡大白认真聆听了李教授的课，尤其对李教授提出的“势科学理论在管理创新中的实践意义与时代价值”“教育和管理的创新路径”很感兴趣，加之李教授语言风趣幽默，见解深刻独特，她由衷地表示了赞誉。

此后，胡大白便一直与李德昌保持着密切的联系，并于4月28日再次请他讲课。

这次，仍是在黄河讲坛，李教授从跨学科知识积累、高度抽象的思维习惯、锲而不舍的探索精神、弘扬道德的正义感四个方面展开，讲述了教师的成长途径。他解析了势科学中的势，提出要变分找势，顺势成事，同时因为教育理论的逻辑缺失，需要汲取较大的信息量，才能形成信息量与信息势的等价原理。他通过实例，为大家介绍了在信息与势科学的相互碰撞下，现代教育出现的问题，进而提出相应的解决策略，避免出现学习的危险，从而提高学习的价值……

胡大白记得，当时她听得津津有味，大家也都很感兴趣，课后的掌声经久不息。

鉴于这堂课的受欢迎程度，胡大白突然产生一个想法：能不能把李德昌及“势科学”引进黄河科技学院呢？

胡大白先征求了教务处罗煜处长的意见，对他说：“势科学是跨学科的创新，既不是社会科学也不是自然科学，它实际上和哲学有点相近，哲学又比较抽象。它为啥叫作‘势’呢？你看中国有很多成语就带势，比如势如破竹、蓄势待发，实际上‘势’就是研究差异产生的力量。像水从高处往下流，落差越大，瀑布的力量就越大。我觉得将来势科学也是交叉学科的创新，是学科建设的一次革命。”

罗煜频频点头，附和道：“我虽然搞不太懂，但无疑是跨学科的创新。您是不是想在咱们学院开这门课啊！”

“我是这样看，李教授资格很老，又是势科学的开创者，中组部和很多高校都特别认可，退休后受邀作了600多场报告，不可多得。”

罗煜明白了胡大白的意思，表态说：“那确实是。如果能请李教授来开这门课，那必将大大提升咱们学院的学科建设水平。”

胡大白又把这个意思跟杨雪梅等校领导进行了交流，大家一致赞同。于是，学校便把李教授请来，商谈引进“势科学”的具体事宜。

起初，李教授还有些顾虑，担心抽不出太多时间。

胡大白的一番话打消了他的顾虑。她说：“您来这儿后，时间上没有要求。西安交大让您干的事，您还和以前一样去干；中组部让您干的事，您也照干不误。甚至全国各地需要您去讲课时，您也可以去。”

李教授不好意思地说：“那不好吧！那样岂不是耽误这里的事？”

胡大白摇摇头，说：“不耽误。因为您这个势科学是一个新兴学科，不但要研究还要宣讲，您得让更多人知道。您出去做这些事，也是研究的一部分。”

于是，李德昌便答应下来，同意在黄河科技学院设立“势科学与信息动力学研究中心”，并出任中心的主任。

2016 年 10 月 15 日，黄河科技学院势科学与信息动力学研究中心成立大会暨首届势科学与信息动力学论坛，在图书信息大楼一楼报告厅举行。中国教育科学研究院、中国民办教育协会、山西省社会学学会、太原科技大学等全国 30 余家研究机构、高校、新闻单位的 80 余名专家学者参加了大会，共同见证了中心的成立和论坛的召开。

胡大白在讲话中分析了研究中心成立的两个标志性意义：其一，这是全国第一个以势科学与信息动力学命名的研究中心；其二，势科学与信息动力学研究进入新的阶段。她强调，李德昌教授的探索和研究高度契合了黄河科技学院的“敢为天下先”的精神，研究中心的成立，将直接推动全校师生学会用势科学的视角去观察经济社会发展问题，以符不符合势科学原理的反思为基点，以推进学校各项工作发展为主题，进一步深化学校的内涵发展。

研究中心成立后，很快把全国在势科学研究方面有价值的论文收集起来，汇编成了一本论文集；又把从事这方面研究的专家都请过来，开了几次学术研讨会。胡大白还让研究中心的学术秘书贾全明建了一个微信群，通过微信研讨交流……这一系列举措，汇聚起了国内外有志于势科学与信息动力学研究的高端专业人才，搭建了开放式的交流合作平台，推动开展了势科学在多学科多领域的应用研究。

贾全明说：“研究中心微信群里开始只有 100 多个人，后来参与的专家越来越多，很快就达到了 500 个，没法再增加了。于是，一些不经常参加讨论的就可能被退群，再把候补的加进来。”

后来，势科学研究群建立了 5 个之多，包含 2000 余名全国各地的专家学者、企业领导。

在李德昌教授的带领下，研究人员潜心钻研、积极探索，出版《新经济与创新素质——势科学视角下的教育、管理和创新》《信息人社会学——势科学与第六维生存》《信息人教育学——势科学与教育动力学》《信息人管理学——势科学与管理动力学》等专著6部共计200余万字，整理印制《势科学与信息动力学论文集》4部共计约70万字；编辑《势科学与信息动力学研究》通讯6期共计18万余字，整理印制《势科学核心概念、原理与金句汇集》2万余字；相关研究获批国家社会科学基金项目1项、国家自然科学基金项目1项、教育部规划基金项目2项、省部级课题10余项，在《自然辩证法研究》《系统科学学报》《教育理论与实践》《管理学报》等期刊发表理论文章200余篇，获教育部及省市各级优秀成果奖20余项，获得国家应用型发明专利1项；应邀在中组部、人社部、教育部，以及省政府、大型企业组织等单位进行培训讲座1100余场。

◇推动“双创教育”研究

在2016中国创客大会暨第三届中国创客大赛开幕式上，胡大白的讲话引起了领导、专家及广大创客的高度关注。她认为，下一个爆点，就是要协同创新，整合资源来发展。

胡大白这么讲，是因为黄河科技学院已经这么做了，并将继续做下去。在很短的时间内，学院已经通过整合资源优势，先后成立了中国（河南）创新发展研究院、河南新经济研究院、河南民办教育研究院、中华文化传承发展研究院、生态文化研究中心、势科学与信息动力学研究中心、台湾文化研究中心、郑州大都市区研究中心、文物艺术品司法鉴定研究中心、社会性别研究中心等研究机构，科研能力、创新能力及社会服务能力都得到很大的跃升。编撰出版的《河南双创蓝皮书》《河南民办教育蓝皮书》，开创了全国省级双创蓝皮书和民办教育蓝皮书的先河。举办了中原创新发展论坛、创新创业教育黄河论坛等40多场学术活动；2017年，胡大白又参与策划和主持撰写学习十九大精神系列文章，受到中宣部和省委领导的肯定。此外，黄河科技学院还发挥智库作用，不断提升政府决策咨询服务水平，中国（河南）创新发展研究院获批国家发改委和省政府委托项目各 2 项，完成的《区域经济研究丛书》荣获河南省发展研究奖一等奖，承担河南省首批 57 个双创示范基地发展规划的评审工作、17 家河南先进双创基地的专题调研和第三方评估工作，多项理论成果被政府部门批示和采纳……

在“大众创业、万众创新”的背景下，在深化高等院校创新创业教育改革大潮中，胡大白带领黄河科技学院再一次走在前列，成为创新创业教育的领跑者。

2015 年，黄河科技学院出台了《关于进一步加强创新创业教育工作的实施意见》和《黄河科技学院深化创新创业教育改革实施方案》两个重要文件，有助于黄河科技学院贯彻落实党的十八大精神，深入推进创新驱动战略实施，为深化学校创新创业改革进行谋篇布局。学院把创新创业教育融入人才培养全过程，构建了“创新创业普及教育、创新创业专创教育、创业辅导、微创业教育”四个平台，形成了互联互融的创新创业课程体系。面向大二本专科学生开设了《创业基础》公共必修课，面向全校学生开设了《创业沙盘模拟》《创新思维及设计》等公共选修课，面向创业的学生开设了《新创企业融资》《团队建设与领导力》《创业案例分析》《创新思维与创新管理》等 6 门课程，面向工商管理（创业管理方向）双学位学生开设了《商业模式创新》《创业管理》等课程……除了通常的线下课堂，还通过中国大学慕课网，面向全国高校学生开设在线开放 MOOC《创业基础》课程，累计受教育学生已达 48,372 人。

“每个学生在校期间都要学习 32 节创新创业教育课。对于有创业想法的学生，还会配备专门的创业导师辅导。”胡大白说。

2017 年，黄河科技学院整合力量成立了大数据与智能技术学院，开设数据科学与大数据技术、智能科学与技术两个本科专业，其中数据科学与大数据技术专业，在河南省高校中属于首开专业，全国仅有 35 所高校开设。

2018 年，黄河科技学院准确把握学科前沿，申报的“农业工程”“戏剧影视文学”“运动康复”三个专业获批招生。他们整合现有的专业建设资源，打破学科专业界限，推动相关专业资源共建共享，创新了学科专业品牌和教育特色。

黄河科技学院融入河南省“三区一群”国家战略，重点建设电子信息与计算机类、机械与材料类、生物医药类、经济与管理类、文化创意类等5个特色专业集群，紧跟区域产业结构调整和转型升级，实现专业群与区域产业链的紧密对接，专业综合影响力显著提升。已建成省级特色专业、品牌专业22个；市级急（特）需紧缺类、示范（重点）专业18个。

黄河科技学院还通过与郑州宇通重工有限公司等企业的合作，在人才培养、资源共享、科学研究等方面协同发展，打造国内领先的行业人才培养基地，创新“基于项目的教育和学习”等教育教学模式，实现毕业生就专率、就业率“双高”。学院与世界著名的芯片设计公司ARM公司合作开展《物联网与嵌入式系统开发》的教学内容和课程体系改革，获批教育部产学合作协同育人立项项目。开设华为创新实验班，采取企业课程加学分置换方式，主要学习数通路由、数据存储等方向的课程内容，通过层层选拔，学员可以拿到华为中级职业认证，并到华为产业链相关公司实现就业。学院还先后组建“世界工厂网班”“宇通重工班”“汉威电子班”“安路博世班”等10个订单班和项目班，拓展了校企联合培养人才新局面。

黄河科技学院还投资近1亿元，建设了智慧逐梦教育体验馆和医疗体验馆。体验馆注重身边科学、科技发展趋势，分别展示未来教育及未来医疗，以普及型、参与性、开放式、体验式风格，通过大量现代化科技平台、高科技展示手段，结合直观的声光电合成展示，以多元的展现形式，多渠道、多形式推介开展科普工作，通过思想引爆、互动体验、兴趣激发、学习引导等方式，吸引青年学生和社会公众参与科普实践，探索教育本质和科学规律，使受众体验到未来教育、医疗发展的趋势及无限可能，实现艺术与科技的完美结合。体验馆定位为公益性科普体验馆，面向社会群体开放，已获批河南省科普教育基地、河南省网络安全教育素养基地、郑州市科普示范基地。

黄河科技学院创新创业教育搞得有声有色，收到了很好的成效，先后被教育部评选为全国首批“深化创新创业教育改革示范高校”，被中国民办教育协会评选为“全国民办高校创新创业教育示范学校”第一名。

可是，在胡大白看来，“创新创业教育”开展得还远远不够，必须进一步加强。于是，她倡议成立一个研究机构，推进这方面的研究。

2018 年 6 月 5 日，黄河科技学院成立了中国创新创业教育研究院。

中国创新创业教育研究院聘请中国青年政治学院原副院长李家华教授担任研究院院长、特聘专家，聘请清华大学经管学院雷家骕教授、中国社会科学院大学王艳茹教授、北京联合大学韩晨光副教授、北京智诚伟业教育科学研究院院长杨保教授、中科教育研究院执行院长闫循华教授担任研究院首批专家。

在中国创新创业教育研究院成立开幕式上，胡大白致欢迎辞——

中国创新创业教育研究院的成立，将围绕创新创业教育有关命题，开展理论研究，为教育教学改革提供专业指导，为创新创业教育遇到的新问题提供科学解决方案，为强化实施创新驱动发展战略，建设创新型国家，促进地方经济发展出谋划策。希望与会的各界人士借助本次论坛的召开，各抒己见，畅所欲言，聚力创新创业资源整合，持续推进创新创业教育改革，为探索创新创业型人才培养的新机制，构建一个资源共享、信息共享、技术共享、品牌共享、共享共赢的创新创业教育共同体，实现创新创业事业的大发展，出谋划策，共谱新篇！

院长李家华也发表了讲话。他说：“在 2018 年全国应用型大学排名中，黄河科技学院在民办院校中排名第一，今天在这里成立中国创新创业教育研究院，意义深远。”他指出，高等教育的质量问题是一个核心问题，中国的创新创业教育也同样面对一个质量问题。我们要借中国创新创业教育研究院成立的这个契机，坚守初心、精耕细作、矢志不移地寻找创新创业教育的真谛，做高质量的创新创业教育。今天的中原大地正在崛起，黄河科技学院能够在这个崛起的时代找到一个二次创业的新起点，将会在创新创业教育中取得更大的突破性发展，希望大家一起努力，为我国的创新创业教育书写无愧于新时代的光辉篇章。

开幕式结束后，首届创新创业教育黄河论坛就拉开帷幕。

论坛以“迈向新时代的创新创业教育”为主题，李家华、韩晨光、王艳茹、雷家骕、闫循华分别围绕各自的研究成果作专题报告。

李家华以《打造创新创业教育的中国芯片》为题，细致讲解了创新创业的价值、创新创业教育的核心问题等内容。他指出，创业可以借势“三个机遇”：一是全球性科技革命不断取得突破带来的技术机遇；二是产业转移重组和消费结构调整带来的市场机遇；三是为解决社会矛盾发展社会事业带来的公益机遇。他强调，创新创业教育应以学生为中心，从学生出发进行深度辅导，专注学生的自我成长，而不是给出答案。不是代替学生想办法、作决定和处理问题，而是让学生看到自己的力量，挖掘自己的能量，最后通过自己来解决面对的问题，从而获得自我成长的机会。

韩晨光报告的题目是《以双创引领教育教学改革，培养高水平应用型人才——北京联合大学的实践》。在报告中，他从工作思路、工作格局、工作特色、工作成效四个方面，详细介绍了北京联合大学在双创工作中的具体做法。他也对创新创业教育进行了反思，总结了四点：一是树立正确的创新创业教育观念；二是创新创业教育要从“培育土壤”开始；三是根据校情建立创新创业教育的自循环生态；四是创新创业教育者更要解放思想、勇于创新。

王艳茹从企业组织、知识产权、劳动合同、税收和会计等五个方面，给大家具体讲解了大学生创业的法律法规。

雷家骕以《从创意到价值实现》为题，从创意推动性创业、创意与商机的匹配、创意的功能化、功能的产生化、最简产品与市场测试、产品迭代完善与面向量产技术整合、价值传递与实现、新产品营销等八个方面跟大家交流分享。他指出，创意有三个环节：一是创意与商机匹配；二是获得资源，付诸行动；三是期待市场回应。

闫循华以《构建高校创新创业教育生态链暨创新创业教育云生态

体系建设》为题，从国内高校创新创业教育现状、如何解决高校创新创业困境、高校创新创业教育链条重塑、创新创业教育云生态建设内容、云生态体系应用之创新创业大数据平台等方面进行讲述。他认为，要解决创新创业的困境，首先要从四个方面考虑：一是理顺高校创新创业体制与课程的关系；二是深入开展创新创业教育的立体式服务；三是建立面向大学生创新创业的生态化服务体系；四是将大学生创业和就业充分结合，把社会资源和校内资源有机融合。

一次论坛，成果众多，中国创新创业教育研究院由此迈出了坚实的一步。

此后，中国创新创业教育研究院围绕创新创业教育有关命题开展理论研究，为教育教学改革提供专业指导，为创新创业教育遇到的新问题提供科学解决方案。很快，他们就推出了双创教育蓝皮书，系国内首创。

他们还以“双创金课”体系建设为抓手，深入开展了“双创”教育教学研究。作为2018年河南省高校精品在线开放课程建设项目的《创业基础》课程，2020年获河南省首批一流本科课程（线上线下混合式），同年获“河南省本科教育线上教学优秀课程一等奖”。

理论研究助推了创新创业教育实践，创新创业教育激活了黄河科技学院的全面发展，校园里到处洋溢着生机与活力。

在一派欣欣向荣的氛围里，胡大白的目光投向一处略显冷清的角落。

那是黄河科技学院附属医院的大楼，算得上学院的标志性建筑之一，可由于诸多原因，大楼已经矗立在那里很久，一直没能运行起来。

◇主抓附属医院建设

黄河科技学院附属医院早在2011年12月25日就批准立项建设，是经河南省卫生厅、郑州市卫生局批准建立的民办非营利综合医院。医院总规划用地面积86,042平方米，总建筑面积69,011.6平方米，一期设置床位760张，二期设置床位1500张，定位为一家集预防、保健、医疗、康复、健康教育、教学、科研等为一体的三级综合性教学医院。

可是，就在医院按照规划投入建设时，风云突变。当时，土地已经征好，设计图纸也请规划局的专家拿出来了，甚至连医院院长都请来了，却突然接到通知，南水北调工程周边2.5公里之内不准新建医院。于是，医院的建设只好停了下来。前期已经开始运营的“附属医院”仅被批准为一级综合医院，定位为“校医院”，主要为本校师生提供医疗服务。

胡大白请来的院长叫陈刘生，原是郑州市第五人民医院的院长，那时刚刚退休。他多年来致力于医院管理，对现代化综合医院建设的理论和实践进行了有益的研究和探索，准备在新建的黄河科技学院附属医院大显身手。他毕业于第二军医大学，擅长肝、胆、胰、脾疾病的外科治疗，对外科疑难病症的诊疗和急危重病人的抢救有很深的造诣。医院停建后，他仍在“校医院”工作了两年多，等待附属医院的重新开工。

2014年初，郑州市在登封新建第十六人民医院，请陈刘生去担任院长。

陈刘生找到胡大白，说明了情况，并表态说：“咱们这里也不知道什么时候能开工，我先过去，咱们开工了，我再回来。”

胡大白理解陈院长的苦衷，同意了陈院长的要求。

可是，就在陈院长走后不久，南水北调的限制突然放宽了，改为“1.8公里内不准新建医院”。黄河科技学院附属医院正好超出了这个范围，可以建设了。于是，用了一年的时间，大楼就矗立起来。

胡大白赶紧联系陈院长，想请他回来。可是，郑州十六院也是刚刚起步，坚决不放他。这样一来，医院的内部装修只好先停下来。

胡大白和杨雪梅都觉得，医院的专业性很强，内部装修和运行必须由专业型领导来组织实施，如果不能请回陈院长，就需要另请一个院长。可是，陈院长一直回不来，另请院长也不容易。

胡大白找到了郑州人民医院的郝义彬院长，诚挚邀请。

郝义彬倒是想来，可市卫生局不同意，几经努力也没能谈妥。他有些不好意思，只好表态说：“胡董事长，上级不批，我也没办法。不过，我会尽我的能力帮助您，有什么需求您尽管吩咐。”

这时，已经是2018年的春天，医院的建设已停滞了两年多。胡大白知道，院长一时半会儿找不来了。院长是可遇不可求的，可医院的建设难道要继续停下去吗？她已经接到通知，医学院2020年要接受教育部的临床医学专业认证，而医学院需要强有力的综合医院作支撑，医教协同发展。教育部《中国本科医学教育标准——临床医学专业（2016版）》中，也有明确要求：医学院校必须拥有直属的综合性三级甲等附属医院，医学类专业在校学生与病床总数比应小于1 ∶ 1。

胡大白之前就了解到，医院的内部装修及设备添置都有特殊要求，这些工作需要的时间也比较长，保守说也要一年以上，甚至一年半到两年。单单是为了迎接专业认证，医院的建设也已刻不容缓了。况且，她一直忧心的是，学院周围缺少大型医院，学院教职员工及附近群众看病很不方便，如果附属医院能尽快运行起来，就能更快地解决这个问题，为人民群众提供更便捷的医疗服务，更好地惠及民生。

4月8日，胡大白应邀参加了第八届“世界大学女校长论坛”，在“我的教育人生”圆桌会议上作主旨演讲，并荣膺“大学女校长终身荣誉奖”。9日，她载誉从武汉归来，杨雪梅等校领导纷纷来到她的办公室表示祝贺。

胡大白简单介绍了“论坛”的情况，便让大家去工作了，但特意把杨雪梅留了下来。

胡大白要和杨雪梅谈话，内容是她琢磨已久的附属医院建设，包括找院长的情况。她说：“现在看来，院长是可遇不可求的。我们必须先抓建设。”

其实，杨雪梅也在考虑这件事，但她忙于迎接教育部本科教学工作审核评估工作，根本分不开身，便有些无奈地说：“按说这事应该我来抓，可实在是分身乏术。”

“我知道你忙。几个副校长也都各忙各的，而且这事牵扯到方方面面，一般人还真抓不起来。”胡大白停了停，又说：“干脆我抓一下吧。”

杨雪梅兴奋地说：“那太好了。”

说干就干。胡大白立即提出组建“附属医院建设指挥部”，并与杨雪梅商量了指挥部的合适人选。她还给郑州人民医院的郝义彬院长打了个电话，问他下午有没有时间来一趟，就医院建设的事开个座谈会。郝院长给出明确答复后，她又让杨雪梅给于春霞、李克栋、齐广化打电话，请他们一起座谈。

于春霞是校产管理处副处长，曾参与附属医院一期门诊楼医疗设施配备工作，经验丰富；李克栋是校医院副院长，与省、市卫生部门一直保持着较密切的联系，熟悉情况；齐广化在基建处工作多年，参与了多次工程建设指挥，包括前期附属医院的建设。这三个人加入“附属医院建设指挥部”，可以说量才擢用，适得其所。

4 月 9 日下午，郝义彬院长来了，还带来了他们医院的两个领导。他一见胡大白，就再次表示抱歉，并说愿意尽全力帮忙。

胡大白微笑着说：“这次请您来，就是让您出谋划策的。”

郝院长惊喜地问：“这么说，您要重新启动医院建设了？”

“等您等不来，我只能赶鸭子上架。学院需要附属医院，周围的群众更需要这座医院，不能再拖了。”

座谈会上，郝院长详细谈了自己的想法，并指定院长助理王馨参与工程设计等工作。于春霞、李克栋、齐广化也结合自己的工作实际，分别谈了思路和看法。

胡大白频频点头，虚心地听大家的发言，认真地做着笔记。她虽然负责过不少工程，但医院这种专业性很强的工程，她心里还是没底。听了大家的发言，她的信心越来越足。

座谈会后，她又与于春霞、李克栋、齐广化谈了话。她说：“咱们成立一个指挥部，马上启动内外装修的招标，启动各种手续的办理，启动各种设备的采购，争取尽快投入使用。”

4 月 10 日，附属医院建设指挥部正式组建。胡大白任总指挥，于春霞任指挥长，李克栋和齐广化任副指挥长。胡大白对大家提出了明确要求，总工期不超过 8 个月，争取年底前全面完工；装修工期还要缩短，在 11 月 15 日供暖之前必须完工。

时间紧，任务重，大家都感觉压力很大，同时也激发出更大的动力。大家按照各自的分工，立即行动起来。

4月11日，胡大白专门与郑州人民医院的院长助理王馨联系，会审图纸，商讨相关的问题。随后，她又与郝义彬院长沟通，并带领指挥部全体人员参观了郑州人民医院东区，学习借鉴他们的建设经验。

仅仅用了一周的时间，附属医院建设的大致方案便出炉了。方案调整了功能布局，决定“先病区后门诊，边建边改”，定位为三级医院，小综合、强专科。

经过一个月的紧张筹备，5月16日，装修工程正式开工。

为了赶工期，指挥部要求各部门立体交叉施工，齐广化经常在工地上与工人们一起干。胡大白也经常来工地督战。

齐广化每次看到胡大白来，都要劝她：“工地上空气不好，最好别来。”

可胡大白不当回事，至少每周来一次。她要求指挥部关心施工人员的安全、健康，还给工人们带东西，不是发毛巾，就是发矿泉水，激励工人们加油干。

三个月过去了，工程的进度比预期的还要快，胡大白很满意。于是，她调整了工作重心。

胡大白意识到，选拔聘任医院的管理人才及专业人才，成为工作的重点和难点。管理人才还好说，可以从学院及医学院选拔，专业人才却远远不够，需要选聘更多的知名专家和医务人员。

院长一时半会儿找不到，必须先找一个牵头人，主持附属医院的全面工作。胡大白在学院中层领导里逐个衡量，目光渐渐聚焦在校长助理李喜强身上。

李喜强是本校医学院毕业留校的，先后在医学院、教务办、综合办、校长办公室等部门工作，主持完成医学院专业基础实验室和专业实验室的筹建管理，专业的设置、建设和评估，既有深厚的医学专业素养，又有丰富的管理经验。附属医院由他牵头，应该是比较合适的。

与校长、书记沟通后，胡大白便把李喜强叫到办公室，开门见山地说：“我想借你帮个忙，中不中？”

李喜强长期在胡大白身边工作，自然明白胡大白话里的意思，赶紧表态：“中。董事长往哪里指，我就往哪儿冲。”

“你也知道，我在牵头附属医院的工作，很多地方需要跑，可是，我跑不动了，你帮我跑好不好？”

“好。您来指挥，我来跑。”

胡大白笑了笑：“我给你把大方向，但具体的工作，由你来主持。现在院长还没选好，你肩上的担子很重，可能会很忙很累，你要做好思想准备。”

李喜强郑重地表态：“董事长，您最了解我。不管您让我干什么，我都会尽力去干。这次也一样，绝对不遗余力。”

这天是 8 月 13 日，胡大白给了李喜强 1 天的准备时间，把手头的工作交接好，随时准备到附属医院上任。

8 月 15 日，胡大白召集李喜强、于春霞和李克栋，一起来到北院附近的东篱草堂茶餐厅，边吃边聊。这天，她没有谈工作，只是讲故事。她先讲了钱学森的故事，又讲了唐僧师徒西天取经的故事，再讲自己最初办学的故事……三个人都深深地融入了胡大白所讲的故事意境，被感动，被感染，生发出蓬勃的创业激情。

李喜强上任后，立即展开联络医学界专家的工作。他先联系了郑州大学一附院研究生处原处长叶挺选，聘其为附属医院顾问；又联系了崔大勇、吕培德、郭清晓等专家，作为医院的储备力量；他还联系河南日报报业集团上海记者站王运增主任，让其帮忙联络上海的专家，并在王运增的帮助下，赴洛阳拜访前来讲学的上海市公共卫生临床中心的刘保池教授，赴安阳拜访前来参会的第二军医大学长海医院原副院长、时任中国康复医学会会长方国恩教授。

胡大白关注着李喜强的一举一动，经常听他的汇报和想法，给他鼓励和支持。他的干劲更足了。

8 月 28 日，胡大白带队，组织附属医院建设指挥部、业务骨干共 18 人，赴信阳圣德医院进行实地考察交流。大家详细了解了圣德医院的规划、建设、运营、发展目标定位等情况，参观了圣德医院门诊部、急诊科、医学检验科等科室，对附属医院科室建设、人才引进、医院规范化管理有很强的借鉴意义。

附属医院的建设有条不紊地进行，人才引进也初见成效，一切按预定计划稳步推进，胡大白松了一口气。可是，医院领导班子的配备，她始终觉得不够满意，如果能找到一个好院长，那就锦上添花了。当然，她也知道，院长可遇不可求，但愿能早日遇到。

机会终于来了。

9 月 28 日，胡大白突然接到郑州大学第二附属医院心内科赵玉兰主任的电话。

赵主任这时已经在校医院兼职，跟胡大白比较熟悉，便开门见山地说："董事长，咱们附属医院不是想找个好院长吗？我给您推荐一个人，包您满意。"

胡大白很高兴："那好啊，你推荐哪个？"

"我的河医（河南医科大学）同学，南阳市中心医院院长李玉东，他很快就退休了。"

赵主任又介绍了李玉东的简要情况。她告诉胡大白，李玉东毕业后，在洛阳医学高等专科学校生理教研室任过教，后来又调到南阳市中心医院，并一直在那里工作了 30 多年，是一名心血管内科专家。他担任副院长、院长近 20 年，还被评为全国医院优秀院长、全国劳动模范……

胡大白听说过李玉东，也知道他长期担任南阳中心医院院长，还是位知名的心内科专家，如果能把他请来，确实求之不得。她兴奋地说："太好了！什么时候可以见一见？"

"他正好在郑州，来参加河医的校友会呢！明天应该可以。"赵主任说。

胡大白想了想，说："这样吧，我让李克栋先联系一下，请他来学校看看，我跟他聊一聊。"

挂了电话，胡大白立即拨通了李克栋的电话："克栋，有件重要的事，你立即去做。联系赵玉兰主任，让她引荐她的同学李院长，务必请李院长来学校看一看。"

李克栋找到了李玉东，热情地邀请他来黄河科技学院参观。

李玉东欣然以应。

29日，李玉东来到黄河科技学院，在李克栋的陪同下参观了校园。后来，李玉东评价这次参观，用了两个字："震撼"。

参观完，胡大白在办公室会见了李玉东。二人一见如故，谈了一个多小时，取得了很多共识。因为李玉东中午有急事要赶回南阳，谈话并没尽兴；胡大白本想请李玉东吃中午饭，因时间关系也没吃成。不过，就是这次时间不算太长的见面，让胡大白在心里认定了这个院长。

两天之后，国庆节到了，胡大白仍在考虑聘请院长的事。她把李喜强叫到家里，与李喜强商量。她问李喜强："你是南阳人，知道李玉东这个人吧？"

李喜强点点头："之前不知道。前两天您把他请来参观，我才知道的。"

"那你打听打听，这个人怎么样？"

李喜强笑了笑，得意地说："董事长，不用您吩咐，我前两天就打听了。我知道您有意请他来当院长，当然要为您把把关。"

胡大白也笑了，赞道："喜强，我没看错你。这件事你比我想得还周到。快说说，打听的情况怎么样？"

"我可是问了十几个朋友，有政府部门的，也有医疗界的，还有患者及家属，评价应该是客观的。没想到，全是优点，水平高，能力强，人品好，思路清，理念新，拼劲足，竟然没人知道他的缺点。我想啊，能在副院长、院长岗位上一干就是近20年，这些评论应该不虚。"

胡大白点点头："那我们就争取把他请来。"想了想，她又吩咐说："这样吧，你回一趟南阳，趁着国庆节放假，再请李院长来一趟，我再跟他谈一谈。上次还没谈透。"

李喜强接受了任务，便想联系李玉东，但没有他的联系方式。他只好先联系李克栋："克栋，你联系一下李玉东院长，看他节日期间有没有时间？他有时间的话，咱俩去一趟南阳，把他请过来。董事长还要见他。"

李克栋很快便联系了李玉东，回话过来："李院长去三峡旅游了，没在南阳。"

胡大白听说李玉东去了三峡，便接话说："那你们就开车去三峡找他，旅游完了就把他接来。"

李喜强笑了笑，劝道："董事长，人家在外面玩呢，咱们去打扰不合适吧？您就是再求贤若渴，也不差这几天啊。"

胡大白点头："那好吧，你关注着李院长的动向，方便的时候再请他来。这是件大事，一定不能马虎，还要尽快。"

李喜强答应着，便多方联系。他听说郑大一附院的张金盈主任跟李玉东很熟，便请张主任帮忙联系。

不久，张金盈主任告诉李喜强："李玉东去厦门开会了，本周五要顺便来郑州。"

李玉东如期来到郑州，李喜强便立即去拜会，并约他再来学校看看。

这次，胡大白与李玉东进行了深入的交谈，并在黄河源宾馆共进午餐。饭后，她把李玉东送到客房，又在那里谈了一个多小时，两人达成了初步共识：李玉东一退休，就来黄河科技学院附属医院任院长。

事实上，李玉东没等到退休，从这次谈话后就开始介入了附属医院的建设和管理工作。他说："那时心已经飞来了，人也找机会一次又一次来。"11 月 11 日，他借参加全国医院管理会议的时机，邀请医院建设和运营专家、无锡人民医院沈崇德副院长来到郑州，论证和指导附属医院建设工作。11 月 14 日，他更是以"准院长"的身份，组织召开了附属医院建设座谈会，并在会上提出了"阳光、务实、沟通、换位"的工作作风和"四梁八柱"的工作思路。

12 月 18 日，李玉东正式退休。当天，他就赶赴郑州，入职黄河科技学院附属医院院长，主持全面工作。

至此，胡大白殚精竭虑寻找的院长终于尘埃落定。正如她之前说过的，"可遇而不可求"，就在这个最恰当的时间遇到了李玉东，她觉得是命运给她的最好馈赠。

院长到位了，医院的装修已完工，设备安装完毕，进入调试阶段，河南省卫健委也同意恢复三级医院设置，并派来专家组进行了三级医院预评审……一切都按照胡大白的设计与规划如期完成，一座集临床医疗、科研教学、健康管理、康复保健为一体的现代化三级综合性医院呈现在大家面前。

2019年1月2日，黄河科技学院附属医院试运行启动仪式在新建门诊楼一楼中厅举行。

黄河科技学院董事长胡大白，校长杨雪梅，党委书记贾正国，副校长冯长安、杨保成、罗煜，校长助理李喜强，医学院院长黄涛、党总支书记张伟出席仪式，附属医院医务人员代表，医学院部分师生代表，基建部和后勤保障部管理、建设、保障人员代表共计600余人参加了仪式。

附属医院副院长张志刚主任医师主持仪式。

院长李玉东教授作了动员讲话。他表示，自4月10日重启附属医院筹建工作以来，在学院董事会的领导和支持下，整体进展顺利；要继续细化和深化专业性整改；齐心协力、攻坚克难，确保执业评审通过和3月底正式开业两大目标的如期实现。

杨雪梅校长发表了讲话。她首先向参建人员致谢，又介绍了学校和医科教育的基本情况，描绘了附属医院的筹建规划蓝图，明确了附属医院的定位和目标，提出了建设要求和希望。她表示，附属医院的试运行标志着学校的医学教育布局和人才培养体系更加完整，也标志着学校产教融合发展有了新平台、高水平应用技术大学建设进入了新阶段，学校将充分发挥医学教育和医疗服务的优势，支持附属医院发展。她要求，全体同志必须全力以赴，理顺流程、规范操作、完善对接，做到物齐、人齐、心齐，为3月底正式开业做好充足准备；要把医院运行安全摆在第一位，加强安全教育、培训和管理，防范和杜绝安全事故的发生。她希望，附属医院以此为新起点，依托学校34年来积淀的文化内涵和人才优势，继续传承“社会效益第一、一切为了患者”的价值理念，贴近区域社会经济发展实际，发挥学科科研优势，大力开展医疗教学研究，力争把附属医院建成医学人才培养的摇篮、科学研究的基地和医疗服务的窗口，为广大市民提供优质高效的医疗服务。

全体与会医务人员面对黄河科技学院附属医院院徽，进行集体宣誓。院徽以字母H造型为基础，有机融合了“十字”、手、爱心、和平鸽、花朵等元素，同时蕴含着字母H、S、U，直观传达黄河科技学院附属医院主题内涵。院徽整体犹如一株“生命之花”，诠释出医护人员对生命的尊敬，用双手和真心呵护生命，肩负救死扶伤的使命和责任。其中，字母 H 代表河南、黄河、医院、健康、希望、快乐等多种寓意，赋予了医院深厚的文化内涵。

最后，胡大白宣布：“黄河科技学院附属医院试运行启动！”

现场掌声雷动。

自此，附属医院进入为期 3 个月的调试磨合阶段，暂不对外提供服务。

1 月 21 日下午，黄河科技学院中层以上干部 200 余人分成 4 组，集体参观附属医院。李玉东院长在附属医院文化墙前，为参观人员集中讲解了附属医院的总体规划、一期工程医疗区布局设计、医院 Logo 设计内涵、设施设备到位情况、科室设置、专业技术团队建设等。

李院长告诉大家，医院已购置安装一大批先进的医疗设备，包括西门子 1.5T 核磁、西门子 64 排 CT、西门子 16 排 CT、西门子悬吊 DR、落地 DR、西门子钼靶乳腺机、西门子 DSA、飞利浦 DSA、朗视三维口腔 CT、数字胃肠机等；消毒供应中心引进山东新华医疗 2 台 1.2T、1 台 0.8T 的脉动真空灭菌器，3 台全自动清洗消毒机，5 台全自动蒸汽发生器，2 台生物培养箱，各种器械打包台齐备；血透中心设置 33 张床位，配齐了透析机、水处理设备等；中心手术室 12 间，日间手术室 5 间，DSA 手术室 3 间，眼科手术室 3 间，还设置有重症医学科（包括 ICU、CCU、EICU、PICU、NICU），设备也都是最先进的……设施设备投资总额达到了 2.4 亿余元。

口腔科夏战胜主任医师补充说：“口腔科配备的三维口腔 CT，在河南省内大型医院中都是很少见的。”

大家纷纷感叹：“我们的附属医院起点真高呀！”

“真想不到，我们医院引进的设备这么先进！以后有病就来我们自己的医院了！”

在工作人员的引导下，大家相继参观了门诊医技楼、住院楼，详细了解了血液净化中心、口腔科、重症医学科、手术部、介入手术室、医学影像科、医学检验科、急诊科等科室的布局流程、仪器设备、医疗人员配备等情况。

工作人员指着“特需诊室”的牌子说：“附属医院将以一流的技术、先进的设备、优质的服务、优美的环境给大家提供超一流的医疗服务，以后咱们学校师生、员工及家属来这里就诊，都可以享受 VIP 待遇。”

参观过程中，中层干部对附属医院的建设好评不断。

信息工程学院院长刘昱旻说：“之前我来过一次，这次来感觉变化很大，很震惊、很震撼。变化之快真正体现了黄河科技学院的速度和效率，说明我们黄河科技学院确实能打硬仗，能打胜仗，希望附属医院有更快更好的发展。”

济源应用技术学院党委书记张丕万说，附属医院是以三级医院的标准建设，规模大，设备全，整体感觉非常“高大上”。

信息工程研究所所长柴远波教授说：“我爱人是医生，我对别的医院的情况也比较了解，看了我们的附属医院，觉得至少有三个特点：规模很大，设施很先进，科室设置很齐全。”

交通学院车辆工程教研室主任助理董彬说：“以前对我们附属医院不了解，今天来参观，感觉附属医院的规模、设备特别了不起。”

商学院实验中心主任叶亚丽说，医务人员素质很高，服务很热情。

1 月 30 日，河南省卫健委派出工作组，对黄河科技学院附属医院进行了三级医院执业评审，顺利通过。

2 月 2 日，黄河科技学院附属医院就拿到了省卫健委颁发的医疗机构执业许可证，成为河南省第一个获批的民办高等学校附属的三级综合医院。

3 月 30 日，黄河科技学院附属医院正式开业，并举行了盛大的开业庆典。庆典以“医教融合、协同创新大会”的形式举办，来自国内外医疗领域、高等教育领域的专家学者莅临指导，河南省、郑州市卫健委及兄弟医院的领导前来“捧场”，可以说是“大咖”云集。大家共话医教融合，探索提升医学教育质量的改革方式，围绕医教融合协同创新的意义、目标、实现路径、创新项目、发展空间拓展与质量提升、临床医学专业认证等问题，进行了全面而热烈的讨论。与会领导、专家参观了附属医院、医学实验实训中心、智慧逐梦医疗体验馆等，高度赞赏学校的教育教学条件，充分肯定学校的办学成绩。

附属医院开业后，黄河科技学院党委批复设置了医院分党委，下设6个党支部，充分发挥党组织的战斗堡垒作用和党员的先锋模范作用。他们从建章立制出发，科学规范管理医院，特别是通过管理抓医疗质量，确保医疗安全。他们注重对外宣传，以服务为抓手，在社区、公园等公共区域组织近百场义诊活动，利用医院自媒体组织全院职工参与宣传，在百姓中树立良好形象。他们还注重对外合作交流，积极与郑州大学第一附属医院、郑州大学第二附属医院、河南省人民医院、河南省肿瘤医院、郑州市口腔医院、郑州市第七人民医院、郑州市中心医院等大医院联合，共建医联体，与58所医学院教学实习医院合作建立学科团队，实现优势互补，携手发展。

他们想方设法引进专业急需的老专家，先后引进了纽约州立大学石溪分校、中国人民解放军总医院、郑州大学、豫籍在沪医学专家联谊会等国内外机构的知名专家，着力打造了一支专业技术过硬、医德优良的医疗队伍。同时，引进年轻医生进行结对子，建立人才梯队，适应临床需要。

在大家的共同努力下，附属医院走上了发展壮大的快车道，医院诊治能力不断提升，服务品牌逐步显现，业务指标良性运转，初步具备了三级综合医院功能，成为河南省省直医保、郑州市职工医保、城乡居民医保、大学生医保（含商业保险）、军休师级及以上退休干部医保、市级离休干部医保和职工生育保险等医保定点医院。

胡大白用了不到一年的时间，让黄河科技学院附属医院投入运营，并达到了仪器设备一流、诊疗能力突出、医教融合发展的层次和高度，可以说出乎众多人包括本校人的意料，创造了又一个奇迹。

医院正常运行后，胡大白如释重负，立即把工作重心调整到医学教育上，并主持召开会议，正式启动临床医学专业认证工作。

这正是胡大白推进附属医院建设的初心之一，她把这作为促进医教融合、提升医学教育改革的重要方式，让其支撑医学学科教育发展，承担临床教学任务，实现医、教、研三位一体发展战略。她还想建立

"大医学"管理框架，把医科和工科、理科、文科相融合，更好地与国际接轨，为推动黄河科技学院发展成为世界一流应用技术大学而努力。

向世界一流应用技术大学迈进，不仅要在学科建设上与世界接轨，在管理体制上也要与世界接轨，而且不能盲目照搬，必须探索出最适合黄河科技学院发展的管理体制。于是，胡大白开始琢磨，如何改革管理体制，让黄河科技学院走上更快更稳的发展轨道。

◇主推管理体制改革

胡大白重视学校的管理，多年来一直在研究和探索管理之道。

早在2002年12月，全国人大常委会颁布《中华人民共和国民办教育促进法》后，胡大白就深入学习了其中的相关规定，积极倡议与推动在学院设立董事会。黄河科技学院设立董事会的日子是2005年10月3日，这是最早的全国民办高校董事会之一。

2010年，胡大白参与修改《国家中长期教育改革和发展规划纲要（2010—2020年）》时，就意识到建立现代大学制度的极端重要性，并积极对其进行探索实践。她认为，民办高校要构建法人治理结构，除了要参考企业法人治理结构所要求的制度（独立完整的产权制度、民主科学的决策制度、专业高效的执行制度和灵敏有力的监督制度）以外，还必须坚持教育公益性和市场性相统一的原则，处理好教育活动的公益性与经营管理的市场性之间的矛盾，做到两者协调与平衡。民办高校构建法人治理结构，不能盲目照搬西方的现代大学制度，必须从我国的政治制度、经济发展水平、文化传统出发，必须坚持社会主义方向，坚持我们自己探索出来的行之有效的办学道路与办学特色。

在这种指导思想的引领下，经过三十几年的发展，黄河科技学院逐渐形成了一套以董事会领导下的校长负责制为主体、党委把握政治方向、学术委员会统领学术事务、职工代表大会参与民主管理的法人治理结构。在这个治理结构中，校董事会作为学校最高决策机构，确定学校发展方向、发展战略和重大决策。校行政是以校长为代表的行政管理系统，执行董事会形成的决议，组织实施教育教学活动和行政管理工作。

校长依法、独立、全面行使教育教学管理权和行政管理权，副校长协助校长工作。党委是学校的政治核心，依法监督学校贯彻执行政策方针、法律法规的情况，保证学校的办学方向，参与事关学校改革发展重大事项的研究和决策。

在这样一个治理结构下，黄河科技学院按照学科建设规律及整合教育资源的原则，设置院系及研究所；按照精简、效能的原则，设置行政管理机构和服务部门。学校党、政、工、团组织健全，行政机构设置科学合理，人员配备到位，制度健全，运转高效，保证了教学、科研等各项工作的开展；学校重视发挥学术组织和群众组织在学校管理中的作用，建立学术委员会，统筹行使对学术事务的咨询、审议、评定和决策等职权，下设教学指导委员会、学位评定委员会、教师职称评审委员会等学术管理组织和咨询机构，就学校有关学术发展、师生权益等重大问题，进行集体决策、民主管理和民主监督；学校坚持依靠教职工办好学校的理念，建立了“双代会”制度，每年召开“教职工代表大会”和“工会会员代表大会”，审议校长工作报告，讨论决定事关教职工切身利益的改革方案，民主评议校级领导干部、机关职能部门负责人，听取教代会和工代会提案落实情况报告等，充分发挥了广大教职工依法参与学校管理和监督的职能，保证了学校的科学发展。

尽管如此，胡大白也清楚地看到，随着学院规模的不断扩大，形势和任务的不断变化，学院的内部管理也出现了这样那样的问题。首先，由于职能交叉、政出多门、职责不清，一个重大决策往往需要多个部门负责，主要责任主体难以明确；其次，部门间协调难度大，各部门各自为政，严重影响了管理效率；再次，机构庞杂，人员冗繁，管理人员占教职工总数比例偏大，人员支出使管理成本骤增，并挤压了有限的经费；最后，职能部门“衙门化”，官僚作风较严重，校级职能部门通常把自己与二级学院的关系定位为上下级关系，缺乏为教学科研服务的意识，并常常干预甚至包办学术事务……

这一切，胡大白看在眼里，急在心里，从而开始了现代大学制度、体制建设等方面的研究，并于2017年7月出版了《民办高校现代大学制度建设》一书。此后，她还关注了《国务院机构改革方案》，研究了政府机构“大部制”改革的探索与实践，尤其关注了一些高校内部管理机构的大部制改革。她了解到，浙江大学比较早地推行大部制改革，清华大学无声响地进行了内部管理体制改革，中山大学、山东大学改革的步伐也是比较大的。

早在2017年底，胡大白在翻阅报纸时，看到《南方都市报》刊登了一篇文章，题为《民办高校也搞“大部制”改革》，很受触动。文中提到，南洋理工职业学校将15个行政部门撤并为7个，推动管理机构向“大部门、大职能、大服务”范式转变，精减行政人员，增加教学管理和教辅人员，将焦点投向教育教学和服务学生。“横向大部制，纵向扁平化”，实现从“多头管理”到“集中指导”，从“政出多门”到“统一决策”，从“管理为主”到“服务为主”……

胡大白这才知道，一些规模稍小的民办高校也在尝试进行“大部制”改革了，不由得顿生紧迫感。她觉得，黄河科技学院也有必要尽快推行改革，以更好地适应学院未来发展的需要。

2018年1月，胡大白在董事会上发出倡议，适时在全校推行管理体制改革，并强调指出：“这个改革要慎重，要严谨，要有顶层设计。要在学习调研的基础上，认真制定方案，反复论证，确保改革行之有效。”

从这之后，胡大白就利用各种时机广泛学习调研，开始制定改革方案。

2019年是黄河科技学院建校35周年，学校领导班子会议研究决定，把2019年定义为学校的“改革创新年”。这样做的目的，就是大力倡导改革、支持创新，尤其是推进学校管理体制改革和治理体系创新，全面提高教育质量和办学水平。

2月18日，黄河科技学院召开了中层干部会议，校长杨雪梅部署2019年重点工作，并作了改革动员。

胡大白也在会上发表了讲话。她说：“今年是我校的改革创新年。深化体制机制改革，是我们抢占新的制高点的重要时机。目前，改革的热潮已经在校园里兴起，还需要进一步深化。”

不久，黄河科技学院成立了管理与服务机构改革领导小组，胡大白、杨雪梅和贾正国担任组长，陈勇民、赵会利、杨保成、罗煜都是领导小组成员，下设办公室，罗煜兼任办公室主任。在调查研究的基础上，出台了《黄河科技学院管理与服务机构改革工作方案》，并明确了时间表。

一场轰轰烈烈的管理体制改革拉开了帷幕。

仅仅用了两个多月的时间，黄河科技学院的管理体制改革就取得了实质性进展，“艺体学部”和“工学部”分别成立。

“艺体学部”整合了艺术设计学院、音乐学院、新闻传播学院、体育学院等4个学院，而“工学部”则整合了信息工程学院、建筑工程学院、机械工程学院、交通学院和大数据学院等5个工科学院。

工学部党总支书记张崇杰说：“我们筹备的时间很短，推进的速度很快，大年初八才启动，两个多月基本就完成了。胡董事长是总设计师，她已经酝酿了很久，推进的速度才这么快。”

5月16日，设立艺体学部和工学部的动员大会先后召开。

在艺体学部设立动员大会上，胡大白讲道：“今年是新中国成立70周年、学校建校35周年，今天我们又迎来了一个意义非凡、值得纪念的好日子，一个令人充满期待、充满向往的好日子，一个承前启后、继往开来的重要时刻。学校艺体学部从2月18日召开第一次筹备会议，经过短短不到三个月的时间，在今天正式成立了。”

她和大家一起回顾了学校建校以来取得的主要成绩，分析了“学院制”的弊端，又指出：“为进一步解决这些问题，加快推进学校治理体系和治理能力现代化，学校决定全面深化管理体制改革，推进学部制改革是深化管理体制改革的重要内容……学部组建以后，将会更加有效地推动艺体教育各类资源共享共用，实现艺体教育融合发展，打造形成具有鲜明特色的艺体教育品牌，培养更多厚基础、宽专业的复合型、应用型创新人才，努力建成一流学部，助力学校实现一流应用技术大学建设目标。”

在工学部设立动员大会上，胡大白讲了推行大部制改革的原因及设立工学部的出发点。她强调：“进行大部制改革是黄河科技学院历史发展使命的抉择，是新时代、新发展、新目标的要求，而工学部的设立，是适应‘新工科’快速建设发展的需要，是我校中长期建设发展的需要，是教育教学体制改革创新的需要，是适应新时代高校建设发展的需要。”最后，她勉励大家：“要解放思想，大胆改革，培养出专业知识扎实、有创新创造力的工科人才，为我校早日成为一流应用技术大学而努力奋斗。”

艺体学部设立后，组建了体育与健康科教中心、设计艺术科教中心、传媒艺术科教中心、播音艺术科教中心、音乐科教中心、舞蹈科教中心和公共体育艺术中心等 7 个基础教学单位，设立党政学工办公室、教学科研办公室和产教融合办公室等 3 个综合办公机构，建设成了河南省重要的创新型、应用型艺体类人才培养基地，进入了省内高校同类专业的第一方阵。

工学部组建了教学指导委员会，形成了以党政联席会为决策核心，以党政学工、教务科研、产教融合等 3 个办公室为业务支撑协调点，以电子信息科教中心、网络空间安全科教中心、大数据科教中心、机电工程科教中心、材料工程科教中心、土木建筑科教中心、工程管理科教中心、汽车与交通科教中心、基础科教中心、工程训练中心等 10 个科教中心为运行基础的架构，实现了组织优势、专业优势、人才优势和资源优势的融合升级，各项工作平稳进行。

两个学部都按照专业集群设立了“科教中心”，作为教学科研工作开展的单元，管理层级从 4 级缩减到 2 级。新的组织结构大幅缩减了行政管理岗位和人员，处级和科级干部分别减少了 24%、27%，参与产学研合作的产业界兼职技术人员却增加了 30%。

艺体学部白云庆书记说：“这次大部制改革，起初我也不太理解。以前我是体育学院的书记，我们的发展势头很好，要重新整合，有种失落感。可是，整合后，实现了扁平化的管理，简化了工作流程，以学生为中心，服务于一线教师，我才真正体会到了好处。”

在这次改革中，商学院虽然没有改成学部，但也参照学部制的运作方式，刀刃向内，自我加压，完成了内设机构改革。按照“系统性、整体性、重构性”的原则，重组现有机构，由原来的 5 系、4 办、15 个教研室，调整为3部、5个教研室，形成“纵向层次少、横向幅度宽、大行政、大教务、大科研”管理格局和以教研室为基础的运行模式。领导岗位公开竞聘，大胆起用年轻干部，把合适的人放在合适的岗位上。最终遴选出的22位中层干部中，9人为新提拔上岗，占40%，相比于原有的36名干部，总职数减少40%。

商学院党总支书记王威说：“改革初期，有一次和董事长聊天，我坦率地表达了我的顾虑，感觉改革力度太大了，把系都撤了，担心会有风险。董事长鼓励我说：‘王威，我全力支持你，大胆去做。改革不要怕失败，边摸索边改，总会越改越好。’我这才坚定了信心。”

胡大白不仅鼓励她，还教给她不少工作思路和方法。怎么调动党员干部的积极性？怎么设置机构？机构建立后怎么管理？从很多方面都给了她很具体的指导，并特别提醒她，必须建好制度……王威虚心学习，领悟消化，并很好地用到了改革实践中。

改革之后，王威真切地看到了成效。她说：“老师和学生的思想有变化，精气神明显提升。解决了一些矛盾，尤其是干部使用上的矛盾，以前中层干部多、基层干部少，改革后中层到基层去了，基层充实了。很多干部是新上来的，干劲都很大。”

改革给黄河科技学院注入了新鲜的血液，激发了蓬勃的活力，胡大白感到很欣慰。改革仍在进行中，她还要继续往前推，让体制机制更适应学校的发展。她说：“商学院虽然也搞了改革，但还不够，下一步，等国际学院评估完，就把商学院和国际学院、外语学院合在一起，改为商学部；医学院也要等认证完再改，届时和几个附属医院合并，改为医学部。今后就是四大部，即工学部、商学部、医学部、艺体学部。”

胡大白已经绘就了黄河科技学院改革的蓝图，也指明了学校发展的方向：“未来，我们将紧密结合社会经济发展的需要和人民群众的教育需求办学，推动学校迈上新的台阶，为社会培养更多应用型、创新型人才。”

胡大白说这话时，目光炯炯，自信满满。她还说：“有党和国家的支持，我对民办教育的未来充满信心。”

我们也相信，在胡大白高瞻远瞩的指引下，在黄河科技学院师生勠力同心的努力下，在社会各界对民办教育的支持下，黄河科技学院必将在不断改革创新中砥砺前行，且行稳致远，向着全国乃至世界一流应用技术大学的目标奋进。

◇相关链接

▲ 2013 年 7 月，美国发布《创新与创业型大学：聚焦高等教育创新和创业》报告，明确大学创新创业中的五大核心活动领域，即促进学生创新和创业，鼓励教师创新和创业，支持大学专利及科技成果转化，促进校企合作，参与区域与地方经济发展。

▲ 2013 年 10 月 10 日，清华大学推出的 MOOC 平台“学堂在线”，面向全球提供在线课程。

▲ 2014 年 12 月 25 日，清华大学成立创新发展研究院，主要从事创新与产业研究，发展定位是努力打造国内创新与产业发展的第三方高端智库，构建有影响力的政策沟通平台和学术交流平台。

▲ 2015 年 3 月 24 日，中共中央政治局召开会议，审议通过《关于加快推进生态文明建设的意见》。这是继党的十八大和十八届三中、四中全会对生态文明建设作出顶层设计后，中共中央对生态文明建设的全面部署。

▲ 2016 年，教育部修订了《中国本科医学教育标准——临床医学专业（2016 版）》，明确要求：医学院校必须拥有直属的综合性三级甲等附属医院；确保足够的临床教学基地和资源，满足临床教学需要，医学类专业在校学生与病床总数比应小于 1 ：1；有足够的师资对学生的临床实践进行指导。

▲ 2017 年 10 月，教育部等五部门印发《关于深化高等教育领域简政放权放管结合优化服务改革的若干意见》，推进高等教育领域简政放权放管结合优化服务改革。要求高校根据办学实际需要和精简、效能的原则，自主确定教学、科研、行政职能部门等内设机构的设置和人员配备。

▲ 2019 年，科技部等六部门印发《关于扩大高校和科研院所科研相关自主权的若干意见》，同样提到优化机构设置管理。要求高校和科研院所在章程规定的职能范围内，根据国家战略需求、行业发展需要和科技发展趋势，按照精简、效能的原则，可自主设置、变更和取消单位的内设机构。

▲ 2019 年 5 月 10 日，广州日报数据和数字化研究院（GDI 智库）发布“2019 广州日报应用大学排行榜”，黄河科技学院连续三年在民办本科高校中排名第一。

▲ 2020 年 8 月 24 日，武书连 2020 中国民办大学和独立学院综合实力排行榜发布，黄河科技学院以 4.129 分排名第一，连续三年稳居综合实力第一名。在单项排列中，黄河科技学院分别荣获武书连 2020 中国民办大学教师创新能力排行榜第一名，理学、工学、农学、医学 4 个学科门类组合的自然科学排名第一。

尾语　上善若水

水利万物而不争，默默奉献不张扬，柔顺谦卑却滴水穿石，无形无势却聚河汇海；她避高趋下，随物赋形，不惧任何阻碍；它深不可测，源源不断，持续造福世间。

胡大白性格坚毅顽强，独立自信，敢为天下先，勇做开拓者，从而成就一番轰轰烈烈的教育事业。同时，她又悠远深邃，柔和平顺，在沉淀中思考，在创新中升华，从而达到一种淡泊宁静的人生境界。

◇水利万物

卸任校长后的一天，胡大白像往常一样来到办公室，按惯例先看当天的报纸。

杨雪梅敲门进来："妈，现代教育技术中心的一个项目获准立项了，省教育厅刚下发了通知。"

"那太好了！什么项目？"

"'信息移动服务平台建设与实现'，通知在这里，您看看——"说着，雪梅把通知递上前。

胡大白摆摆手："我就不看了。你是校长，看着处理就行了。"

"这次全省参与评审的项目共有126个，教育厅只批准了29个，很难得。学校该怎么支持一下？"

"项目的实施，学校应该提供必要的协调和支持，保证按时完成项目建设工作。具体怎么支持，你是校长，由你定。"

杨雪梅点头答应："那好吧，我跟其他领导商量下，再向您汇报。"

"需要校长决定的事，以后你直接决定就行了。不用什么都向我汇报。"胡大白说。

"那怎么行？大事还要您来掌舵。"

"那怎么不行？你既然当了校长，就要负起责任来！"

杨雪梅看着母亲严肃的表情，点头答应着，转身离开。

在接受采访时，胡大白坦率地说："我觉得，退居二线了，就不能再插手一线工作。很多人说，学院还是应该由我掌舵，他们都要请示我。我说不对，我做董事长，就不能掺和一线的事。如有特殊情况，书记或者校长出差了，我去替他们开个会；或者突然哪一项工作比较忙，比如专科补录，一下子补录2000多人，还得让他们提前到学校，可能忙不过来，我可以帮着出出主意。"

虽然这么说，胡大白却一刻也没闲着，只要是有利于学院建设和发展的事，她总是无条件地默默地去做，不遗余力地拾遗补阙，甚至兼职做着辅导员。

有过大学工作经验的人都知道，辅导员是学生工作的骨干力量。学校下达的文件精神，部署的工作、学习任务，都需要辅导员去与学生面对面地落实；大学生中普遍存在的学习困惑、情感迷惘、人际关系、就业压力等问题，也都要由辅导员帮助化解。因此，辅导员是个苦活儿、累活儿，处在最基层，工作不好做。

胡大白很清楚这一点，但她实在没有时间与哪个同学面对面做辅导，便独辟了另一种辅导方式。她把手机号向全校学生开放，学生有什么问题可以直接联系，她视情进行电话辅导或当面辅导。

作为学院的董事长，胡大白不敢说日理万机，但可以说有忙不完的事，能抽出时间接听学生的电话，为学生辅导，这不能不说是难能可贵的。而且，她不仅真的与学生互动，还为学生办实事。

有一天，胡大白收到了一位学生发来的短信："董事长，我应该得三等奖学金，但我没拿到，不知道为什么。"

胡大白看出了学生的意思，但具体原因没搞清楚，便主动拨通了这位学生的手机，问明了情况，又通过学生处进行了解，确认情况属实。

原来，以这个学生的考试成绩，他确实应该拿三等奖学金，但他是入围的最后一名，还有一个同学和他并列。班主任经过综合考量，把奖学金给了另外那个同学。

胡大白给这位学生发短信，解释了她了解到的情况。

学生回复说："对于学校的决定，我理解和接受。如果老师事先跟我说清楚，我也不会发短信麻烦您了。"

胡大白诚恳地回复说："对不起。学校工作做得不周到，应该跟你说清楚。"

学生的思想工作做通了，但胡大白并没收手。她找到学生处的工作人员，建议说："应该给这名学生补一份奖学金。你要是事先说清楚，他心里能接受，不给也说得过去。可是，你没说清楚，人家觉得不公平，那就应该处理得更公平一些。"

根据胡大白的建议，学院又给这名学生补发了奖学金。

除了一对一的辅导，胡大白更多的是为大家集中辅导，通常是用讲大课的形式，也用专题报告的形式。

从黄河科技学院招收第一届全日制学生开始，胡大白每年都给新生上第一课，一直坚持到现在。

2013 年 9 月 6 日上午，在图书信息大楼第二报告厅，胡大白为 2013 级新生讲述黄科院发展历程。除现场的 403 名新生，在第一报告厅及各个二级学院的分会场，6000 多名新生通过实时直播也聆听了报告。

会上，胡大白以讲故事的形式，将学院的发展历史概括为艰难起步、敢为天下先、冲破禁区、徘徊与领悟、新的征途等五个阶段，她讲道——

学校发展起步阶段，在自身残疾、经费困难、师资薄弱等重重阻力下，于 1984 年成立郑州市高等教育自学考试辅导班，夺取了全国自学考试的制高点，成为全国自考领域的一面旗帜。确立了“为国分忧，为民解愁，为社会主义现代化建设服务”的办学宗旨……

学校发扬“敢为天下先”的精神，确立了“办一所具有中国特色的社会主义民办大学”的办学目标，办学形式实现了三大战略转移：课程上实现了从业余到全日制的转变，生源上实现了以城市为主到以农村为主的转变，专业上实现了从一个拳头到两个拳头的转变。在1994年成为国家教委批准的第一批民办高等专科学校后，学校又用六年的时间，冲破禁区，以“开拓、拼搏、实干、奉献”的黄科院精神，于2000年成为全国第一所民办本科高校。在此基础上，又用八年的时间，完成了本科教学工作水平评估，提出了“本科学历教育＋职业技能”相结合的人才培养模式……

我们白手起家，经历了从无到有、从小到大，是在改革开放的大潮中诞生发展起来的。在29年的发展历程中，办学宗旨明确，形成了优良的传统和作风，这些行之有效的理念、宗旨、愿景，都是宝贵的财富。

最后，胡大白寄语新生：“只要能够吸取黄河科技学院的创业经验，理解黄科院精神和理念，融入黄河科技学院，更快地进步和成熟，就一定可以成为国家的栋梁之材。”

2014年8月30日上午，胡大白在新体育馆开讲，为4800名军训新生讲述创新创业发展之路。她以《我们的学校》为题，饱含深情地讲述了学校的发展历史及整体情况，又详细讲解各个校区的地理位置、软硬件设施、校园文化等，让新生对学校的发展历史及办学优势有了全面的了解。

胡大白在报告中说：“30年来，我们的学校就是一个创业的学校、创新的学校，开创了中国民办高校创新发展之路。未来的30年，我们站在现在的平台上，有信心也有决心把我们学校建成世界一流的应用技术大学。”

听完报告，商贸学院新生付嘉敏说：“董事长的报告让我对学校的光辉历史有了更深刻的认识，感到很骄傲。”

音乐学院新生王芳芳则字字铿锵地说：“今日我以黄河科技学院为荣，未来让黄河科技学院以我为荣！”

2015 年 9 月 5 日，胡大白又在综合体育馆为 2015 级新生作校史报告，同时在学术报告厅对报告会进行了现场直播。

这次，胡大白报告的题目是《发扬黄科院精神，做新时代“四有”青年》。她讲道：“我们要铭记历史、缅怀先烈、珍爱和平、开创未来，才能担当起国家富强、民族振兴、人民幸福的重任。要做一个有理想、有道德、有文化、有纪律的新时代青年，为自己、为学校、为国家争光。”

报告中，胡大白鼓励新生注意锻炼身体，多去操场运动。她还离开座位，现场展示弯腰双手触地的动作。她的举动让学生们备受鼓舞，现场响起热烈的掌声。

2016 年 9 月 4 日，胡大白在综合体育馆以《发扬黄科院精神，再创黄科院辉煌》为题，给 2016 级新生作校史校情报告；2017 年 9 月 5 日，她在新体育馆给 2017 级新生作专题报告；2018 年 9 月 8 日，还是在新体育馆，她以《做出彩的黄科院人》为题，为 2018 级新生作专题报告。

2019 年、2020 年，胡大白也都为新生作了专题报告，以后还会继续作下去。

一次又一次，胡大白从自己的经历出发，讲述学校的创办历程，梳理每个阶段发展特点和出彩之处，细数 30 多年的辉煌成就。她每一次讲，都有新的内容、新的思想，都能给学生们更多的激励或启迪。

很多新生表示：“通过聆听胡董事长的报告，让我更加了解黄科院的历史，同时也被董事长的精神所打动。作为一名黄科院的学生，我很庆幸。在今后的学习过程中，我会用黄科院精神时刻鞭策自己，砥砺奋进，做一名出彩的黄科院人！”

胡大白不仅每年都给全校新生作报告，还经常走进各个学院，走进各种培训班，为师生们讲传统、解疑惑、授经验，不遗余力地教化和帮扶后来人。

在一次次的言传身教中，胡大白一再回顾学校的办学历程，总结学校的“开拓、拼搏、实干、奉献”精神，强调学校“为国分忧，为民解愁，为社会主义现代化建设服务”的宗旨，提炼学校的创业基因……她希望青年教职工及学生们更好地了解学校历史，领会学校精神，吸取学校的经验教训，传承学校的创业基因，做一个真正的黄科院人。

◇沉淀而清

胡大白还是很忙，但日常工作和具体事务稍稍少了些，有时可以享受片刻的闲暇，感受一份久违的宁静。

宁静可以致远，更有利于思考和辨析。于是，她忙里偷闲，开始致力于回顾历史、总结经验及提炼精神。

早在2013年5月21日，胡大白就牵头成立了《黄河科技学院志》编纂委员会，她担任主任，还特意聘请郑州市地方史志办公室原副主任张平指导并参与编纂工作。

经过充分的论证和筹划，委员会制定了《编纂实施方案》和《编纂行文规范》。同时，学习借鉴国内高校编写校志的经验，结合学校实际，搭建起了编写框架结构，拟定了《〈黄河科技学院志〉篇目》。

随后，《黄河科技学院志》编纂工作正式启动。从培训队伍到收集资料，从撰写初稿到修改完善，从总撰稿到通编稿，从征求意见到多次修改、审校，最后编审定稿，历时一年，数易其稿，于2014年5月由中州古籍出版社正式出版。

《黄河科技学院志》详细记述了黄河科技学院30年发展的重大事件，收录与学院发展密切相关的历史资料，重点反映学院发展过程中的管理模式和基本经验，努力展示全校师生的精神风貌。全书138万字，收入图片150余张，是一部集思想性、科学性、资料性于一体的重要文献。

编写完《黄河科技学院志》，胡大白又推动了《黄河科技学院年鉴》（以下简称《年鉴》）的编纂工作。从2014年11月开始，先成立了《年鉴》编纂委员会，又设立了《年鉴》编辑部，正式启动《年鉴》编辑工作。

在全校各单位、各部门有关工作人员的辛勤努力下，经过大纲编写、栏目设置、条目设定、资料收集、归纳整理、初稿撰写、修改审定、排版印刷等环节，《年鉴》历时8个月，于2015年6月付梓成书。

这是黄河科技学院的首部《年鉴》，在编辑说明中特别指出：《黄河科技学院年鉴》是学校权威性的资料工具书和史料性文献汇集，全面、客观、准确地载录学校事业发展基本情况及最新成就，积累系统的数据和史料，为学校科学决策与管理提供咨询和借鉴。它是学校对外宣传交流的媒介，也是兄弟院校和社会各界了解黄河科技学院的窗口。

《年鉴》设有大事记、特载、综述、年度关注、教育教学和学科建设、科研与对外合作交流、管理与保障服务、教学设施与基本建设、党群工作、学生工作、教学单位、教职工队伍、校友专栏、表彰与奖励、文件与规章、综合统计等19个栏目，翔实记载了2014年全校各单位、各部门的主要业绩，重点反映了学校的科学发展举措、重大发展成果，展现了全校师生员工推动学校转型发展、建设应用技术大学和地方名牌大学的骄人业绩及精神风貌。全书共90万字、586页，图文并茂，装帧精美，具有鲜明的民办高校特色和年度工作特点，是展现黄河科技学院办学成绩的一张“文化名片”。

胡大白说：“《年鉴》从2015年开始，每年出版一本。把这个事规范化了，这些最基本的资料都有人弄，而且形成了一支队伍，以后我就不用操心了。”

之后，《年鉴》编纂出版进入常态化轨道。《黄河科技学院年鉴（2016）》95万字、《黄河科技学院年鉴（2017）》98万字、《黄河科技学院年鉴（2018）》96万字……至截稿时，《年鉴》已编写出版了6本，洋洋590万字。

马不停蹄，再接再厉。胡大白又启动了一项大工程，编撰《黄河科技学院校史》（以下简称《校史》）。

2015年11月2日，在黄河众创空间一楼，召开了“《黄河科技学院年鉴》表彰暨校史编撰动员会”。顾名思义，会议的主题就是表彰《年鉴》编撰人员，为《校史》的编撰作动员。胡大白在动员讲话中说，

王文源点头说："既然博物馆定位在'国家'层面上，架构设计及整体思路要做相应调整：第一，要体现出它在中国民办教育界的权威性；第二，要尽力争取其他部门的支持，整合多方面力量，齐心协力，共同建设；第三，博物馆建设不仅要体现时代性，更要突出思想性，同时要积极运用现代化科技手段；第四，关于博物馆陈列的资料及评选问题，不仅要体现重点、主次分明，更要有明确的评选原则和严格规范的评选程序；第五，要准确把握博物馆的功能定位及开放空间问题，同时要考虑如何更好地服务于学校的发展。"

"秘书长所言极是。我们一定要按照秘书长的要求，把博物馆建设好。总结先进经验，传承精神理念，促进民办教育改革与发展，也给后人留下一笔宝贵的精神财富。"胡大白说。

8 月 26 日，黄河科技学院发布了"中国民办教育博物馆"布展设计招标公告，进行公开招标。接着，学院自筹资金 3000 万元，开始施工。

仅仅用了大半年时间，一座气势恢宏、大气磅礴的博物馆便矗立在黄河科技学院校园里。

布展过程中，中国民办教育协会与各级民办教育协会一起，多次发动各地民办学校提供布展资料；全国民办高校积极响应，踊跃提供展品，很快就收到了 157 家单位提供的各类展品 2800 多件，中国第一座全方位、全过程反映民办教育发展史的博物馆很快布展完成。

2014 年 5 月 26 日，中国民办教育博物馆开馆仪式在黄河科技学院举行。全国人大常委会委员、全国人大教科文卫委员会副主任委员、民进中央副主席、中国民办教育协会会长王佐书，河南省政协副主席龚立群，教育部原副部长张天保，河南省人大常委会副主任吴全智，河南省教育厅厅长朱清孟，郑州市人大常委会副主任范强，以及参加"第四届（GAUC）世界私立高等教育发展国际论坛"的代表出席仪式。国家总督学顾问、国家教育咨询委员会委员、中国教育学会副会长、中国民办教育协会第一届理事会会长（时任名誉会长）、联合国教科文组织协会世界联合会副主席、亚太地区联合国教科文组织协会联合会名誉主席陶西平为博物馆开馆致贺信。

上午9点，胡大白宣布“中国民办教育博物馆开馆仪式开始”，随后请王佐书讲话。

王佐书在讲话中说，中国民办教育博物馆立项承建以来，黄河科技学院投入了大量人力、物力，为博物馆的建设付出了辛勤的劳动。今天是黄河科技学院建校30周年校庆日，在这个特殊的时刻为中国民办教育博物馆揭幕，具有非凡的意义。博物馆是一项需要长期投入、耗资巨大的事业。黄河科技学院短时间内完成这项工程，再一次让我们体会到“开拓、拼搏、实干、奉献”的黄科院精神，再一次向我们展示了黄科院的办学实力，说明了黄科院人的志存高远，体现了黄科院人的社会担当！

9点10分，王佐书、龚立群、张天保、吴全智、朱清孟、范强为中国民办教育博物馆揭幕。随后，与会嘉宾参观了中国民办教育博物馆。

宏伟的建筑、宽敞气派的展厅，博得大家的一片喝彩；巨型LED显示屏、8块全息屏组成的16米历史长廊、拼接甩屏、大型弧幕影院等现代化的多媒体设施，赢得参观者赞不绝口；琳琅满目的展品、内容丰富的展板，引得参观者流连忘返。

博物馆分“中国民办教育史馆”和“民办教育典型学校馆”两部分。“史馆”以“史”为脉络，展现中国民办教育2000多年的历史成就和宝贵经验，重点展现改革开放30多年来民办教育所取得的重要成就和宝贵经验。“典型学校馆”展示了改革开放以来在中国民办教育界有影响的50所学校的办学成就。

在二楼的中国民办教育典型学校馆，台湾地区的大华科技大学副校长刘玉山感叹：“什么样的人，有多大的胸襟，才能办成这样一个能包容其他民办院校展品的博物馆？这在台湾地区是没有的。”

开馆首日，博物馆就接待了5000多位参观者。

也是在这一天，孔子铜像揭幕仪式在中国民办教育博物馆的馆前广场举行。铜像由香港孔教学院院长、世界儒商联合会会长、国际儒学联合会副理事长汤恩佳捐赠。汤恩佳先生与胡大白董事长一起为孔子铜像揭幕。

博物馆开馆后，来自全国教育界尤其是民办教育界的专家学者陆续前来参观，很多领导也莅临指导。第十届全国人大常委会副委员长顾秀莲来了，中国国际贸易学会副会长刘宝荣来了，中共河南省委副书记邓凯来了，河南省人大常委会副主任蒋笃运也来了，领导们都对博物馆赞不绝口，并提出了具体指导意见和殷切期望。

除了固定展览，博物馆还充分利用场地，积极开展各种活动，举办专题展览，也收到了很好的效果。

11 月 29 日，中国民办教育博物馆在河南省民办教育协会的支持下，成功举办河南省高等教育自学考试制度实施 30 周年纪念展。本次展览经过 3 个月的筹备，共展出 40 个展板，图文并茂地总结展示了河南省高等教育自学考试制度实施 30 年来的发展历程和突出成就。展览持续了一个月，参观者络绎不绝。

2015 年 9 月 7 日，“纪念抗日战争胜利 70 周年——日军镜头里的侵华暴行史料校园巡展”活动在博物馆举行。活动由中共河南省委高校工委主办，河南财经政法大学、黄河科技学院等 5 所高校承办，日军侵华史料收藏者、河南财经政法大学教授程道普，黄河科技学院董事长胡大白、党委书记丁松林及相关部门负责人参加启动仪式并讲话。活动期间，共接待参观者 1.1 万人次。

11 月 12 日，经中国博物馆协会高等学校博物馆专业委员会批准，中国民办教育博物馆成为全国高校博物馆协会成员单位。

此后，博物馆又先后举办了“河南省高校统战‘同心’书画作品展”“河南建筑装饰设计大赛获奖作品暨手绘中国作品巡展”“中国共产党成立 95 周年图片展”“‘两学一做’清正廉洁主题书法展”“反殖民与台湾光复——日据时期台湾历史图文展”“喜迎十九大书画作品展”“中原孝道文化书法绘画作品展”等。一次次展览，一次次思想和文化的洗礼，洋溢着满满的正能量，散发着浓浓的文化气息。

2017 年，中国民办教育博物馆荣获“河南省高校精神文明建设优秀工作案例”一等奖；2019 年，博物馆被河南省科协认定为“省级科普教育基地”。

如今，博物馆已有藏品近 5000 件，常年免费对外开放，持续开展科普教育工作，已接待中外各类参观者超过13万人次，在培育和践行社会主义核心价值观、推动校园文化建设和引领社会文化发展等方面取得了显著成效。

为了更好地总结宣传黄河科技学院的发展道路、办学历程、办学精神和办学经验，展示黄河科技学院的风采及办学成就，推动学校在新的历史环境中更好更快地发展，胡大白又推动实施了校史馆的更新改造，将其列为学校纪念改革开放40周年重点建设项目之一。

2018年5月，在胡大白的率领下，校史馆策划改造升级工程启动。在项目组全体人员及有关部门、各教学单位及设计施工企业的共同努力下，历经半年，11月6日竣工，并面向广大师生员工及社会开放。

更新改造后的校史馆定位是：校史校情和办学成就展台、学校精神文化宣传教育基地、爱国主义教育基地、创新创业教育基地。布展构思着重展现黄河科技学院“为国分忧，为民解愁，为社会主义现代化建设服务”的办学宗旨和“开拓、拼搏、实干、奉献”“敢为天下先”的办学精神，旨在教育和激励全校师生员工铭记学校走过的历程，弘扬学校光荣传统，不忘初心，继续前进，为建设一流应用技术大学，为实现中华民族复兴的中国梦作出新的更大贡献。

更新改造后的校史馆焕然一新。展厅面积1100平方米，设序厅、发展历程厅、人才培养厅、党建思政厅、继往开来厅等五个展厅，综合运用史料实物、文字图片、音像视频、场景复原、触摸互动机、电子沙盘、新媒体技术等多种手段，采取纵向与横向展示相结合、片段式截取与节点式播报相结合等形式，还原展示学校发展历史轨迹、初创时的艰难困苦、奋进中的风雨兼程、新世纪的卓越建树……真实展现黄河科技学院历史发展的生命乐章。

“序厅”简要概述了学校的基本情况；“发展历程厅”展示了黄河科技学院六个不同的发展阶段：艰难起步、敢为人先、冲破禁区、砥砺奋进、跨越发展、双创领先；“人才培养厅”分六个单元：师资队伍、办学条件、教学改革、科学研究、开放办学、创新创业，全方位展示了创建“本科学历教育与职业技能培养相结合”人才培养模式取得的卓越成就；“党建思政厅”分五个单元：党的建设、全员育人、全过程育人、全方位育人、桃李芬芳，展示了学校创建以党建为核心的“三全”育人思想政治工作模式取得的丰硕成果；“继往开来厅”回望历史，展望未来，明确学校的奋斗目标：在未来3年，将学校建成一所立足河南、辐射全国、办学特色更加鲜明的地方名牌大学，在未来30年，将学校建成办学实力雄厚、特色鲜明、世界一流的应用技术大学。

黄河科技学院的校史伴随着中国改革开放发展进程而书写，升级改造后的黄河科技学院校史馆，成为加强全校师生爱国主义教育、社会主义精神文明教育的重要基地，成为大学生创新创业教育的重要基地，成为广大校友回望学校历史、回忆大学生活、怀念恩师同窗、交流思想和情谊的温馨港湾，成为黄河科技学院师生的精神家园和心灵驿站。她帮助广大校友在回顾历史中汲取前进的力量，在展望未来中追逐新的梦想。

中国民办教育博物馆和校史馆向观众展示了中国民办教育的发展历程，但探索民办教育发展背后的规律性问题，还需要加强对民办高等教育的理论研究。

胡大白敏锐地意识到了这个问题，早在建校初期就组建过民办教育理论研究室、民办教育研究所，并取得了不少的研究成果。可是，她觉得还远远不够，必须进一步加大研究力度。

2017年5月，在胡大白的推动下，黄河科技学院成立了民办教育研究院（河南民办教育研究院），胡大白任院长，王建庄任执行院长。

王建庄是黄河科技学院的“老熟人”了。他连续多年任河南民办学校年检专家组组长，两次带队到黄河科技学院，后来又担任其他类型的专家组组长到学校，或检查、或评估、或验收。早在2016年10月，王建庄刚刚退休，胡大白便想邀请他来学院工作，并约他见了一面。

王建庄对那次见面印象很深。他走进胡大白办公室的时候，立即被办公室的简洁、清爽所吸引。他看到办公桌上的两把暖壶，感觉亲切之余，也有些惊讶。要知道，这时各种饮水机、净水器都已经进入普通家庭了，一个大学的领导却还在用暖水壶。

胡大白热情地招呼他，让他坐到窗台下的沙发上，又站起身，取一纸杯，提了暖壶，拿掉塞子，给他倒水。杯子里热气腾腾的，在阳光的照耀下，显得格外温暖。

谈话开门见山，胡大白再次邀请他，他也坦诚地表达了自己的缺点和不足。两个人都讲得很实在，思路清晰，语言简练，一句废话也没有。临别，胡大白送他到门口，叮嘱说："再想想，啊！"

两个人见面后不久，胡大白特意让王建庄代替她参加一个会议。

回来后，王建庄本想给胡大白汇报一下会议精神，没料到，还没等他开口，胡大白便说："你在会上的发言和表现，人家都已经告诉我了。我的意见：你才刚退休，这么多年积累的教育经验不发挥，对河南教育是个损失。你这样有理论又有实践的专家，应该继续发光发热。"

胡大白的一番话再次打动了王建庄。如此一个好大姐、好长辈、好朋友，一个在国内外享有盛誉的教育家，能够如此慧眼识才、不拘一格选用人才，不能不让他折服。

王建庄毅然决定，听从胡大白的召唤，就任民办教育研究院执行院长，投入到民办教育的研究中。

王建庄一到位，就如蛟龙入海，肆意挥洒自己的才华。他大展拳脚，开始了一系列令人耳目一新、眼花缭乱的"大动作"，在河南民办教育界乃至全国民办教育界迅速打开了局面。

他先走访了河南社科界的喻新安、谷建全、周立等专家，又走访了政府部门、新闻媒体及教育系统的朋友，很快便萌生了一个想法：通过研创河南民办教育蓝皮书，形成客观、公正、权威的报告，为河南民办教育发声。

王建庄把自己的想法与胡大白交流，并分析了操作思路及可行性。他担心的主要有两点，一怕稿子组不起来，二怕书稿完成了出版不了。

胡大白态度非常明确：坚决做。她分析说："组稿应该不难，各类民办学校40多万教职工，河南社科界、教育界这么多专家，民办教育这么多丰富鲜活的材料，不用愁稿件来源和质量。出版的问题也好解决，只要质量好，出版社即使不出，我们自己出。"

胡大白的话掷地有声，给了王建庄充足的底气，这项工作便如火如茶地展开了。2017 年 3 月 22 日，胡大白还组织召开了组稿会。此后，又多次召开审稿会，严格把关。

为确保蓝皮书研创质量，王建庄从选题、作者到结构安排，精心组织，反复打磨，很快就完成了书稿。在胡大白的支持下，《河南民办教育蓝皮书》在社会科学文献出版社立项出版，当年举行新书发布，成为全国第一部省级民办教育蓝皮书，在全省乃至全国民办教育界引起了较大的反响。至截稿时已连续出版 4 部。

除完成蓝皮书编撰工作外，王建庄还于 2017 年主持编写了《“互联网 +”创新创业指南》《“互联网 +”创新创业概论》两部教材，由河南人民出版社出版发行，已在部分高校投入使用。

2017 年 11 月，中国教育学会、中国高等教育学会、中国职业技术教育学会、中国教育电视台、中国教育报刊社、人民教育出版社等 6 家单位开展了当代教育名家推选活动，最终推选出 90 位当代教育名家。王建庄想为教育家们出一本书，他的想法与胡大白不谋而合，也得到研究院同仁的击节赞赏。2018 年，《中国当代教育名家》一书由社会科学文献出版社出版，收录当代教育名家 25 人，受到教育家的重视和赞誉。

为迎接新中国成立 70 周年，展现当代河南教育 70 年的发展历程，王建庄于 2018 年提出立项“当代河南教育发展研究”，编纂“当代河南教育发展报告”丛书。胡大白仍表态大力支持，并担任主编。丛书编写过程中，执行主编王建庄带领民办教育研究院的同志们多次到河南省档案馆查阅档案，获得了宝贵的一手数据，编纂完成了《砥砺前行中的当代河南教育》《当代河南高等教育发展报告》《当代河南基础教育发展报告》《当代河南幼儿教育发展报告》《当代河南民办教育发展报告》《当代河南职业教育发展报告》。全套丛书共 6 本，近 200 万字，由社会科学文献出版社出版发行。

民办教育研究院积极参加河南省教育厅等部门组织的《民办教育促进法（新修法）》实施细则的制定，代表河南省民办教育协会向教育部提交的新修《民办教育促进法》修改意见，受到教育部相关司局领导的重视。研究院还为政府部门决策咨询提供建议：为分管教育的副省长起草了在全省民办教育发展工作会议上的辅导报告；受教育厅的委托，起草了“全省民办教育发展调研报告”。

为了全景式再现中国民办教育的发展历程，胡大白还组织编写了中国民办教育大型通史性论著《中国民办教育通史》（三卷本：古代卷、近代卷、当代卷，144 万字），2019 年 5 月由社会科学文献出版社出版发行。

编写过程中，胡大白统筹谋划，从开题设计、编写大纲，到人员组织、史料搜集，事无巨细，精心雕琢，并主笔撰写了《中国民办教育通史（当代卷）》。

这部书系统梳理、挖掘了中国民办教育的起源及发展脉络，展现了从先秦到当代中国民办教育跌宕起伏的历史画卷。书中以历史研究常用的文献分析法、内容分析法、历史比较分析法和个案研究法来研究古代和近代的民办教育发展历史，通过私立教育现象起源、发展和演变的历史事实，加以系统客观的分析研究，从而揭示中国古代、近代和当代民办教育的发展规律。

《中国民办教育通史》出版后，受到同行的高度关注和普遍赞誉，被誉为中国民办教育史必读书目、教学研究重要资料用书。该书还获得出版社大力推荐，申报了“经典中国国际出版工程”等外宣或中华学术外译项目。

言传身教，著书立说，胡大白把自己的所学所思、所历所感毫无保留地奉献出来，似蚕吐丝，如水润物。但她并不满足，仍然坚持学习和思考，在沉淀中升华，不断丰富自己的精神世界。

◇升华而上

思考产生思想，思想决定精神，这是一个不断升华的过程。培植精神，是哲学意义上的，是一种内在精神与心理的完善与生成。

在 30 多年办学实践中，胡大白思考形成了适合黄河科技学院发展的办学思想，提炼出“开拓、拼搏、实干、奉献”的黄科院精神，在校园里激起了“敢为天下先”的时代强音……这些黄河科技学院的精神理念，是源于胡大白自我生命的个性化的精神财富。

可以说，胡大白创办黄河科技学院并带领学院一步步发展壮大，靠的就是这种精神。因此，每一个阶段性的成功，每一个历史性的跨越，都是这种精神的物质反映，同时也丰富着这种精神。

胡大白说："黄科院人创造了黄科院精神，黄科院精神又塑造了黄科院团队、成就了黄科院事业。好多学校都办垮了，为什么我们不垮？因为我们有黄科院精神。"

进入古稀之年后，胡大白虽然身体无大碍，心理上也不服老，但她知道，自己的精力和体力已经有所衰退，而且还会继续衰退下去。于是，她急流勇退，迅速调整了自己的工作重心，从一线具体工作中脱出身来，转而投入沉淀、思考与擘画，致力于丰富和传承精神。在这个过程中，她越来越深刻地认识到，曾经的成绩和辉煌都是过眼云烟，只有精神可以永存。只要精神永存，黄河科技学院就能一路创新发展，不断创造出更大的辉煌。

"敢为天下先"的精神是胡大白成功的"密码"，也是她前行的"利器"，即使不再做校长，她还是不断开拓，引领双创教育，引进创新人才，推进前沿研究，推行体制改革……

2020 年初，胡大白又大力支持副校长杨保成推行数字化转型改革，并主持成立了黄河科技学院数字化转型改革领导小组及办公室。在领导小组成立大会上，她鲜明地指出，数字化转型改革是在信息化建设加快发展的新形势下，构建学校教育教学新生态，推进学校治理体系与治理能力现代化，实现学校高质量发展的重要战略和实施路径。她要求大家加强对数字化转型相关理论的学习，积极参与 17 项数字化转型改革项目研究，以学生为中心开展数字化转型改革，不断提升人才培养质量。

事实上，这项工作从 2016 年就已经启动。当时，学校将国家"互联网 +"、大数据等重大战略与本科教育改革紧密结合，建立了高等教育信息化 2.0 平台，依托"翻转校园"数字化平台助推差异化教学、个性化学习和精细化管理，形成了"数据驱动的教学保障体系"和"智能引领的学生成长支持体系"双引擎；从 2018 年起，学校为学生建立全程、多维、动态的数字化档案，从课程学习、二课活动、创新实践、身体素质、心理健康五个维度，生成个性化的学生画像；2019 年，学校开始重构教学空间，打造移动端的“无边界课堂”，创设了课程教学资源云端存储展示、师生课堂即时互动、课后学生自适应学习的智能环境，实现教与学在时间和空间两个维度的拓展。2019—2020 学年第一学期，全校 85% 的课程建设了丰富的课程学习资源，75% 的课程实现了在线学习、在线测试、课堂讨论等在线交互，学生参与课堂测试超过 130 万人次。

2020 年新冠肺炎疫情期间，黄河科技学院很从容地做到了“停课不停学”，实现了线上线下教育教学无缝衔接。2019—2020 学年第二学期共有 1831 门课程，线上开课 1762 门，占本学期课程总数的 96.23%；参与在线学习的学生 33,931 人，占比 99.36%；参与网上教学的主讲教师 1176 人……疫情之下的黄河科技学院始终保持着正常有序的管理和教学，很多公办的名校也望尘莫及。

数字化转型改革并不是胡大白具体主抓并推行的，但这更让她欣慰，因为她强烈地感受到，她的精神已经在这些后来人身上得以显现。也就是说，这时她最愿做的，最愿看到的，就是精神的传承。

事实上，“开拓、拼搏、实干、奉献”的精神已经在黄河科技学院深入人心，其传承达到了一定的广度、深度和高度。

校长杨雪梅很好地传承了这种精神，带领黄河科技学院继续行走在“敢为天下先”的创新发展之路上，学校先后获批全国首批应用技术大学改革试点战略研究单位、全国毕业生就业 50 强高校、全国首批高校创新创业 50 强、全国首批深化创新创业教育改革示范高校等。她个人也致力于民办高等教育领域理论研究，先后出版著作 10 余部，主持参与《民办高校应用型人才培养模式创新与实践》等省部级以上课题 20 余项，发表论文 40 余篇。曾荣获高等教育国家级教学成果二等奖、河南省发展研究奖一等奖、河南省高等教育教学成果特等奖、河南省社会科学优秀成果一等奖等 10 余项，入选教育部首批“全国万名优秀创新创业导师人才库”，享受国务院政府特殊津贴。

副校长杨保成也对这种精神领悟很深，并应用到管理和科研实践中。他组建了纳米功能材料研究所，获批河南省有机小分子新药研发国际联合实验室，使黄科院成为河南省第一所获批省级重点实验室、省级国际联合实验室的民办高校；他主持的“基于新型噻吩功能化的结构导向剂制备介观结构 TiO_2 复合材料及光电性能研究”获准国家自然科学基金项目立项，开创了民办高校承担国家自然科学基金项目的先河。他先后获得“河南省高校科技创新人才”“郑州市科技领军人才”“郑州市专业技术拔尖人才”等，入选教育部“新世纪优秀人才支持计划”，在 *Adv. Mater.*、*ACS Nano*、*Adv. Funct. Mater.*、*J. Am. Chem. Soc.*、*Small* 等国外知名期刊发表学术论文 80 余篇。完成国家自然科学基金、省部级以上项目 10 余项，获发明专利 2 项。

王震虎，工学部教师，原是机械工程学院 2006 级机械设计制造及其自动化专业的学生。在第一次新生报告会上，他听到了胡大白敢为天下先的创业创新故事，彻底被其所折服。在学习过程中，他注重培养自己的创新设计意识、综合设计能力，训练创新思维，为他以后的创新创业奠定了基础。2010 年，在河南省机械创新设计大赛上，他发明的超高层建筑速降逃生器获得了二等奖，并获得实用新型专利；2011 年，他发明出空气驱动下肢机械外骨骼，并获得实用新型专利；2012 年，在大型粮油机械上有多项设计创新；2013 年，在小型滤油设备上有了新的突破；2014 年，继续粮油机械的不断创新，同时开始不断开展新的设计，与郑州一家玩具厂合作开发智能玩具；2015 年，扩展新的设计领域，与开封等地的农机厂合作，发明生产地下作物收割机等；2016 年，他带领的学生团队制作的人力搬运机械助力手套获得第七届全国大学生机械创新设计大赛一等奖……近几年，获创新实用新型专利 35 项，发明专利 5 项。

王兆屹，艺体学部传媒艺术科教中心主任，兰州大学传播学专业硕士研究生。来校任教后，她在这种精神的感染下，锐意进取，开拓创新，积极在专业方向开展科学研究工作。她先后主持和参与河南省科技厅、河南省社科联、郑州市教育局等省级科研项目和市级教改项目 10 余项，所主持的课题《政府部门应对网络舆情媒介素养研究》荣获河南省社科联一等奖；先后在中文核心期刊、省级期刊等专业刊物发表论文

12篇，出版著作3部。

除了校领导和老师，很多优秀学生也已很好地传承了这种精神。

李威，建筑工程技术专业2011届毕业生。2013年，他研发出“飞轮威尔”自平衡电动独轮车，获得智能自平衡独轮车相关国家专利10余项，创立郑州飞轮威尔实业有限公司，并获得天使投资1000万元。2016年，他荣获河南省创新创业十大标兵第一名，同年获得郑州市五四青年奖章；2017年，他带领团队在淘宝众筹40天销售1200万元，创造阿里出行领域最高众筹销售纪录，被评为“智汇郑州·1125聚才计划”专家、中国新锐创业人物。如今，“飞轮威尔”已经取得了近40项国内及国际专利，其中发明专利3项，还取得了欧盟CE国际认证，一举成为世界平衡车十大品牌之一。李威也成为行业影响力人物、年龄最小掌舵人，多次入选“福布斯中国30岁以下精英榜”“胡润U30创业领袖榜”。

赵杰，播音主持专业2014届毕业生。2015年，他被美国哈佛大学商学院录取为研究生，却选择了延迟入学留校创业。他创办了“河南影响未来电子科技有限公司”，成功融资1300万元。他研发的VR+虚拟现实实景拍摄设备，在教育教学领域得到了广泛的应用；推出的科技党建项目，也受到了很大关注。2018年，他被中共河南省委高校工委、河南省教育厅评选为“大学生创新创业标兵”。

像李威、赵杰这样的优秀毕业生还有很多：“中国大学生自强之星标兵”段志秀、“中国优秀共青团员”田源、“全国优秀乡村医生”魏国胜、“中国优秀大学生村官”靳利现、“了不起的护航女兵”边爽、入选“中国留学人员回国创业启动支持计划”项目的程俊儒、“脑瘫博士”张大奎……他们开拓创新，奋勇拼搏，踏实肯干，默默奉献，实现了自己的青春梦想，并一步步走向更大的辉煌。

可以说，“开拓、拼搏、实干、奉献”的精神已经浸入了黄科院人的血液，指引着他们的行动和思考，激励着他们以“敢为天下先”的勇气、无所畏惧的冲劲、一往无前的姿态、持之以恒的奉献，向着人生更大的目标奋进，也为黄河科技学院更高起点、更高质量、更可持续的发展贡献自己的力量。

在哲学意义上，世界上除了物质，都是精神。人的意识、思想、思维乃至感情，都包括在精神中。值得注意的是，精神还有一个含义，可以通过物质外部的观察与思维，发现和揭示物质外部和内部的关系及规律，然后提炼出更丰富的精神。

胡大白喜欢读书思考，也擅于调查研究，只是由于工作的原因，关注点和观察面相对专注。工作重心转移后，她开始更多地关注外面的世界，把眼光投向更远的远方。

◇融汇四海

从 2013 年开始，胡大白迈开了远行的脚步，更多地走出黄河科技学院，走出河南，甚至走出中国。她说："不在一线工作，我个人支配的时间多了，便有计划地去一直想去的地方走了走。目的地的选择，主要还是基于考察学习，开阔视野，撷取世界各国民办教育的成功经验，融汇到我们的发展实践中。"

这年 9 月，胡大白去了一趟欧洲，在丹麦、法国、德国、瑞士等国转了转，考察他们的职业教育，并与丹麦一所体育学院搞了一次交流活动。

到瑞士后，她没请导游，自己坐车，一天一个城市信马由缰地走。她专程去了洛桑，去看奥林匹克中心。

坐公交车到距离奥林匹克中心最近的一个站，下车以后还得走 2 公里。听当地人说，奥林匹克中心正在翻修，同行的几个人就不想去了。

胡大白仍然往前走，边走边说："你们不去，我去。"

"还要走那么远，不去了吧？翻修咱们去干什么？"

"翻修也得看看。多难得来到洛桑，来到'奥林匹克之都'，还差最后这点路吗？"

胡大白受伤的腿还没完全好，却仍要坚持走那么远的路，其他人没有理由不跟在后面。

奥林匹克中心坐落在一栋树林掩映的玻璃建筑中，靠近莱芒湖，周围风景秀丽。虽然确实在翻修，但主要是内部装修，外表基本没受多大影响，还有许多不同运动造型的塑像点缀，表现出运动竞赛中的力与美，特别壮观。

大家纷纷赞叹："还是董事长英明，真是得来看。"

"我的腿不好，都想来，你们更应该来。"

"你比我们跑得都快。"

胡大白被逗笑了。她笑着说："咱们既然出来了，就应该好好看看。不管国内还是国外，大江大河、自然景观、人文景观……欣赏过程也是一个学习过程。"

从欧洲回到国内，胡大白马不停蹄，仅6天后又去了美国。这次是去佐治亚州立大学访问，与对方签订全面战略合作协议。

胡大白一到那里，就与对方签了协议，办事效率很高。在交流中，她得知佐治亚州立大学准备举办"国际交流月"系列活动，其中有一周是中国周，希望黄河科技学院参加交流。

其中有一个领导说："我很喜欢太极拳，你们学院有没有教太极拳的？"

胡大白笑着说："我们有体育学院，有专业教练。其中有个教练还很厉害，获得过全国的太极拳冠军呢！"

"那太好了。能不能让这个教练来教教我们？"

"没问题。你们给我们发个邀请函，我回去就让他们办手续过来。"

胡大白参加完"国际交流月"的开幕式，便带着佐治亚州立大学发给黄河科技学院的邀请函，匆匆回国了。

回到学院，胡大白和杨雪梅等校领导商量，确定了赴美交流的人选。其中包括胡大白说过的太极拳冠军金春霞，还有几个专业特长比较突出的教师，组成了一个小代表团。手续很快就办好了，他们启程赴美。

金春霞不仅是黄河科技学院的讲师，还是传统武术文化研究所的研究员、国家武术一级裁判员，当时是中国武术六段。她师承陈沛山、陈沛菊（陈家沟陈氏第二十世）老师系统学习陈氏太极拳理论，以及太极拳术、器械、推手技法，曾参加河南省太极拳、剑锦标赛，获太极剑第一名、太极拳第二名，并多次参加国际太极拳交流大赛和全国武术比赛，多次获得冠军。她到美国后，一出手表演，即获得了巨大成功，在当地产生了很大的轰动效应。

2014 年是中俄青年友好交流年，胡大白随“中俄青年友好交流团”赴俄罗斯，参加了一系列交流活动。

金秋十月，俄罗斯也是秋高气爽，秋意正浓，树叶染上了金黄，果实压满枝头，美不胜收。胡大白和来自教育、文艺、工商等行业的 393 名代表人物一起，来到久负盛名的莫斯科和圣彼得堡，参加了“中俄关心下一代论坛”“中俄青少年文艺交流晚会”“中俄青年书画艺术展”等活动，与俄罗斯教育、文化、艺术等各界学者进行了广泛交流。

走进列宾美术学院和列宾艺术馆，胡大白被那里陈列的列宾作品所震撼。伊利亚·叶菲莫维奇·列宾是俄罗斯杰出的批判现实主义画家，他的作品在反映现实的同时，通过人物的神态和姿态充分体现人民身上所蕴藏的巨大能量，给人以激励。

在冬宫、夏宫、叶卡捷琳娜宫，胡大白还看到了达·芬奇、拉斐尔的油画，米开朗琪罗的雕塑，大开眼界。

在“中俄青年书画艺术展”现场，胡大白与中国关工委主任顾秀莲一起欣赏了参展的书画作品。顾秀莲曾经多次视察黄河科技学院，与她比较熟悉，这次是作为“中俄青年友好交流团”的团长来俄罗斯的。

“她一看见我，就拉着我一起照相，又一起看展览。”胡大白说。

俄罗斯是一个崇尚文化艺术的国度，有数不尽的宫殿、图书馆、博物馆，还有像圣彼得堡这样的整座艺术城市。在交流参观的日子里，胡大白觉得自己仿佛置身于文化艺术长廊之中，深切感受到了俄罗斯文化艺术的魅力，接受了文化艺术对心灵的滋润。

2015 年，胡大白没有出国，而是在国内转了转，先后去了九寨沟、黄龙、都江堰。

2016 年，她去了新疆喀纳斯湖，去了贵州梵净山。

在新疆喀纳斯湖，胡大白久久不愿离开。这个“变色湖”里靓丽而变色的水，有时以深蓝绿为主色调，有时以暗灰绿为底色，有时还会在蓝绿色中融进乳白色……她饶有兴致地看着，深切感受水的神奇。

“为啥去梵净山？因为我们的生态文化研究中心和梵净山有合作。”胡大白说，“30多年的改革开放高速发展，国家经济提升、人民富裕，但也带来了山不青、水不绿、空气污染，国家开始重视生态文化，我们也需要开展生态文化的研究。”

在梵净山，胡大白站在金顶之上，倾听着导游的介绍，感受着周围的原始洪荒。梵净山保存了亚热带原生态系统，有4.2平方千米原始森林，有植物2000余种，包括7000万至200万年前的古老珍稀物种，被誉为地球绿洲、动植物基因库、人类的宝贵遗产。她不由得感叹这里的植物种类之丰富，体悟到了生态学专家之言：“梵净山就像一个生态孤岛，它的周边是人类活动的海洋。”

2017年，她又去了一趟美国。

这次到美国，胡大白还是受邀访问几所高校。她先后到了佐治亚州立大学、格鲁吉亚高地学院、纽约州立大学石溪分校，与各校就会计、金融、医学等专业的国际合作办学模式等有关事宜，进行了深度探讨交流，并签订了战略合作协议。

她还利用闲暇时间，到迈阿密大学参观，感受该校的文化氛围。在校园里，除了看到三三两两的学生在图书馆、餐馆等场所读书交流，还会时不时遇到小松鼠，让她深深感受到了没有围墙的开放式校园的魅力。她还去参观了美国最大的艺术博物馆——大都会艺术博物馆，认真欣赏了馆藏的欧洲绘画、美国绘画、原始艺术、中世纪绘画和埃及古董，倾听了世界历史及文化的诉说，让她对文明的发展进步有了更深的感悟。

2018年，她先去了一趟庐山，又利用出差的机会去了成都、三亚、长春、西安、广州、上海……

在成都都江堰，她看到这个两千多年前修建的大型水利工程，深受震撼。她知道，都江堰是全世界迄今为止年代最久、唯一留存、以无坝引水为特征的宏大水利工程，至今一直发挥着防洪灌溉的作用，灌区达30余县市，面积近千万亩，使成都平原成为沃野千里的“天府之国”。她不由得感叹祖先的智慧，更对当地的“水文化”产生了浓厚兴趣。

“智者乐水，仁者乐山。”面对山水，古今圣贤无不动容，胡大白也不例外。一个“智”字，既反映了先哲对水的认知，又破译出水所蕴藏的无尽文化内涵。自古长江东逝，黄河奔流，其势丝毫不以人的意志为转移，水便化作了“文化精灵”，超越千年历史时空，成为具有鲜活生命的审美载体。

水有韵，韵有声。水声常常如天籁，纯净而空灵，洞穿每个人的灵魂。

◇水韵天籁声

不在一线工作后，胡大白的生活仍很丰富，心情也很好。她说：“作为一个共产党员，生命不息，战斗不止，对党、对国家、对人民的责任就不能止，只是工作的方式转变了。相反，应该更积极、更努力，让自己更丰富、更成熟。”

如今，她仍是中国民办教育协会的监事会主席、河南省民办教育协会的会长，还是学校党委副书记、董事长。她仍在学习思考，每天都写日记，每半年写一次总结，并经常撰写体会文章，在党委的各种会议上与党员干部们交流分享。

2017 年 5 月 12 日，在黄河科技学院党支部书记培训班上，胡大白作了一场关于理想信念的专题报告。她以“共产党员的信仰”为主题，阐述了作为一个共产党员应尽的责任和义务——

首先，共产党员必须信仰共产主义。信仰共产主义就必须坚持共产党的领导；要坚持为人民的利益而奋斗，始终把人民的利益放在第一位；要坚持以马克思主义为指导，把马克思主义的基本理论、思想方法和立场与中国的实践结合起来，形成中国化的马克思主义。

其次，共产主义信仰是一个求索的过程。要努力学习马克思主义、毛泽东思想和中国特色社会主义理论体系，学习习近平新时代中国特色社会主义思想，提高自己的理论修养；要积极参加社会实践，在实践中锤炼自己，使自己成为一个真正的共产党员。

再次，共产主义信仰就在身边。要把共产主义信仰和我们的行动结合起来，每一个共产党员都要发挥先锋模范作用，为我们的信仰，为我们的党努力奋斗。

“在茫茫的人海里，我是哪一个？在奔腾的浪花里，我是哪一朵？在征服宇宙的大军里，那默默奉献的就是我。在辉煌事业的长河里，那永远奔腾的就是我。不需要你认识我，不渴望你知道我，我把青春融进，融进祖国的江河……”最后，胡大白以歌曲《祖国不会忘记》的歌词结束了精彩的报告。

2018 年是改革开放的 40 周年，胡大白荣膺改革开放 40 年“中原民办教育特殊贡献人物”、改革开放 40 年“教育人物 40 名”称号。12 月 20 日，她接受了记者的采访。

记者问她对改革开放的看法，胡大白感慨地说：“改革开放让中国发生了翻天覆地的变化，为教育界带来了大解放的信号，让我觉得中国教育的春天来了！改革开放促进了中国社会、经济的大发展，带来了思想的解放、教育的解放，为我提供了增强自身能力、发挥自身价值的机遇和平台。如果不是这个机遇和平台，我不可能创立黄河科技学院，并培养出十几万合格的人才。在办学过程中，我实现了自身的价值，被评为中国当代教育名家、国务院特殊津贴专家，也当选过全国人大代表。我作为一个残疾人，为国家作出一定的贡献。我感觉我这一辈子，很值得！”

记者问：“在这 40 年里，您最有成就感的事情是什么？”

胡大白自豪地说：“我最有成就感的事情是创办了中国第一所民办本科高校。当初，学校申报本科时，国家还没有相关政策，我们冲破了禁区，闯出了一条适应中国国情的民办高等教育改革发展之路，为我国民办高校开展更高层次的研究生教育奠定了坚实的基础。”

“对中国未来的改革开放，您最关注和期待的是什么？”

胡大白说："我最关注的还是民办教育，最期待的是政府能够加大对中国民办高等教育的支持力度，包括政策支持和资金支持。希望河南民办高等教育在未来发展得更好，河南的民办教育更加出彩。"

胡大白在改革开放尤其是教育改革实践中作出的突出贡献，国家重点新闻网站"中国网"也给予了高度关注，来校专访并拍摄了题为《胡大白：勇做民办教育拓荒者，敢为天下先》的纪录片。2019 年 1 月 8 日，该纪录片一经播出，立即引起社会各界的广泛关注，产生了巨大反响。

纪录片中，胡大白详细讲述了学校的办学历史，从"艰难起步""敢为天下先""冲破禁区""砥砺奋进""跨越发展""双创引领"六个阶段，回顾学校从无到有、从小到大、从弱到强的重要节点，多层次多角度讲述自己坚忍不拔、顽强拼搏的奋斗历程。她感慨地说："办学要有战略眼光，要有前瞻性，要敢为天下先。"

胡大白的话听来朴实无华，却道出了她几十年实践得出的宝贵经验，对中国民办教育的发展有着很具操作性的指导意义。

"我觉得年纪大了，要多关心家庭。几个孩子都忙得不得了，家里有什么事，他们的孩子有什么事，我也要尽点责任。"胡大白说。

杨雪梅确实忙得不得了。作为黄河科技学院校长，全校的大事小情都需要她操心；兼任的很多社会职务，也需要她付出时间和精力。她是第十二届、第十三届全国人大代表，中国妇女第十次、第十二次全国代表大会代表，全国青联常委，还兼任中国民办教育协会副会长、河南省高校创新创业协会会长、河南省教育人才研究会会长、河南中华职教社副主任、郑州人才发展促进会副会长等，忙碌程度可想而知。

杨保成也很忙。他是学校副校长，担负着教学改革、学生管理、员工绩效考核等重要职能使命。他引进欧美先进的教育理念，在英语教学改革中实施大学英语混合式教学，构建以知识为基础、培养学生英语语言能力的课程体系；利用移动信息技术，开发推行"翻转校园"App，为教师和学生提供教务、学习、生活、资讯、就业推荐等服务，促进智慧校园建设……他还致力于科研，主持纳米功能材料研究所工作，承担着国家自然科学基金项目，天天也是忙得团团转。

杨保中身在美国，担任佐治亚州立大学的金融学教授，也兼任黄河科技学院商学院的特聘教授、经济研究所的所长，不仅要完成美国大学的教学科研工作，还经常回国，给商学院的老师和学生讲课，也很忙。

于是，胡大白把一部分时间和精力转移到家里，尽量多地为孩子们分担一些家事，帮他们教育孩子，培养孙子辈成长。

在工作上，她也更多地以母亲的身份去帮助孩子，为他们分担压力，出谋划策，始终保持着亲密沟通和密切交流。尤其是杨保中，每个周末她都会在电话里与他长谈一次，一周见闻、新奇故事、工作心得、育儿经验，话题无所不包。

一般情况下，胡大白每周都把孩子们叫在一起，聚会一次。有时候工作确实太忙，至少也要两周一次。有谁过生日了，她总要张罗着让大家聚一聚，包括关系近的亲戚也叫过来，一起享受浓浓的亲情。

说起孩子们，胡大白总是很动情。她说："我的孩子学业事业都很成功，对我也很孝顺，孙辈们也都不错，我很知足。作为一个女人，我觉得事业和家庭都很重要。要有自己的事业，不管做大做小，尽力而为就行；要有自己的家庭，不管贫穷富有，和谐、幸福就行。这两样我都有，虽然操劳一辈子，但觉得很值。"

如今，胡大白和孩子们处得很融洽，甚至有点像"知心朋友"。一家人在一起，经常说说笑笑，其乐融融。

她和杨钟瑶还是一如既往，经常进行"灵魂交流"。大事小情，忧思疑惑，她总要和他诉说，从"灵魂交流"中获取灵感和慰藉。她除了在家里始终保留着杨钟瑶的房间，还在学校建了杨钟瑶纪念馆；她不仅自己经常去纪念馆，还经常带着儿女及亲人们去，重要纪念日还会带着学校领导、员工代表们一起去。

一个晴好的秋日，胡大白去学校上班。司机把她送到学校，就去办其他事了，中午不能接她。她下了车便给儿子打电话："保成，你中午回不回家？"

杨保成说："正在开会呢，您问这干什么？"

"今天我没车用了，想乘你的车。"

杨保成笑着说："好啊！等我开完会，就去接您！"

下班了，胡大白还没等来杨保成。她信步走到办公室的窗前，看教职工们陆续走出办公楼，看大学生们雀跃在校园里，秋意正浓，阳光灿烂。

一辆车缓缓驶来，在办公楼前停下。杨保成下了车，快步进了办公楼，行色匆匆。她知道，儿子是从会场直接来接她的；她也知道，只要她有需求，儿子总会尽可能地满足她。她相信，雪梅或保中也都会在她需要的时候挺身而出，为她开创的这份教育事业而不懈奋斗；她更相信，她的同事和学生们，都会为了办好黄河科技学院的共同梦想，一起勇往直前。

她欣慰地笑了。一脸柔情，一脸阳光。

汽车缓缓行驶在黄河科技学院的校园里，刚刚下课的大学生们簇拥在道路两旁，像一股驿动的青春洪流。

车驶过黄河源宾馆，胡大白似乎听到了《黄河颂》的旋律。她看着那些大学生们，仿佛看到了滔滔的黄河水泛起的簇簇浪花，自己也仿佛成了其中的一朵。她立于潮头，浪花簇拥着，向前，再向前；后面一浪接一浪，紧紧跟随，永不停息地奔流，奔流……

◇相关链接

▲ 2013 年 1 月 9 日，由中国互联网新闻中心（中国网）主办的"中国好教育"盛典在钓鱼台国宾馆举行，黄河科技学院荣获"2012 年最具综合实力民办高校"荣誉称号，胡大白荣获"中国好校长"殊荣。同月，杨保成入选教育部"新世纪优秀人才支持计划"，是河南省 10 名入选者之一，也是全国民办高校中唯一的入选对象。2 月，杨雪梅当选为第十二届全国人大代表。

▲ 2014 年 8 月，胡大白牵头现代大学制度课题组，修订了《黄河科技学院章程》。9 月，杨保成主持的《基于微波原位生长方法的介观结构 TiO_2/CNTs 复合材料的制备及其光催化性能研究》获得国家自然科学基金资助。

▲ 2015 年 5 月 30 日，河南省民办教育协会五届一次会员代表大会在嵩山饭店举行。胡大白代表第四届理事会作《工作报告》，全面回顾了在第四届理事会领导下，协会的工作成绩和经验，以及存在的问题和薄弱环节，并对下一步的工作进行展望。会上选举产生了第五届理事会会长，胡大白再次当选。

▲ 2016 年 11 月 7 日，十二届全国人大常委会第二十四次会议审议通过了《关于修改〈中华人民共和国民办教育促进法〉的决定》。

▲ 2017 年 11 月 29 日，《中国教育报》在要闻版公布 90 位当代教育名家，由中国教育学会、中国高等教育学会、中国职业技术教育学会、中国教育电视台、中国教育报刊社、人民教育出版社等联合推选。胡大白荣登“当代教育名家”榜单。

▲ 2018 年 4 月 8 日，第八届“世界大学女校长论坛”在武汉大学开幕，来自联合国教科文组织和世界 51 个国家和地区的 150 余位大学女校长、专家、学者出席论坛。胡大白应邀参加论坛，在“我的教育人生”圆桌会议上作主旨演讲，引起了极大反响，并荣膺“大学女校长终身荣誉奖”。

▲ 2019 年 9 月 2 日，河南省教育厅对新中国成立 70 周年“河南省突出贡献教育人物”宣传推介活动评选结果进行公示。胡大白荣获新中国成立 70 周年“河南省突出贡献教育人物”。

▲ 2020 年 11 月 6 日至 7 日，第九届“世界大学女校长论坛”在西安举行，杨雪梅应邀出席活动，并与其他六位女校长共同宣读《西安宣言》。

后 记

“黄河之水天上来，奔流到海不复回。”诗仙李太白的这句名诗，我是在中学课本里读到的。当时颇为震撼，为“黄河之水”的气势，也为诗的大气磅礴。后来便生出对黄河的向往，无数次地奔向她、凝望她，引万千思绪，激万丈豪情。

把黄河与另一个人联系起来，却是在有幸认识胡大白之后。

大白比太白在字形上少了一个“点”，似乎少了极端或诗意，反而更纯粹，更简洁。她与黄河有着更直接的渊源，性格也契合了黄河精神，乃至直接把黄河的名字用到了她创办的学校上，把黄河的精神引进了校园中。于是，她的名字和黄河便紧紧地联系在了一起。从某种意义上说，黄河成了她生命中的重要内容，她也成了黄河的一部分。

这时，我便迫切地想写写胡大白了。

如约坐在她面前，听了她的声音，走进她的故事，又转而叩击她的思想之门时，我突然发现，不少学者或同仁已经做了很多我想做的工作，写出了诸多关于胡大白、黄科大、黄科院乃至黄河的文字。《大白的大学》《发现黄科院基因》《青史丹心二十年》《胡大白——黄河科技学院院长》《丰碑》《奋飞之梦》《永不忘却的纪念》等著作，已经从不同角度刻画了胡大白，让我有机会从中更快更好地了解更丰富更全面的胡大白。在此，谨向常义斌、王军胜、张清献等作家表达衷心的感谢。

参观了黄河科技学院两个校区的偌大校园，采访了学院领导、老师、学生等数十人，我越来越意识到，校园里到处弥漫着黄河的气息，充溢着黄河的精神。很多接受采访的人都说，这里待遇不高，起初甚至不拿工资，但仍义无反顾，原因一是受胡大白的感召，二是把工作当成自己的事业。如果把黄河科技学院看作黄河，胡大白就是源头的那汪清泉，大家便是无数汇聚而来的支流，这应该是胡大白成功的重要因素之一。

“世间丹青手，难画是精神。”在写作过程中，我迫切希望走进胡大白的内心及精神世界，但总觉力不从心，难以准确把握。在困顿和彷徨中，写作也一停再停、一改再改，最后限于理论水平和概括能力，写成现在这个样子，请各位老师和专家们批评指正。我的邮箱是886296@163.com，期待您的指导和帮助。

写作的过程也是学习的过程，感谢胡大白董事长的不吝赐教，感谢杨雪梅校长、杨保成副校长、冯长安副校长、罗煜副校长、陈勇民主席、程宏书记、赵会利副书记、胡翔院长及其他领导欣然接受采访，让我更全面地了解了胡大白及黄河科技学院的成长轨迹，更深入地体悟了胡大白带给黄科院及黄科院人的精神滋养，在此也一并致谢。

2020年10月于北京万寿庄

图书在版编目（CIP）数据

黄河之水 / 刘标玖著. -- 北京 ：华文出版社，2022.4

ISBN 978-7-5075-5548-6

Ⅰ. ①黄… Ⅱ. ①刘… Ⅲ. ①报告文学－中国－当代 Ⅳ. ①I25

中国版本图书馆CIP数据核字(2022)第056061号

黄河之水

著　　者：刘标玖
责任编辑：杨艳丽　袁　博
出版发行：华文出版社
地　　址：北京市西城区广外大街 305 号 8 区 2 号楼
邮政编码：100055
网　　址：http://www.hwcbs.cn
电　　话：总编室 010-58336210　编辑部 010-58336191
　　　　　发行部 010-58336202　010-58336267
经　　销：新华书店
印　　刷：北京博海升彩色印刷有限公司
开　　本：710×1000　1/16
印　　张：22.25
字　　数：350 千字
版　　次：2022 年 4 月第 1 版
印　　次：2022 年 4 月第 1 次印刷
标准书号：978-7-5075-5548-6
定　　价：78.00 元